MANFRED FASCHINGBAUER

Bayerisch Kalt

BLUTIGER HERBST IM BAYERWALD Kriminaloberkommissar Moritz Buchmann fühlt sich endlich im Bayerischen Wald angekommen. Doch das Verbrechen gönnt ihm keine Pause. Ein vermeintlicher Verkehrsunfall entpuppt sich als grausamer Mord am Geschäftsführer der Green Mountain Electronics (GME). Während Moritz und seine Regensburger Kollegin Melanie Güßbacher die Ermittlungen aufnehmen, schlägt der Täter erneut zu. Obwohl die Zusammenhänge zwischen den Opfern nicht zu übersehen sind, stehen die Ermittler vor einem Rätsel. Stecken die dubiosen Eigentümer der GME hinter den Taten? Haben sich die Toten mit dem organisierten Verbrechen angelegt? Oder ist der Gesuchte ein psychopathischer Einzeltäter? Unaufhaltsam werden die Ermittler in einen Strudel der Gewalt und Angst gerissen. Moritz muss erleben, wie sich sein Fall zu einer Gefahr für die nationale Sicherheit entwickelt. Und während die Katastrophe scheinbar nicht mehr abzuwenden ist, führen ihn die Ereignisse zurück in die dunkelsten Tage seines Lebens.

© privat

Manfred Faschingbauer, 1963 in Bad Kötzting geboren, lebt mit seiner Familie in Blaibach. Nach »Osserblut« und »Bayerisch Kalt« schickt er seinen Kommissar Moritz Buchmann in »Bayerisch Tot« erneut in seiner Heimat, dem Bayerischen Wald, auf Mördersuche.

MANFRED FASCHINGBAUER

Bayerisch Kalt

Kriminalroman

GMEINER

Immer informiert

Spannung pur – mit unserem Newsletter informieren wir Sie regelmäßig über Wissenswertes aus unserer Bücherwelt.

Gefällt mir!

Facebook: @Gmeiner.Verlag
Instagram: @gmeinerverlag
Twitter: @GmeinerVerlag

MIX
Papier aus verantwortungsvollen Quellen
FSC® C083411
www.fsc.org

Besuchen Sie uns im Internet:
www.gmeiner-verlag.de

Im Ehnried 5, 88605 Meßkirch
Telefon 07575/2095-0
info@gmeiner-verlag.de

3. Auflage 2020

Lektorat: Sven Lang
Herstellung: Mirjam Hecht
Umschlaggestaltung: U.O.R.G. Lutz Eberle, Stuttgart
unter Verwendung eines Fotos von: © gualtiero boffi / shutterstock
und © lomographic / photocase.de
Druck: CPI books GmbH, Leck
Printed in Germany
ISBN 978-3-8392-2287-4

Personen und Handlung sind frei erfunden.
Ähnlichkeiten mit lebenden oder toten Personen
sind rein zufällig und nicht beabsichtigt.

PROLOG

August 2015

Das Mädchen hatte Angst.

Angst vor der Dunkelheit.

Angst vor dem Sterben.

Ein vertrautes Gefühl. Kaum sechs Monate waren vergangen seit jener ersten Begegnung mit dem Tod. Auch damals war es dunkel gewesen. Auch damals hatte ihr die Hitze den Atem genommen. Dann waren die Stimmen gekommen. Ihnen waren Gesichter gefolgt und Hände, die sie aus den Trümmern ihres Elternhauses gezogen hatten.

Jetzt lauschte sie wieder in die Dunkelheit, suchte nach Stimmen. Doch sie kamen nicht. Nur das beständige Rauschen vorbeifahrender Autos drang in ihr Gefängnis. Alle anderen Geräusche waren verstummt. Das Schluchzen der Erwachsenen, das Weinen der Kinder, das Röcheln nach Luft. All das war immer leiser, immer weniger geworden, je öfter der Tod jemanden geholt hatte.

Ja, sie waren alle tot! Sie wusste, dass es viele waren. Nach und nach waren sie gestorben. Männer und Frauen, Jungen und Mädchen. Manche erlagen der Hitze, manche ihrem schwachen Herzen. Die meisten aber waren erstickt.

Ein gnädiger Tod, verglichen mit Khasibs Schicksal. Er war ihr Bruder gewesen. Er wurde nur drei Jahre alt.

Das Mädchen erinnerte sich an das große Fest, das ihr Vater gegeben hatte, als ihre Mutter Zwillinge geboren hatte.

Jungen! Das nächste Fest zu Ehren der beiden würde eine Beerdigung sein.

Khasib und Alim. Verbrannt und erdrückt!

Sie wusste nicht, wie es passiert war. Als die Lichter der Handys langsam erloschen waren, hatte jemand versucht, mit einem Feuerzeug die Dunkelheit zu vertreiben. In der drückenden Enge des Wagens griff die Flamme nach dem kleinen Jungen. Eine Gefahr, die unter normalen Umständen leicht zu bannen gewesen wäre. Im Chaos der Todgeweihten war es jedoch niemandem gelungen, das Baumwollshirt des Kindes schnell genug zu löschen. Alle versuchten nur, Abstand zwischen sich und den Flammen zu halten. Und dabei hatten sie auch Alim getötet.

Alim! Auch er ihr Bruder, auch er drei Jahre alt. Zerquetscht zwischen sterbenden Leibern und der Wand des Wagens.

Vielleicht hatten sie ihn nicht einmal bemerkt. Vielleicht hatte die Angst sie gleichgültig gemacht gegenüber einem kleinen Jungen, der einer von ihnen und doch ein Fremder für sie war.

Die beiden Zwillinge waren fast zeitgleich zur Welt gekommen und fast zeitgleich waren sie gestorben. Und doch so unterschiedlich. Während Alim lautlos und still gegangen war, hallten Khasibs gellende Schreie noch immer in ihrem Kopf.

Es waren diese Schreie, die ihr Tränen in die Augen trieben. Nicht ihr eigenes Schicksal, nicht ihr naher Tod. Sie wusste, ihre beiden Brüder wären nicht auf diese Weise gestorben, wäre Bassam noch am Leben gewesen. Schließlich war er als Ältester ihrer Familie für seine Geschwister verantwortlich gewesen. Eine Verantwortung, die den 15-Jährigen dazu getrieben hatte, mit einigen anderen der Eingeschlossenen zu versuchen, die Hecktüren des Wagens aufzubrechen. Ein vergebliches Unterfangen, das er mit einem gebrochenen Taschenmesser und einer von der abspringenden Klinge aufgeschlitzten Schlagader bezahlt hatte.

Und wieder war es keinem der eng beieinander stehenden Gefangenen gelungen, einem der ihren zu helfen. Sie alle hatten zugesehen, wie Bassam mitten unter ihnen verblutete.

Irgendwann hatten sie alle Fluchtversuche aufgegeben. Sie hatten aufgegeben, mit ihren Handys jemanden zu erreichen, sie hatten aufgegeben zu beten, aufgegeben zu leben. Sie starben im Dunkeln, während draußen die Sonne auf ihr Gefängnis herabbrannte.

Hitze und der Gestank nach Urin, Schweiß und Verwesung raubten dem Mädchen das Bewusstsein.

Nur sie war noch am Leben. Noch einmal hörte sie die Stimmen. Die Stimmen, wie jene, die sie damals gerettet hatten und die jetzt nicht kamen. Noch einmal zog der lange Weg ihrer Reise an ihr vorbei. Länder und Städte, deren Namen in ihrem Leben aufgetaucht und wieder verschwunden waren. Die Zeit des Schreckens auf dem kleinen Boot, die Nächte im Freien und die Tage auf der Straße. Noch einmal erinnerte sie sich an ihren letzten Geburtstag. Ein paar Tage waren seitdem erst vergangen. Die Menschen, die sie an diesem Tag in ihr Haus aufnahmen, hatten ihr einen Kuchen gebacken. Fünf Kerzen hatte sie ausgeblasen. Das Mädchen wusste, dass es keine sechste mehr geben würde. Sie wusste, dass sie jetzt sterben würde.

Langsam wich die Angst. Die Schreie ihres brennenden Bruders blieben hinter einer Wand aus Watte zurück. Das Schwarz, das sie seit Stunden umgab, drang langsam in sie ein. Sie war bereit, in die Dunkelheit zu gehen.

Und die Dunkelheit kam!

ERSTES KAPITEL

- FEUER -

Montag, 03.10.2016

ICH

»Komm schon! Wir schauen noch am Fußballplatz vorbei.«

Claudia nimmt meine Hand und zieht mich dorthin, wo Pfiffe und Schreie das sportliche Aufeinandertreffen des heimischen TSV Kirchbach mit einem mir unbekannten Gegner verraten. Noch vor nicht einmal zwei Jahren zeugten erbitterte Streitgespräche zwischen mir und Marcel von meiner Fußballbegeisterung. Ich, ein Bayernfan, er, ein waschechter Sechziger. Angesichts dieser Konstellation verwundert unsere langjährige Freundschaft schon ein wenig.

Hier in meiner neuen Heimat geht die angeblich schönste Nebensache der Welt weitgehend an mir vorbei. Ein paar flüchtig überflogene Zeitungsberichte, ein paar aufgefangene Gesprächsfetzen, wenn ich Rosi Geiger einen Besuch abstatte. Immerhin habe ich mitbekommen, dass der TSV dank eines großzügigen Sponsors nach Jahren in den Niederungen unterster Ligen wieder auf dem Weg nach oben ist. Wohl auch deshalb drängen sich die Fans beider Lager dicht an dicht auf der kleinen Tribüne vor dem Vereinsheim.

Alle Augen sind auf das Spielfeld gerichtet, als wir den Platz betreten. Niemand bemerkt uns, was mir wirklich gelegen kommt. Mir wäre es angenehmer, wir würden unseren kurzen Sonntagnachmittagsspaziergang über die Wiesen um Kirchbach allein fortsetzen, doch die Frau an meiner Seite gelüstet es wohl nicht nur nach einem Kaffee aus der Hand der Spielerdamen im Kiosk des Vereinsheims, sondern auch nach einem kurzen Tratsch mit ebendiesen. Ungeniert drängt sie sich durch die Menge und entschwindet meinem Blick. Ich hingegen sehe mich umringt von Männern jeden Alters. Ich versuche, etwas vom Geschehen auf dem Platz mitzubekommen. Gerade wird ein Spieler im weißen Trikot von seinem Gegner mit einem Bodycheck gegen die Bandenwerbung befördert. Eine Szene, die empörte Rufe und nicht druckreife Schimpfwörter nach sich zieht, während die Menge hinter dem linken Tor abfällige Worte und Handbewegungen von sich gibt. Fußball sei schließlich kein Mädchensport und überhaupt sei das gar kein Foul gewesen und der Schiedsrichter halte sowieso zu den Kirchbachern. Wahrscheinlich sei der auch vom neuen Sponsor gekauft. Wenn dem so ist, dann hat dieser aber die Geldbörse nicht weit genug geöffnet, denn auch die Kirchbacher um mich herum haben den Feind des Tages ausgemacht: den eigentlich Unparteiischen, der dem TSV den Elfmeter verweigert habe, als dieser Fünfer, der sowieso ständig nur auf die Beine geht, den Sebastian Schieder umgehauen hat. Und überhaupt liege man nur wegen diesem Kerl in Rückstand und wenn das so weitergehe, dann werde das nichts mit der Kreisligameisterschaft und dem Aufstieg in die Bezirksliga.

Kurz überlege ich, was ich hier in der Provinz eigentlich mache, doch nach wenigen Minuten des unbeteiligten Zuhörens muss ich zugeben, dass sich die Gespräche und Diskussionen der Menschen hier kaum von denen der Anhänger meines Clubs in der Allianz Arena unterscheiden. Spielklasse hin oder her: Fußballfans sind überall gleich.

Ein junger Mann Mitte 20 schiebt sich vom Kiosk her kommend der Gruppe entgegen, die neben mir steht. Bemüht, nichts vom kostbaren Nass zu verschütten, konzentriert er sich auf die zwei Weißbiergläser in seinen Händen. Angekommen reicht er eines weiter, was ihm mit einem knappen »Merci« gedankt wird. Der Aufgabe entledigt lässt er den Blick durch die Runde schweifen und prompt erkennt er mich: »Ah, Herr Kommissar. Auch mal am Fußballplatz? Ham S' derzeit nichts zum Ermitteln?« Jetzt haben mich auch die anderen bemerkt. Einige grüßen durch ein kurzes Nicken, andere adeln mich mit einem wohlwollenden »Servus«.

Schau einer an! Vielleicht hat es sich ja doch gelohnt, sich mal kurz unters Volk zu mischen. Ich will mich ja nicht gerade bei den Einheimischen hier anbiedern, aber als Außenstehender möchte ich in Kirchbach auch nicht leben. Und das kleine Dorf im Regental ist nun mal zurzeit meine Heimat. Der positive Anstoß zu dieser Entscheidung kam natürlich von Claudia, die zwar noch immer des Öfteren auswärts für ihren Arbeitgeber unterwegs ist, es aber dennoch für angemessen hielt, meinen Wohnsitz in ihr Elternhaus zu verlegen.

Ich wäre aber nicht Moritz Buchmann, gäbe es nicht auch einen negativen Grund für meinen Umzug von meinem geliebten München in die ostbayerische Provinz. Und dieser liegt nun fast eineinhalb Jahre zurück und hat mit drei Toten, einigen Verletzten und noch so manch anderem Ungemach droben im Osserwinkel zu tun. Nicht nur meine Vorgesetzten sind der Meinung, der leitende Ermittler Kriminaloberkommissar Moritz Buchmann hätte da so einiges verhindern können. Nicht alles wohlgemerkt, aber doch so einiges. Ich teile ihre Meinung. Nicht uneingeschränkt, aber es gibt da schon so einige kleine Teufel, die in mir nagen.

Auch wenn Claudia und mein neuer Freund Karl versuchen, mir das Gegenteil einzureden. Die Engel lügen. Es sind die Teufel, die die Wahrheit sagen, auch wenn sie sich immer größere Pausen gönnen. Hin und wieder jedoch, in den Nächten, da meine Gedanken alleine sind, höre ich ihre durchdringenden, leisen Stimmen: Du bist schuld! Daran kann auch die Zwangsversetzung weg aus München nichts ändern.

Die Kriminalpolizeistation Deggendorf hat sich für mich inzwischen zu einem akzeptablen Schauplatz meiner Heldentaten entwickelt. Kein LKA mehr, keine Sondereinsätze. Dafür kleinere und größere Verbrechen bis hinein in den Bayerischen Wald. Ohne Sven als Partner und ohne Melanie. Dafür näher bei Claudia, zu der ich kurz nach meinem Dienstantritt in der Donaustadt zog und damit zum Kirchbacher wurde.

Und als solcher interessiere ich mich selbstverständlich für die örtliche Fußballmannschaft! Was ich sofort unter Beweis stelle: »Wie steht's denn eigentlich?«

»1 : 3«, kommt die Antwort aus mehreren Kehlen. Die Erklärung für diesen aus Kirchbacher Perspektive inakzeptablen Zustand wird gleich mitgeliefert. Der Schiri, natürlich. Und ein gewisser Nadim. Der nicht einmal hier ist. Das verstehe ich nicht, werde aber augenblicklich aufgeklärt.

»Der Nadim. Das ist unser Iraker«, erklärt ein leicht angetrunkener Jugendlicher, den ich schon mal in Feuerwehruniform gesehen habe.

»Quatsch! Ein Syrer«, wird er prompt verbessert. »Spielt seit dieser Saison beim TSV.«

»Genau«, bestätigt wieder ein anderer. »Der Nadim wohnt in Kötzting und arbeitet drüben beim Lazar.«

»Wo?«

»Na, im Gewerbegebiet drüben in Kreuzbach. Bei der GME. Die haben ihn angestellt, weil er ein super Fußballer ist, der Nadim. Wenn der und der Miro spielen, hat kein Gegner in dieser Liga eine Chance.«

Miro? Auch hier folgt die Erklärung ohne weitere Frage.

»Miroslav Dobry. Unser Tscheche. Der arbeitet nicht beim Grigo, sondern für den Fürsten.«

Anscheinend bin ich heute hergekommen, um mir wirres Zeug anzuhören. Doch dann wendet sich das Blatt. Bürgermeister Alois Huber betritt die Szene. Selbstredend, dass er dem Spitzenspiel seines Vereins beiwohnt. Ich habe ihn bisher nicht bemerkt. Er erkennt meine Irritation.

»Grigore Lazar. Eigentümer der GME und Fußballfan. Er hängt eine Menge Geld in die Mannschaft und hat zudem Nadim Hemedi in seiner Firma beschäftigt. Nadim kam letztes Jahr mit dem Flüchtlingsstrom nach Deutschland und im Herbst nach Kirchbach. Miroslav Dobry spielt auch bei uns. Er ist bei der Arber-Bergbahn beschäftigt und die gehört dem Fürstenhaus Hohenzollern. Natürlich wollten ihn auch andere Vereine, besonders der SV St. Ulrich. Ich weiß ja nicht, wie viel ihm die GME bezahlt, aber wenig ist es nicht.«

Profiverhältnisse in der Kreisliga. Diese Entwicklung habe ich anscheinend verpasst.

»Ja, aber es stimmt nicht, dass der Nadim nur bei uns ist, weil er gut Fußball spielt«, meldet sich der Erste wieder zu Wort. Offensichtlich profitiert auch er von der Neuansiedlung der GME in Kirchbach. »Der Nadim ist ein richtig guter Asyli. Der hat echt was auf dem Kasten. Handwerklich, meine ich und auch im Köpfchen. Bei uns kümmert er sich um alles und besonders um unsere Fahrzeuge. Wir haben ja einen ganz ansehnlichen Fuhrpark. Kleinere Sachen macht da alle der Nadim.«

Ein guter Asyli! Soso!

Und dann passiert es. Der TSV, nein, Miro Dobry schießt ein Tor. Der TSV ist wieder im Spiel. Schlagartig schwenkt die Aufmerksamkeit aller von mir zum Fußballgeschehen. Die Stimmung, zwischendurch am Tiefpunkt, nähert sich dem Siedepunkt und kocht dann endgültig über. Vom Anstoß weg gelingt einem mir unbekannten Spieler – aus der eigenen Jugend, wie mir sofort zugerufen wird – das 3 : 3. Und so endet die Partie dann auch.

Dem lang anhaltenden Applaus und kollektiven Aufatmen folgt der Abmarsch der Menge, die mich mit sich reißt und aus der Sportanlage hinaus auf die Straße spült. Claudia folgt wenige Minuten später. Vorbei an der Autoschlange machen wir uns auf den Weg nach Hause.

»Nicht zu glauben, was in so einem kleinen Dorf alles passiert.« Meine Lebensgefährtin fühlt sich verpflichtet, mich an den Dorfneuigkeiten teilhaben zu lassen. Ob ich das überhaupt will, spielt keine Rolle. Mein Schweigen ermuntert sie, weiter zu erzählen. »Die Verena Lazar hat doch tatsächlich einen Geliebten. Sagen die Jasmin und die Kathy jedenfalls.«

Spielen denn heute alle verrückt? Sogar meine Freundin bombardiert mich mit mir unbekannten Namen. Sie sieht mich kurz an, glaubt Interesse zu sehen, wo keines ist, und meint: »Die Verena ist die Schwester von der Barbara, die mit mir zur Schule gegangen ist. Sie hat diesen Geschäftsführer von der Firma da drüben geheiratet.« Ihr Blick geht in Richtung Kreuzbach. »Seither fährt sie ein großes Auto und spielt die feine Dame.«

»Sagen die Jasmin und die Kathy«, deute ich meine Ansicht über diese brandheißen Informationen an.

Claudia lässt sich jedoch nicht beirren. »Genau! Und jetzt hat sie ein Verhältnis mit diesem Fußballer.«

»Dem Nadim?«

»Nadim? Wer ist das denn? Nein, dem gut aussehenden da. Der die Tore vorhin geschossen hat.«

»Ach so. Der Miro! Es war aber nur ein Tor. Das andere hat ein Jugendspieler aus Kirchbach geschossen.«

Ist sie beeindruckt von meinen Kenntnissen der örtlichen Fußballszene? Kein Fünkchen.

»Na, jedenfalls sieht er gut aus.«

Vielleicht wollen ihn deshalb die Jasmin und die Kathy ja auch und tratschen deshalb das angebliche Verhältnis im Dorf herum? Ich behalte diesen Gedanken jedoch verborgen, will ich doch Claudia kein neues Futter geben, dieses überflüssige Gespräch zu vertiefen.

Fünf Minuten gehen wir schweigend nebeneinander her. Stellt sie sich gerade vor, wie dieser Miro jetzt unter der Dusche aussieht? Gut möglich. Aber den hat sich ja die Verena Lazar, geborene Schweiger, schon geangelt. Sagen jedenfalls die Jasmin-und-Kathy-News. So ein Pech aber auch.

Als wir endlich das Haus ihrer Eltern erreichen, überrascht sie mich mit ihrer Frage: »Wer hat eigentlich gewonnen?«

»Keiner! 3 : 3, unentschieden.«

»Ach so.«

Typisch Frau. Keine Ahnung von Fußball.

SILVIAN

Langsam wich das Dunkel milchigem Grau. Was zum Teufel war passiert? Der Versuch, sich zu erinnern, wurde von einem stechenden Schmerz bestraft. Stöhnend öffnete er die Augen. Das Stechen wanderte in seinen Brustkorb. Irgendetwas da drinnen musste gebrochen oder gerissen sein. Er lag vornüber auf dem Lenkrad, was nur den Schluss zuließ, dass er an einem steilen Abhang stand. Die Fensterscheibe hing lose im Rahmen und seine Beine fühlten die Kunststoffverkleidung des Kleinlasters.

Den Grund dafür erkannte er im nächsten Augenblick. Unmittelbar vor ihm entriss das Licht des Vollmondes die raue Rinde eines Baumes dem Halbdunkel. Ein Ast ragte neben ihm ins Führerhaus.

Mann, da hatte er aber noch einmal Glück gehabt. Ein paar Zentimeter, und er wäre aufgespießt worden wie ein Brathähnchen überm Grill.

Sein nächster Gedanke verbannte das kurze Glücksgefühl in eine dunkle Kammer. Von wegen Glück! Er saß gehörig in der Tinte. Warum nur musste er auch wieder fahren wie ein Irrer? Hatte ihn nicht Verena tausendmal gebeten, vorsichtiger zu sein?

Vorsichtig! Das Gegenteil von Lebensfreude. Er liebte es nun mal, schnell zu fahren. Dabei musste er zugeben, seine Frau hatte recht. Zumindest heute. Mit diesem Wagen, mit dieser Ladung. Doch was blieb ihm übrig? Sicher, sein Onkel sorgte mit dem Job bei der GME dafür, dass es ihm gut ging. Aber er wollte seiner hübschen Frau noch mehr bieten.

Nein, nicht mehr – alles. Er liebte Verena. Es war seine Pflicht als Mann, ihr zu beweisen, dass sie ohne ihn nicht mehr sein konnte. Deshalb war der Tipp eines der tschechischen Mitarbeiter der GME drüben, in Domažlice, gerade zur rechten Zeit gekommen. Der Zuverdienst sollte ihm die Möglichkeit geben, seiner Frau alles zu bieten.

Und es hatte ja auch wunderbar geklappt.

Bis jetzt! Sollte die Polizei den Kleinlaster der Firma gründlich durchsuchen, würde sie den doppelten Boden im Laderaum finden und darin die Ware. Das wäre sein Ende. Grigore würde ihm das nie verzeihen. Nicht nach allem, was bisher passiert war.

Aber warum war er überhaupt in diese missliche Lage geraten?

Er versuchte, die Zeit ein paar Minuten zurückzudrehen. So furchtbar schnell hatte er die Kurve doch gar nicht genommen. Nun gut, langsam schrieb sich anders, aber er hatte nie das Gefühl gehabt, die Kontrolle über den Wagen zu verlieren. Hatte er nicht sogar abgebremst? Und war das Pedal nicht leer durchgegangen?

Der Schmerz in der Brust wurde unerträglich, das Atmen zur Qual. Er stützte die Hände aufs Lenkrad, biss die Zähne zusammen und drückte sich langsam nach hinten. Besser, viel besser, dachte er.

Er versuchte, den Kopf zu bewegen, und da sah er es. Der Schatten eines Menschen stand direkt neben dem Seitenfenster. Unbeweglich und stumm beobachtete er ihn. Wie lange schon?

Hilfe, dachte er. Dann sagte er es: »Hilfe! Helfen Sie mir hier raus!«

Die Gestalt reagierte nicht. Hörte sie ihn nicht? Er holte tief Luft – so tief es seine schmerzende Lunge zuließ – und wiederholte diesmal lauter: »Helfen Sie mir!«

Endlich kam Bewegung in die Gestalt. Ohne einen Laut von sich zu geben, bückte sie sich. Das Gesicht blieb im Schatten der Nacht verborgen. Nur das Weiß der Augen und der Zähne, die ein Lächeln in diesem Gesicht verrieten, blitzte im Mondlicht auf.

Was soll das? Warum hilft mir der Kerl nicht?, dachte er.

Plötzlich war da etwas anderes, Neues. Ein Gluckern, dann ein scharfer, beißender Geruch. Nässe durchdrang seine Hose, dann seine Jacke. Der nächste Gedanke mündete in Panik.

Benzin!

Der Fremde schüttete Benzin in den Wagen! Er ließ das Steuerrad los, wollte den Türgriff packen, diesen Irren da draußen stoppen, doch es ging nicht. Er verstand nicht warum, aber er konnte seine Hände nicht bewegen.

Was? Warum?

Ein letzter Versuch einer rationellen Analyse der Situation. Wer hat denn meine Hände ans Lenkrad gefesselt? Und warum?

Die Frage, bereits auf seinen Lippen, verließ diese nicht mehr. Sie wurde zurückgehalten von der winzigen Flamme des Streichholzes, die draußen aufflammte und für einen Sekundenbruchteil das Gesicht des Fremden der Dunkelheit entriss.

»Du?«

Seine Stimme wurde zum Krächzen. Nein, durchzuckte es ihn. Nein, bitte nicht das! Seine Augen sogen sich an der kleinen Flamme fest, folgten, wie diese näher kam, zur Fackel wuchs und schließlich zur Sonne wurde. Eine Sonne, die auf seinem Schoß landete.

Sekunden später gellten seine Schreie durch den Wald.

ICH

Der Abend verspricht besser zu werden, als es die Stunde auf dem Sportplatz erwarten ließ. Verena, Jasmin und Kathy und auch der gut gebaute Miro sind kein Thema mehr. Wir genießen die laue Nacht auf der Hollywoodschaukel im Garten. Ein Gläschen Rotwein für mich, ein Weißer für Claudia und über uns die Sterne. Es könnte kaum romantischer sein. Wäre da nicht mein Handy, dessen nervender Klingelton in Konkurrenz mit dem Konzert der Grillen tritt und diese in puncto Lautstärke locker schlägt.

»Such dir doch endlich mal einen angenehmeren Klingelton«, mault Claudia. »Es gibt da unendlich viele.«

Genau das ist das Problem. Das Angebot macht mir die Auswahl zur Qual und so lasse ich es gleich bleiben. Außerdem verstehe ich nicht, was ein angenehmer Ton bewirken soll. Am Ende höre ich diesem lieber zu, als abzuheben?

Es ist Karl Loibl. Überqualifizierter Landpolizist und Freund.

»Servus, Moritz!«

»Servus, Karl! Was gibt's? Ich hoffe, nichts Dienstliches.« Wohl kaum, denke ich. Zumal unsere Zuständigkeitsbereiche durch die Bezirksgrenze zwischen Niederbayern und der Oberpfalz fein säuberlich getrennt sind. Diesmal jedoch anscheinend nicht.

»Leider doch dienstlich. Ich hoffe, ich störe euch nicht bei etwas Wichtigem?«

Claudia, die Hollywoodschaukel, die Sterne und der Wein. Alles in allem schon ganz schön wichtig. Aber ein

Anruf Karls am Abend dieses Feiertags lässt ebenfalls Bedeutendes vermuten.

»Wenn du Claudias Gesicht sehen könntest, würdest du gleich wieder auflegen.«

»Ich würde Claudias Gesicht viel lieber sehen als deines. Gleich, welche Laune sie hat.«

Na so was. Karl als Charmeur. Wusste ich noch gar nicht.

»Grüß dich, Karl«, meldet sich die Angebetete aus dem Hintergrund. »Lass dich nicht abwimmeln. Moritz schiebt doch ohnehin nur Langeweile. Er sitzt nur bei mir, um mich von einem tollen Fußballspieler abzulenken.«

Also doch! Kann sie meine Gedanken lesen? Ist diese Gabe im zweiten X-Chromosom versteckt? Ich ziehe eine Grimasse und flüchte mich zu Karl. »Also, was ist los?«

»Ein Unfall. Kleinlaster gegen Baum. Ich bin hier oben zwischen Wettzell und Viechtach. Ziemlich üble Sache. Ein Toter.« Kurz und prägnant. Karl eben. Doch was geht mich das an? Ich bin – wie sagt man so schön im Behördendeutsch – weder sachlich noch örtlich zuständig. Ein Unfall ist ein Unfall und kein Mord. Und Wettzell gehört zu Bad Kötzting, Cham und der Oberpfalz, während sich das Feld meiner Schlachten auf Niederbayern beschränkt. Noch ehe ich Karl diese Überlegungen offenlegen kann, fährt er fort: »Ich weiß, du bist kein Verkehrspolizist, aber das ist auch kein gewöhnlicher Unfall, glaub mir.«

»Kein gewöhnlicher Unfall? Was meinst du damit?«

»Komm einfach her und schau dir die Sauerei selber an, okay?«

Eigentlich nicht, aber wenn Karl mich bittet, dann sage ich nicht Nein. Nicht nach allem, was wir beide im letzten Jahr zusammen erlebt haben. »Also gut. Ich bin in 15 Minuten da.«

»Danke. Und grüß Claudia von mir!«

»Mach ich«, sage ich und auf ein Zeichen von ihr: »Liebe Grüße auch von ihr.«

Damit lege ich auf. Schulterzuckend sehe ich sie an. »Ich muss noch mal weg.«

»Geht klar. Wenn Karl ruft.« Sie sagt das weder ärgerlich noch schnippisch. Auch sie weiß, was Karls Freundschaft bedeutet. Auch für Jana.

»Hast du eine Ahnung, warum er deinen Rat nicht angenommen hat und nicht zur Kripo gegangen ist? Er ist doch deiner Meinung nach ein außergewöhnlich talentierter Polizist.« Sie beantwortet ihre Frage mit einer weiteren. »Denkst du, es ist wegen Jana?«

»Vielleicht ist Jana nicht der einzige Grund, wohl aber der wichtigste. Sie könnte ohne Karl niemals ein zweites Leben beginnen. Nicht nach dem, was sie durchgemacht hat.« Und nicht nach dem, was sie getan hat. Dieses Geheimnis bleibt jedoch unausgesprochen zwischen ihr, Karl und mir.

»Außerdem liebt er sie.«

»Ich dich auch.« Ich beuge mich zu ihr hinab und küsse sie auf die Lippen.

»Und jetzt verschwinde«, meint sie. »Ich gönne mir noch ein Glas Wein und dann lass ich meine Gedanken mal in die Umkleidekabine des TSV wandern. Mal sehen, wie sich dieser Miro so unter der Dusche macht.«

Jetzt ist es amtlich: Sie kann meine Gedanken lesen!

*

Blaues Blitzlichtgewitter zerreißt das Dunkel der Nacht und verrät die Unfallstelle schon von Weitem. Die reflektierenden Leuchtstreifen von Feuerwehruniformen tauchen vor mir auf. Zwei junge Männer bedeuten mir, anzuhalten. Mein aus dem Fenster gehaltener Dienstausweis öffnet mir die Absperrung. Rechts neben der Straße weisen umgeknickte Sträucher und dünne Bäume den Weg des Unfallautos. Ich steige aus, sehe einen Kollegen von der PI Bad Kötzting, der mir den Weg weist. »Guten Abend, Herr Buchmann. Kein schöner Anblick da unten.«

Das hört sich ja wenig verheißungsvoll an. Die Feuerwehr hat die Szenerie gut ausgeleuchtet, sodass ich ohne größere Schwierigkeiten den kurzen, aber steilen Abhang hinabklettern kann. Das Unfallfahrzeug ist ein weißer VW-Kleintransporter. An der Seite verrät in grünen Lettern die Aufschrift Green Mountain Electronics den Eigentümer des Haufens Schrott. Denn mehr ist von dem Wagen nicht übrig geblieben. Eine Kiefer hat seine Fahrt nicht nur gebremst, sie hat sich auch als stärker als Blech und Metall erwiesen. Außerdem scheint es, als habe der Wagen gebrannt.

Ich ahne, was mich erwartet, und ich weiß, es wird mir nicht gefallen. Zusammen mit den bleichen Gesichtern der Feuerwehrleute und dem vielsagenden Empfang oben an der Straße bedarf es keiner weiteren Erklärungen. Mein Herz beginnt zu rasen, Schweißperlen laufen über meine Stirn. Plötzlich ist alles wieder da. Die Ereignisse des letzten Jahres, mühsam in einen Winkel meiner Erinnerungen verbannt und doch ständig unter der Oberfläche erkämpfter Normalität treibend. Für ein paar Herzschläge wird mir dunkel vor Augen. Ich lehne mich an einen Baum, atme tief durch. Die anderen dürfen nichts davon mitbekommen. Vor allem Karl nicht, der mir von unten zuwinkt. Der Schatten streicht vorbei und verschwindet. Ein letztes, tiefes Einatmen, dann gehe ich weiter bis zum Fahrerhaus des Wagens.

»Verbrannt?« Ich schüttle Karl die Hand. Der nickt. Ich

schließe kurz die Augen, dann folgt mein Blick dem Schein seiner Taschenlampe. Hell erleuchtet sie ein grausiges Bild, das lieber verborgen geblieben wäre.

Der Fahrer – wieso bin ich mir sicher, dass es ein Mann ist? – oder das, was von ihm noch übrig ist, sitzt seltsam aufrecht hinter dem Steuer. Das Feuer hat ihn bis zur Unkenntlichkeit entstellt. Von einer Kleidung ist auf den ersten Blick nichts mehr zu sehen. Die Haut wirft an einigen Stellen riesige Blasen, hängt in Fetzen an ihm. Anderswo wirkt sie verkohlt. Am schlimmsten hat es den Kopf erwischt. Ein kahler Schädel mit leeren Augenhöhlen und einem weit aufgerissenen Mund starrt uns an. Der Tote scheint zu grinsen, doch ich weiß, dieser Mensch hat in seinen letzten Sekunden nur gelitten und geschrien.

Aber noch immer erkenne ich nicht, was das mit mir zu tun hat. Alles sieht nach einem Unfall aus. Bis zu dem Augenblick, da Karl den Schein der Lampe hinunter zum Lenkrad wandern lässt. Dort bleibt er zitternd an den Händen des Toten hängen. Mein Blick sucht die Augen Karls. Dann schaue ich noch einmal in den Wagen, zum Lenkrad, auf die Hände des Toten.

Jetzt verstehe ich, warum Karl mich gerufen hat.

*

»Was? Handschellen? Heißt das …?«

Obwohl Mitternacht bereits hinter uns liegt, hat Claudia auf mich gewartet. Sie muss den Satz nicht vollenden. Ja, das heißt es!

Der noch Unbekannte wurde ermordet!

Ob sein grausamer Tod so beabsichtigt war, kann ich nicht sagen. Wenn ja, dann … Ja, dann habe ich es mit einem außergewöhnlich sadistisch veranlagten Täter zu tun. Ich kann nur hoffen, dass dem nicht so ist. Ich wage es nicht, mir das Gegenteil auszumalen. Das übernimmt Claudia.

»Gefesselt und verbrannt. Mein Gott! Wenn das so geplant war, dann muss der Täter ja so richtig krank sein.«

»Vielleicht war das Feuer ja so nicht beabsichtigt«, hoffe ich. »Wie dem auch sei, ich muss morgen ganz früh in die Dienststelle. Sicher weiß Kussinger schon Bescheid und wartet auf mich.«

»Bist du überhaupt zuständig?«

Höre ich da einen winzigen Hauch Hoffnung in ihrer Stimme?

»Der Unfall ist genau an der Landkreisgrenze passiert. Deshalb waren die Kollegen von der PI Bad Kötzting vor Ort. Dann sind auch die Viechtacher gekommen und tatsächlich: Zehn Meter fehlen, und die Regensburger müssten sich um den Fall kümmern.« Und damit Mel, füge ich in Gedanken hinzu. Meine Lieblingskollegin wurde endlich für ihre Leistungen in den letzten Jahren belohnt. Die neue Leiterin der Fachkommission K1 bei der Kripo Regensburg heißt seit einigen Tagen Melanie Güßbacher.

Gratuliere!

Auch dazu, dass sie diesen Fall nicht lösen muss. Damit muss sich wohl oder übel Moritz Buchmann von der Kriminaldienststelle Deggendorf herumschlagen.

»Manchmal gäbe es Schöneres, als einen Kriminalbeamten zu lieben«, dringt Claudias Stimme in meine Gedanken. Sie schlingt ihre Arme um meinen Hals und drückt mir einen Kuss auf den Mund. »Jetzt sieh zu, dass du dich schlafen legst! Wie es aussieht, hast du morgen einen langen Tag vor dir.«

»Das mit Sicherheit«, stimme ich ihr zu. Ich weiß aber auch, dass es sinnlos ist, jetzt Schlaf zu suchen. Den werde ich in dieser Nacht nicht finden. Auch sie weiß das. Und sie ahnt, was in mir vorgeht. Claudia hat meinen letzten Mordfall miterlebt.

Sie schlingt ihre Arme um meinen Hals und blickt tief in meine Augen. »Du schaffst das!«

Auch dafür liebe ich sie.

MASCHIACH

Die Augen, die ihn anstarrten, verrieten keine Gefühle. Wut, Trauer, Angst, Liebe, Freude, Glück. All dies war ihnen fremd. Was er in diesen Augen fand, war eine seltsame Teilnahmslosigkeit. Das Unabänderliche war eingetreten. Die Dämonen waren zurückgekehrt und sie machten sich auf, fürchterlich Rache zu nehmen. Lange Zeit hatte er sie besiegt geglaubt, sie gar verspottet. Doch nun waren sie wieder da. Es waren die Dämonen seiner Jugend.

Schon damals hatten sie in ihm gewütet, ihn zu diesen Taten getrieben. Die Erinnerung schwebte gleich einer bleichen Wolke an ihm vorbei.

Es war die Erinnerung an Mäuse, Katzen und Hunde.

Die Erinnerung an Piepsen, Kreischen und Jaulen.

Die Erinnerung an Jungen und Mädchen. An Entsetzen und Schmerz, an Angst und Schreie.

Und die Erinnerung an Glück, an Erregung, an tiefste

Befriedigung. Die Anspannung der Muskeln, das Kribbeln der Haut, das Rauschen des Blutes in seinen Adern, das Gefühl von Macht beim Überschreiten dieser letzten Grenze.

All das war früher gewesen und er wähnte es vorbei, begraben im Dunkel der Vergangenheit.

Jetzt war es wieder da! Alles war wieder da. Wie wenig es doch bedurft hatte, die Dämonen erneut zu wecken. Und nicht nur sie. Da war etwas Neues. Etwas ungemein Befriedigendes. Die Kokosstreusel auf dem Schokoladenkuchen.

Er hatte es nicht gespürt, als er die Handschellen gekauft hatte in diesem Erotikshop, in dem sich niemand an den Mann mit dem schwarzen Bart und den langen Haaren erinnern würde. Zumal der Bart und die Haare längst in einer Mülltonne lagen.

Auch jetzt nicht, da die Bilder noch einmal an ihm vorbeizogen: der Mann, hilflos gefesselt. Der kurze Moment der Hoffnung. Das maßlose Entsetzen in seinen Augen im Augenblick des Verstehens. Nicht einmal die herrlichen Schreie aus dem Feuer hatten dieses Gefühl hervorgerufen. All das war es nicht gewesen. Es war etwas anderes.

So neu! So erregend!

Es war die Frau gewesen, die mit ihrer Geschichte den Begriff zum ersten Mal in sein Bewusstsein gepflanzt hatte. Er erinnerte sich daran, ein Werk begonnen zu haben. Und an das Versprechen, es später zu Ende zu führen. Er erinnerte sich daran, sie alle erlöst zu haben. Doch dann waren die Jahre des Glaubens gekommen und hatten die Dämonen in eine dunkle Kammer seines Kopfes gesperrt. Jetzt waren sie wieder frei.

Waren sie je aus seinem Geist verbannt gewesen? Er glaubte nicht mehr daran. Warum sonst hatte er alles unternommen, um die Geschehnisse, die heute ihren Anfang nahmen, ins Rollen zu bringen?

Spürte er Enttäuschung darüber? Nein, dachte er. Denn da war ja noch dieses Neue, bisher Unbekannte.

Es war Gerechtigkeit! Jawohl!

Gerechtigkeit!

Die Toten seiner Jugend, diese Glückseligen, die das Privileg genossen hatten, von ihm erlöst zu werden, diese zufällig Auserwählten, sie waren vergessen.

Silvian Lazar war der Auserwählte der Gegenwart. Er hatte den Tod verdient. Mehr als das. Er hatte genau diesen Tod verdient!

Für einige Sekunden senkte er den Blick. Dann starrte er wieder in diese Augen.

Was verrieten sie?

Entschlossenheit?

Ja, das war es! Er war entschlossen, der Gerechtigkeit zum Sieg zu verhelfen. Die Zeit der Zweifel war vorbei. Er war kein Mörder. Er war ein Werkzeug der Gerechtigkeit. Er war Maschiach.

Auch die anderen sollten büßen. Alle!

Noch nie hatte ihn solche Erregung ergriffen. Langsam wandte er sich vom Spiegel ab. Die Augen verschwanden. Ohne besondere Eile ging er ins Schlafzimmer und legte sich ins Bett.

Sein Schlaf war tief und traumlos.

Dienstag, 04.10.2016

ICH

Wie vermutet, brachte die Nacht wenig Neues und noch weniger Schlaf. Obwohl ich das Getriebe der Zahnräder in meinem Kopf nicht abschalten konnte, haben diese nichts geliefert. Ohne erste Fakten der Kriminaltechnik und der Gerichtsmedizin wäre dies zu erwarten auch mehr als vermessen. Die Kollegen der Spurensicherung sind noch am Werk und so beschränken sich die ersten Hinweise auf die Angaben der Kfz-Zulassungsstelle. Letztendlich liefern sie mir nur den Halter des Kleinlasters. Und das ist eine Firma. Die Green Mountain Electronics zu Kirchbach kann sich ein neues Lieferfahrzeug besorgen. Die Identität des Fahrers muss erst noch durch einen DNA-Abgleich bestätigt werden. Ich gehe jedoch davon aus, dass die Person, die wie eine Hexe auf dem Scheiterhaufen dem Feuer übereignet wurde, der Geschäftsführer der GME war. Jedenfalls dann, wenn es neben Silvian Lazar nicht mehrere Silvians in der Gegend gibt.

Was eine Gravur im Ehering und ein Blick auf eine Firmenhomepage doch alles verraten.

*

Wie von Claudia prophezeit, wartet Kriminalrat Kussinger an diesem Montagmorgen bereits auf mich. Der Chef der Kriminalpolizeistation Deggendorf war nicht erfreut, einen vermeintlich abgehalfterten Kommissar aus München zugeteilt zu bekommen. Natürlich hat er seine Kontakte zum Landeskriminalamt spielen lassen. So ist ihm nicht verborgen geblieben, warum man dort der Meinung ist, Moritz Buchmann sei für die Landeshauptstadt nicht mehr geeignet. Ob das nur am Verlauf der Ermittlungen im Fall Alois Huber liegt? Immerhin wurden diese von jeder Menge Blut begleitet.

Das allein kann es aber nicht sein.

Vielleicht bin ich jemandem beim LKA schon länger ein Dorn im Auge.

Vielleicht hat jemandem auch meine Personalakte nicht gefallen.

Deggendorf erweist sich als ganz passabel, zumal mein neuer Chef nach ein paar Wochen und einigen aufgeklärten kleineren Delikten ganz zufrieden mit mir ist.

Jetzt aber steuere ich mit vollen Segeln in einen Fall ganz anderen Kalibers. Mit öffentlicher Aufmerksamkeit, Medienrummel und allem Drum und Dran.

Bernd Kussinger hat die Gefahr sofort erkannt. »Wenn es das ist, was ich befürchte, dann haben wir es vielleicht mit einem Mehrfachtäter zu tun. Sie wissen, was das bedeutet, Buchmann?«

Klar weiß ich das: Finden Sie ihn, bevor weitere Morde passieren!

Er muss es nicht sagen. Ich verstehe ihn auch so. Trotzdem muss ich mich allein mit der Sache rumschlagen. Die Personalpolitik des Freistaats hat auf die Pensionierung meines Kurzzeitkollegen der ersten Tage in Deggendorf noch nicht reagiert.

Wie also soll ich jetzt vorgehen? Natürlich bin ich ein erfahrener Ermittler und dies ist nicht mein erster spektakulärer Fall.

Etwas jedoch fehlt. Besser gesagt, jemand. Melanie Güßbacher, meine Lieblingskollegin. Seit einem Jahr beschränkt sich ihr Kontakt zu mir auf eine Internetfreundschaft und einige Kurzbesuche im Bayerischen Wald. Stefan Kellermann, mein Teamkollege aus früheren Jahren, klettert derweilen unaufhaltsam auf der Karriereleiter des BKA nach oben und Sven Straubmann, nun ja, Sven hätte mein neuer Partner werden können, wäre ich noch für das LKA München tätig.

Das, was ich in der Anfangszeit unserer Bekanntschaft nie für möglich gehalten habe, ist eingetreten. Ich hätte Sven gern an meiner Seite, zumal er im Gegensatz zu mir ein ausgewiesener Computerexperte ist. Allein schon der Gedanke an Stunden vor dem Bildschirm ruft Übelkeit in mir hervor. Und Surfen gehört auch nicht zu meinen bevorzugten Sportarten.

Um diese Unannehmlichkeiten zu umgehen, werde ich Sven bitten müssen, ein paar Recherchen für mich anzustellen. Nebenbei natürlich! Mal sehen, was er gerade so macht.

*

Mein Anruf sorgt bei Sven für unerwartete Begeisterung. Seit er aus dem Krankenhaus entlassen wurde, verbringt er den Großteil seiner Zeit im Innendienst. Obwohl er nicht geschont werden möchte, denken seine Vorgesetzten, dass sie genau das tun müssen, und verkennen dabei, dass sich Sven nach einem Einsatz an der Front sehnt. Doch bis dahin wird die Sonne wohl noch einige Male auf die Nackten im Englischen Garten herabscheinen. Da ist es nur recht und billig, seine Langeweile mit ein bisschen Mord zu bekämpfen. Wenn auch nur vom Bürostuhl aus. Sven wird mein Tor zur Welt der Informationen. Und die benötige ich dringend.

Zuerst über die Green Mountain Electronics und deren Geschäftsführer.

»Ich mach mich sofort an die Arbeit«, verspricht Sven. Ich möchte mich verabschieden, doch er holt noch einmal tief Luft. Ich ahne, was kommt, und dennoch habe ich Angst davor.

»Moritz, du … weißt hoffentlich, dass ich dir nichts nachtrage.«

Seltsam. Seit unserem gemeinsamen Fall im Osserwinkel ist ein Jahr vergangen und doch haben wir bisher keine Gelegenheit gefunden, uns darüber auszusprechen. Warum gerade jetzt?

»Das, was passiert ist, wäre so oder so geschehen«, fährt er fort. »Außerdem war es meine eigene Schuld. Ich hätte nicht allein zu Kurt gehen dürfen.«

Wahrscheinlich hat er recht. Bei Betrachtung aller Umstände sogar mit Sicherheit. Und dennoch! Was soll ich jetzt sagen?

Soll ich erzählen, dass ich oft mitten in der Nacht aufwache? Schweißgebadet und zitternd.

Dass ich träume von ihm? Aufgespießt und durchbohrt von unzähligen Zacken des Heuwenders.

Dass ich von Jochen Schreiner träume, von seiner Frau und seiner blinden Tochter?

Soll ich ihm erklären, dass ich ganz froh bin, nicht mehr beim LKA zu sein, sondern in Deggendorf? Froh, seither mit keinen Morden konfrontiert worden zu sein?

Soll ich ihm gestehen, dass von seinem einstigen Vorbild nicht mehr viel übrig ist?

Und soll ich von dem Mann berichten, dessen verkohlte Haut in Fetzen an ihm herunterhängt, dessen Augen in ihren Höhlen geschmolzen sind? Davon, dass ich in der letzten Nacht schreiend hochfuhr? Dass Claudia, vor der ich meinen Zustand so lange verborgen glaubte, mich in die Arme genommen hat? Dass sie mir versicherte, seit Langem zu wissen, wie es um mich steht? Dass sie mir versprach, alles würde wieder gut werden?

Soll ich ihm sagen, dass ich Angst habe?

Nein, ich werde weder ihn noch jemand anderen in den Strudel meiner Gefühle hineinziehen. Also beschränke ich meine Antwort auf Svens Freispruch, auf ein schlichtes »Danke«. Ich hoffe, er versteht auch so.

Sven verabschiedet sich und lässt mich und meine Gedanken zurück.

Noch während diese weiter durch meinen Kopf flattern, öffnet sich die Tür und Doris Späth schießt herein. Trotz der frühen Stunde strotzt sie vor Tatendrang. Schwungvoll platziert sie einige Blätter Papier auf meinen Tisch und noch ehe ich sie mir genauer ansehen kann, ist sie schon wieder verschwunden. Dagelassen hat sie die Berichte der Kriminaltechnischen Untersuchung und der Gerichtsmedizin. Und den DNA-Abgleich.

Silvian Lazar. Wie erwartet.

Die medizinische Abteilung bestätigt meine Befürchtungen. Er war noch nicht tot, als ihn das Feuer verzehrte. Bis jetzt hatte ich gehofft, mich zu irren, doch nun ist es amtlich. Der Täter wollte Silvian nicht nur töten. Er wollte ihn quälen. Ein Racheakt? Eine Warnung für andere? In jedem Fall die Tat eines kaltblütigen Mörders, der ein Zeichen setzen wollte, oder die Tat eines kranken Sadisten.

Und was hat die KTU? Ich lese den Bericht zweimal, versuche mir alle Fakten einzuprägen. Der Täter hat Silvian mit einem Brandbeschleuniger bespritzt und ihn angezündet. Von dort hat sich das Feuer auf den Wagen ausgebreitet. Der Unfall war vorbereitet und vorhersehbar gewesen. Die Bremsleitungen haben versagt. Ich habe etwas in der Art bereits vermutet. An der Unfallstelle gab es keine Bremsspuren.

Ich stehe auf und sehe zum Fenster hinaus. Wie muss ich mir das vorstellen? Der Täter bearbeitet die Bremsleitungen des Firmenwagens. Er weiß vielleicht, welche Strecke Silvian in dieser Nacht fahren wird. Warum? Er muss sein Opfer kennen. Aber er weiß nicht, wann die Bremsen versagen werden. Er muss also seinem Opfer folgen und hoffen, dass der geplante Unfall irgendwo zwischen zwei Ortschaften passiert. Er muss Handschellen dabeihaben. Woher hat er diese? Eine Aufgabe für die KTU. Er muss Benzin in einem Kanister mit sich führen. Er muss zu allem entschlossen und nicht zuletzt sadistisch veranlagt sein. Denn kein normales Gehirn plant, einen Menschen bei lebendigem Leib zu verbrennen.

Ich brauche jetzt einen Kaffee. Auf dem Weg zum Automaten grüße ich automatisch Kollegen und Kolleginnen auf dem Flur, ohne sie richtig wahrzunehmen. Und dann muss ich mich doch noch mit einem von ihnen beschäftigen. Gerhard Schweiger fühlt sich genötigt, mir von einer aufregenden Jagd auf jugendliche Autoknacker zu berichten. In allen Details natürlich. Möglicherweise für ihn spannend, für mich angesichts meiner Probleme jedoch im unteren Bereich der kriminalistischen Dringlichkeitsskala angesiedelt. Gerhard sieht das ganz anders und die betroffenen Autobesitzer sicher auch.

Nach 15 Minuten gelingt es mir endlich, ihn abzuschütteln. Erleichtert aufatmend erreiche ich die Sicherheit meines Büros. Dort verkündet ein Klingeln, dass ein Anrufer schon auf mich wartet.

Sven! Eine knappe Stunde schien ihm zu reichen, um die ersten Informationen zu besorgen. Seine Stimme klingt völlig normal. Hat er unser Gespräch von vorhin so schnell abgehakt?

Für mich völlig überraschend gestand er mir, ein schlechtes Gewissen wegen meiner Versetzung weg aus München zu haben. Natürlich weiß ich, dass weder Sven noch sein Landtagsonkel hier ihre Hände im Spiel haben. Und auch mein Ex-Chef nicht. Schulz hat sogar dafür gesorgt, dass ich nicht in Hof oder Coburg landete. Deggendorf, eine Stunde Fahrzeit von München entfernt, sollte doch ganz in Ordnung sein?

Letztendlich hat wohl meine Personalakte den Ausschlag gegeben. Meine früheren Alkoholeskapaden waren der Inneren schon immer ein Dorn im Auge.

Nachdem ich das Sven erklärte, war für ihn die Angelegenheit erledigt. Auch für mich? Ich muss es versuchen. Das bin ich auch ihm schuldig.

»Also«, eröffnet er seinen Kurzbericht, »die Green Mountain Electronics, kurz GME, ist eine GmbH mit Sitz in Kirchbach. Dort bist du doch seit Neuestem zu Hause?«

Richtig, dort bin ich zu Hause. »Ja. Ich kenne das Firmengebäude. Wurde letztes Jahr im Gewerbegebiet an der Staatsstraße drüben eröffnet. Ein modernes Gebäude aus Beton und Glas. Das Umfeld gepflegt und einladend. Das Geschäft scheint nicht schlecht zu laufen.«

»Kann ich so bestätigen. Die GME produziert in Tschechien, Polen und Rumänien Elektrokomponenten für Zulieferer der Auto- und Medizinindustrie. Und solche gibt es ja einige in eurer Gegend. Der Warenverkehr läuft fast ausschließlich über den Grenzübergang Furth im Wald. Ein kleiner Kundenkreis ist auch in der Rüstungsindustrie zu finden. Denkst du, das wäre ein Ansatz?«

»Möglich, ja. In kaum einem anderen Metier wird so viel Geld umgesetzt. Das zieht das Verbrechen an wie Blumen die Bienen.«

Der Gedanke führt mich zum nächsten: Polen, Rumänien, Tschechien. Namen für die Drogenautobahn in den Westen. Wahrscheinlich werde ich meinen Kumpel Wolfgang wieder belästigen müssen.

»Der Betrieb beschäftigt fast 150 Leute, davon 20 in der Zentrale in Kirchbach«, fährt Sven fort. »Geschäftsführer war dein Toter. Silvian Lazar war gebürtiger Rumäne, seit zwei Jahren in Deutschland. 34 Jahre alt, verheiratet, keine Kinder. In Rumänien Volksschulabschluss, kein Abitur, keine Wirtschafts- oder kaufmännische Ausbildung.«

Alle Achtung. Sven weiß, worauf es ankommt. Er stellt die Frage unausgesprochen in den Raum: Wie bringt es jemand ohne entsprechende Ausbildung zum Geschäftsführer einer international tätigen, erfolgreichen Firma? Und er liefert die Antwort gleich mit.

»Eigentümer der GME sind zwei Brüder, die gleichzeitig die Onkel unseres Verblichenen sind. Ludovic und Grigore Lazar stampften den Betrieb vor zwei Jahren aus dem Boden. Da war wohl eine Menge Geld im Spiel. Es gab eine Vorgängerfirma, von der die GME offensichtlich die Produktpalette und den Kundenstamm übernahm. Nach einigen Monaten in einer gemieteten Halle in Straubing haben sie sich entschlossen, dass es für sie eines repräsentativeren Gebäudes bedarf. Ihre Wahl fiel auf Kirchbach. Dort kauften sie ein Grundstück und eröffneten im November 2015 ihren neuen Firmensitz.«

Wieder eine unausgesprochene Frage. Warum in der Provinz und nicht in Regensburg oder zumindest Straubing oder Deggendorf? Diesmal bleibt Sven die Antwort schuldig.

»Scheint ja ein regelrechter Familienbetrieb zu sein«, kehre ich zu seinem Bericht zurück.

»Jedenfalls sind die beiden Lazars strafrechtlich ein unbeschriebenes Blatt. Jedenfalls offiziell.«

Es folgt die für ihn typische Kunstpause. Drei Atemzüge Spannungserhöhung, dann fährt er fort: »Also habe ich wieder einmal die allgemein zugänglichen Wege des Internets beschritten. Bei Google taucht der Name der Firma in erster Linie im Zusammenhang mit dem TSV Kirchbach auf.«

»Als Sponsor.«

»Genau. Aber ich habe auch noch einen Zeitungsartikel gefunden. Ein Lokalreporter hat im Rahmen der Serie ›Unternehmen im Landkreis‹ einen Bericht über die GME gebracht. Dabei hat er auch Mitarbeiter befragt. Das Betriebsklima dort scheint hervorragend zu sein. Den Beschäftigten ist es auch erlaubt, firmeneigene Fahrzeuge zu Privatzwecken zu nutzen.«

»Wie es unser Mordopfer getan hat.«

»Nun, als Geschäftsführer dürfte das für ihn kein Problem gewesen sein. Was aber, wenn er dies allen Mitarbeitern erlaubt hat, um seine Fahrten mit den Kleintransportern unauffällig aussehen zu lassen?«

»Du denkst, er hat diese Touren öfter gemacht?«

»Jedenfalls gestern. Warum war er an einem Feiertag mit einem Firmenfahrzeug unterwegs?«

»Die er ungebremst an einem Baum beendete. Die Frage habe ich mir auch schon gestellt. Es gibt nur eine Antwort.«

»Er wollte etwas transportieren. Etwas, das zu groß für ein normales Auto war.«

»Und etwas, das es zu verstecken galt«, vervollständige ich seinen Satz. »Warum sonst nachts und heimlich?«

»Und hinter dem jemand anders her war«, führt Sven den Gedanken fort.

»Sein Mörder? Warum aber dann die Feuershow?«

»Ablenkung? Spuren verwischen? Keine Ahnung. Das musst du noch herausfinden.«

»Und du noch ein bisschen mehr über die Brüder Lazar.«

»Jawohl, Chef. Da mach ich mich doch gleich an die Arbeit.«

»Hast du denn überhaupt Zeit dafür?«

»Mein lieber Herr Kommissar. Zeit ist das Einzige, das ich im Überfluss habe.«

*

Ein paar Sekunden später wähle ich die Nummer von Kurt Amberger. Der Ingenieur leitet die KTU des Polizeipräsidiums Straubing und ist damit auch für die Außenstelle Deggendorf verantwortlich.

»Herr Buchmann? So früh schon? Haben Sie unseren Bericht noch nicht erhalten?«

Meine bisherige Zeit in Deggendorf hat für ein Du zwischen uns noch nicht gereicht. Dem Ärger in seiner Stimme zu folgen, wird es auch heute nicht dazu kommen. Zumal wir eine kultivierte Abneigung gegen den jeweils anderen pflegen.

»Ihnen auch einen schönen Tag, Herr Amberger. Doch, schon. Schnell und präzise wie immer. Keine Sorge. Ich weiß doch, dass Ihr Team stets das Beste gibt. Ich wollte Sie nur bitten, sich den Wagen etwas genauer anzusehen.«

»Wir haben uns den Wagen sehr genau angesehen, glauben Sie mir.«

Ich zögere eine Sekunde. Zu lange für Kurt Amberger.

»Sind Sie noch da?«

»Ja, bin ich. Ich meinte nicht die Unfallursache. Es besteht die Möglichkeit, dass Herr Lazar etwas transportieren wollte.«

»Ach ja? In einem Kleinlaster?« Ärger ist jetzt Spott gewichen. »Da war nichts. Der Laderaum ist völlig leer.«

»Der Laderaum schon«, überhöre ich die Häme in seiner Stimme. »Haben Sie nach einem möglichen Versteck gesucht?«

»Versteck? Äh, nein. Warum sollten wir auch?«

»Dann tun Sie das bitte. Und rufen Sie mich an, wenn Sie etwas finden.«

*

Die kommende Begegnung ist nicht geeignet, meine Laune zu bessern. Wieder einmal bin ich der Überbringer der schlechten Botschaft. Wenigstens ist Verena Lazar vorgewarnt. Spätestens seit die Mitarbeiter der Rechtsmedizin letzte Nacht bei ihr wegen des erforderlichen DNA-Abgleichs vorstellig wurden, muss sie sich mit dem Gedanken beschäftigt haben, Witwe zu sein. Ein Haar aus Silvians Kamm brachte schließlich den endgültigen Beweis, dass der verkohlte Torso der letzten Nacht einmal ihr Ehemann gewesen war.

Bis dass der Tod euch scheidet, eben. Und ich bin es jetzt, der ihren letzten Funken Hoffnung, sofern dieser noch glimmt, löschen muss.

Während der Fahrt nach Moosbach, dem Wohnort des jungen Paares, gehe ich noch einmal in Gedanken die ersten Fakten durch. Ich werde Verena damit konfrontieren müssen, dass der Täter ihren Mann nicht nur töten wollte. Er wollte Silvian lebendig verbrennen! Nicht der Wagen hat sich beim Unfall entzündet. Er war es, der zuerst gebrannt hat. An der Flucht gehindert durch Handschellen aus dem Erotiksortiment einer einschlägig bekannten Handelskette. Nicht sonderlich stabil, aber feuerfest genug, um nicht in der Flammenhölle des Fahrerhauses zu schmelzen. Für den Zweck ausreichend eben. Die Kollegen versuchen, den Laden und Näheres über einen möglichen Käufer herauszufinden. Ein dünner Faden Hoffnung, an den sie sich klammern. Nach meiner Erfahrung verschenkte Zeit.

Silvian Lazar war zum Zeitpunkt seines Todes trocken wie ein Schwamm in der Wüste, sagt die Gerichtsmedizin. Kein Alkohol, keine Drogen, keine Medikamente. Er starb an einem neurogenen Schock, ausgelöst durch die kaum vorstellbaren Schmerzen.

Vielleicht eine Enttäuschung für den Täter? Warum diese Art des Todes? Eine Warnung? Rache? Vergeltung?

Oder auch, und davor habe ich am meisten Angst: Freude am Leid des anderen. Ein Psychopath und Sadist wäre das Letzte, was ich hier im Bayerischen Wald haben möchte.

Hier nicht und nirgendwo.

*

Das Haus, das Verena Lazar nun allein bewohnen wird, ist nicht zu übersehen. Am Ortsrand Moosbachs gelegen, hebt es sich durch seinen modernen Baustil von den übrigen Gebäuden des Dorfes ab. Schon der Garten des mit einem herrlichen Blick über die Hügel des Bayerischen Waldes gesegneten Anwesens riecht förmlich nach Geld. Silvians Geschäftsführergehalt konnte sich offensichtlich sehen lassen.

Ob er deshalb diese attraktive Frau abbekam? Verena Lazar hat alles, was man von einer schönen Frau erwartet. Auch die tiefen Ringe um die geröteten Augen, die eine Nacht mit Tränen, wenig Schlaf und vielen Ängsten verraten, können das hübsche Gesicht nicht verunstalten.

»Kommen Sie herein«, bemüht sie sich um Fassung, ohne

meinen Dienstausweis, den ich gewohnheitsmäßig zücke, auch nur anzusehen. Sie führt mich in ein riesiges Wohnzimmer. Durch eine vollverglaste Außenwand fällt der Blick hinaus in den Garten. Auch hier grüßen aus jeder Ecke Wohlstand und Reichtum.

»Frau Lazar. Ich muss Ihnen leider sagen, dass die DNA-Proben übereinstimmen. Der Tote ist Ihr Mann. Es tut mir wirklich leid.«

Sie nickt mechanisch. Obwohl sie mit diesem Ergebnis rechnen musste, ist es doch immer wieder dieser Augenblick der letzten Gewissheit, der dem Menschen die Endgültigkeit des Todes vor Augen führt. Erschöpft lässt sie sich in einen der Sessel fallen und stützt den Kopf in die Hände. Sie sagt nichts. Was sollte sie auch? Ich lasse ihr einige Sekunden, beobachte, wie ihre Augen groß werden. Ein Wort meiner Vorstellung hat die richtige Stelle in ihrem Kopf erreicht.

»Kriminalpolizei! Warum Kriminalpolizei? Silvian hatte doch einen Unfall? Ich habe ihn immer wieder gebeten, nicht so zu rasen. Er hat nie auf mich gehört. Er liebte schnelle Autos. Es war doch ein Unfall?«

Jetzt wird es richtig übel. Ich hole tief Luft. Und dann erzähle ich ihr von Feuer und Handschellen.

Die junge Frau, die seit dieser Nacht Witwe ist, läuft ziellos durch den Raum. Endlich bleibt sie vor mir stehen.

»Sie wollen mir sagen, dass Silvian ermordet wurde? Nein, nicht ermordet. Verbrannt! Wollen Sie das sagen?«

Ihre Augen starren mich an. Wie auch soll sie das Unglaubliche glauben?

»Frau Lazar, bitte setzen Sie sich.« Ich nehme sie bei der Hand und führe sie zur Couch. »Ich weiß, diese Frage klingt naiv, aber sie gehört nun mal zum Programm: Hatte

Ihr Mann Feinde? Ich meine, Feinde, die ihm so einen Tod wünschen.«

Sie atmet tief durch. »Geschäftlich weiß ich das nicht, aber privat sicher nicht. Er hatte sogar ziemlich viele Freunde.«

»Durch sein Engagement für den Fußball?«

»Das sicher auch. Aber auch in der Firma war Silvian gern gesehen. Das Betriebsklima dort soll sehr gut sein. Die Bezahlung übrigens auch.«

»Wie lange schon kennen Sie Ihren Mann?«

Sie blickt auf ihre Hände, den Ring an der rechten. »Ich habe Silvian zum ersten Mal in Straubing getroffen. Beim Eishockey. Die Tigers haben gegen die Augsburg Panthers gespielt. Ich war mit Freunden dort. Silvian saß eine Reihe hinter mir. Nach der Schlusssirene hat er mich aufgehalten und gefragt, wer gewonnen hat. Er sagte, er habe die ganze Zeit nur mich angesehen und keine Minute des Spieles mitbekommen. Ich fand das lustig und romantisch zugleich. Wir haben unsere Handynummern ausgetauscht. Tja, so ging es los. Silvian war nett und charmant. Und er hat mich auf Händen getragen. Und das auch noch nach unserer Hochzeit. Wir haben vor vier Monaten geheiratet.«

So viel zum Kirchbacher Geheimdienst. Jasmin und Kathy müssen wohl ihre Ohren auf andere Neuigkeiten ausrichten. Verena Lazar hat ihren Mann nicht betrogen. Auch nicht mit diesem Schönling von einem Fußballer. Dessen bin ich mir ganz sicher.

Wieder blickt sie auf den Ring an ihrem Finger, zögert. »Das Haus haben wir gekauft. Der frühere Besitzer hat sich übernommen. Silvian sagte, es war ein Schnäppchen, was immer das heißen mag. Ich denke, es war noch immer teuer genug. Aber er war ja Geschäftsführer und hat richtig gut verdient.«

Seltsam, denke ich. Sie scheint über ihre finanzielle Situation kaum Bescheid zu wissen. Hat sie das alles ihrem Mann überlassen?

»Als Nächstes wollten wir ein Kind.« Sie kann jetzt die Tränen nicht mehr zurückhalten. Jahrelange Erfahrung hat mich gelehrt, für diese Situationen tiefster Verzweiflung gewappnet zu sein. Ich reiche ihr ein blütenweißes Taschentuch. Eine schmale Brücke des Vertrauens.

Die beiden waren eine deutsche Musterfamilie. Hochzeit, Haus, Kind. Wie gemalt. Bis gestern jedenfalls. Gestern entschied sich jemand, diesen Lebensplan zu durchkreuzen.

»Wie würden Sie Ihre Ehe bezeichnen? War es eine glückliche?« Diesmal zögert sie nicht. »Ja, das war sie. Ich war glücklich. Silvian war ein wunderbarer Ehemann.«

War! In dem Augenblick, da sie das Wort ausspricht, wird ihr erneut dessen Tragweite bewusst. Sie schließt die Augen und lehnt sich schluchzend zurück. Eine Minute später hat sie sich wieder gefangen. »Entschuldigung«, flüstert sie.

Ich nicke ihr zu. »Hatte Ihr Mann Familie? Ich meine, ist er allein nach Deutschland gekommen?«

»Er hatte keine Eltern mehr, wenn Sie das meinen. Aber er war nicht allein. Silvian hat zwei Onkel, die sich um ihn kümmern. Ich habe die beiden noch nicht oft gesehen. Eigentlich nur zur Hochzeit. Ja, da waren sie alle da. Auch jede Menge Cousinen und Cousins. Einige kamen sogar aus Rumänien. Silvian sagte, dort sei Familie alles und die Hochzeit eines Familienmitglieds zu versäumen undenkbar. Diejenigen, die in Deutschland leben, haben alle Karriere gemacht. Soviel ich weiß, fehlt es ihnen nicht an Geld. Das stimmt wohl, wenn ich an die Autos denke, mit denen sie damals vorgefahren sind.«

»Arbeiten bei der GME noch andere Verwandte Ihres Mannes?«

Sie überlegt kurz. »In Kirchbach nicht, aber ich denke,

in der Zweigstelle in Rumänien sicher. Aber genau weiß ich das nicht. Silvian hat nie viel über die Firma geredet.«

»War er oft geschäftlich unterwegs?«

»Ziemlich oft. Manchmal auch an den Wochenenden oder spätabends. Aber das brachte seine Stellung wohl so mit sich.«

»Hat er Ihnen gesagt, wohin er gestern Abend wollte?«

»Nein. Es war keine Seltenheit, dass er noch mal wegmusste.«

»Können Sie sich vorstellen, warum er einen Wagen der Firma genommen hat? Wo doch in Ihrer Garage wahrlich kein Notstand herrscht und er laut Ihrer Aussage gern schnelle Autos fuhr. Wieso da ein Lkw?«

Sie schüttelt den Kopf. Sie weiß es wirklich nicht. Ihr Mann ließ sie offensichtlich über so manche Dinge im Unklaren. Und sie machte sich keine Gedanken über seine Geschäfte. Entweder ist Verena Lazar von einer gewissen Naivität geprägt oder – und davon gehe ich aus – ihr privates Glück reichte ihr. Warum auch nicht?

»Nein, er nimmt öfter Fahrzeuge der Firma. Das ist dort allen Mitarbeitern erlaubt.«

Sie spricht wieder in der Gegenwart von ihm. Noch immer hat sie sein Tod nicht vollständig erreicht. Versteckt in einer Ecke ihres Bewusstseins lächelt Silvian ihr noch zu, hält er sie noch in den Armen.

Ich will sie nicht länger quälen. »Vielen Dank, Frau Lazar, dass Sie sich trotz der schwierigen Situation Zeit für mich genommen haben. Falls ich noch Fragen habe, kann es sein, dass ich noch mal bei Ihnen vorbeikomme.«

»In Ordnung. Wenn ich Ihnen helfen kann, den Mörder meines Mannes zu finden.«

Das kann ich ihr nicht versprechen. Nur, dass ich mein Bestes geben werde.

GRIGORE

Der Anruf erreichte Grigore auf halber Strecke zwischen München und Kirchbach. Die Freisprecheinrichtung seines Audi Q7 gestattete es ihm, mit unverminderter Geschwindigkeit weiter nach Osten zu fahren. Für gewöhnlich war er ein guter Fahrer, doch die Nachricht vom Tod seines Neffen warf ihn aus der Bahn.

Seltsam, dachte er. Früher hatte er nicht nur innerhalb der Familie als eiskalt gegolten. Dabei war er das nie gewesen. Er vermied es jedoch mit eiserner Disziplin, seine Gefühle nach außen dringen zu lassen. Disziplin, das war sein Credo, seit er denken konnte. Nur so hatte er es an die Spitze der Organisation geschafft. Damit und mit Härte und Grausamkeit.

Doch davon wollte er nichts mehr wissen. Diese Zeit war vorbei. Es galt, die Familie zu schützen. Auch vor dem Zugriff des Staates. Und deshalb mussten die Geschäfte sauber wie eine Schneeflocke im Winter aussehen.

Allein schon wegen Milan. Mit ihm hatte Grigores neues Leben begonnen. Der Sohn seiner Tochter Ada war nicht nur der erste in Deutschland geborene Lazar. Er war auch ein kleiner Engel, der das kalte Herz seines Opas mit jedem Lächeln ein Stück mehr schmolz. Ihn im Arm zu halten, war mehr wert als alles Geld dieser Welt. Milan verdiente es, nicht als Teil einer Familie aufzuwachsen, die von der Polizei und der Konkurrenz gejagt wurde. Nein, er sollte als unbescholtener Mensch durchs Leben gehen können.

Unbescholten und wohlhabend natürlich. Die Vergangenheit des Großvaters sollte ihm dabei nicht im Wege stehen. Er hatte alles für dieses neue Leben getan.

Die Firma: Sie sollte absolut sauber arbeiten. Keine Steuertricksereien, gute Bezahlung der Mitarbeiter, keine geschäftlichen Unregelmäßigkeiten.

Der neue Wohnort: nicht in einer Großstadt, nicht in einem der mondänen Orte an einem der Bilderbuchseen im Voralpenland. Ein kleines Dorf im Bayerischen Wald. Abgelegen und unauffällig. Hier konnte man die Anerkennung der Leute noch durch Höflichkeit und Hilfsbereitschaft gewinnen. Dazu das Engagement für die örtlichen Vereine. Das kam gut an. Alles lief wie geplant.

Und jetzt das! Silvian tot. Ermordet! Verbrannt!

Verena hatte Mühe gehabt, zwischen Tränen und Schluchzen die Einzelheiten zu schildern. Auch die Polizei war schon bei ihr gewesen.

Warum Silvian? Schickte sich die Vergangenheit an, Grigores Traum zu zerstören?

Er verdiente diesen Traum nicht. Er wusste das, und dennoch war er nicht bereit, freiwillig daraus zu erwachen.

Das Gleiche galt für den Mann am anderen Ende der Leitung. Ludovic war der Jüngste von ihnen und er war der Mann fürs Grobe. Während er, Grigore, stets versucht hatte, ihre oftmals gefährlichen Geschäftspartner mit Argumenten zu überzeugen, scheute sein Bruder nicht davor zurück, auch mal die Fäuste oder eine Waffe einzusetzen. Dies war früher häufiger nötig gewesen, als es Grigore recht gewesen war. Ludovic und Ghenadie, der als Ältester unter ihnen die Firma bis zu seinem Tod leitete, hatten Kunden und Schleuser jedoch stets überzeugen können, dass es für sie das Beste war, mit den Lazar-Brüdern zu kooperieren. Zusammen hatten sie aus dem Familienbetrieb in kurzer Zeit ein kleines Kartell geformt, das am Ende nicht nur die Familie ernährte, sondern auch andere Bewohner Muntele Reces, jenes kleinen Ortes in den Rumänischen Karpaten, den sie verlassen hatten, um das Glück zu suchen. Jetzt leitete Ludovic dort ihren Zweigbetrieb, der nicht weniger als das Ende der Hoffnungslosigkeit für die Menschen des Dorfes bedeutete. Grigore wusste, sein Bruder würde seinen Seelenfrieden nur in ihrer beider Heimat finden. Außerdem – bei dem Gedanken huschte ein Lächeln über sein Gesicht – war Ludovic ein miserabler Geschäftsmann und es hätte nicht lange gedauert, bis er mit dem deutschen Rechtssystem in Konflikt geraten wäre.

Auch jetzt konnte er sein aufbrausendes Wesen nicht bezähmen. »Was ist los bei euch da drüben? Kannst du mir sagen, was das mit Silvian soll?«

Ludovic wusste also Bescheid. Das verwunderte nicht. Nachrichten, die die Familie betrafen, machten schnell die Runde. Dafür sorgten die Frauen, und in Zeiten des Internets gab es die alten Grenzen nicht mehr.

»Na was? Er wurde ermordet. Sicher nicht freiwillig, oder?«

»Bestimmt nicht auf diese Weise. Aber warum? Was hat der Kerl wieder angestellt? Hat er sich auf irgendwelche Geschäfte eingelassen?«

Das fragte sich auch Grigore. Sein Neffe pflegte einen aufwendigen Lebensstil und es würde nicht überraschen, wenn die Anteile aus den ehemaligen Geschäften und das Gehalt, das er ihm über die GME zahlte, hierfür nicht ausreichten. Silvian war nicht der Hellste in der Familie und er hatte sie alle in die größten Schwierigkeiten gebracht, die man sich nur vorstellen konnte. Sein Versagen und das der beiden anderen hatte das Ende der kriminellen, aber auch goldenen Ära ihres Unternehmens eingeläutet. Seine Unbesonnenheit und seine Feigheit. Aber er gehörte zur Familie.

»Silvian war ein Idiot! Das weißt du genauso gut wie ich. Wir hätten ihm die Geschäftsleitung der GME nie übertragen dürfen. Er hatte diese zweite Chance nicht verdient. Und die beiden anderen auch nicht.«

Sogar im Wissen um den furchtbaren Tod seines Neffen konnte Ludovic seine Verachtung nicht verbergen. Zu tief saß der Stachel des Versagens. »Wir hätten noch so viel Geld machen können. Das ganze letzte Jahr. Diese feige Memme hat uns alles verdorben.«

»Jetzt fang nicht wieder damit an!« Er konnte die alte Leier nicht mehr hören. »Ich hab genug davon. Wir haben das gemeinsam entschieden, und glaube mir, es war gut so.« Grigore dachte an Ada und Milan.

Er wusste, für Ludovic war es nicht gut. Mitte des Jahres 2015, als das anfängliche Rinnsal der Flüchtlinge die Ausmaße eines gewaltigen Stromes angenommen hatte, war ihr Unternehmen auf dem Höhepunkt gewesen. Vom ersten Fuß, den ein Rettung suchender Syrer, Afghane oder Libanese in eines der überladenen Boote setzte, bis zu dem Zeitpunkt, da er erstmals deutschen Boden betrat, hatte die Familie alles organisiert. Und für alles kassiert natürlich.

»Gott sei Dank muss Ghenadie nicht mehr erleben, was für ein Versager aus seinem Sohn wurde.«

Ludovic konnte es nicht lassen. Und das Schlimmste daran war, er hatte recht. Ghenadie war es gewesen, der die Weichen für ihren Aufstieg gestellt hatte. Er hatte die Kontakte zu den richtigen Stellen geknüpft. Ghenadie hatte sich nicht einmal gescheut, europäische Fördertöpfe anzuzapfen. Diese und das illegale Geld hatten die kleine Fabrik für Computerzubehör schnell wachsen lassen. Seit dem Umzug nach Deutschland sprudelte sie nun als neue Haupteinnahmequelle der Familie.

»Ich bin froh, dass unser Bruder nicht mehr erleben musste, dass sein Sohn bei lebendigem Leib verbrannt ist«, sagte Grigore. Er hörte den jüngsten der Söhne von Mugur und Caralina Lazar tief durchatmen. Vielleicht begriff er endlich, wie tragisch das Ganze war.

»Wichtiger ist es jetzt herauszufinden, warum er ermordet wurde.«

»Ja, du hast recht. Denkst du, es hat etwas mit dem Missgeschick zu tun?«

Missgeschick! Was für eine euphemistische Bezeichnung für ein Ereignis, das die Medien als die schlimmste Tragödie seit Menschengedenken bezeichnet hatten.

»Hm. Vielleicht! Silvian wurde verbrannt. Vergeltung drängt sich da als Motiv schon auf.«

»Was sollen wir tun?«

»Nichts! Vorerst können wir nichts tun.«

»Nichts? Und die Hochzeit? Willst du nichts wegen der Hochzeit unternehmen?«

Richtig! Die Hochzeit!

»Wann wolltest du kommen?«

»Ich hatte für Donnerstag geplant. Zwei Tage vor der großen Feier. Die anderen aus der Familie werden erst am Freitag in München landen.«

»Gut! Hör zu! Reserviere drei Tickets mehr! Du solltest noch ein paar der Jungs aus dem Dorf mitbringen. Du weißt schon, wen. Sechs zusätzliche Augen können nicht schaden«, sagte er.

Und drei Pistolen mehr auch nicht, fügte er lautlos hinzu.

ICH

Silvian Lazar gönnte sich zu Lebzeiten unter anderem den Luxus, das Vorzimmer seines Büros durch eine wahre Schönheit zu verzieren. Und es ist nicht nur Jenny Schneiders Äußeres, das ihm den täglichen Gang zur Arbeit erleichterte. Auch ihr Wesen ist von einnehmender Art, als sie mir einen Stuhl und eine Tasse Kaffee anbietet. Gewiss hat sie schon jemanden von der Polizei erwartet. Der Unfalltod ihres Chefs hat unter den Mitarbeitern der GME schnell die Runde gemacht. Auch dass der Chefsessel nicht aufgrund der verlorenen Kraftprobe zwischen dem firmeneigenen Lkw mit einem Baum seit heute verwaist ist. Kein Wunder. Es waren genügend Helfer des Roten Kreuzes und einiger Feuerwehren vor Ort. Ein Ereignis wie dieses schreit geradezu danach, verbreitet zu werden. Entsprechend gedrückt ist die Stimmung auf dem Gelände der Green Mountain Electronics. Gäbe es eine Fahne, sie würde auf Halbmast wehen. Ich genehmige mir einen Schluck des Kaffees.

»Sie haben sicher schon damit gerechnet, dass jemand von der Kripo hier auftaucht.«

Sie nickt wortlos.

»Wie lange sind Sie schon hier in der Firma?«, eröffne ich das Frage-Antwort-Spiel.

»Von Anfang an. Die GME gibt es noch nicht sehr lange. Und hier in Kirchbach erst seit letztem Jahr. Ich habe einige Stellenanzeigen in der Zeitung gesehen, mich auf eine beworben und wurde eingestellt.«

»Dann kennen Sie sicher alle Mitarbeiter bestens?«

»Nun ja, ich denke schon.«

»Ich bin auf der Suche nach Nadim Hemedi. Können Sie mir etwas über ihn sagen?«

»Nadim?« Das *Warum* bleibt unausgesprochen und steht doch im Raum. Und es bleibt unbeantwortet. Wie soll ich ihr auch erklären, dass ich den ersten Abdruck der Spur zu ihm auf dem Kirchbacher Fußballplatz gefunden habe.

»Herr Hemedi. Ja! Ich hörte, er arbeite hier und sei auch für den Fuhrpark zuständig.«

»Nadim ist so ziemlich für alles zuständig. Er ist ein richtiger Tausendsassa, müssen Sie wissen. Zuerst hat ihn der Chef ja nur wegen des Fußballs eingestellt. Das kann er nämlich auch. Ich verstehe zwar nichts davon, aber wenn es stimmt, was die anderen sagen, sind er und sein Freund, der Miro, richtig gut.«

»Und seit wann sind diese Wunderknaben bei der GME?«

»Nur Nadim. Miro arbeitet droben für den Fürsten. Arberbergbahn und so.«

Stimmt. Das haben sie ja am Fußballplatz auch schon gesagt. »Und Herr Hemedi?«

»Das dürfte etwa sechs oder sieben Monate her sein. Ja, es war kurz vor Ostern, da war der Herr Pfarrer mit ihm hier.«

Ich sehe ihre Augen glitzern. Auch ihre Wangen und ihre Stimme verraten es. Nadim Hemedi ist für Jenny Schneider mehr als nur ein Hausmeister.

»Der Pfarrer?«

»Der Pfarrer aus Bad Kötzting kümmert sich besonders um die Flüchtlinge. Er organisiert Sammlungen und Veranstaltungen für sie. Für Nadim hat er eine Wohnung im Pfarrheim zur Verfügung gestellt und dann einen Job für ihn gesucht.«

»Einen Job? Als Asylsuchender darf er doch in Deutschland nicht arbeiten.«

»Nadim war zu diesem Zeitpunkt schon als Asylant anerkannt. Bei ihm ging das besonders schnell, hat er mir einmal gesagt. Warum, kann ich nicht sagen. Vielleicht, weil er so gut Deutsch kann. In den Asylunterkünften, in denen er sein erstes Jahr in Deutschland verbrachte, hatte er sehr viel Zeit, müssen Sie wissen. Und er wollte unbedingt unsere Sprache beherrschen. Während die meisten anderen nur rumlungerten, hat er jede Minute genutzt, um zu lernen.«

»Hat er Ihnen das auch erzählt?«

»Natürlich. Wenn man miteinander arbeitet, ergibt sich auch so manches private Gespräch.« Sie lächelt verlegen. »Jedenfalls hat der Pfarrer mit Silvian gesprochen und am selben Tag hat Nadim bei uns angefangen. Ich glaube, der Chef hat das nie bereut.«

»Was macht Herr Hemedi in der Arbeit so alles?«

»Alle kleinen Reparaturen, die so anfallen. Als Hausmeister ist er große Klasse. Er kümmert sich um alles.«

Auch um Sie?, möchte ich fragen, besinne mich aber rechtzeitig auf meine Aufgabe. »Auch um die Fahrzeuge der Firma?«

»Ja, um die auch. Wenn es kleinere Reparaturen sind. Er kontrolliert alle Fahrzeuge regelmäßig. Bei größeren Mängeln fährt er sie in die Werkstatt.«

»Und wo ist Herr Hemedi gerade?«

»Er hat sich heute Vormittag freigenommen. Als ob er das mit Silvian geahnt hätte.« Ihre Stimme wird zum Flüstern. Einen Herzschlag blickt sie aus dem Fenster, dann wendet sie sich wieder mir zu. »Er sagte, er müsse heute dem Pfarrer helfen. Sie sollten ihn in Bad Kötzting im Pfarrhaus finden.«

Anscheinend ist mein Blick ein einziges Fragezeichen.

»Nadim hilft dem Pfarrer, wenn es im Pfarrhaus oder der Kirche etwas zu reparieren gibt. Er will sich damit für die Unterstützung bedanken, sagt er.« Jetzt kann es ihre Stimme nicht mehr verbergen. Sie hat sich in das fußballspielende Handwerksgenie verknallt.

»Wie war eigentlich Herr Lazar so? Als Chef, meine ich.«

Überrascht vom Wechsel des Themas zögert sie einige Sekunden. »Es war sehr angenehm, mit ihm zusammenzuarbeiten.«

»Angenehm?«

»Ja, ich weiß. Blöder Ausdruck. Er hat mir viele Freiheiten gelassen. Der Chef war oft unterwegs. Er hat sich in die Betriebsabläufe nicht so sehr … äh … integriert. Er sagte, ich solle nur machen. Hauptsache, der Betrieb läuft.«

»Und? Läuft er?«

»Mehr als das. Er spurtet geradezu. Grigore Lazar war bisher mehr als zufrieden mit mir.«

Der Stolz in ihrer Stimme deckt sich mit dem in ihrem Gesicht. Warum auch nicht? Wenn sie tatsächlich die Firma ohne ihren Chef leitet. Der Geschäftsführer der GME war anscheinend mehr am süßen Leben interessiert.

»Grigore Lazar ist einer der Eigentümer der Firma, ja?«

»Er hat sich einen alten Bauernhof gekauft und wohnt jetzt dort. Erst seit ein paar Wochen.« Und er weiß, dass ich es bin, die den Laden hier schmeißt, möchte sie noch sagen, muss es aber nicht. Ich höre es auch so.

»Na dann, das war's fürs Erste. Vielen Dank für Ihre Zeit und den Kaffee. War ausgezeichnet.«

Wenn auch nicht so perfekt wie Rosi Geigers schwarze Delikatesse, denke ich.

»Gerne. Herr Kommissar?« Sie schluckt. »Hat der Mörder den Chef wirklich lebendig verbrannt?«

Mit einem Nicken wische ich sämtliche Farbe aus ihrem Gesicht.

EINE UNERWARTETE ENTSCHEIDUNG

Es hat begonnen! Die Frau stand am Fenster und blickte auf die Schiffe hinab. Seit sie ihre Kanzlei in diesem historischen Gebäude der Altstadt bezogen hatte, war die Aussicht hinunter zur Donau die beste Möglichkeit, ihre Gedanken von den Schrecken und Ungerechtigkeiten des Tages abzulenken. Sie waren versteckt in den Augen ihrer Klienten, ihrem Leid und ihren Geschichten. Es gab derer viele und sie konnte sich ihnen nicht entziehen. Ihr Beruf brachte diese mit sich. Mehr als Geld jedenfalls.

Vielleicht war es ja doch ein Fehler gewesen, sich gleich nach Abschluss des Studiums darauf zu konzentrieren, die Rechte ihrer Landsleute zu vertreten. Ohne Reputation, ohne Erfahrung und ohne Anfangskapital bedeutete dieses Klientel lange Tage und kurze Nächte bei geringem Verdienst. Als Fachanwältin für Asylrecht war sie weit entfernt vom Geldregen so manches Kollegen, doch nichts ersetzte das Gefühl, wieder einer Familie, einem Vater, einer Mutter mit ihren Kindern das Recht auf Asyl, das Recht auf ein Leben in Deutschland erkämpft zu haben. Deshalb war sie aus Österreich nach Deutschland gekommen, genauer nach Passau, dorthin, wo die Woge der Verzweifelten an das Ufer der Hoffnung brandete.

Deshalb und weil er es von ihr verlangt hatte. Obwohl sie näher bei ihm sein wollte, hatte er ihr nicht gestattet, mit ihm zu kommen. Die Trennung von ihm verursachte fast körperliche Schmerzen. Dennoch musste sie sich auf die unregelmäßigen Treffen mit ihm beschränken. Hatte sie den Sinn dahinter anfangs noch nicht verstanden, so respektierte sie seine Vorsicht, nachdem er ihr die gemeinsame Zukunft erklärt hatte. Seine Vision hatte auch sie ergriffen. Er musste sie nicht überzeugen. Tief in ihrem Innersten wusste sie, dass er recht hatte. Sie wollte Bestandteil seines Werkes sein. Schließlich hatte sie den Ausschlag dafür gegeben.

Dabei hatte sie die Verzweiflung beinahe in den Wahnsinn getrieben, als sie die Akte gelesen hatte. Schlagartig hatte sie das Gefühl der Schuld, das all die Jahre in ihr begraben lag, überflutet. Es waren die Namen, die da zwischen zwei Aktendeckeln unter all den Bildern und nüchternen Zahlen des Schreckens standen. Die Namen der Opfer. Und die Namen der Mörder.

Konnte sie nun endlich ihre Schuld begleichen? Das sicher nicht. Niemals! Aber sie konnte versuchen, die quälenden Selbstzweifel, die sie zu zerfressen drohten, zu vertreiben. Wenn sie die Augen schloss, sah sie die Gesichter vor sich.

Alim, Bassam und Khasib!

Tot, tot und tot!

Samira!

Tot? Am Leben?

Und Nadim! Schuldig wie sie selbst. Schuldig, am Leben zu sein, während ihre Geschwister tot waren. Schuldig, sie im Stich gelassen zu haben.

Die Mörder mussten büßen. Er war das Werkzeug der Rache. Auch Nadim kannte die Namen. Sie hatte sie ihm gesagt. Waren es die richtigen? Waren sie es gewesen?

Es hatte begonnen! Vor wenigen Minuten meldete das Radio den Unfall. Genüsslich malte der Moderator die grausigen Details aus. Auch der Name des Opfers war bekannt. Ihre Hand tastete über ihr Gesicht. Überrascht fühlte sie Tränen über ihre Wangen laufen. Sie hatte nicht bemerkt, dass sie weinte.

Es hat begonnen!
Ich liebe dich, kleiner Bruder.

ICH

Die Fahrt nach Bad Kötzting dauert keine zehn Minuten. Die Kirchenburg der ehemaligen Kreisstadt beherbergt neben einigen Wohnungen das Pfarrbüro, Veranstaltungsräume und das Pfingstrittmuseum. Ich parke vor dem weltlichen Zentrum der Stadt und gehe die wenigen Meter, die das Rathaus von der Kirche trennen. Eine massive Steinbrücke überquert den Burggraben und bringt mich in den Innenhof der Anlage. Schilder an der Wand zu meiner Linken weisen auf das Pfarrbüro hin.

Ich komme nicht dazu, zu läuten. Das Handy hält mich davon ab. Die KTU! Kurt Ambergers Stimme verrät seinen Gemütszustand. »Woher wussten Sie von dem doppelten Boden?«

»Wusste ich nicht. Es gab nur einige Hinweise auf versteckte Ware.«

Ob das seine Laune bessert? Die Spurensicherung muss eine Niederlage eingestehen, die an ihrem Chef nagt.

»Unter der Ladefläche gibt es einen zweiten Boden. Mit Klemmen befestigt, damit er für den TÜV abmontiert werden kann. Ziemlich raffiniert gemacht. Der Hohlraum zwischen den beiden Ebenen beträgt 15 Zentimeter.«

»Reicht für ein paar Kilo Drogen«, rechne ich laut nach.

»Oder für ein paar tausend DVDs«, unterbricht er meine Gedanken an Crystal Meth, Kokain und Heroin.

»DVDs?«

»Filme.«

»Schon klar. Lässt sich denn damit Geld machen? Ich meine, so richtig Geld.«

»Mit diesen schon.«

»Was …?«

»Pornos! Kinderpornos, um genau zu sein. Und zwar von der übelsten Sorte!«

*

Ich verschiebe mein Gespräch mit Stadtpfarrer Roland Spitzenberger um eine Runde durch den Burghof. Ein paar Meter Fußmarsch sollen mir helfen, Ordnung in das Räderwerk meines Kopfes zu bringen.

Silvian Lazar hatte einen Nebenerwerb. Das Gehalt der GME allein war anscheinend nicht genug für seinen Lebensstil. Und dem seiner Frau. Ob sie davon wusste? Meine Antwort lautet Nein. Nach meiner Einschätzung gewährte ihr Silvian nur wenige Einblicke in sein Geschäftsgebaren. Und in die ehelichen Finanzverhältnisse auch nicht. Ob nun Verena besonders naiv ist oder nur zufrieden mit ihrer Situation war, lässt sich schwer sagen. Vielleicht war es einfach nur Liebe, gepaart mit blindem Vertrauen. Ihr Mann trennte Privatleben und Beruf fein säuberlich. Solange es privat lief, sah seine Frau wohl keinen Grund, ihr gemeinsames Glück infrage zu stellen.

Umso härter wird sie die Nachricht von Silvians zweitem Leben treffen.

Kinderpornografie!

Wie viel widerwärtiger kann es noch sein? Doch ich kann ihr die Wahrheit nicht ersparen. Auch nicht, da es noch viele offene Fragen zu beantworten gibt. Hat sich Silvian in Tschechien mit Kreisen angelegt, die eine Nummer zu groß für ihn waren?

Warum der Feuertod? Abschreckung? Rache?

In diesem Fall müssten noch mehr Personen in den Handel mit diesem Schmutz verwickelt sein. Die GME? Ich werde mir die Gebrüder Lazar mal vorknöpfen müssen.

Und dazu benötige ich die Hilfe von Wolfgang Niebel. Mein Kontakt zum Zollamtsrat erweist sich wieder einmal als unbezahlbar. Genauso wie seine Kontakte zu den tschechischen Kollegen. Ich lehne mich an die Burgmauer und wähle Wolfgangs Nummer.

Mein Freund aus früheren Jahren ist nicht in seinem Büro. Also versuche ich es unter seiner Handynummer.

»Servus, Moritz. Hab's schon gehört. Du steckst wieder mittendrin.«

Wie schnell sich das doch in Polizeikreisen herumspricht.

»Diesmal habe ich vielleicht auch was für dich.« Meine nächsten Worte reißen ihn aus seinem Berufsalltag.

»Du denkst also, dein Toter hat das Werk der Green Mountain Electronics in Domažlice genutzt, um seine illegalen Geschäfte abzuwickeln? Klingt plausibel.«

»Zumindest hat er seinen Schweinekram in einem Firmenwagen geschmuggelt. Und soviel ich weiß, ist Tschechien in der Pornoproduktion ganz vorne dabei.«

»Kann man so sagen. Das Land ist sozusagen die Schnittstelle zwischen Angebot und Nachfrage. Mädchen aus dem Osten und Kunden aus dem Westen.«

»Und Kinder!« Ich kann meine Wut kaum unterdrücken. Ich weiß, Wolfgang Niebel teilt sie mit mir.

»Was ich nicht verstehe, ist, warum die GME so etwas machen sollte? Wenn die Geschäfte so gut laufen, wie du sagst, riskieren sie diese doch nicht. Bei Kinderpornografie hört auch bei den tschechischen Kollegen der Spaß auf.«

»Da hast du sicher recht. Gut möglich, dass es Silvians Privatparty war. Er führte einen ziemlich aufwendigen Lebensstil. Ich werde mir heute noch einen der Inhaber der Firma zur Brust nehmen. Grigore Lazar wohnt in Kirchbach. Mal sehen, was er so zu den Geschäften seines Neffen sagt. Ich hätte für dieses Gespräch nur gerne ein paar Pfeile im Köcher. Denkst du, du könntest eine Durchsuchung des Betriebsgeländes der GME in Domažlice erreichen?«

»Nicht durch uns. Wenn, dann werden das die Tschechen selbst machen. Aber ich werde ihnen auf die Finger sehen.«

»Glaubst du, sie lassen dich dabei sein?«

»Ich kenne da ein paar Leute, die mir noch den ein oder anderen Gefallen schuldig sind.«

»Es muss aber schnell gehen. Sonst räumen die das Zeug, falls noch etwas vorhanden ist, zur Seite.«

»Keine Sorge. Ich sagte doch, ich habe da so meine Verbindungen. Wir machen das. Ich kümmere mich um alles und gebe dir sofort Bescheid.«

»Danke, Wolfgang. Ich schulde dir was.« Die Untertreibung des Tages. Mein Schuldenkonto bei Zollhauptkommissar Niebel wächst seit unserem Wiedersehen vor zwei Jahren beständig an. Dank unserer Bekanntschaft aus den Zeiten der gemeinsamen Ausbildung in der Polizeischule hat mir Wolfgang nicht nur im Fall Georg Koller wertvolle Informationen geliefert. Mein Aktionsradius wird nun mal von der Grenze zu Tschechien begrenzt und Wolfgang ist mein Schlüssel ins Nachbarland.

»Es ist jetzt 14 Uhr. Ich denke, bis 17 Uhr melde ich mich wieder bei dir.«

»Gut. Bis dann. Und viel Glück.«

»Wäre gut für uns beide. Sollten wir einen Pornoring auffliegen lassen, wäre das auch für die tschechischen Kollegen ein Erfolg.«

Mein Blick fällt hinab zur Regenpromenade, die hier auf dem Deich der Hochwasserfreilegung verläuft. Zwei Kindergärtnerinnen geleiten ihre Gruppe Vorschulkinder auf deren Spaziergang entlang des Flusses. Ihr Lachen und Schreien dringt bis zu mir herauf.

Kinderpornos! Pädophile Scheißkerle! Perverse Schweine!

Ich hole tief Luft. Mein Magen krampft sich zusammen und mir wird schlecht. Auf was steuere ich da wieder mit vollen Segeln zu? Was, wenn ich versage? Es geht um Kinder!

Man kann es kaum glauben, aber es gibt noch weit Schlimmeres als Mord.

*

»Herr Buchmann! Grüß Gott! Kriminalpolizei? Treten Sie doch näher.« Roland Spitzenberger, Stadtpfarrer von Bad Kötzting, ist sichtlich überrascht über meinen Besuch. Kein Wunder, schließlich kennt er meinen Beruf – und vielleicht sogar mich – aus diversen Zeitungsartikeln. Einige Mordfälle in der Gegend haben mir einen beachtlichen Bekanntheitsgrad eingebracht. Sicher ist er auch über die jüngsten Ereignisse unterrichtet. Die Verbindung zwischen diesen und mir liegt auf der Hand. Nicht aber die zwischen dem Toten und Herrn Hochwürden.

Dennoch geleitet er mich durch hohe, weiß getünchte Flure in sein Büro, das in den historischen Räumen der Kirchenburg untergebracht ist. Genauso wie die Wohnräume des Geistlichen. Essensgeruch aus einer unsichtbaren Küche erinnert meinen Magen an sein Recht. Hoffentlich äußert er dieses nicht durch peinliches Knurren.

Pfarrer Spitzenberger bietet mir einen bequemen Ledersessel an.

»Vielen Dank, dass Sie sich ein paar Minuten für mich freischaufeln«, sage ich mit Blick auf den Stapel Papier und die zahlreichen Ordner auf seinem Schreibtisch. Sie verraten einen vollen Terminplan auch außerhalb Kirche und Liturgie.

»Das ist doch selbstverständlich. Ich habe natürlich auch von den nächtlichen Ereignissen in Wettzell gehört. Es heißt, es sei Mord gewesen. Ein besonders brutaler noch dazu. Deshalb sind Sie doch hier? Kein Wunder, dass Sie mit den Ermittlungen beauftragt wurden. Wo Sie doch inzwischen bei uns fast zu Hause sind. Ich kann mir aber nicht vorstellen, wie ich Ihnen behilflich sein kann.«

»Nun, Herr Pfarrer. Das Opfer war Geschäftsführer der Green Mountain Electronics in Kirchbach. Und auch der Unfallwagen gehört dieser Firma. Wir ermitteln deshalb zurzeit im Umfeld der GME und ihrer Mitarbeiter.« Ich bemühe mich, ihm das Gefühl zu vermitteln, ausreichend informiert zu werden, und doch nicht zu viel zu verraten.

»Tut mir leid, aber ich kann Ihnen noch immer nicht folgen.« Pfarrer Spitzenberger sitzt aufrecht in seinem Sessel, die Hände vor sich gefaltet.

»Nadim Hemedi. Er arbeitet auch bei der GME. Mir wurde gesagt, ich würde ihn hier finden. Es heißt, Nadim mache sich gelegentlich für die Kirchengemeinde nützlich.«

»Ach so, Nadim!« Er lehnt sich entspannt zurück. »Richtig. Er wohnt sogar hier. Im Areal der Kirchenburg haben wir immer ein paar freie Zimmer. Für Gäste und Besucher. Stefan hat mich damals überredet, Nadim einige der Räume zur Verfügung zu stellen. Ich erinnere mich gut, als er vor etwa einem halben Jahr zu uns kam. Sein Anerkennungsverfahren stand damals kurz vor dem Abschluss.«

»Mir wurde gesagt, Sie hätten sich um ihn gekümmert. So, wie um andere Flüchtlinge auch. Es scheint, Herr Hemedi will sich dafür und für die Unterkunft revanchieren.«

»Das sicher auch. Aber Nadim ist ein guter Mensch. Und sehr hilfsbereit. Ich glaube, er würde uns auch so helfen.«

»Mir scheint, hier gibt es keine Grenzen zwischen den Religionen.«

»Weil die Flüchtlinge Muslime sind? In erster Linie sind es Menschen. Bedürftige Menschen. Es ist unsere Aufgabe, den Bedürftigen zu helfen, oder nicht?«

»Vor allem, wenn sie so nützlich wie Herr Hemedi sind?«

Pfarrer Spitzenberger sieht mich lange an. »Nadim Hemedi ist ein gläubiger Mensch. Und ich bin ein gläubiger Mensch. Wir beide glauben an Gott. Nadim wohnt hier, weil er ein Freund ist.«

Ich weiß nicht, ob ich Roland Spitzenberger so viel Toleranz zugetraut hätte. Ob ich einem Bewohner des Bayerischen Waldes so viel Toleranz zugetraut hätte.

»Ich will mich aber nicht mit fremden Federn schmücken«, fährt der Geistliche fort. »Obwohl ich das Engagement meines Kaplans voll und ganz unterstütze, lässt mir mein Amt nicht die Zeit, die ich gerne hätte. Nein, Herr Kommissar. Die Ehre gebührt meinem Kaplan, Stefan Wiesenreiter. Selten habe ich einen Menschen erlebt, der sich einer Sache so verschrieben hat. Stefan hat in den schlimmsten Tagen des letzten Sommers Wohnungen und Unterkünfte besorgt, Gelder aufgetrieben, Spenden und Helfer organisiert. Glauben Sie mir, er ist an seine Grenzen und darüber hinaus gegangen, um diesen Leuten zu helfen. Und einer von ihnen war nun mal Nadim Hemedi. Ob er allein kam oder in einer Gruppe, kann ich Ihnen nicht sagen. Auch um die bürokratischen Dinge hat sich Stefan gekümmert. Ich kann mich gut an seine Aufregung und Freude erinnern, als Nadim als Asylant anerkannt wurde. Ein paar Tage später hatte er schon einen Arbeitsplatz für ihn bei der GME organisiert. Er sagte, er kenne den dortigen Geschäftsführer.«

»Der jetzt tot ist«, unterbreche ich ihn.

»Ich sehe da beim besten Willen keinen Zusammenhang.«

Ich muss gestehen, ich auch nicht.

Pfarrer Spitzenberger richtet sich auf. Seine Hände wischen nicht vorhandenen Staub vom Schreibtisch.

»Im Augenblick noch nicht«, gebe ich zu. »Aber Sie verstehen sicher, dass ich jede Möglichkeit in Erwägung ziehen muss.«

Er nickt verständnisvoll, wie er es wohl schon tausende Male getan hat, wenn seine Schäflein ihre Sorgen vor ihn trugen.

»Ist Herr Hemedi im Augenblick da? Ich hätte da doch ein paar Fragen an ihn, und bei der GME sagte man mir, er wäre heute hier zu finden.«

»Das stimmt. Er war vorhin unten im Leseraum. Dort tropft ein Heizkörper. Ich bin leider handwerklich völlig ungeschickt und auch Stefan hat in dieser Hinsicht zwei linke Hände. Seine Talente liegen auf anderen Gebieten, wie ich Ihnen schon sagte. Nadim musste jedoch kurzfristig fort. Er hatte es sehr eilig. Ich denke, Sie finden ihn in der Maximilianklinik.«

»Ist er krank?«

»Nein, natürlich nicht. Krankenbesuch.«

»Ach so.«

In diesem Augenblick klopft es an der Tür. Eine Frau mittleren Alters unterbricht unser Gespräch. »Tut mir leid, Hochwürden, aber ich habe einen dringenden Anruf für Sie. Könnten Sie bitte mal kommen?«

Mit einer entschuldigenden Geste erhebt er sich und deutet an, gleich wiederzukommen.

So langsam reißt mein Geduldsfaden. Ich will jetzt endlich diesen fußballspielenden syrischen Handwerker verhören und ihm nicht den halben Tag nachlaufen.

Vielleicht kann Karl helfen? Ich erreiche meinen Freund von der Polizeiinspektion Bad Kötzting während einer Streifenfahrt durch sein beschauliches Revier. Natürlich zwingt ihn keine dienstliche Verpflichtung, mich zu unterstützen. Schon in Ermangelung der berühmten Zuständigkeit. Aber wie gesagt: Karl ist mein Freund.

»Na, keine Mittagspause?«

»Du auch nicht, wie es scheint!«

»Ich bin auf der Suche nach Nadim Hemedi.«

»Der Syrer, der bei unserem Pfarrer so hoch im Kurs steht?«

»Du kennst ihn?«

»Kennen wäre übertrieben. Aber in unserer kleinen Stadt bleibt nichts und niemand lange verborgen. Was willst du denn von ihm?«

Einige erklärende Worte später weiß Karl Bescheid.

»In der Maximilianklinik?«

»Anscheinend besucht er dort jemanden. Könntest du ihn zur PI bringen? Ich denke, ich bin in einer halben Stunde auch dort. Wenn ich einen eurer Räume benutzen darf, natürlich.«

»Ich denke, das lässt sich machen!«

Ich verabschiede mich von Karl, der seine eigentliche Arbeit unterbricht, um für mich Nadim zu suchen. Einen Kommissar aus Deggendorf zu unterstützen, stand sicher nicht auf seinem Tagesplan. Ein Mord jedoch auch nicht.

Der Pfarrer kommt zurück. Ich warte im Stehen auf ihn. Viele Fragen habe ich im Augenblick nicht mehr. Mir scheint, dieser Kirchenbesuch bringt mich nicht sonderlich weiter.

»Entschuldigen Sie bitte. Ein dringendes Gespräch. Ah, ich sehe, Sie wollen schon gehen?«

»Ja, ich muss jetzt mit Herrn Hemedi sprechen. Nur eines noch: Wo ist eigentlich Ihr Kaplan? Herr Wiesenreiter?«

»Droben in der Wallfahrtskirche zu Weißenregen. Ich werde dort am Samstag ein junges Paar trauen. Stefan kümmert sich um die Vorbereitungen. Wenn er zurückkommt, veranlasse ich, dass er sich sofort bei Ihnen meldet.«

Ich bedanke mich und reiche ihm meine Visitenkarte, die er aufmerksam studiert. »Wie lange ist Herr Wiesenreiter schon Kaplan in Ihrer Pfarrei?«

»Wie lange? Ein Jahr, denke ich. Ja, ein Jahr. Ich bin wirklich froh, dass ihn der Herr zu uns geführt hat. Er ist bei den Gläubigen sehr beliebt und sein Engagement ist mustergültig. Unser Kaplan ist ein Beispiel gelebter Nächstenliebe.«

Ich verlasse das Pfarrbüro nur wenig klüger, als ich es betreten habe. Mir bleibt eine halbe Stunde, bis ich hoffentlich meinen bisher einzigen Anhaltspunkt vernehmen kann. Und in der Zwischenzeit?

Soll ich meinen leeren Magen besänftigen oder …?

Nein! Zuerst werde ich mich mal mit dem Beispiel gelebter Nächstenliebe unterhalten.

*

Die Wallfahrtskirche Weißenregen liegt in Sichtweite der Kliniken auf dem Ludwigsberg. Was läge da näher, als ihr einen Besuch abzustatten? Zumal dort Kaplan Stefan Wiesenreiter Vorbereitungen für eine Trauung trifft. Vielleicht kann er ja meinem noch etwas bleichen Bild von Nadim Hemedi Farbe verleihen.

Die Kirche von Weißenregen genießt in der Gegend einen bemerkenswerten Bekanntheitsgrad. Sei es wegen der jahrhundertealten Wallfahrt, wegen des Kirchweihfestes mit größtem Standmarkt weit und breit oder aufgrund der weithin sichtbaren Lage hoch über dem Regental. Der Rokokobau und der Biergarten nebenan ziehen Menschen von nah und fern an. Heute aber steht nur ein Auto vor der Friedhofsmauer, die das Areal umgibt.

Ich parke gleich daneben. Der Blick von hier oben streift weit über das Land. Bad Kötzting unten im Regental, der Kaitersberg gegenüber und der Hohe Bogen im Osten. Wahrlich ein schöner Flecken Erde. Deswegen bin ich aber nicht hier. Die Kirchentür steht weit offen und lädt zum Hineingehen ein. Auch der Innenraum des Gebäudes ist im typisch verschwenderischen Rokokostil ausgeschmückt. Bilder und Fresken wie in nahezu jeder Kirche des Bayerischen Waldes.

Zwei ältere Frauen sitzen ins Gebet vertieft in der ersten Reihe. Im Hauptgang dazwischen ist ein Mann damit beschäftigt, die Bänke mit Blumen zu schmücken. Kaplan Wiesenreiter muss sich hierzu leicht bücken. Die schwarze Priesterkleidung betont die imposante Gestalt des Geistlichen zusätzlich. Schwarzes gelocktes Haar, ein markantes Gesicht und ausdrucksstarke Augen vervollständigen den Eindruck.

»Herr Wiesenreiter?«

»Ja, bitte?« Der Kaplan erfreut sich einer vollen, weichen

Stimme. Ein weiteres Plus, wenn es darum geht, die Schäflein an den Hirten zu binden.

»Mein Name ist Moritz Buchmann. Kripo Deggendorf. Es geht um Silvian Lazar. Und um Nadim Hemedi. Ich hörte, Sie kennen ihn gut. Ich hätte deshalb ein paar Fragen an Sie.«

»Selbstverständlich. Ich bin hier ohnehin fertig. Normalerweise machen das ja die Frauen, aber heute hatte niemand Zeit. Und bei so einer besonderen Hochzeit kann ja auch mal der Kaplan Hand anlegen.« Sein Lächeln ist durch und durch sympathisch.

»Eine besondere Hochzeit? Wer denn?«

»Amira Ciobanu und Dr. Carsten Wanninger. Sie aus begütertem Haus, er Mitglied einer Arztfamilie. Da spielt das Monetäre keine Rolle, Sie verstehen? Deshalb auch die Trauung hier in der Wallfahrtskirche. Und die weltliche Feier in einem der Tophotels der Gegend.«

»Aha. Ich denke, wir sollten nach draußen gehen«, sage ich mit Blick auf die beiden Frauen.

»Ja, wir sollten ihr Gebet nicht stören.«

Auf dem Weg hinaus bemerke ich, dass die rechte Seitentür offen steht. An ihrer Stelle versperrt ein Gitter den Ausgang. Dahinter scheint ein Bienenschwarm seiner Arbeit nachzugehen. Herr Wiesenreiter bemerkt meinen Blick.

»Der Stuck der Kirche wurde vor Kurzem restauriert. Außerdem hat man die Wände neu gestrichen. Das sorgt für eine zu hohe Luftfeuchtigkeit hier drinnen. Auf die Dauer ist das schädlich für die anderen Kunstgegenstände und die Orgel. Das Brummen gehört zu einem Ventilator. Und der wiederum zu einem Baustellenentlüfter, der die feuchte Luft absaugt. So hat man mir das zumindest erklärt. Ich muss gestehen, ich verstehe nicht viel von solchen Dingen. Jedenfalls trocknet das Gebäude auf natürliche Weise nicht schnell genug aus und es wäre doch schade um dieses Kleinod, denken Sie nicht?«

Ich nicke, dann sind wir draußen im Schatten der beiden riesigen Linden, die den Eingang der Kirche seit Urzeiten bewachen.

»Herr Kaplan, Sie haben sicher vom Tod Silvian Lazars gehört. Und auch davon, dass es kein gewöhnlicher Unfall war.«

»Die Leute sprechen von Mord. Aber die Menschen reden viel. Doch jetzt, da Sie hier sind, ist es wohl wahr.«

»Ja, das ist es. Sie kennen Nadim Hemedi. Sie haben sich sehr für ihn eingesetzt und können mir vielleicht einiges zu ihm sagen.«

»Nadim? Ja, ich kenne ihn wahrscheinlich besser als die meisten hier. Aber sagen Sie, was hat er mit Silvians Tod zu tun?«

Silvian, nicht Herr Lazar. Man kennt sich eben.

»Vermutlich nichts. Aber wir ermitteln im Umfeld der GME. Herr Hemedi ist dort für die Wartung der Fahrzeuge zuständig. Und damit auch für den Lkw, mit dem Herr Lazar verunglückt ist.«

»Ich verstehe.« Er lässt seinen Blick über das gelb leuchtende Rapsfeld nebenan schweifen. »Da drängt sich ein Zusammenhang wahrlich auf. Nun, Herr Buchmann. Ich kann Ihnen nur so viel sagen: Nadim Hemedi gehört in meinen Augen zu den Menschen, die wir gerne als *gut* bezeichnen. Er hat einiges in seinem Leben durchgemacht, aber ich habe ihn nie jammern hören.«

»Hat er von zu Hause erzählt? Von seiner Flucht oder seinen Erlebnissen im Krieg?«

»Das könnte man bei seiner Geschichte annehmen, aber nein. Er hätte wahrlich Grund genug, verbittert zu sein. Er hat jedoch nie dergleichen erwähnt. Jedenfalls nicht mir gegenüber.«

»Sie reden viel miteinander?«

»Nadim wohnt auf dem Kirchengelände in Bad Kötzting. Und er hilft uns, wenn Not am Mann ist. Da bleiben Gespräche nicht aus.«

»Ich hörte, Sie haben sich sehr um die Anerkennung seines Asylantrages gekümmert. Und um alles weitere auch.«

»Das stimmt nicht ganz. Auf das Asylverfahren hatte auch ich keinen Einfluss. Auf eine menschenwürdige Unterkunft schon. Für ihn und seine Schwester. Sie ist schwerstbehindert und liegt drunten in der Maximilianklinik. Nadim kümmert sich aufopferungsvoll um sie. Er liebt sie über alles.«

»Sie haben ihm auch den Arbeitsplatz bei der GME besorgt. Es scheint, Sie kannten Herrn Lazar persönlich?«

»Silvian stammte aus einer erzkatholischen Gegend Rumäniens. Tiefste Provinz. Als er und seine Familie nach Deutschland kamen, gab es Probleme mit den Papieren. Nicht den amtlichen, sondern den kirchlichen. Alles, was man so für Taufe und Ehe benötigt. Silvian kam zu mir und ich habe mich darum gekümmert. Das Netz der Kirche ist weltumspannend. Seither glaubt die Familie Lazar, sie stünde in meiner Schuld. Was sie natürlich nicht tut.«

»Aber von Nutzen ist es schon.«

»Wenn es darum geht, einem heimatlosen Flüchtling zu Lohn und Brot zu verhelfen? Ja!« Wieder lächelt er.

Er hat ja recht. Es gibt Situationen, in denen Beziehungen wirklich Gutes bewirken können.

»Können Sie sich vorstellen, wer Herrn Lazars Leben beenden wollte? Hat er Ihnen gegenüber je etwas in der Richtung erwähnt? Fühlte er sich bedroht? Wenn er so katholisch war, wie Sie sagen, könnte es doch sein, dass er Ihnen etwas gebeichtet hat.«

Den Handel von Kinderpornos zum Beispiel, fügt mein Gedächtnis lautlos hinzu.

Das Lächeln des Kaplans drückt mildes Mitleid ob meiner Unwissenheit aus. »Silvian wohnte in Moosbach. Wenn er gebeichtet hat, dann bestimmt beim dortigen Pfarrer. Und vergessen Sie nicht: Das Beichtgeheimnis ist unantastbar.«

»Nun gut! Haben Sie Herrn Hemedi gestern Abend gesehen?«

»Wir haben miteinander die Hochzeitsvorbereitungen besprochen. Bis etwa elf Uhr. Dann ist er in sein Zimmer gegangen. Ich habe noch gesehen, wie dort das Licht an- und wieder ausging. Ich denke, er ist dann zu Bett gegangen. Wie ich auch.«

»Vielen Dank, Herr Wiesenreiter. Ach übrigens: Ihr Dialekt klingt nicht, als kämen Sie aus Bayern.«

»Nein, wirklich nicht«, bestätigt er lachend. »Sachsen-Anhalt. Und dort vom Lande. Ein kleines Dorf, dessen Namen Ihnen sicher nichts sagt.«

»Dafür haben Sie sich schon recht gut angepasst. Ich möchte Ihnen nicht zu nahe treten, aber wie wird man in Sachsen-Anhalt zum Katholizismus berufen?«

Wieder sein gewinnendes Lachen. »Keine Sorge. Sie sind nicht der Erste, der sich das fragt. Der Weg von einer ausnahmslos atheistisch geprägten Umgebung zum katholischen Glauben erscheint doch ziemlich weit. Manchmal aber begegnet man an ungewöhnlichen Punkten seines Lebens ungewöhnlichen Menschen. Gottes Wege sind unergründlich.«

Eine typische Antwort, denke ich. Lässt alle Antworten offen. Da meine Frage jedoch eher persönlicher Neugier entsprang und wenig mit meinem Fall zu tun hat, lasse ich es dabei bewenden.

Weiter komme ich auch nicht. Mein Handy läutet. Karl hat Nadim Hemedi gefunden.

»Servus, Moritz. Du hattest recht. Nadim Hemedi ist in der Maximilianklinik.«

Sehr gut. Moment mal. Sagte Karl »ist«? Ich habe ihn doch gebeten, Nadim zur Polizeiinspektion zu bringen.

»Ihr seid noch nicht in der PI?«

»Nein!« Einige Sekunden Schweigen. »Herr Hemedi ist hier im Augenblick unabkömmlich.«

Unabkömmlich? Was soll das denn schon wieder?

»Was soll das? Ich laufe ihm jetzt schon seit Stunden hinterher. Er soll jetzt gefälligst mit dir kommen!«

»Das … das ist nicht so einfach. Am besten, du kommst einfach hierher. Ich warte am Eingang auf dich.«

Fünf Minuten später betrete ich die Klinik. Karl sitzt im Eingangsbereich. Als er mich sieht, springt er auf und winkt mich zu sich. Mein Freund wirkt ungewohnt nervös. Verlegen knetet er seine Hände. »Tut mir leid, aber du wirst das gleich verstehen.«

Da bin ich mal gespannt. Wir folgen einem langen Flur bis zu einer Tür ganz am Ende. Ohne anzuklopfen, öffnet Karl sie leise. Ein helles und freundliches Zimmer. Es dauert eine gefühlte Ewigkeit, bis ich die Szenerie erfasse. Dann aber brennt sie sich unauslöschlich in mein Gedächtnis.

Bunte Bilder an den Wänden, Blumen auf dem Tisch und am Fenster. Mehr ein Kinder- als ein Krankenzimmer. Die Decke des einzigen Bettes zieren gelbe Schmetterlinge. Doch es ist leer. Die Patientin dieses Zimmers sitzt in einem Stuhl vor dem Fenster. Der krasse Widerspruch des Geschehens dort zu der Geborgenheit des Zimmers lässt mein Herz stillstehen.

Ich schätze das Mädchen auf fünf bis sechs Jahre, doch

ist das in diesem Augenblick der nebensächlichste Gedanke, den man sich nur vorstellen kann.

Mund und Augen der Kleinen sind weit aufgerissen, Schweiß und Tränen glänzen auf ihrem Gesicht. Ihr Atem geht stoßweise, begleitet von einem entsetzlichen Röcheln.

Vor ihr kniet ein junger Mann. Kräftige Schultern, schwarzes Haar, dunkle Augen. Er hält die Hände des Mädchens. Oder hält sie seine? Er lässt sie los, streichelt mit einer Hand ihren Arm, dann mit der anderen. Stumm wandern seine Hände zu ihrem Kopf. Er nimmt ein weißes Tuch, das ich bisher nicht bemerkt habe, und wischt über ihr Gesicht, über ihre Stirn. Mit der anderen Hand streicht er das verschwitzte Haar zurück. Seine Lippen nähern sich ihren Wangen, drücken ihr einen zärtlichen Kuss auf.

Dann beginnt das Ganze von vorn. Wieder hält er ihre Hände, wieder streichelt er ihren Arm, wieder …

Minuten vergehen. Oder sind es Stunden? Ich weiß es nicht. Zeit spielt keine Rolle, ist ausgeschaltet.

Der Raum spielt keine Rolle, existiert nicht mehr.

Es gibt nur noch den jungen Mann und das Mädchen. Ihr körperlicher Schmerz ist im ganzen Zimmer spürbar. Der seelische des Mannes auch.

Er beugt sich vor und legt seine Stirn an ihre. Und dann erfüllt sein leises Summen den Raum. Es ist eine Melodie, die ich noch nie gehört habe. Wieder und wieder.

Endlich verstummt das Röcheln. Ihr Atem beruhigt sich. Die Krämpfe, die den zierlichen Körper noch eben schüttelten, weichen und sie sackt nach vorne in die Arme des Mannes. Der fängt sie auf, als hätte er das bereits tausendmal getan. Er trägt sie zum Bett, zieht vorsichtig die Decke über den ausgemergelten Körper. Dann streicht er ein letztes Mal die schweißnassen Haare aus dem bleichen Gesicht. Eine einzige Geste von mehr Zärtlichkeit und Liebe, als ich es je in Worten ausdrücken könnte. Das Mädchen lächelt. Ihr Mund formt leise Worte, bevor sie sich zur Seite dreht und einschläft.

Nadim Hemedi dreht sich um und sieht mich an. Ein Blick, so voll Schmerz und Trauer, dass ich kurz vergesse, warum ich hier bin.

»Wir sollten hinausgehen.«

Karls Worte erinnern mich wieder daran. Ich nicke, doch Nadim hält uns zurück. »Ich würde gerne noch ein paar Minuten hierbleiben. Zur Sicherheit. Wir können auch hier reden. Samira kann uns nicht hören und auch nicht sehen.«

»Was ist passiert?« Ich muss es einfach wissen.

»Sauerstoffmangel. Hat wichtige Teile ihres Gehirns zerstört. Samira ist taub und blind. Und sie hat diese Anfälle. Krampfattacken der Muskeln. Das zentrale Nervensystem ist geschädigt, sagen die Ärzte. Wenn es passiert, braucht sie mich.«

»Das, was Sie da getan haben? Was …?« Karl ist sichtlich erschüttert. Wie auch nicht?

»Ich weiß nicht. Da sie mich nicht hören kann, habe ich eines Tages versucht, sie über Berührungen zu erreichen. Sie sind das einzige Tor zu ihr.«

»Sie ist Ihre Schwester, oder?«

»Samira, ja.«

Ich muss ihn trotzdem befragen. »Herr Hemedi. Mein Name ist Moritz Buchmann von der Kripo Deggendorf. Und das ist Karl Loibl von der PI Bad Kötzting.«

»Ja! Sie sind sicher wegen Silvians Unfall hier.«

»Sie wissen davon?«

»Nur das, was die Leute in der Firma erzählt haben. Der Rolf hat sogar behauptet, es wäre Mord gewesen. Rolf Bauer ist bei der Feuerwehr und war am Unfallort.«

Sein Deutsch ist wirklich gut, der Akzent schwer einer Sprache zuzuordnen. Karl sieht mich an. Das spricht sich schneller herum, als uns recht sein kann, denke ich.

»Nun, sagen mir mal, es war kein gewöhnlicher Unfall. Um es genau zu sagen, die Bremsleitung des Lkws war defekt. Und das führt uns zu Ihnen. Sie sind doch für die Fahrzeuge der GME verantwortlich?«

»Ja, das stimmt. Ich kümmere mich um diese Dinge, soweit es keine … wie heißt das Wort? … Kompli…?, keine größeren Mängel sind. Dann fahre ich sie in die Werkstatt.«

»Reparieren Sie auch Bremsleitungen? Oder überlassen Sie so etwas einem Profi?«, hakt Karl nach.

»So was mach ich nicht selbst«, sagt Nadim Hemedi. »Alles, was mit Sicherheit zu tun hat, geht in die Werkstatt.«

»Dann wussten Sie nichts von der kaputten Bremsleitung?«

»Ich habe vorgestern den GM-7 gecheckt. Alle Kennzeichen unserer Autos beinhalten diese Buchstaben«, kommt er einer Frage zuvor. »Dabei ist mir die Leitung aufgefallen. Eine der Verbindungen war locker. Ich habe den Wagen deshalb aus dem Betrieb genommen.«

»Aus dem Betrieb genommen?«

»Wenn eines der Fahrzeuge zum TÜV muss oder ich einen Fehler finde, vermerke ich das in der Fahrzeugliste. Außerdem erhält das Auto einen roten Aufkleber. Dann wissen alle, dass dieser Wagen nicht benutzt werden darf.«

»Ihr Chef hat sich nicht an dieses Verbot gehalten. Warum?«

»Dann war es der GM-7? Und Silvian ist mit ihm gefahren? Warum dieser Wagen? Er sollte doch in die Werkstatt. Ich habe dort schon einen Termin vereinbart. Die Firma hat doch genügend andere Kleinlaster.«

Aber vielleicht keinen zweiten mit einem doppelten Boden, denke ich.

»Herr Hemedi, Sie sind jetzt seit etwa sechs Monaten bei der GME. Ich weiß, dass Sie Kaplan Wiesenreiter dort vorgestellt hat. Warum?«

»Meine Schwester und ich sind mit einer größeren Gruppe Flüchtlinge nach Deutschland gekommen. Samira wurde in eine Klinik bei Rosenheim gebracht und mich schickte man von einer Unterkunft in die nächste. Das ging so lange, bis Herr Wiesenreiter den Behörden anbot, mich in den Kirchenräumen von Bad Kötzting unterzubringen. Auch für Samira hat er einen Platz hier in der Klinik besorgt. Herr Kaplan Wiesenreiter ist sehr gene… hm … sehr großzügig. Als ich dann meinen Anerkennungsbescheid erhielt, hat er mich Herrn Lazar vorgestellt. Die beiden kannten sich wohl. Erst wollte man mich bei der GME nur zur Probe. Und wegen des Fußballs wohl auch. Aber dann … Ich kann gut mit Werkzeugen umgehen, müssen Sie wissen.«

»Können Sie mir sagen, wo Sie gestern Abend waren?«

Er kontert die Standardfrage nach dem Alibi, ohne mit der Wimper zu zucken: »Ich war bei Kaplan Wiesenreiter. Am Samstag findet droben in Weißenregen eine Trauung statt. Das Paar möchte eine besondere Dekoration. Wir haben besprochen, wie diese aussehen soll. Ich muss das bis da hinbekommen.«

»Gut! Das wär's fürs Erste. Halten Sie sich in den nächsten Tagen zur Verfügung. Es ist gut möglich, dass ich noch Fragen an Sie habe.«

Er nickt und öffnet die Tür. Mit einem letzten Blick auf das schlafende Mädchen verlassen wir das Zimmer und die Klinik. Auf dem Weg zum Parkplatz wende ich mich noch einmal an ihn.

»Herr Hemedi!«

»Herr Buchmann?«

»Was hat Ihre Schwester vorhin zu Ihnen gesagt?«

»Sie sagte meinen Namen!«

»Ja, das habe ich auch verstanden. Aber was noch?« Es ist, als hätte ich einen Schalter betätigt. Ich habe das Licht aus- und die Dunkelheit eingeschaltet. Wut, Verzweiflung und Hass springen mir aus Nadims Augen entgegen.

»Sie sagte: Bitte hilf mir!«

*

Der Zeitpunkt für das Mittagessen ist schon lange überschritten. Mein Magen und meine Uhr verraten, dass das Abendessen bald auf dem Plan steht. So lange kann ich jedoch nicht warten. Der Hunger soll mich nicht von der konzentrierten Tätersuche ablenken. Was liegt da näher, als die Fahrt nach Kirchbach auf halber Strecke zu unterbrechen, um dem Kiosk am Stausee einen Besuch abzustatten. Das Angebot dort ist ungleich besser, als es die winzige Küche erwarten lässt. Die heute erstaunlich warme Sonne treibt mich an einen Platz unter einem schattenspendenden Schirm. Eine nette Bedienung bringt die Speisekarte, doch dann die Enttäuschung. Mein Appetit ist weg. Verloren gegangen zwischen dem Gedanken an das brennende Auto Silvians und dem Krankenzimmer Samiras. Na, wenigstens eine Kleinigkeit sollte es doch sein. Also bestelle ich ein Paar Würstchen mit Brot. Während ich warte, streift mein Blick über den See. Die Sonne ringt dem Spätsommertag noch einmal seine schönsten Seiten ab. Das Laub der Bäume an beiden Seiten des Ufers zeigt erste Anzeichen von Gelb und Gold. Ein Versprechen herbstlichen Farbenrausches, der da noch kommen wird.

Am Nebentisch beenden zwei Paare ihr Mahl mit einem Hochprozentigen. Ich rücke aus dem Schatten in die Sonne und genieße diesen kurzen Augenblick. Der Versuch, meinen Kopf zu leeren, wird von Wolfgangs Worten vereitelt: »Du steckst wieder mittendrin!«

Sie verursachen ein kleines, schmales Rinnsal Unbehagen in mir. Der Versuch, es auszutrocknen, scheitert. Die Bilder der letzten Nacht tauchen wieder auf.

Sven und Jochen: blass und hinter Nebelschwaden.

Silvian: klar und deutlich. Verbrannt, verkohlt.

Und heute? Samira und Nadim.

Die Verzweiflung und Hoffnungslosigkeit in seinen Augen. Aber auch dieses kurze Aufflackern des Hasses. Ich darf ihn nicht aus den Augen verlieren.

Wie geht es weiter? Noch mehr Tote?

Der Gedanke an einen Serienmörder lässt das Rinnsal anschwellen.

Ein Kinderpornoring? Ein Psychopath? Was würde noch alles kommen?

Kann ich es verhindern? Bin ich der Richtige für diese Aufgabe? Oder hinterlasse ich wieder eine Spur des Leids?

Du steckst mittendrin!

Das Rinnsal hat die Größe eines breiten, stetigen Flusses angenommen.

Er weckt ein lange gespürtes Verlangen. Begraben geglaubt unter der Erde von Jahren.

Erneut streckt es seine Hand nach mir aus. Noch ist es nur ein Finger, der bleich aus dem lockeren Boden ragt, den man Willensstärke nennt. Der Zeigefinger! Drohend und warnend.

Warum? Warum jetzt?

Verwirrt sehe ich mich um. Mein Blick bleibt an den leeren Schnapsgläsern auf dem Nebentisch hängen. Ich muss hier weg! Mit zitternden Händen bezahle ich und gehe zum Auto. Als ich endlich hinter dem Steuer sitze, beruhigt sich mein Herz wieder. Ich wische den dünnen Schweißfilm, der sich auf meiner Stirn gebildet hat, ab und atme ein paarmal tief durch.

Auf geht's, Moritz! Du hast noch viel zu tun. Einige von Nadim Hemedis Aussagen wollen noch überprüft werden. Und Grigore Lazar steht auch noch auf meinem heutigen Terminplan.

*

Als ich zum zweiten Mal an diesem Tag an Jenny Schneiders Tür klopfe, ist der Rückfall in die Vergangenheit vergessen.

»Herr Kommissar Buchmann, Sie noch einmal hier?«

Frau Schneider hat offensichtlich einen schweren Tag hinter sich. Sie wirkt müde und ausgelaugt. Obwohl ich sie davon abhalte, in den verdienten Feierabend zu gehen, bemüht sie sich um professionelle Freundlichkeit.

»Sind Sie schon ein Stück weiter mit Ihren Ermittlungen?«

Ich beantworte ihre Frage mit einem Lächeln. »Bei Ihnen war wohl auch einiges los?«

»Da können Sie darauf wetten!« Sie fährt sich theatralisch mit dem Handrücken über die Stirn. »Das Telefon stand den ganzen Tag nicht still. Alle wollen wissen, was mit dem Chef passiert ist. Bekannte, Freunde und Geschäftspartner. Mehr, als dass Silvian tot ist, konnte ich ihnen natürlich auch nicht sagen.«

Zwischen ihren einzelnen Worten steht unübersehbar die Bitte geschrieben, ich möge sie doch aus diesem Dilemma befreien. Ich denke natürlich nicht daran, den Fortgang der Ermittlungen via Jenny Schneider der ganzen Gemeinde mitzuteilen. »Frau Schneider, ich bin hier, weil ich noch ein paar Informationen von Ihnen brauche.«

»Sofern ich Ihnen helfen kann, gern«, sagt sie. Das ist doch schon mal was zum Weitererzählen, denkt sie.

»Nadim Hemedi sagte, hier in der Firma werde über alle Fahrzeuge und deren Bewegungen genau Buch geführt.«

»Ja, das stimmt. Jeder hier muss seine Fahrten sowohl in den Fahrtenbüchern als auch im Firmencomputer eintragen. Mit Zeit, Kilometer und Ziel. Außerdem können die Fahrer hier vermerken, wenn ihnen etwas aufgefallen ist. Mängel und Fehler an den Fahrzeugen. Nadim sieht sich dann die Sache an und repariert sie, sofern er das kann. Ansonsten kommt der Wagen in die Werkstatt.«

»Und wenn etwas Größeres fehlt. Bremsen und so?«

»Bei gravierenden Sicherheitsmängeln vermerkt Nadim das im Fahrtenbuch und bringt einen Aufkleber an der Scheibe des Wagens an. So weiß jeder, dass er gesperrt ist.«

»Hm. Könnte ich mal das Fahrtenbuch des CHA-GM-7 sehen?«

Sie sieht mich fragend an. »Das aus dem Büro, meinen Sie?«

»Natürlich das aus dem Büro. Das im Wagen ist ja verbrannt.«

Kaum merklich schüttelt sie ihren Kopf. Dann drückt sie ein paar Tasten an ihrem Computer. »Hier, bitte! Sehen Sie selbst.« Sie dreht den Bildschirm zu mir.

»Hier, sehen Sie. Nadim hat den GM-7 durchgecheckt. Hier hat er eingetragen, dass eine Verbindung an der Bremsleitung locker ist. Und hier, in dieser Spalte hat er vermerkt, dass er für Donnerstag einen Termin in der Werkstatt vereinbart hat. Um 8.30 Uhr. Den kann man ja jetzt streichen.«

»Und das Hinweisschild am Wagen?«

»Wird auch mit diesem Programm erstellt. Einen Moment bitte.« Wieder drückt sie einige Tasten. »Hier, bitte! Das Dokument ist noch gespeichert. Nadim hat es ausgedruckt.« Ja, ich sehe es selbst. Wagen gesperrt! Gelbe Buchstaben auf rotem Grund. Nicht zu übersehen. Aber klebte der Zettel auch am Unglücksfahrzeug?

»Könnte jemand diese Daten hier ändern? Ich meine, nachträglich?«

»Nur der Systemadministrator. Und das waren der Chef und ich. Seit gestern nur noch ich«, fügt sie leise hinzu.

»Außer Ihnen kennt niemand den Zugangscode?«

»Im Augenblick nicht.«

»Nun gut. Könnten Sie mir diese Seite ausdrucken?«

»Aber gern. Also hat der Nadim Ihnen die Wahrheit gesagt, oder? Er hat doch keinen Fehler gemacht?«

Ihre Besorgnis ist so echt wie ihre Gefühle für den schwarz gelockten Syrer. Diese zu verbergen, gehört nicht zu den hervorstechenden Talenten von Jenny Schneider. Warum sollte ich sie im Ungewissen lassen? »Seine Angaben decken sich mit Ihren und den Eintragungen hier.«

Sie atmet erleichtert auf. »Dachte ich mir doch. Warum auch sollte Nadim etwas mit der Sache zu tun haben? Der Chef war immer mehr als zufrieden mit ihm. Und auch Nadim fühlt sich hier wohl.« Sie denkt kurz nach, dann hat sie einen Einfall: »Warum hat der Chef den GM-7 genommen, wenn dieser nicht verkehrssicher war?«

Weil er genau diesen Wagen brauchte. Weil nur dieser einen doppelten Boden hatte. Weil er ein Schmuggler und Dealer war. All das erzähle ich ihr jedoch nicht.

»Frau Schneider, ich müsste auch noch mit Herrn Grigore Lazar sprechen. Immerhin ist er der Eigentümer der Firma. Sie können ihn doch sicher informieren, dass ich gleich bei ihm vorbeikomme?«

»Herr Lazar?« Sie zögert kurz. »Ich frage mal bei ihm nach.« Sie wählt eine Nummer, die in ihrem Telefon eingespeichert ist. Nach einigen Freizeichen hebt der Angerufene ab. Frau Schneider drückt den Rücken durch und setzt sich aufrecht hin. Ihre ganze Haltung verrät Respekt. In kurzen Worten erläutert sie mein Anliegen. Dann nickt sie erleichtert und legt auf. »Herr Lazar steht Ihnen zur Verfügung.«

*

Die Adresse Grigore Lazars erreicht die richtige Stelle in meinem Kopf erst, als ich sie in mein Navi tippe. In diesem Fall benötige ich diese technische Unterstützung nicht. Mein Ziel liegt keine fünf Minuten vom Firmengelände der GME entfernt. Vielleicht auch deshalb hat sich ihr Eigentümer den Kollerhof als neues Zuhause erkoren. Ich wusste nicht, dass Resi Bielmeier das von Georg Koller geerbte Anwesen verkauft hat.

Zwei Jahre sind vergangen, seit ich den Schotterweg hinauf zu dem einst stattlichen Anwesen fuhr. Auf den ersten Blick ist hier die Zeit stehen geblieben. Lediglich die Reste der abgebrannten Scheune sind verschwunden und einer Garage gewichen. Hinter dem Haus verraten Baumaschinen und entsprechende Fahrzeuge, dass der neue Eigentümer dabei ist, das Bauernhaus und die Nebengebäude zu sanieren.

Ich parke meinen Wagen so, dass er nicht im Wege steht, und gehe über die glatt gewaschenen Pflastersteine zum Haus. Noch bevor ich klingle, öffnet mir der neue Herr des Hauses die Tür.

Ich gebe zu, ich habe mir Grigore Lazar anders vorgestellt. Stattlicher, beeindruckender, irgendwie ehrfurchtgebietender. Es sind jedoch nur das markante Gesicht und die wachen Augen darin, die den kleinen schlanken Mann als Firmenchef und Familienpatron verraten. Na gut, aufrechte Haltung und teure Markenkleidung lassen ebenfalls auf ein ausgeprägtes Selbstbewusstsein schließen.

»Herr Buchmann, ich habe Sie schon erwartet.« Seine Stimme ist leise, etwas heiser und doch eindringlich; sein Deutsch fast akzentfrei.

»Guten Tag, Herr Lazar. Kein Wunder, bei den Ereignissen dieses Tages. Sie werden ja sicher schon wissen, worum es geht?«

»Natürlich! Silvians Tod. Oder sollte ich besser sagen, seine Ermordung? Aber bitte, treten Sie doch näher.« Er geleitet mich in die Stube des Bauernhofes. Hier hat sich nichts verändert, seit mir Resi Bielmeier am Ecktisch vor dem Herrgottswinkel die Geschichte von Georg Koller und den Fliegern erzählte. Ich lasse den Blick durch den Raum schweifen und sehe nun doch einige Unterschiede. Ein neuer Kühlschrank, eine Mikrowelle und sonstiges, der Zeit entsprechendes Gerät. Und doch verlangt es einiges an Anstrengung, meine Aufmerksamkeit der Gegenwart zu widmen.

»Wie Sie sehen, sind wir noch dabei, das Haus auf den neuesten Stand zu bringen. Die Elektronik und die Wasserversorgung sind doch mehr als antiquiert. Ich möchte dennoch den Charme des alten Bauernhauses erhalten. Mal sehen, was die Architekten für Vorschläge machen. Darf ich Ihnen etwas zu trinken anbieten?«

»Vielen Dank, aber nein. Im Augenblick nicht.«

»Nun gut! Also zu Silvian! Sie werden sicher wissen wollen, ob er Feinde hatte. Ich kann Ihnen hierauf keine abschließende Antwort geben. Soweit ich weiß, hatte er keine.«

Aha, so läuft das Spiel. Grigore Lazar versucht, dem Gespräch seinen Stempel aufzudrücken und es an sich zu reißen. Kein »Herr Kommissar« als Begrüßung. Keine Frage abwarten, sondern diese selbst stellen und die Antwort gleich dazu liefern. Lasse ich mich darauf ein? Soll ich in der Defensive bleiben? Mal sehen, wie sich die Sache entwickelt. Auf jeden Fall heißt es, gegen diesen Mann auf der Hut zu sein.

»Nun, ganz offensichtlich aber doch mindestens einen. Und noch dazu einen sehr verärgerten. Oder warum, denken Sie, sollte jemand Ihren Neffen auf diese Weise töten? Es gehört schon ein gehöriges Maß an Entschlossenheit dazu, jemanden bei lebendigem Leib zu verbrennen. Und ein außergewöhnliches Motiv.«

»Dann stimmt es also, was Verena erzählte. Silvian wurde tatsächlich verbrannt.« Er geht zur Küchenkommode, greift sich eine Flasche Cognac und das passende Glas. Während die goldgelbe Flüssigkeit gluckernd das Glas zu einem Viertel füllt, sieht er mich kurz an. »Auch einen? Ach ja, Sie sind ja im Dienst.«

Meine Augen bleiben kurz an der Flasche hängen, dann bin ich wieder bei der Sache. »Ich würde mich gerne über Ihre Firma unterhalten.«

»Die Green Mountain Electronics?«

»Und ihren Standort. Warum Kirchbach? Es ist ja nicht so, dass Sie schon immer hier gewohnt hätten. Sie stammen aus Rumänien und landeten zuerst in Straubing. Wäre dort nicht ein passenderer Platz für eine international agierende Firma? Schon allein wegen der Anbindung an Schiene, Straße und Wasser?«

Er geht zum Fenster und setzt sich dort in einen Bequemlichkeit versprechenden Stuhl. »Sie müssen wissen, dass meine Brüder und ich in einem kleinen, abgelegenen Dorf in den Karpaten aufgewachsen sind. Vater und Mutter verdienten ihren kargen Lebensunterhalt auf einem ebenso kargen Bauernhof. Es reichte gerade so, um uns über die Runden zu bringen. Aber wir haben uns mit diesem Leben nicht abgefunden. Ghenadie war der Älteste von uns und er war der Erste, der das Dorf verließ. Er ging in die Stadt und machte dort Geschäfte. Er handelte mit allem und mit jedem. Es zeigte sich bald, dass er ein Händchen dafür hatte. Nach zwei Jahren holte er Ludovic und mich nach. Und auch wir stellten uns nicht ganz dumm an, wenn es darum ging, Geld zu verdienen. Unser Vater starb, unsere Mutter lebt nun bei Ludovic in Muntele Rece. Auch Ghenadie starb: Krebs! Er hat die Gründung der GME nicht mehr erlebt. Ludovic kann sich nicht von unserer Heimat trennen. Er leitet unsere Zweigstelle dort. Also blieb es an mir, die Expansion der Firma nach Deutschland voranzutreiben.«

»Warum Deutschland?«, unterbreche ich seine Erzählung.

»Ihr Land ist die Nummer eins der Wirtschaftsmächte in Europa. Außerdem erwies sich nach einiger Zeit von all unseren Unternehmungen die Elektrosparte als am aussichtsreichsten. Sie haben sicher recht, was Straubing betrifft. Als Wirtschaftsstandort nicht schlecht. Aber hier im Landkreis Cham gibt es doch einige Zulieferer der Automobilindustrie und auch andere Firmen, die zu unserem Geschäftsfeld passen. Außerdem motivierte Mitarbeiter und die Nähe zur Grenze ist auch kein Nachteil, wenn man auch auf der anderen Seite davon produziert. Außerdem, und das mag jetzt für Sie etwas nostalgisch klingen, wollte ich aufs Land. Ich kann nun mal meine Wurzeln nicht leugnen. Also habe ich mich umgesehen. Kirchbachs Gewerbegebiet bot sich an. Als dann auch noch der Hof hier zum Verkauf ausgeschrieben wurde, war die Entscheidung gefallen.«

»Warum leiten Sie die Firma nicht selbst? Warum Ihr Neffe als Geschäftsführer?«

»Warum Silvian? Ich gebe zu, er wurde nicht gerade als Führungsperson geboren. Aber er ist … er war Ghenadies Sohn. Es stand für uns außer Frage, ihm eine Chance zu geben. Er hat seine Sache ganz ordentlich gemacht, wenngleich, auch das muss ich gestehen, es sicher bessere Kandidaten für den Posten gab.«

Ich beobachte Grigore Lazar genau. Seine Augen, seine Gesichtszüge, seine Haltung. Nichts deutet auf ein Anzeichen von Unsicherheit hin. Kein Zögern in seinen Erklärungen, kein Zittern der Stimme. Alles, was er sagt, klingt glaubwürdig. Doch muss das nichts beweisen. Ich hatte schon des Öfteren mit Menschen zu tun, die die Darstellung der Lüge als Wahrheit zur Kunst erheben. Ich kann noch nicht einschätzen, ob auch der Rumäne zu dieser Gattung gehört.

Es wird Zeit, ihn aus der Reserve zu locken. »Silvian verunglückte mit einem Wagen Ihrer Firma, der nachweislich als nicht fahrtüchtig gekennzeichnet war. Können Sie sich vorstellen, warum er den Kleinlaster trotzdem benutzt hat?«

»Ich kenne natürlich die Regeln für die Fahrzeugnutzung bei uns. Ich habe heute Morgen mit Frau Schneider telefoniert. Sie sagte mir, Herr Hemedi hätte den GM-7 ordnungsgemäß als gesperrt markiert. Ich überlege schon den ganzen Tag, wie Silvian das übersehen konnte.«

»Sie glauben, er hat die Einträge in den Fahrtenbüchern übersehen?«

»Mein Neffe war in solchen Dingen etwas leichtfertig. Ich würde es ihm zutrauen, ja.«

»Das erklärt zwar den Unfall, aber noch lange nicht, warum der Mörder genau zur richtigen Zeit am richtigen Ort war. Wer auch immer Ihren Neffen ermordet hat, wusste, dass der Unfall passieren würde.«

»Sie haben sicher recht.« Er steht auf und geht zur Kommode. Dort stellt er das inzwischen leere Glas ab und dreht sich zu mir um. »Und es ist Ihre Aufgabe, herauszufinden, wer es war. Ich hoffe, Sie schaffen das. Silvian war nicht irgendwer. Er war ein Lazar! Ein Mitglied unserer Familie. Ich will wissen, wer ihn getötet hat.« Seine Stimme hat einen gefährlichen, einen fordernden Ton angenommen. Grigore Lazar ist es gewohnt, zu fordern. Und er ist es gewohnt, zu bekommen, was er will.

Ich lehne mich an den Tisch. Feine Staubflocken tanzen im Licht der tief stehenden Sonne, die ihre Strahlen in die Stube wirft. Der Herbst kündigt sein Kommen mehr und mehr an. Ich beobachte sein Gesicht, während ich zum großen Schlag aushole: »Silvian hat einen sehr aufwendigen Lebensstil genossen. Haben Sie ihn dabei finanziell unterstützt?«

»Unterstützt? Er hatte ein gutes Einkommen als Geschäftsführer. Das war wohl Unterstützung genug.«

Ich nicke zufrieden, so, dass er es auch mitbekommt. Die Frage lässt nicht auf sich warten.

»Warum wollen Sie das wissen? Hat er Geld gestohlen?«

»Nein, das denke ich nicht. Wobei, es könnte schon sein, dass er seinen Geschäftspartnern etwas schuldig geblieben ist und deshalb von ihnen ermordet wurde.«

Ein leises Zucken fährt über sein Gesicht. »Geschäftspartnern etwas schuldig? Das wüsste ich! Das können Sie gleich vergessen!«

»Nicht Ihren Geschäftspartnern. Seinen. Silvian hatte seine eigene Geschäftsidee.«

Grigore geht wieder zum Stuhl. Seine Arme, eben noch vor dem Körper verschränkt, fallen nach unten. Seine Hände packen die Stuhllehne. »Seine eigene Geschäftsidee? Was meinen Sie damit?«

»Ihr Neffe hat geschmuggelt und gedealt. Mit Ihrem Firmenwagen. Genauer gesagt, mit dem GM-7. Der hat einen doppelten Boden. Deshalb musste es gestern Nacht auch dieser Wagen sein.«

»Sind Sie da ganz sicher? Gedealt? Silvian? Drogen?« Er schwankt im Augenblick zwischen Selbstbeherrschung und Wut. Sein Neffe hat die Firma in Verruf gebracht. Das Lebenswerk der Lazar-Brüder. Noch kann er nicht ahnen wie sehr.

»Nein, keine Drogen. Pornografische Filme.« Sehe ich einen Anflug von Erleichterung bei ihm? Mein nächstes Wort wischt ihn von seinem Gesicht. »Kinderpornografie.«

*

Ich verlasse den Kollerhof wieder. Bin ich mit meinem Fall weitergekommen? Wie soll ich Grigore Lazar einschätzen? Er hatte sichtlich Mühe, seine Fassung zu wahren, und dennoch hat er es geschafft. Selbst, als ich ihm erklärte, dass die Zweigstelle der GME in Domažlice just in diesem Augenblick von Spezialisten der tschechischen Polizei durchsucht wird, beeindruckte ihn das nur kurz. Warf es ihn aus der Bahn? Nein. Vielmehr hatte ich den Eindruck, in seinem Kopf liefen bereits Überlegungen mögliche Maßnahmen betreffend. Noch während er mit mir redete, schmiedete er Pläne zum Schutz seiner Firma und seiner Familie. Für beide würde dieser Mann alles tun.

*

»Sorry, dass ich mich so spät melde.« Wolfgangs Anruf kommt später als vereinbart. Kein Grund, sich zu entschuldigen. In unserem Geschäft sind minutengenaue Termine die Ausnahme.

»Kein Problem. Habt ihr was gefunden?«

Wolfgang atmet tief durch, und ich weiß, was kommt: »Leider nein. Das Firmengebäude der GME liegt am Stadtrand von Domažlice. Ein Gewerbegebiet mit überwiegend neuen Gebäuden. Die GME hat dort eine Halle angemietet, in der sie etwa 20 Leute beschäftigt. Die tschechischen Kollegen haben alles auf den Kopf gestellt. Sie haben wirklich nichts ausgelassen, aber keine DVDs gefunden. Nicht einmal passendes Verpackungsmaterial.«

»Hätte mich ehrlich gesagt auch verwundert. So dumm war Silvian nun auch wieder nicht.«

»Nein, offensichtlich nicht. Was gibt's bei dir Neues?«

»Ich habe heute einen der Eigentümer der Firma kennengelernt. Grigore Lazar, der Onkel Silvians. Eine, sagen wir mal, sehr dominante Persönlichkeit. Wenn ich die Aussagen von Silvians Frau und seiner Sekretärin zusammennehme, gehe ich davon aus, dass er als Geschäftsführer nur eine Art Strohmann war. Die Fäden im Hintergrund ziehen Grigore und Ludovic, der die Zweigstelle in Rumänien leitet.«

»Aber warum haben sie Silvian eingestellt? Das sind doch nur unnötige Kosten?«

»Familienbande. Hinter der GME stehen die Lazars. Eine rumänische Großfamilie, bei der Blut dicker ist als Wasser. Silvian war der Sohn von Ghenadie Lazar, des ältesten der drei Brüder. Ghenadie starb an Krebs. Sein Sohn bekam den Job als Geschäftsführer, obwohl seine beiden Onkel anscheinend nicht allzu viel von ihm hielten.«

»Du denkst, er war das schwarze Schaf der Familie?«

»So weit würde ich nicht gehen. Wenn doch, dann muss ich noch herausfinden, warum.«

»Könnte er einer Sippenfehde zum Opfer gefallen sein?«

»Ich hatte mehr den Eindruck, er stand unter dem Schutz Grigores. Die Lazar-Brüder haben die GME erst vor Kurzem gegründet. Es war ein Start von null auf hundert. Sven hat recht, wenn er sagt, da muss von Anfang an eine Menge Geld im Spiel gewesen sein. Woher kommt es?«

»Geldwäsche? Über die GME?« Wolfgang atmet tief durch.

»Eine Firma ohne Fehl und Tadel. Absolut sauber. Mit Silvian als Geschäftsführer. Der hat keine Ahnung und ist froh, dass ihm seine Onkel einen Job geben. Dann steigt er ins Schmuggelgeschäft ein. Er wickelt seine Deals über den Fuhrpark der Firma ab und gefährdet so das Saubermann-Image der GME. Seine Onkel wollen ihre kriminelle Vergangenheit hinter sich lassen, wobei wir noch nicht wissen, ob es diese gab und worin sie bestand. Sie kommen Silvian noch vor uns auf die Schliche und beseitigen ihn. Stellst du dir das so vor?«

»Hm, so in etwa. Ich weiß, eine Theorie mit einigen Schwächen.«

»Erheblichen Schwächen. Warum ein so spektakuläres Ende? Es wäre sinnvoller gewesen, den Unfall auch Unfall sein zu lassen. Die Handschellen und das Feuer sorgen doch nur für unnötige Aufregung. Damit holen sie sich die Kripo selbst ins Haus.«

»Ja, ich weiß. So wie es passiert ist, sieht es nach Rache oder Abschreckung aus. Außerdem schien Grigore Lazar ehrlich überrascht, als ich ihm von den Pornoaufnahmen erzählt habe. Das muss nichts heißen, aber er müsste schon ein hervorragender Schauspieler sein, wenn das nicht echt war. Ich bleibe in jedem Fall an dieser Spur dran.«

MASCHIACH UND DIE TIERE

Juni 1998

Enttäuschung machte sich auf seinem Gesicht breit, als sich Theodor auf den Rücken drehte und starb. Seine Barthaare zitterten, aber seine Augen sahen ihn leblos an. Sein Tod war zu schnell gekommen.

Er legte den Kopf zur Seite und betrachtete den kleinen Nager. Was war er doch für ein Narr! Entrüstet über sich selbst schüttelte er den Kopf. Er hätte dieses rasche Ende ihrer gemeinsamen Reise vorhersehen müssen. Er hatte Theodor mit einem schwarzen Klebeband an die Tischplatte gefesselt. Sein ängstliches Piepsen war schnell in Panik umgeschlagen, als er die Flamme des Feuerzeugs gesehen hatte. Alles hätte perfekt sein können.

Es war alles da gewesen: die Anspannung, das Herzrasen, das Flirren in seinem Kopf und das Rauschen des Blutes in seinen Adern. Die Angst der Maus zauberte all das herbei. Doch dann war sie einfach gestorben. Theodors winziges Herz hatte aufgehört zu schlagen.

Er hatte Wut erwartet, empfand aber nur Neugier. Wie gut, dass er vorgesorgt hatte. Zweimal hatte er die Lebendfalle aufgestellt und zweimal darin eine Maus gefangen. Theodor und Oskar. Die Namen zweier seiner Lehrer. Nicht dass er die Lehrer nicht mochte, ganz im Gegenteil. Aber er mochte ja auch die Mäuse.

Jetzt war Theodor tot. Und Oskar wartete darauf, ihn über die Grenze zu begleiten, hinüber vom Mittelmaß des Diesseits in das Mysterium auf der anderen Seite. Ein Schritt, der mit Schmerzen und Qualen verbunden sein musste, sollte der Tod auch die Erlösung bringen. Die Erlösung von allen Sorgen und Qualen, allen Schmerzen und aller Schuld. Falls ein Tier dergleichen fühlte, würde er Oskar diese Ehre erweisen. Vorsichtig packte er die Maus, die sich völlig regungslos verhielt. Er betrachtete die spitze Schnauze, die huschenden Augen. Sollte er es noch einmal versuchen? Er entschied sich gegen das Feuer. Für Oskar hatte er einen anderen Weg vorgesehen. Warum den Plan ändern? Er hielt ihn in der einen Hand, während er mit der anderen den Blecheimer auf den Tisch stellte. Der Eimer war fast bis zum Rand gefüllt und schwer, doch an Kraft hatte es ihm noch nie gefehlt.

Er wartete einige Sekunden, bis sich die kräuselnde Oberfläche des Wassers in einen Spiegel verwandelte. Dann warf er Oskar hinein.

Mit fast wissenschaftlichem Interesse verfolgte er den kleinen Nager, der erst den Eimer durchquerte und dann begann, entlang der Außenwand seines Gefängnisses im Kreis zu schwimmen. Die kurzen Beine traten das Wasser, die Schnauze ragte nach oben.

Minutenlang ging es so. Minuten, in denen er nichts fühlte. Die Maus drehte ihre Runden in der Hoffnung, irgendwann rettendes Ufer zu erreichen.

Die Angelegenheit begann langweilig zu werden. Sollte dies ein missglückter Nachmittag werden? Erst der Herztod des ersten Auserwählten und jetzt weigerte sich der zweite, die Erlösung anzunehmen. Und ihm die Freude zu bereiten, die ihm zustand.

Dabei hatte er diese Stunde seit Wochen herbeigesehnt. Die Vorfreude auf die Mäuse hatte ihn bereits am Vormittag seiner Aufmerksamkeit beraubt und seine Gedanken vom Unterricht in der Schule in den Keller des Hauses der alten Frau gelenkt.

Nicht weiter schlimm, dachte er. Seinen schulischen Leistungen konnten ein paar Stunden geistiger Abwesenheit nicht schaden. Nicht umsonst galt er als Musterschüler. Seine Lehrer und all die anderen im Dorf hätten sicher anders über ihn geurteilt, hätten sie geahnt, was sich im Keller der alten Frau zutrug, um die sich der nette Junge mit dem blassen Gesicht so fürsorglich kümmerte. Heute waren es Theodor und Oskar, die auf ihn gewartet hatten.

Sein Blick verfolgte regungslos die Maus. Vielleicht sollte er ein wenig nachhelfen? In dem Augenblick, da er sich dazu entschloss, tauchte sie zum ersten Mal unter. Sofort zog er seine Hand zurück. Und genauso schnell brandete die Erregung heran. Als es Oskar schaffte, an die Oberfläche zurückzugelangen, wusste er, dass es doch noch ein guter Tag werden würde. Mit erst gleichbleibenden, dann langsamer werdenden Bewegungen setzte der Nager seine endlose Suche nach Rettung fort. Er spürte, wie sein Herzschlag schneller ging. Seine Hände wurden feucht, er begann zu schwitzen. Als Oskar erneut unter der Wasseroberfläche verschwand, waren alle Empfindungen von vorhin wieder da.

Endlich, dachte er. Zitternd sah er die Maus wieder nach oben kommen. Nach Luft japsend begann sie ein letztes Mal ihre Runden zu drehen. Dann ging es schnell. Untertauchen, hochkommen, untertauchen, hochkommen, untertauchen.

Die Welle der Erregung überrollte ihn.

Er schloss die Augen und als er sie wieder öffnete, wusste er nicht, wie viel Zeit vergangen war. Zärtlich fischte er Oskar aus dem Eimer. Der kleine Nager hatte sich der Erlösung als würdig erwiesen. Er nahm Theodor und Oskar und trug sie nach nebenan. Der Lehmboden dort ließ vermuten, dass die Bewohner des Hauses hier in früheren Zeiten ihre Kartoffeln aufbewahrt hatten. Jetzt diente der niedrige, kalte Raum als letzte Ruhestätte seiner Partner. Heute fand die Beerdigung von Theodor und Oskar statt. Er hatte das flache Loch bereits vorbereitet. Vorsichtig legte er die beiden Mäuse hinein. Als er den lockeren Boden mit der Schaufel, die er im Schuppen hinter dem Haus gefunden hatte, glattschlug, deutete nichts mehr auf die beiden kleinen Tiere hin.

Nachdenklich betrachtete er sein Werk. Bald würde er größere Löcher graben müssen. Er dachte an die streunende Katze, die seit einigen Tagen das Leben der Vögel im Dorf erschwerte. Der nachtschwarze Kater schien niemandem zu gehören. Niemand würde ihn vermissen. Und hieß es nicht, Katzen hätten neun Leben? Er würde einen ganzen Tag für sie einplanen müssen. Vielleicht einen Samstag? Oder auch einen Sonntag? Man würde schon sehen.

Und dann gab es da noch diesen Brunnen, den er hinter dem Berg aus Gerümpel gefunden hatte. Die alte Frau war seit Jahren nicht mehr hier heruntergekommen. Wie auch, konnte sie ihre Beine doch kaum mehr bewegen. Über die Zeit hatte sie wohl die Erinnerungen an frühere Jahre vergessen, die in dem kleinen Raum am Ende des Kellers lagerten. Sie wusste nichts mehr von dem Kinderwagen, dem Koffer, einigen kitschigen Landschaftsbildern in ebenso kitschigen Rahmen, Säcken voll Wäsche, die modern gewesen war, als der Junge noch nicht gelebt hatte. Unter all dem unnützen Zeug hatte er Nützliches entdeckt. Er hatte sich gleich gefragt, was der Holzdeckel verstecken sollte, der hohl klang, wenn er darauf trat. Das Loch im Boden war breit und so tief, dass er den Grund nicht sehen konnte. Und es war mit Schlamm und Wasser gefüllt. Es hatte geplatscht, als er einen Stein hinuntergeworfen hatte.

Er würde dieses Loch noch benötigen. Später!

Ja, später, wenn die Zeit der Tiere vorbei sein würde und die Zeit der Menschen begann.

Ein Lächeln huschte über sein Gesicht. Dann ging er hinauf zu der Frau. Wie schon so oft war sie vor dem Fernseher eingeschlafen. Er holte ihre Lieblingsdecke aus dem Schrank und legte sie ihr vorsichtig über die Beine. Fast zärtlich nahm er ihr die Fernbedienung aus der Hand und schaltete den Fernseher aus. Es war an der Zeit, nach Hause zu gehen.

Seine Mutter wartete sicher schon auf ihn. Und seine Hausaufgaben auch, die er so gewissenhaft wie jeden Tag erledigen wollte. Schließlich wollte er auch sein drittes Schuljahr als Klassenbester abschließen.

ICH

Der erste Tag nach dem Mord schickt sich an, zu Ende zu gehen. Die meisten der Zahnräder in meinem Kopf stehen noch still oder drehen sich nur langsam. Nadim Hemedi steht auf einem geschrieben. Auf den anderen GME und Grigore Lazar, Schmuggel und Kindesmissbrauch. Recht wenig angesichts der latenten Gefahr weiterer Morde. Wenigstens um eine Erfahrung bin ich heute reicher: Ein Tag ohne Partner kann ein verlorener Tag sein.

Auch jetzt, auf der Fahrt nach Kirchbach, fehlt der Gedankenaustausch mit Melanie Güßbacher, mit Karl oder auch mit Sven Straubmann.

Ich parke meinen alten BMW vor dem Haus Schedlbauer in dem Augenblick, da der Predigtstuhl die letzten Strahlen der Sonne verschluckt. Der Tag geht, doch der Abend zögert die Kälte der Nacht noch hinaus.

Claudia ergreift die Gelegenheit. Für diese Jahreszeit ansonsten ungewöhnlich, hat sie den Tisch im Garten gedeckt. Zusammen mit ihren Eltern genießen wir die Stunde. Leberkäse, Spiegelei und ein Glas Bier sind mein kulinarischer Höhepunkt dieses Tages. Erst jetzt bemerke ich, dass ich heute kaum etwas gegessen habe.

»Rosi Geiger hat angerufen«, informiert mich Claudia zwischen zwei Bissen. »Die Resi kommt heute zu ihr und sie würde sich freuen, wenn wir auch Zeit hätten.«

Es mag etwas ungewöhnlich erscheinen, dass ein Mann Anfang 40 mit zwei älteren Damen der Kategorie Resi und Rosi befreundet ist. Seit meinem ersten Aufenthalt in Kirchbach vor zwei Jahren schätze ich mich jedoch glücklich, die beiden zu kennen. Die Zeit hat es gebracht, dass uns inzwischen nicht nur der Tod Georg Kollers verbindet. Warum nicht die beiden heute treffen? Vielleicht ist ein wenig Abwechslung genau die Schmiere, die das Getriebe in meinem Kopf braucht.

»Gerne! Hast du eine Flasche Wein zum Mitnehmen? Ich komme ungern mit leeren Händen.«

»Ein Brunello wird unseren Keller nicht zieren, aber es wird sich schon was finden. Karl und Jana hab ich auch angerufen. Sie sind dabei.«

»Gut! Ich springe noch schnell unter die Dusche, dann können wir gehen. Servus, Gisela, servus, Ludwig.«

»Servus, Moritz. Schönen Abend noch.« Claudias Eltern

haben kein Wort über den spektakulären Mord verloren, obwohl sich sicher bereits alle darüber den Mund zerreißen. Ich rechne den beiden ihre Rücksicht hoch an. Ich habe wirklich kein Verlangen, über Silvian zu sprechen.

Ich nicke Claudia noch zu, dann gehe ich. Täusche ich mich, oder hat sie mich die ganze Zeit über beobachtet? Unsinn! Warum sollte sie?

Wir verbinden den Besuch Rosis mit einem kleinen Abendspaziergang hinauf zu ihrer Pension Sonnenschein. Claudias Nähe lässt die Geschehnisse des Tages verblassen. Vergessen auch der Finger, dieser Vorbote einer zupackenden Hand. Er ist wieder verschwunden und hat die Geister der Vergangenheit mitgenommen. Ich kann nur hoffen, dass es so bleibt.

Rosi öffnet uns die Tür, kaum dass ich einmal die Klingel gedrückt habe.

»Moritz! Lange nicht gesehen. Kommt rein, kommt rein. Es wird Zeit, dass ihr endlich mal wieder vorbeischaut. Was habt ihr denn da dabei? Das hätte es doch nicht gebraucht. Aber gut, dann köpfen wir die Flasche eben gleich.« Würden wir Rosi Geiger nicht kennen, der Wortschwall hätte uns wieder aus der Tür geblasen. So aber folgen wir ihr und ihrer Stimme in die gemütliche Stube. Ein wenig vermisse ich den Duft ihres traumhaften Kaffees, aber es ist eben nicht die Zeit dafür.

Auf der Eckbank, im Herrgottswinkel, direkt unter dem Kreuz, sitzt eine fast 80-jährige Frau. Resi Bielmeier ist einer der bemerkenswertesten Menschen, die ich kenne, und ein weiterer Name auf meiner kurzen Freundesliste. Sie unterbricht ihre Unterhaltung mit Karl, der neben ihr sitzt, um uns zuzunicken. Auch er beschränkt seinen Gruß auf dieses Minimum einer Geste. Was woanders als unhöflich gelten mag, ist hier im Bayerischen Wald ein Zeichen respektvoller Ehrerbietung. Jana dagegen steht auf und reicht mir die Hand. Ich halte sie länger, als dies unter Bekannten üblich ist. Karl sieht zur Seite, doch Claudias Blick sticht wie eine Nadel.

Der Moment zieht vorbei. Es folgen Stunden belangloser Geselligkeit, gefüllt mit Informationen über Kirchbachs High Society, Weltpolitik, Sport und Klatsch. Alles serviert von Rosi und Resi, garniert von meiner Lebensgefährtin.

Irgendwann kommt das Gespräch auf Karl und Jana. Es freut mich zu hören, dass es zwischen den beiden gut läuft. Nichts deutet auf Janas Vergangenheit hin. Nichts verrät unser Geheimnis.

Rosi stellt einige Schnapsgläser und eine Flasche Blutwurz auf den Tisch. Will sie mich auf die Probe stellen? Oder gefällt es ihr, mich zu quälen? Unsinn, denke ich, sie weiß ja nichts von meinem beginnenden Rückfall in schlechtere Zeiten. Ich starre einige Sekunden zu lange auf die Märchenmotive auf den Gläsern. Hänsel und Gretel warten direkt vor mir darauf, mit Hochprozentigem gefüllt zu werden.

»Nein danke«, sage ich und halte die Hand über das Glas. Ein kurzer Blick Rosis in meine Augen, dann wandert die Schnapsflasche weiter.

Zu spät! Claudia hat mein Zögern bemerkt.

Ich muss das Gespräch wieder in Gang bringen. Resi hat noch nichts über den Kollerhof gesagt. Also frage ich sie direkt: »Ich habe heute Grigore Lazar aufgesucht. Ich war etwas überrascht, ihn auf dem Kollerhof zu finden.«

Resi nippt am Wein. Ist ihr die Sache peinlich? Braucht sie doch nicht. Der Hof gehörte ihr und sie konnte damit machen, was sie wollte. Ich bin einfach nur neugierig. »Der zweite Hof war einfach zu viel für mich. Ich komme ja mit meinem kleinen Anwesen schon an meine Grenzen. Der Hof vom Alois ist in den letzten beiden Jahren richtig heruntergekommen. Da kam mir das Angebot von Herrn Lazar ehrlich gesagt ganz gelegen.«

»Stimmt«, bestätigt Rosi. »Zum Koller Alois seinem Hof hat doch eine Menge Feld und Wald gehört. Zu viel für eine Frau. Da ist das Geld schon besser als die Arbeit.«

»Schon erstaunlich«, meint Karl, »dass so ein Unternehmer in diesem alten Haus wohnt. Da würde man doch eher ein modernes Gebäude in der Stadt vermuten.«

»Der Herr Lazar ist ein ganz ein netter Mensch«, erklärt Resi. »Er hat gesagt, er lässt das Haus von Grund auf modernisieren. Er kommt ja aus Rumänien. Da haben die auch in der Provinz gewohnt. Auf einem ganz kleinen Hof in einem ganz kleinen Dorf, hat er gesagt. Und deshalb will er wieder auf einem Bauernhof leben.«

»Was wolltest du eigentlich von ihm?« Rosis Ohren sind auf Empfang geschaltet. Und damit sind wir dort, wohin ich eigentlich nicht wollte.

»Er ist der Eigentümer der Firma, deren Geschäftsführer mein Mordopfer war«, versuche ich, so kurz angebunden wie möglich zu bleiben.

»Und sein Onkel.«

Oh Mann!

»Hat mir die Gisela Meier erzählt. Die arbeitet drüben bei der GME.«

Rosi weiß wirklich alles. Ihre Drähte glühen in alle Richtungen. Bevor mir die beiden Damen noch mehr aus der Nase ziehen können, sollte ich mich vom Acker machen. Claudia erkennt mein Dilemma. »Wir müssen jetzt leider gehen. Ich muss morgen früh raus. Muss mal wieder weg. Drei Tage Finnland.«

Nach einigem »Schade« und »Warum schon so früh?«

schaffen wir es, die Pension Sonnenschein zu verlassen. Selbstverständlich nicht, ohne zu versprechen, bald wieder vorbeizukommen.

*

Eine halbe Stunde später liegen wir im Bett. Claudias früher Termin beschränkt unsere Zärtlichkeiten auf einen etwas längeren Kuss. Sie macht das Licht aus, doch wir beide finden keinen Schlaf. Eine seltsame Spannung lässt die Luft zwischen uns flimmern. Es ist, als hätten wir beide Angst vor dieser Nacht. Angst vor meinen Träumen. Ich habe mir das nicht nur eingebildet. Claudia hat mich den ganzen Abend beobachtet. Warum sprechen wir nicht darüber? Weil ich es nicht kann. Und sie weiß, dass ich es nicht kann.

Irgendwann verrät ihr ruhiger Atem, dass sie doch eingeschlafen ist.

Ich schließe die Augen und die Finger sind wieder da. Nicht einer, alle fünf. Die Hand schiebt sich aus dem Grabhügel und packt zu, um mich in die Tiefe zu ziehen. Vorsichtig stehe ich auf. Ohne Licht zu machen, gehe ich nach unten. Die Stube ihrer Eltern ziert ein alter, sehr gut erhaltener Bauernschrank. Claudias Vater brachte diese Erinnerung an seine Kindheit aus dem elterlichen Bauernhof mit in sein neues Heim. Vielleicht dachte er schon damals daran, die paar Flaschen Schnaps, die jeder Haushalt auf Vorrat hat, in diesem Meisterstück eines längst vergessenen Schreiners zu deponieren. Einschließlich der Flasche Blutwurz, die noch halb voll ist.

MASCHIACH

Er kannte den anderen Mann. Nur diesem Umstand war die späte Stunde ihres Treffens zu verdanken. Niemand war um diese Zeit außer ihnen hier. Flackernde Schemen an den Wänden und eine nahezu vollkommene Stille sorgten für einen Hauch von Erhabenheit.

Der Ort ihres Gespräches war ebenso sorgfältig gewählt wie ungewöhnlich. War er es, der dem anderen ermöglichte, tief in die eigene Seele zu tauchen, und es ihm selbst erlaubte, ebenso tief in diese zu blicken? War er es, der die schlimmsten Ängste und Geheimnisse des anderen Mannes offenbarte?

Oder war es die Hoffnung auf Vergebung? Konnte der andere Vergebung erwarten? Hatte er sie verdient, oder musste er sie sich erkämpfen?

Er wusste, es war diese Schuld, die den Mann zerfraß, die einen Funken Verzweiflung in eine Flamme des Hasses verwandelt hatte. Eine Flamme, die nicht erlöschen durfte.

Auch Silvian war schuldig gewesen. Schuldig an unsäglichem Leid.

Auch die anderen waren schuldig. Aber durfte man sich erheben und die Taten dieser Männer bestrafen? Durfte man für Gerechtigkeit sorgen?

Es waren diese Fragen, die den Mann zu dieser nächtlichen Stunde zu ihm getrieben hatten. Fragen, auf die der Mann Antworten erhoffte. So war es gewesen, seit er ihm die Qualen seiner Seele zum ersten Mal anvertraut hatte.

Und so sollte es auch in dieser Nacht sein.

Er sprach mit dem Mann, und seine Worte wischten die Schleier des Zweifels hinfort. Zurück ließen sie die Klarheit der großen Zusammenhänge und kleinen Notwendigkeiten. Tief in ihm pflanzten sie den Keim der Erkenntnis für die Notwendigkeit seiner Taten.

Gerechtigkeit war das Wort, das alles rechtfertigte.

Er musste Gerechtigkeit üben!

Er erinnerte sich an seine alte Heimat. Auch dort hatte er mit Zweifeln und Ängsten gekämpft. Es war die Begegnung mit einem Priester gewesen, die Rettung versprochen hatte.

Als alles gesagt war, saßen sie sich Minuten still gegenüber. Dann sah er, dass der Mann weinte.

»Ja«, stammelte er, »ja, ich werde es tun!«

ZWEITES KAPITEL

- FLEISCH -

Mittwoch, 05.10.2016

ICH

Das Summen des Weckers dröhnt in meinem Kopf. Vorsichtig öffne ich die Augen, nur um sie sofort mit der Hand abzudecken. Das Bett neben mir ist leer. Für Claudia war die Nacht noch kürzer als für mich. Hoffentlich hat sie ihren Flug nach Helsinki erreicht. Meine Hand tastet über den Nachttisch und findet einen Zettel.

»Ich liebe dich! Pass auf dich auf!«

Ich wälze mich aus dem Bett. Mein Kopf brummt, mein Mund ist trocken, meine Kehle schmerzt. Erinnerungen werden wach. Erinnerungen an Tage wie diesen. Ich stütze meinen Kopf auf die Hände und lasse meine Finger durch meine Haare gleiten. Was habe ich getan?

Warum?

PETRE

Die Maschine war ein Werk des Teufels. Aber sie erzeugte Strom und damit Geld.

Schon damals, als er noch ein Junge gewesen war, hatte er die Landwirtschaft geliebt. Die Tiere, das Wachsen des Getreides, das er zusammen mit seinem Vater und seinen Geschwistern auf den Feldern rund um Muntele Rece gesät hatte. Die Ernte wurde stets von einem großen Fest begleitet. Er liebte den Tanz, den Wein, das Lachen und die Mädchen. Hier hatte er Tatjana kennengelernt, die Frau, die bis heute an seiner Seite stand.

Wehmütig dachte er an diese Zeit. Hier gab es kein Fest, keinen Gesang und keinen Tanz. Dafür war die Arbeit leichter. Maschinen ersetzten Muskeln. Die Tage endeten nicht mit schmerzenden Gliedern wie auf dem elterlichen Hof.

Er dankte dem Schicksal und seiner Frau. Würde nicht das Blut der Familie Lazar in ihren Adern fließen, er hätte für sein Versagen bezahlt. So aber hatte die Abstammung Tatjanas gereicht, um sein Leben zu retten. Als Ehemann der Cousine der drei Brüder Lazar hatte er eine zweite Chance erhalten und er gedachte, diese zu nutzen.

Und noch einmal stand das Glück an seiner Seite. Grigore hatte ihn nicht in der Firma untergebracht. Zu auffällig sei das, hatte er gesagt. Stattdessen kaufte er ihm diesen Bauernhof weitab von Kirchbach, dessen alternder Besitzer keinen Nachfolger für den Betrieb gefunden hatte. Hier sollte Petre unauffällig seinen Lebenserwerb verdienen. Er hatte die Zeichen der Zeit schnell erkannt. Keine Milch und keine Tiere sollten es sein, welche die in ihn gesetzten Erwartungen erfüllten. »Biogas« und »Ökostrom« lauteten die Zauberworte.

Die Anlage war seit drei Monaten in Betrieb, und sollte sie weiter so gut laufen, würde er sie in wenigen Jahren erweitern. Petre Dumitrescu war mit sich und seinem Leben im Reinen.

Nur ungern dachte er an die Zeit der großen Geschäfte zurück. Wie viel Geld sie ihm auch gebracht hatten, am Ende hätten sie ihn in den Abgrund gezogen. Auch heute noch, ein Jahr nach dem Schrecken, ein Jahr nach seinem Versagen, glaubte er die Schreie und das Röcheln der Menschen zu hören.

In Wahrheit hatte er sie nie gehört. Er war davongelaufen. Von seiner Tat hatte er erst in den Zeitungen gelesen und in den Nachrichten gehört. Ja, er war entkommen. Nicht nur dem Streifenwagen, der ihm und den beiden anderen diesen Schrecken eingejagt und der sie erst dazu bewogen hatte, den Kühlwagen und seine ehemals lebende Fracht am Rande der Autobahn abzustellen und zu verschwinden. Nein, er war auch Ludovics Rache entkommen. Ohne Frage hätte der jüngere der Lazar-Brüder die drei Versager bestraft. Nur Grigore hatte er es zu verdanken, dass er noch am Leben und bei Gesundheit war. Er würde es ihm durch vollkommene Unauffälligkeit vergelten. Keine Polizei und kein Steuerbeamter sollten auf ihn aufmerksam werden. Er war dabei, seine Vergangenheit zu löschen.

Er war Bauer und Tatjana war bei ihm. Was wollte er mehr? Wenn jetzt bloß noch die verdammte Förderschnecke funktionieren würde. Sie war der einzige Teil der gesamten Anlage, der ihm Probleme bereitete. Dabei hatte die Zufuhr der Biomasse in den Fermenter bisher tadellos gearbeitet. Heute Morgen aber hatte ihm die vollautomatische Überwachung eine Störung in der Schneckenführung mitgeteilt.

Ausgerechnet die Schneckenführung. Eine Teufelsmaschine. Der einzig wirklich gefährliche Teil der gesamten Apparatur. Natürlich könnte er einen Mechaniker der Servicefirma rufen. Das aber bedeutete einige Tage Betriebsausfall, keinen Strom und damit auch kein Geld. Er entschied sich, selbst nach dem Rechten zu sehen. Wahrscheinlich hatten die Spiralen einer der beiden Schnecken einen größeren Gegenstand in die Zuführung gezogen. Einen Stein oder ein Metallteil, das auf unergründlichen Wegen ins Substrat gelangt war. Er hatte schon des Öfteren von solchen Störfällen gehört. Auch von den Unfällen, die immer wieder passierten. Er gedachte nicht, Teil dieser Statistik zu werden. Zwar hatte die Automatik den Antrieb abgeschaltet, aber er ging auf Nummer sicher. Der Hauptschalter der Steuerung befand sich in einem kleinen Gebäude, in welchem der Betrieb der Biogasanlage Dumitrescu überwacht wurde.

Petre war ein vorsichtiger Mensch. Er drückte nicht nur den Knopf, der die Fermenterzufuhr abschaltete, sondern öffnete auch noch den Sicherungskasten. Hier unterbrach er die Stromzufuhr, indem er den entsprechend beschrifteten Schalter umlegte.

Auf dem Weg zum Substratkanal winkte er Tatjana. Seine Frau bereitete das Frühstück und lächelte ihm durch das geöffnete Küchenfenster zu.

»Komme gleich!«, rief er in ihrer beider Muttersprache, dann stieg er auf die kurze Leiter hinab zu den messerscharfen Spiralen der Schnecken. Vorsichtig beugte er sich vor, konnte den Grund für die Panne aber nicht erkennen. Er musste besser sehen, also stellte er ein Bein auf eine der beiden Schnecken.

»Na bitte! Da haben wir ja das Problem«, sagte er zu sich. Eine Eisenkralle hatte sich im Durchlass verfangen und verklemmt. Daraufhin hatte der Widerstand die Notabschaltung der Anlage aktiviert.

Seltsam, dachte er. So ein Eisenteil hatte er noch nie gesehen. Da er die Kralle mit der Hand nicht erreichen konnte, drehte er sich um und hielt sich am Schutzgitter über dem Einlass fest. Ein paar Tritte mit dem Fuß sollten reichen. Er würde dann die Anlage wieder hochfahren und die Schnecke den Störenfried in den Fermenter befördern. Er fixierte die Stelle an, dann trat er zu. Einmal, zweimal. Beim dritten Mal spürte er, dass sich das Teil löste.

»Na also«, meinte er zufrieden.

In diesem Augenblick begann der Motor zu surren. Ruckelnd begannen die Schnecken, sich zu drehen. Der Schrecken lähmte ihn für einen Atemzug. Seine Hände packten fester zu. Das Weiß seiner Knöchel trat hervor, als er mit aller Kraft versuchte, seine Beine aus dem Durchlass zu ziehen.

Fast wäre es ihm gelungen, doch als er bereits aufatmen wollte, packte die Schnecke sein linkes Bein. Dann sein rechtes. Langsam, aber unaufhaltsam wurde er hinabgezogen. Als seine Knöchel und Unterschenkel brachen, spürte er noch keinen Schmerz.

In dem Augenblick, da Tatjana in der Küche den Kaffee in die Tassen schüttete, verwandelten sich seine Knie zu Brei. Er wusste, dass er sterben würde.

Tatjana, dachte er noch. Dann, endlich, löste sich ein Schrei von seinen Lippen.

*

Im Haus fiel klirrend die Kaffeekanne zu Boden. Erfüllt von panischer Angst rannte Tatjana Dumitrescu hinüber zur Beschickungsanlage. Petre wollte hier vor dem Frühstück noch eine kleine Störung beheben. Seit jeher begannen sie den Tag gemeinsam. Schon damals in Muntele Rece, als sie noch ein junges Mädchen gewesen war, als sie Petre kennengelernt hatte und mit ihm zusammengezogen war; dann während ihrer Zeit in Österreich und jetzt hier in ihrer neuen Heimat. Das gemeinsame Frühstück war für sie und ihren Mann zum Ritual geworden.

Tatjana erreichte die Anlage und starrte in die Grube der Zuführung. Mein Gott, die Schnecken drehen sich ja, dachte sie. Sie lehnte sich über das Schutzgeländer, um besser sehen zu können.

Von ihrem Mann fehlte jede Spur.

ICH

Die Fahrt nach Deggendorf verläuft genauso trübsinnig wie der gesamte Morgen. Drei Tassen Kaffee waren nötig, um mich halbwegs auf die Beine zu stellen. Was habe ich da nur angestellt? Wenn ich nicht aufpasse, laufe ich Gefahr, die dunkelsten Wochen meines bisherigen Daseins erneut heraufzubeschwören. Ich muss mich zusammennehmen!

Konzentrier dich auf deinen Fall, ermahne ich mich.

»Der Chef weilt heute in München«, bessert Doris meine Laune, als ich mein Büro betrete. Wenigstens keine Fragen nach dem Stand der Ermittlungen, und folglich kein Geständnis, dass diese doch ziemlich feststecken. Sie schenkt mir noch ein kurzes Lächeln, dann verschwindet sie in Richtung Kantine. Niemand in der Deggendorfer Zweigstelle erscheint vor Bernd Kussingers Sekretärin im Dienst und niemandem steht die Kaffeepause so früh zu wie Doris Späth.

Ich habe kaum meine Jacke in den Schrank gehängt, als Kurt Amberger zwei Pappbecher zur Tür hereinhält. Seine Eintrittskarte in mein Büro.

»Guten Morgen, Buchmann! Was gibt's Neues von der Front?«

Mit einer Kopfbewegung bitte ich ihn, sich zu setzen. »Eigentlich hoffe ich, dass Sie mir etwas liefern«, beflügle ich seinen Tatendrang, während ich den für mich gedachten Kaffee dankbar entgegennehme, nur um festzustellen, dass es sich um heiße Schokolade handelt. Er weiß genau, dass ich dieser süßen Pampe nichts abgewinnen kann. Doch es kommt noch schlimmer.

»Leider kann ich nichts bieten.« Er zuckt entschuldigend mit den Schultern. »Was soll auch ein ausgebranntes Auto hergeben?«, startet er den Versuch einer Entschuldigung.

»Fußspuren?«

»Wurden von den Stiefeln der Feuerwehrleute plattgemacht. Deren Sorgen galten dem Feuer und nicht einem verzweifelten Kriminaltechniker.«

»Verstehe!« Ich lehne mich zurück. Dr. Amberger nippt

an seinem Becher und verzieht das Gesicht. »Kalt«, murmelt er.

»Was ist mit den DVDs? Vielleicht wissen die Kollegen von der Sitte mehr? Potenzielle Abnehmer, Vertriebswege oder so.«

»Immerhin ein Ansatz«, bestätigt er mich. »Ich werde da mal nachhaken.«

»Machen Sie das! Schicken Sie doch eine Auflistung der Ware nach Straubing. Steinmann soll sich darum kümmern.«

»Gute Idee. Vielleicht haben die Kollegen seines Teams ja tatsächlich eine Ahnung, woher die Filme kommen.«

»Und wohin sie geliefert werden sollten«, vervollständige ich seinen Gedanken.

Kurt Amberger schickt sich an, zu gehen. An der Tür dreht er sich noch mal um. »Äh, wegen des doppelten Bodens. Tja, wir …«

»Macht nichts. Woher sollten Sie auch ahnen, dass es sich um ein Schmugglerauto handelt.« Ich unterstreiche meine Worte durch eine abwinkende Handbewegung. Meine Zwangsehe mit Dr. Amberger verläuft alles andere als harmonisch und wir verpassen keine Gelegenheit, uns unsere gegenseitige Antipathie zu bekunden. Diesmal aber trifft ihn wirklich keine Schuld.

»Nun gut. Ach, übrigens, Buchmann. Sie sehen heute richtig scheiße aus!«

Noch ehe ich zu einer Antwort ansetzen kann, ist er fort. Außerdem klingelt in diesem Moment das Telefon. Es ist Sven.

»Guten Morgen!« Seine Stimme klingt bestens gelaunt wie immer.

»Gut ist etwas anderes.«

»Was ist passiert?«

Ein paar Erklärungen später höre ich Sven pfeifend ausatmen. »Tschechische Kinderpornos. Mein lieber Schwan. Da werde ich mich mal bei den zuständigen Kollegen hier informieren. Konrad Watzke, ein Kumpel von mir, ist seit einigen Jahren im Dezernat Organisiertes Verbrechen aktiv. Ich denke, die freuen sich über ein paar neue Hinweise.«

»Die Tschechen sind auch an der Sache dran, sagt Wolfgang. Vielleicht hat sich Silvian mit Kreisen angelegt, die in einer zu hohen Liga für ihn spielen. Was gibt's Neues von den Rumänen?«, wechsle ich das Thema.

»Ach ja, deshalb rufe ich ja an. Deine Lazar-Sippschaft ist nicht von schlechten Eltern. Es gibt da einige Zeitungsartikel über ihre Zeit in Rumänien: undurchsichtige Geschäftspraktiken, Korruption, Erpressung. Da ist alles dabei. Aber es kam nie zu einem Prozess. Entweder die Anklagen wurden fallen gelassen oder erst gar nicht erhoben. Die Lazars haben dort anscheinend mächtig was zu sagen. Einfluss in Politik und Justiz, würde ich sagen.«

Das also versteht Grigore unter Handel betreiben, denke ich.

»Ich frage mich, warum sie nicht in Rumänien geblieben sind«, fährt Sven mit seinen Überlegungen fort. »Es lief dort alles wie geschmiert für sie. Aber dann hat Grigore seine Zelte in der Heimat abgebrochen und ist nach Deutschland gekommen. Erst Straubing und dann, letztes Jahr, Kirchbach.«

»Wenn du mich fragst, ich glaube, Grigore und Ludovic wollen ehrliche Bürger werden. Mit genügend Geld lebt es sich auch so nicht schlecht. Vor allem entspannter und ohne ständig den Atem des Gesetzes im Nacken zu spüren.«

»Und den der Konkurrenz«, ergänzt Sven. »Vor allem, wenn es sich bei dieser um böse Buben handelt.«

»Genau! Die beiden wären nicht die Ersten, die eine kriminelle Identität in ein Saubermann-Image verwandeln wollen.«

Das Gespräch mit dem Chef der GME drängt sich in meine Erinnerung. Er will seinen Nachkommen ein finanziell unabhängiges und sicheres Leben hinterlassen.

Sven unterbricht meine Gedanken. »Grigore und Ludovic sind die Patrone des Clans. Ghenadie, der älteste der drei Brüder, ist verstorben. Überraschenderweise eines natürlichen Todes. Auf seinem Weg in die Länder auf der Sonnenseite der EU entschied sich Grigore für die Firma Green Mountain Electronics und Kirchbach als sicheren Rückzugsort. Ein wenig Sponsoring der örtlichen Vereine, um bei den Bürgern gut anzukommen, und ansonsten sich ruhig verhalten. Kein Aufsehen erregen, keine Konflikte mit der Staatsmacht. Brav Steuern zahlen und schon lassen dich alle in Ruhe.«

»Und keiner fragt nach, woher all das Geld für diesen kometenhaften Geschäftsaufstieg kommt. Klingt durchaus plausibel. Untertauchen im Bayerischen Wald. Wo, wenn nicht hier?«

»Und jetzt der Mord an seinem Neffen, der die GME und ihre Eigentümer wieder ins Licht der Öffentlichkeit zieht. Das kann den beiden nicht gefallen.«

»Nein, nicht, wenn unser Szenario stimmt.«

»Und wenn die Lazars das sind, wofür wir sie halten, dann könnten sie uns noch eine Menge Ärger bereiten.«

»Gut möglich. Danke, Sven. Ich muss jetzt los.«

»Was hast du vor?«

»Ich muss Verena Lazar mit der Dealerkarriere ihres Mannes konfrontieren.«

*

Der Platz ist so außergewöhnlich wie die Aussicht, die er bietet. Am höchsten Punkt der Quarzformation des Großen Pfahles gelegen, der die östlichste Region Bayerns in einen vorderen und einen hinteren Bayerischen Wald teilt, bietet die Ruhebank, auf der ich sitze, scheinbar grenzenlose Ausblicke. Im Nordosten reicht die Sicht bis hinüber zur Gebirgskette vom Kaitersberg zum Arber, im Südwesten über Moosbach hinweg auf die Hügellandschaft des Vorwaldes. In früheren Zeiten fühlten sich die Menschen diesem Ort in besonderer Weise verbunden. Hiervon zeugen mannshohe Figuren und Kreuze. Darstellungen biblischer Szenen: »Die Kreuzigung«, »Die schlafenden Jünger am Ölberg«.

Schlafe auch ich, während die Lösung meines Falles vor meinen Augen liegt? Nein! Die Fakten, die mir zur Verfügung stehen, liefern kein klares Bild.

Und wie hat Verena Lazar auf die Tatsache reagiert, dass der Mann, den sie liebte, den Missbrauch von Kindern und Jugendlichen unterstützte?

Trauer? Auch mit diesem Gefühl kämpft sie seit gestern. Ihre Augen, ihre Stimme, ihr Gesicht verraten das. Und jetzt? Ich glaube, es ist Angst.

Angst vor dem Mann, den sie zu kennen glaubte und der ihr plötzlich fremd ist.

Angst vor der Familie ihres Mannes, die sie bis heute nicht versteht.

Angst, vielleicht selbst schuld zu sein an den Ereignissen, die ihr bisher so behütetes Leben in den Abgrund zu ziehen drohen.

Hätte sie Silvian zu mehr Sparsamkeit anhalten müssen? Hätte sie selbst das gemeinsame Leben bescheidener führen können? Hat ihr Mann diese schrecklichen Dinge getan, um ihr den Luxus zu bieten, der sie umgibt? Hat sie ihn dazu getrieben? Es sind diese Fragen, mit denen Verena jetzt leben muss und auf die es keine Antworten gibt.

Auf jeden Fall kann sie nichts zur Aufklärung des Mordes an ihrem Mann beitragen. Ich vermute, sie wird von meiner Gesellschaft in Zukunft verschont bleiben.

GRIGORE

Grigore dachte, die Leitung nach Rumänien sei unterbrochen.

Dann: »Er hat was?«

Ludovics Stimme glich dem Fauchen eines Tieres. Grigore hatte eine Nacht lang über die Informationen Buchmanns nachgedacht, ehe er die Nummer in das Telefon tippte. Sie war nicht eingespeichert und nirgends aufgeschrieben. Er wusste sie und das reichte.

Grigore hatte einen lauten Wutausbruch erwartet. Es war jedoch gerade die mühsam erkämpfte Beherrschung seines Bruders, welche die Gefahr verriet: »Das ist deine Schuld! Hättest du letztes Jahr auf mich gehört. Wäre es nach mir gegangen, dann würde dieser Vollidiot von einem Neffen in den Karpaten Ziegen hüten.«

Dann wäre er auch noch am Leben, dachte Grigore, sagte aber nichts. Er wusste, es machte keinen Sinn, seinen Bruder zu unterbrechen. Nicht in diesem Moment. Außerdem, das musste er sich eingestehen, hatte Ludovic recht. Es war ein Fehler gewesen, Silvian diese zweite Chance einzuräumen. Er war ein Versager und als solcher war er auch gestorben.

Die Mauer, die der jüngste von Caralina Lazars Söhnen um seinen inneren brodelnden Vulkan erbaut hatte, begann zu bröckeln. »Du musstest ihn ja zum Geschäftsführer machen. Ein kleiner Job im Büro hat ja nicht gereicht.«

Nein, dachte Grigore. Schließlich hatte er es Ghenadie versprochen. Kurz vor dessen Tod. Niemand ahnte davon, auch Ludovic nicht. Ihr älterer Bruder hatte ihm das Versprechen abgerungen, sich um seinen Sohn zu kümmern. Wusste er da schon, dass der Krebs zu diesem Zeitpunkt fast komplett seine Lunge zerfressen hatte?

Der letzte Wunsch Ghenadies stellte sich jetzt als ihr aller Verhängnis dar. Silvian war ein Idiot und ein Feigling gewesen. Ohne jede Frage. Er missbrauchte sein Vertrauen und das Vertrauen der Familie, das sie in ihn gesetzt hatte.

Sollten sich die Befürchtungen bewahrheiten, die dieser Kommissar Buchmann in ihn gepflanzt hatte, stand all das auf dem Spiel, was er gedachte aufzubauen.

Ludovic sah das genauso. »Was gedenkst du jetzt zu unternehmen?«

»Wenn die Polizei etwas von dem Zeug in unserem Werk in Domažlice findet, haben wir ein Problem.«

»Sollte Silvian so dumm gewesen sein, sein Schmuggelgut dort zu lagern, pisse ich auf sein Grab.«

»Egal wie. Das war Silvians Party. Er hat das Geschäft allein durchgezogen und dabei bleibt es. Wir wissen von nichts.«

»Was ausnahmsweise sogar stimmt.« Fast konnte Grigore seinen Bruder schon wieder grinsen sehen. Bisher hatte der Lazar-Clan kein Geschäft abgewickelt, ohne dass er und

Ludovic nicht darüber Bescheid gewusst hätten. Silvian hatte diese Regel gebrochen.

»Falls die Polizei auf dumme Gedanken kommen sollte, liefern wir ihnen diesen Schwachkopf auf dem Silbertablett. Der arme Ghenadie. Wie konnte unser Bruder nur so eine Memme zeugen?«

»Du hast recht. Silvian hat ohne unser Wissen gehandelt, und das werde ich diesem Kommissar auch sagen. Er hat unsere Firma für seine schmutzigen Geschäfte missbraucht. Hörst du die Empörung in meiner Stimme?«

»Keiner kann das so gut wie du.«

Grigore war zufrieden. Ludovics Laune besserte sich zusehends. Eine Gefahr weniger. Sein Bruder war absolut zuverlässig und loyal, aber in seiner Wut unbeherrscht und unberechenbar.

»Denkst du, seine Frau wusste davon? Er ist tot, aber sollte sie etwas damit zu tun haben …«

Grigore wusste, was dann geschehen würde. Er hatte gesehen, wie Männer aussahen, nachdem sie Ludovic in die Quere gekommen waren oder seinen Zorn erregt hatten. Und auch Frauen.

»Verena? Nein! Sie ist ein nettes Mädchen, aber fürs Geschäft interessiert sie sich nicht. Es war ihr gleichgültig, woher Silvian das Geld hatte. Und er erzählte es ihr nicht. Nein, ich bin mir sicher, sie hatte keine Ahnung, was ihr Mann trieb.«

»Also gut!« Ludovic schwieg einige Sekunden. »Denkst du, ich sollte schon heute kommen? Wegen der Hochzeit, du weißt schon.«

Grigore dachte kurz nach. »Nein, morgen reicht. Aber bring unbedingt die Jungs mit.«

»Schon geplant. Die Tickets sind gebucht. Wie sieht es mit Waffen aus?«

»Hab ich.«

»Denkst du, die drei reichen, um die Familie zu schützen?«

»Eine Hochzeit ist immer ein Problem. Zu viele Menschen. Aber die Kirche liegt abgelegen und ist klein. Schön übersichtlich. Und unsere Freunde sind gut genug.«

»Das sind sie.«

»Wir sehen uns morgen.«

»La revedere!«

»Ciao!«

ICH

Der kurze Augenblick, in dem ich meine Gedanken treiben lassen konnte, liegt nur wenige Minuten zurück und scheint doch unwiederbringlich. Fürwahr, es wird Zeit, Grigore Lazar erneut aufzusuchen.

Ich versuche es noch einmal auf dem Kollerhof und habe Glück. Ein protziger Q7 verspricht, dass der Herr des Hauses da ist. Als ich auf den Hof fahre, rollt ein Ball vor mein Auto. Sofort steige ich auf die Bremse und dann aus dem Auto. Ein kleiner Junge verfolgt das bunte Spielgerät, hinter ihm eine Frau.

Erwartungsvoll blickt er mich aus braunen Augen an.

Ich stochere mit dem Fuß unter meinem Wagen herum, finde den Ball und reiche ihn ihm. Seine Augen leuchten vor Freude und Lebenslust. Grinsend dreht er sich um und wirft ihn der Frau zu.

»Milan, du musst besser aufpassen!«, rügt sie den Kleinen. Und zu mir gewandt: »Entschuldigen Sie, aber er ist einfach ein Wirbelwind.« Ihr Dialekt ist unüberhörbar.

»So wie Kinder in seinem Alter sein sollen«, antworte ich, während ich ihr die Hand reiche. »Frau Lazar?«

»Ja! Dana Lazar. Was kann ich für Sie tun?«

»Mein Name ist Buchmann.«

»Ach, der Herr Inspektor. Grigo hat mir schon von Ihnen erzählt.«

»Kommissar«, berichtige ich sie etwas verlegen.

»Entschuldigung, Kommissar. Sie wollen sicher mit meinem Mann sprechen?«

»Deshalb bin ich hier, ja. Ist er zu Hause?«

»Warten Sie bitte. Ich hole ihn.«

Ich schätze sie etwas jünger als ihren Mann. Eine attraktive Frau, die wahrscheinlich der ruhende Pol der Familie ist.

Als Grigore, gefolgt von ihr, vor die Tür tritt, setzt der Junge zu einem Spurt an. Der Ball ist vergessen. Juchzend landet er in den Armen des alten Mannes, der ihn strahlend hochhebt.

»Herr Buchmann, guten Tag. Wie darf ich Ihren Besuch auffassen? Haben Sie bereits eine erfolgversprechende Spur, oder können Sie mir sogar schon den Täter präsentieren?« Er sieht mich kalt lächelnd an. »Nein, wohl eher nicht«, setzt er einen kleinen Stich in mein Selbstbewusstsein.

»Guten Tag, Herr Lazar. Der Kleine ist ja richtig gut drauf«, ignoriere ich seinen Versuch, mich aus der Ruhe zu bringen.

»Milan, der Sohn meiner Tochter Ada. Sie wohnt mit ihrem Mann in Ingolstadt, ist aber oft geschäftlich unterwegs. Da ist es eine Selbstverständlichkeit, dass Milan bei uns ist.« Zärtlich fährt er mit der Hand durch den Lockenkopf des Buben.

Sieh an, Grigore Lazar ist in seinen Enkel ja richtiggehend vernarrt. Und der in seinen Opa.

»Um auf Ihre Frage zurückzukommen. Ich kann Sie beruhigen. In Ihrem Werk in Domažlice wurde keine Hehlerware gefunden. Ihr Neffe war zumindest so schlau, nichts davon dort zu verstecken.«

»Ich sage Ihnen, die Firma hat nichts mit der Sache zu tun.«

»Das wird sich noch herausstellen.«

»Silvian hat auf eigene Rechnung gehandelt. Ich hätte das nie von ihm erwartet.«

»Wissen Sie, ich frage mich, warum Sie ihn gleich zum Geschäftsführer der GME gemacht haben. Ohne Vorbildung und ohne Erfahrungen im Geschäft.«

Er verschafft sich eine kurze Denkpause, indem er den Jungen seiner Frau reicht. »Dana, nimm Milan bitte mit ins Haus!« Ein perfekt getarnter Befehl, der keinen Widerspruch duldet. Sie gehorcht, ohne zu fragen.

Die Situation ist ihr wohl vertraut, denke ich.

»Sie streuen Salz in eine offene Wunde«, wendet er sich wieder mir zu. »Auch mein Bruder Ludovic macht mir diese Vorwürfe. Sie müssen wissen, es war meine Entscheidung, Silvian die Leitung der GME zu übertragen. Ich habe seinem Vater versprochen, mich um ihn zu kümmern.«

Seine Offenheit verwundert mich. Entweder ist dieses Geheimnis keines oder ihm ist jedes Mittel recht, jegliche Schuld von sich und seiner Firma zu weisen.

»Silvian hat seine Sache auch ganz ordentlich gemacht.

Ich gebe zu, er war nicht der geborene Macher, aber er hat uns in dieser Beziehung nicht enttäuscht. Und jetzt das! Ich kann nicht glauben, dass er uns so hinters Licht geführt hat. Dabei hatte er es nicht nötig. Er hat wirklich nicht schlecht verdient. Gutes Geld, ein schönes Haus und eine Frau, wie man sie sich nur wünschen kann.«

»Denken Sie, sie wusste von den Geschäften ihres Mannes?«

»Verena? Nein, sie ist ein Engel von einer Frau.«

Die ihren Mann liebte und nicht fragte, was er so trieb. Genau so, wie ihr Patriarchen es wollt, füge ich in Gedanken hinzu.

»Könnte sich Silvian mit den falschen Leuten eingelassen haben? Drüben in Tschechien, meine ich?«, spielt er mir den Ball wieder zu.

»Gut möglich. Wir ermitteln natürlich auch in diese Richtung. Die Art seines Todes deutet doch sehr auf einen Racheakt oder eine Warnung hin«, versuche ich unverbindlich zu bleiben.

»Wenn er wirklich dazu beigetragen hat, diesen Schmutz zu vertreiben, dann hat er es verdient.« Sein Blick geht zu dem Jungen, der eben aus dem Haus läuft.

Soll ich ihm glauben? Fast hört es sich so an, als gehöre Silvian nicht zur Familie Lazar. Oder nicht mehr. »Nun gut. Danke jedenfalls für das Gespräch. Ich bin mir sicher, es war nicht unser letztes.«

»Ich hoffe, beim nächsten wissen Sie mehr!«

»Mal sehen.« Damit steige ich ins Auto. Noch bevor ich losfahre, zupft der Kleine an Grigores Hand. Er ist wie ein Sonnenstrahl, der durch den wolkenverhangenen Himmel scheint. Ein letzter Blick in den Spiegel zeigt, wie der Familienpatron seinen Enkel lachend durch die Luft wirbelt.

Ich habe die Staatsstraße noch nicht erreicht, als mein Handy mir eine angenehme Überraschung bereitet. Es ist meine Lieblingskollegin. »Hallo, Mel! Oder soll ich sagen, Leiterin der K1?«

»Hallo, Moritz! Lass das! Ich weiß selbst nicht, wie ich so schnell zu diesem Posten gelangt bin.«

»Nun mach mal halblang. Keine falsche Bescheidenheit. Wenn jemand als Teamleiterin infrage kommt, dann doch wohl du. Ich gratuliere jedenfalls herzlich und mit voller Überzeugung.«

»Danke auch.«

Ich höre, wie sie tief Luft holt. Ich mag sie wirklich. Deshalb erleichtere ich ihr den Einstieg. »Du rufst doch nicht zufällig an. Was hast du auf dem Herzen?«

»Das mit der Teamleiterin ist ja schön und gut, aber muss der erste Fall gleich so eklig sein?«

»Eklig?«

»Nun ja. Ich denke, das solltest du dir selbst ansehen. Ich bin hier in Strahlfeld bei Roding.«

»Ein Tötungsdelikt?«

»Kann man so sagen. Wobei Tötung sehr harmlos klingt für das, was hier geschehen ist.«

Klingt interessant, denke ich mit Blick auf Silvian, der ja auch nicht friedlich verschied. »Strahlfeld muss leider auf meine Genialität verzichten«, erinnere ich sie an die Grenze zwischen Niederbayern und der Oberpfalz.

»Weiß ich doch. Ich habe von deinem neuen Fall gehört. Eine Feuerleiche! Mannomann! Fast schon typisch für dich, oder?«

»Leider ja. Aber warum sollte mich dein Fall interessieren?«

»Ich habe hier ein männliches Opfer rumänischer Herkunft.«

Ohne weiter zu überlegen, ändere ich die Zieleingabe meines Navis auf Strahlfeld.

*

Obwohl ich nun doch schon einige Zeit in dieser Gegend Bayerns wohne, muss ich zugeben, noch nie in dem kleinen Dorf mit der großen Klosteranlage gewesen zu sein. Noch vor der Ortseinfahrt leitet mich die unverbindliche Frauenstimme, die immer recht hat, zu der von Mel durchgegebenen Adresse. Ein kurzer Feldweg mündet in einer von einer grünen Plastikkuppel dominierten Hofanlage. Mehrere Polizeifahrzeuge mit Chamer und Regensburger Kennzeichen bestätigen, dass ich hier richtig bin. Beamte in Uniform und Zivil sichern den Tatort, der augenscheinlich mitten auf dem Bauernhof liegt. Mein Dienstausweis öffnet mir den Zugang zum abgesperrten Bereich. Ich finde Mel ins Gespräch mit einem jungen Mann vertieft. Obwohl wir von jeder Menge Kollegen umgeben sind, kann ich nicht umhin, sie kurz zu umarmen.

»Servus, Moritz! Schön, dich zu sehen. Das ist Peter Teichert, und das da drüben ist Daniela Platzer. Sie gehören zu meinem Team.« Mel deutet auf eine Frau Anfang 30 in Jeans und Lederjacke, die sich mit einem uniformierten Polizisten unterhält. »Daniela, komm doch mal rüber«.

Ich reiche beiden die Hand. Junge Leute am Anfang ihrer Karriere bei der Kripo. »Das ist Moritz Buchmann«, stellt mich Mel vor. »Ein sehr geschätzter Kollege«, sie zwinkert mir bei diesen Worten zu, »der ebenfalls einen toten Rumänen hat.«

Und schon sind wir dienstlich.

»Wo ist denn eure Leiche?«

»Da drin«, deutet Peter Teichert auf eine Grube hinter

ihm, die ich bisher nicht bemerkt habe. Ich trete bis an das Schutzgitter heran. Na wo denn? Außer zwei Förderschnecken, die das Substrat vom Bunker zum Fermenter transportieren, kann ich nichts erkennen.

»Da?« Ich deute mit dem Finger hinunter.

Daniela Platzer nickt.

»Da ist aber nicht mehr viel von ihm übrig, oder?«

»Eigentlich gar nichts«, meint Frau Platzer lakonisch.

*

»Also noch mal, nur, damit ich richtig verstehe: Die Frau von Petre Dumitrescu machte gerade Frühstück. Er wollte noch nach der Anlage hier sehen, da der Computer eine Störung anzeigte. Er rief ihr noch zu, er komme gleich, und verschwand auf Nimmerwiedersehen.«

»Dazwischen der Schrei«, ergänzt Peter.

»Richtig, der Schrei. Dann ruft die Frau die Polizei, die ruft euch und ihr ruft einen Sachverständigen der Landesgewerbeanstalt.«

»Genau«, bestätigt Mel. »Die Spusi findet die Uhr, einen Schuh und einige Kleidungsfetzen im Fermenter. Alles von der Frau des Opfers zweifelsfrei identifiziert.«

»Der Rest des Opfers ist zerquetscht und zermatscht«, beschreibt Peter Teichert ungerührt das Ende Petre Dumitrescus.

»Ein Unfall? Wäre nicht das erste Mal bei solchen Anlagen.«

»Nein, kein Unfall. Die Experten der Landesgewerbeanstalt haben den Ablauf rekonstruiert. Sie sind in den Fördertunnel gekrochen und haben das hier gefunden.«

Es gibt Menschen, die da hineinkriechen?, denke ich mit Grausen, während mich Mel zu einem auf dem Boden ausgebreiteten weißen Tuch führt. Es bewahrt die wenigen Beweismittel vor Schmutz und Nässe.

»Eine Kralle?«

»Oder etwas Ähnliches. Ich jedenfalls habe so etwas noch nie gesehen.« Daniela Platzer zuckt mit den Schultern. »Die Gutachter meinen, das Teil passt genau, um die Förderschnecke so lange zu blockieren, bis sich die Anlage selbständig abschaltet.«

»Das ist noch nicht alles«, fährt Mel fort. »Sie lässt sich außerdem mit ein paar heftigen Tritten oder Hieben wieder entfernen.«

»Damit die Schnecke sich wieder drehen kann«, beende ich ihren Satz. Dieser Ablauf erscheint mir doch etwas zu einfach. »Es gibt doch sicher einen Hauptschalter oder ein Sicherheitssystem. Petre hat bestimmt die Motoren abgestellt, bevor er da hinunterstieg.«

»Einen Hauptschalter und einen Sicherungskasten, der offen stand. Wir denken, er war von der ganz vorsichtigen Sorte und hat beide betätigt: Schalter und elektrische Sicherung.«

»Das bedeutet, es muss jemand hier gewesen sein, um die Anlage wieder einzuschalten, während Petre dort unten war«, zieht Daniela Platzer den richtigen Schluss.

»Kann ich das mal sehen?«

Sie begleiten mich zu einem kleinen Gebäude, in dem die Steuerung der Anlage untergebracht ist. Der Hauptschalter steht auf Betrieb und sämtliche Sicherungen sind eingeschaltet. »Lass mich raten: keine Fingerabrücke.«

»Nein, aber wir haben das hier.« Peter Teichert geht in die Hocke und deutet auf einen Schuhabdruck. »Unser Toter hat hier irgendwann einen Kanister mit Schmieröl abgestellt. Einen undichten Kanister, zum Glück. Der Täter hat nicht bemerkt, dass der Boden mit einer dünnen Schicht Öl überzogen ist. Sehr dickes Öl, wohlgemerkt. Die Spusi hat den Abdruck bereits gescannt und fertigt ein Modell an.«

Ich bücke mich ebenfalls hinab. »Seltsamer Schuhabdruck. Wird schwierig werden, den zuzuordnen. Zumal er zu jeder beliebigen Person gehören könnte. Diesen Raum haben sicher schon viele Leute betreten.«

»Eben nicht«, korrigiert mich Mel. »Laut Tatjana Dumitrescu war die Anlage der ganze Stolz ihres Mannes. Außer ihm selbst duldete er nur die Serviceleute der Herstellerfirma hier drinnen. Der Abdruck könnte wirklich eine Spur sein.«

»Na, dann viel Vergnügen«, sage ich zu den beiden Kommissaren aus Mels Team.

»Wir finden den Schuh«, meint KK Teichert mit einem Blick zu seiner Kollegin.

»Und den Kerl, dem er gehört«, verspricht diese.

Auf dem Rückweg kommen wir noch einmal an den Förderschnecken vorbei, die vor wenigen Stunden einen Mann mit sich zogen und zerkleinerten. Was für ein grausamer Tod, denke ich. »Wie schnell dreht sich die Anlage eigentlich?«

Mel erahnt meine Gedanken. »Nicht schnell genug«, sagt sie mit bleichem Gesicht.

»Glaubst du, es gibt einen Zusammenhang?« Mel sieht mich fragend an. Wir haben uns ein Stück abseits verzogen, um unter vier Augen zu reden.

»Zweimal ein Rumäne. Zweimal ein spektakulär inszenierter Mord. Die Frage stellt sich schon, warum Silvian Lazar und Petre Dumitrescu so grausam starben, meinst du nicht?«

»Jedenfalls wollte sie jemand nicht nur aus dem Weg räumen. Könnte es Rache sein? Oder eine Warnung? Eine Familienfehde? Auch die Rumänen haben ihre Mafia.«

»Viele Fragen und keine Antworten. Aber einen möglichen Zusammenhang zwischen deinem und meinem Fall können wir gleich feststellen. Wo ist Frau Dumitrescu?«

»Im Haus. Der seelische Notdienst des Roten Kreuzes ist bei ihr.«

»Dann komm!«

Die zierliche Frau, die auf dem Kanapee in der Bauernstube liegt, scheint zu schlafen. In ihrem Arm steckt eine Nadel für die Infusionslösung. »Ein Beruhigungsmittel«, erklärt eine medizinische Helferin, die am Tisch sitzend die heutige Zeitung liest.

»Kann ich mit ihr sprechen?«

Sie nickt und widmet sich wieder den Neuigkeiten des Tages.

»Frau Dumitrescu?« Sie öffnet die Augen. »Keine Angst! Ich werde Sie nicht mit Fragen belästigen, die Sie heute schon oft gehört haben. Nur eins: War Ihr Mann ein Lazar?«

Sie sieht mich mit verständnislosen Augen an. Kaum merklich schüttelt sie den Kopf. Also doch nicht. Die Theorie, die gerade dabei war, in mir zu reifen, zerplatzt gleich in ihrer Entstehungsphase. Tatjana Dumitrescu sucht mit leeren Augen einen Punkt an der Decke. »Aber Grigore und Ludovic sind meine Onkel.«

»Also waren unsere Toten verwandt.« Mel überlegt kurz.

»Ich denke, wir sollten gemeinsam ermitteln. Wir haben es mit demselben Täter zu tun.«

»Bist du dir da sicher?«

»Die Morde als grausame Inszenierungen, die Opfer verwandt, der zeitliche Zusammenhang. Ja, ich bin mir sicher. Was hältst du davon, unsere Teams zusammenzulegen?«

»Keine schlechte Idee. Wenn du mit mir zufrieden bist?« Sie versteht sofort. »Du ermittelst allein? Wo gibt's denn so was?«

Ich zucke mit den Schultern. »Nun, jetzt nicht mehr. Ihr drei und ich, das ergibt doch schon eine ganz passable Truppe.«

*

»Sie haben also auch noch keine verwertbare Spur.« Daniela Platzer fasst den derzeitigen Stand meiner Ermittlungen in wenigen Worten zusammen. Auch ihre Kurzfassung der Geschehnisse passt. Der Ablauf der Morde gleicht der Choreografie eines Bühnenstücks. Die beiden Männer sollten nicht nur sterben, es musste genau so passieren, wie es abgelaufen ist.

Wie es sich für ein Team gehört, erläutere ich meinen neuen Kollegen und Mel die bisherigen Fakten im Fall Silvian Lazar. Und die sind dürftig genug.

»Das mit den Kinderpornos hört sich ganz vernünftig an«, meint Peter Teichert nachdenklich. »Es wäre doch gut möglich, dass Silvian Lazar nicht allein gehandelt hat. Vielleicht saß Petre auch mit in diesem Boot.«

»Ja, aber das werden wir nicht herausfinden. Da müssen wir uns auf die Kollegen in Tschechien verlassen.« Mel klingt nicht so, als strotze sie vor Vertrauen in die Polizei auf der anderen Seite der Grenze.

»Also konzentrieren wir uns auf Grigore Lazar und die GME?«

»Und auf den Schuhabdruck«, sagt Mel. »Ihr beide macht das, während wir beide, Moritz, uns Grigore vornehmen.«

»Ach, noch etwas! Beinahe hätte ich es vergessen. Nadim Hemedis Asylanerkennungsverfahren ging offensichtlich außergewöhnlich schnell über die Bühne. Könntet ihr da mal nachhaken. Es würde mich doch sehr interessieren, ob da jemand seine Finger im Spiel hatte.«

Die beiden nicken synchron und gehen zu ihrem Wagen, um ins Präsidium nach Regensburg zu fahren. Mel und ich machen uns auf den Weg nach Kirchbach.

*

Eine halbe Stunde später fahren wir den Schotterweg zum Kollerhof hinauf. Auch bei ihr eine Zeitreise zwei Jahre zurück. »Schade, dass Theresa den Hof verkaufen musste.«

»Wenigstens verfällt er dann nicht.«

Mel mustert mich von der Seite. »Du siehst müde aus.«

»Ich schlafe nicht sonderlich gut in letzter Zeit.«

»Hm. Ist Claudia zu Hause? Wir haben uns schon lange nicht mehr gesehen.«

»Helsinki. Aber sie kommt am Freitag zurück.«

»Na, vielleicht ergibt sich ja eine Möglichkeit für ein Treffen.«

»Bestimmt«, sage ich, obwohl ich weiß, dass letztendlich immer etwas dazwischenkommt.

»Wie ist dieser Grigore so?«

»Hm. Ich denke, Grigore Lazar herrscht über seinen Familienclan. Nicht als Tyrann, wohl aber als Patriarch der alten Schule. Für ihn steht die Familie über allem.«

»Auch die Familienehre? Es wäre doch immerhin möglich, dass Silvian und Petre diese auf irgendeine Weise verletzt haben.«

»Stimmt! Das haben wir auch schon in Erwägung gezogen.«

»Wir?«

»Sven hat ein bisschen im Internet für mich recherchiert. Du weißt doch, wie gerne er das macht. Ganz im Gegensatz zu mir.«

»Sven? Wie geht's ihm denn?«

»Abgesehen davon, dass er im Innendienst Langeweile schiebt, ganz gut, denke ich.«

»Wäre schön, ihn mal wieder zu treffen«, sagt Mel, um gleich darauf ihre Gedanken wieder auf unseren Fall zu lenken. »Du denkst also, ein Ehrenmord käme auch infrage. Gibt's so was auch in Rumänien?«

»Könnten deine beiden Mitarbeiter da mal ermitteln?«

Schon hat sie ihr Handy am Ohr und gibt die entsprechende Anweisung weiter.

»Sven meint, es gäbe da in der Vergangenheit Grigores einige dunkle Flecken. Wir müssen ihn auf jeden Fall im Auge behalten.«

Mit diesen Worten parke ich meinen Wagen dort, wo er heute schon einmal stand. Keine Spur von dem Kleinen und von Dana Lazar. Aber Grigore ist da. Er kommt aus der Scheune, die Hände ölverschmiert.

»Herr Buchmann! Noch einmal heute? Und Frau …?«, wendet er sich Mel zu, die gerade aus dem Wagen steigt.

»Güßbacher. Melanie Güßbacher, Kripo Regensburg.«

»Regensburg? Aber sagten Sie nicht, Sie kommen aus Deggendorf?«, sieht er mich an. Er hat es nicht vergessen. Grigore Lazar ist ein intelligenter und deshalb gefährlicher Mann.

»Frau Güßbacher ermittelt in einem anderen Fall, der uns, ich muss es gestehen, leider wieder zu Ihnen führt.«

Er scheint den Sinn meiner Worte nicht aufgenommen zu haben. »Frau Güßbacher. Ich kann Ihnen leider die Hand nicht reichen. Der Rasenmäher.« Erklärend deutet er mit öligen Fingern in Richtung Scheune.

»Herr Lazar, ich ermittle in einem Tötungsdelikt.«

Sein Blick fällt auf mich. Ich hebe beschwichtigend die Hände. »Nicht Silvian.«

Er sieht wieder zu Mel.

»Petre Dumitrescu. Der Mann Ihrer Nichte Tatjana.«

Entweder ist Grigore ein begnadeter Schauspieler oder der Familienzweig Dumitrescu interessiert ihn nicht. Sein Gesicht zeigt jedenfalls keine Reaktion. Weder auf die Nachricht als solche noch auf Mels Schilderung der genauen Umstände. Auch als ich ihm die offensichtlichen Gemeinsamkeiten der beiden Morde darlege, bleibt er gefasst.

»Wie geht es Tatjana?«, lautet seine einzige Frage.

»Sie ist in ärztlicher Betreuung«, beruhigt ihn Mel. »Herr Lazar, Sie werden verstehen, dass zwei Tote in zwei Tagen einige Fragen aufwerfen. Insbesondere, wenn beide derselben Familie angehören.«

»Ach, dann sehen Sie jetzt nicht nur eine Verbindung zur GME, sondern auch zu meiner Familie? Heißt das, Sie glauben, jemand will uns gezielt auslöschen?«

»Vielleicht hat es der Täter auch nur auf Sie abgesehen.« Mel sieht den kleinen Mann mit dem großen Selbstbewusstsein durchdringend an. »Es sollte doch auch in Ihrem Interesse liegen, dass wir den oder die Täter schnellstmöglich finden. Falls Sie etwas wissen, das auch wir wissen sollten, wäre jetzt der geeignete Zeitpunkt, denken Sie nicht?«

Grigores Augen blitzen. »Es tut mir leid. Ich fürchte, ich kann Ihnen Ihre Arbeit nicht erleichtern. Ich habe keine Ahnung, was dieser Mörder beabsichtigt.«

Mel will nachhaken, doch ich komme ihr zuvor: »Nun gut! Falls Sie sich doch noch entscheiden sollten, etwas zu den Ermittlungen beitragen zu wollen, so haben Sie ja meine Nummer.«

»Als Erstes werde ich für den Schutz meiner Familie

sorgen.« Es klingt wie eine Drohung und das ist es wohl auch. »Herr Buchmann, Frau Güßbacher.« Damit lässt er uns stehen und verschwindet im Haus.

Als wir wieder in meinem BMW sitzen, sieht mich Mel verärgert an. »Warum hast du ihn so davonkommen lassen? Ich wollte ihn noch ein bisschen festnageln.«

»Grigore ist ein eiskalter Hund. Du hättest nichts mehr aus ihm herausgebracht. Hast du nicht gesehen? Seine Gedanken waren schon einen Schritt weiter.«

»Du meinst diese Drohung?«

»Wenn du es so nennen willst. Schutz der Familie. Das klingt für mich sehr nach Selbstjustiz. Ich glaube, die Lazars haben vor, das Gesetz in ihre eigenen Hände zu nehmen.«

GRIGORE

Grigore war nicht wohl bei dem Gedanken an das Gespräch mit seinem Bruder. Wie würde er auf den Tod Petres reagieren? Er fasste seinen Bericht kurz. Was gab es schon ausschweifend zu berichten?

»Du weißt, was das bedeutet.« Ludovic klang nicht verärgert. Jetzt, da er sich seiner Sache sicher war, war er wieder die zu allem entschlossene Faust des Clans.

»Ja, aber ich verstehe es nicht. Es gab doch keine Überlebenden.«

»Die Polizei hat nach dem Vorfall die Kontrollen auf den Straßen erheblich verschärft. Das haben auch die anderen Unternehmen zu spüren bekommen. Könnte es Vergeltung dafür sein?«

»Glaube ich nicht. Auch die anderen wussten vom Risiko dieses Geschäfts. Sie alle sind es eingegangen und wussten, dass die Gefahr bestand, aufgegriffen zu werden. Ich dachte vielmehr an Angehörige der Opfer. Aber auch das ist unwahrscheinlich. Woher sollten sie von Silvian und Petre wissen?«

»Ich kann mir einen Racheakt nicht vorstellen. Schwinghammer hat doch dafür gesorgt, dass die Ermittlungen eingestellt wurden, noch bevor sie richtig begannen. Es gab keine Verbindungen zu uns.«

»Aber Schwinghammer ist tot. Die Presse hat letztendlich herausgefunden, was wir schon längst wussten. Nur gut, dass er seine Frauen von uns bezog.«

»Frauen? Du meinst wohl Mädchen! Zu dumm für ihn.«

»Und perfekt für uns. Zum Glück hat er sich den Strick erst um den Hals gelegt, nachdem er uns diesen kleinen Gefallen getan hat. Sonst wäre die Sache nicht so glatt für uns gelaufen.«

»Das kann sich schnell ändern«, sagte Ludovic ernst.

»Irgendjemand weiß Bescheid. Und er ist dabei, alles zu zerstören, was wir aufgebaut haben.«

»Du meinst, auch unsere Namen sind im Spiel?«

»Bis jetzt noch nicht. Wer auch immer hinter der Sache steckt, er hat es auf die Begleitpersonen abgesehen.«

»Das bedeutet, Miro wäre der Nächste.«

»Wenn wir richtigliegen, ja! Sollen wir ihn warnen?«

Kurzes Schweigen, dann: »Nein. Wir wollen doch sehen, ob unsere Theorie stimmt. Außerdem wird er morgen ohnehin in der Zeitung vom Mord an Petre lesen. Er ist schlau genug, seine eigenen Schlüsse daraus zu ziehen. Vermutlich kommt er dann zu mir gerannt.«

»Du denkst, er weiß nichts von Petres Tod?«

»Noch nicht. Ich glaube, niemand hier weiß schon davon. Außer den Leuten, die von der Kripo vernommen werden, natürlich. Aber Strahlfeld ist ein Stück entfernt und Petre hatte nichts mit der GME oder mit Kirchbach zu tun.«

»Gut, dann warten wir diese Nacht ab. Sollte es auch Miro erwischen, müssen wir handeln.«

»Ja, das müssen wir.«

MASCHIACH UND DER JUNGE

September 2004

Er kannte den Namen des Jungen nicht, der etwa 12 oder 13 Jahre alt war und das Alter seines Mörders nie erreichen würde. Er hatte ihn zufällig ausgewählt. Es gab keinen ersichtlichen Grund, warum er es sein musste. Weder die dunklen Augen noch die lockigen Haare und auch nicht seine kindliche Gestalt. Auch wenn die Polizei später genau diese Merkmale für seinen Tod verantwortlich machte. Eine Schlussfolgerung, die ihrem geschulten Denken in Täterprofilen, Schubladenmotiven und Spurenanalysen entsprang.

Dabei gab es kein Motiv und es gab keinen Triebtäter. Sexuelles Verlangen war von Anfang an nie der Grund für seine Taten, auch wenn Polizei und Medien es so darstellten.

Er konnte sie verstehen.

Sie suchten nach dem Grund. Wie engstirnig, wie fantasielos, wie bedauernswert sie doch waren. Diese ewige Frage nach dem Warum. Gab es ein Warum? Sosehr er auch darüber nachdachte, er wusste es nicht.

Er war so, wie er war.

Es bedurfte keines Grundes. Bestand nicht der Sinn des Lebens darin, Freude zu empfinden? Er konnte Freude empfinden. Tiefe, grenzenlose Freude. Dazu musste er nur die Grenze zwischen Leben und Tod überwinden. Er hatte diese Erfahrung mit seinen Partnern geteilt. Mäuse, Vögel, Katzen und Hunde waren dazu ausersehen gewesen. Ein Schauer lief über seinen Rücken, als die Erinnerung an den ersten Hund aus den Tiefen seines Gedächtnisses auftauchte.

Es war wenige Tage nach seinem zehnten Geburtstag gewesen, da hatte er den weißen Pudel der Frau des Tankstellenwärters in den Keller der alten Frau gebracht. Es war nur ein kleiner Hund gewesen, doch sein Jaulen hatte ihn den ganzen Tag über erfreut. Das Rattengift, das er zu Hause gestohlen hatte, war zu wenig gewesen und doch genug. Er hatte Stunden neben dem Tier gesessen und es gestreichelt. Der Pudel hatte zum Dank seine Hand geleckt und ihn mit großen Augen angesehen. Erst als die Sonne unterging, war das Jaulen in Winseln übergegangen. Geschüttelt von Krämpfen hatte er blutigen Schaum gehustet und war schließlich gestorben.

Schon früh hatte er erkannt, dass der schlichte, einfache Spaß zu tiefer Befriedigung und Erregung wuchs, je länger der Vorgang dauerte. Noch nie zuvor aber hatte der Todeskampf seines Partners das brennende Verlangen in ihm so gelöscht wie an diesem Tag. In dem Pudel hatte er erkannt, dass auch die Toten von dieser klaren und reinen Freude beseelt waren, die auch ihn in diesem Augenblick erfasste.

Warum nicht diese Freude mit einem Menschen teilen? Warum nicht mit dem lockigen Jungen, den er vor zwei Wochen zum ersten Mal gesehen hatte? Er hatte ihn nicht angesprochen. Er musste vorsichtig sein. Natürlich hatte er die Gespräche der Erwachsenen mitbekommen. Das Jammern der Frauen, deren ach so geliebte Haustiere spurlos verschwunden waren. Den Ruf nach der Polizei und deren ebenso lustlose wie ergebnislose Ermittlungen.

Bei einem Menschen, bei einem Kind würde das ganz anders werden. Spezialkräfte würden ins Dorf kommen und die ganze Gegend absuchen. Also durfte er mit dem Jungen nicht in Verbindung gebracht werden. Er hatte ihn abseits des Dorfes angesprochen. Dort, wo niemand sie sah. Er hatte seine Abenteuerlust geweckt, hatte ihm vom Haus der Frau erzählt, von dem Schlüssel, den er für die Tür hatte, und von den Schätzen, die sich dort im Keller verbargen.

Er hatte die anfängliche Angst des Jungen in Vertrauen verwandelt. Schließlich war er älter und kräftiger als er und würde auf ihn aufpassen. Warum sollte er ihm nicht glauben? Er galt im Dorf als ehrlich und freundlich und in der Schule als fleißig. Er hatte ihn überredet, mit ins Haus der alten Frau zu gehen. Und als er ihm endlich die Stufen hinab in den Keller gefolgt war, als sie unten in diesem dunklen, feuchten Raum gestanden hatten, da hatte er seinen neuen Freund mit der flachen Seite der Axt niedergeschlagen. Jetzt stand er hier und sah auf die schmächtige Gestalt hinab, die langsam zu sich kam. Die Axt hatte er zur Seite gelegt. Der Junge konnte sich nicht bewegen. Die Wäscheleine aus Kunststoff, die er oben im Haus gefunden hatte, war kräftig, die Fessel war eng geschnürt.

»Was? Was ist passiert?« Auch seine Stimme war kindlich, so wie der Junge selbst. Noch mischte sich keine Angst unter seine Worte. Eher Verblüffung und Erstaunen. Dann bemerkte er, dass seine Hände an das rostige, alte Wasserrohr an der Wand des Kellerraumes gefesselt waren. Er drehte den Kopf in alle Richtungen, die dunklen Augen suchten nach einem Ausweg. Als er die Hand mit dem Messer sah, wurde sein Blick starr. Er war noch jung, ein Kind, aber er verstand. »Bitte!« Endlich hörte er Entsetzen in seiner Stimme. Ein Zerren und Rütteln an den Fesseln. »Bitte!«

»Keine Sorge, ich werde dich erlösen.«

Ein kurzer Stich in den Hals, ein Schnitt, quer über die Kehle. Ein letztes, gurgelndes »Bitte!«.

Röcheln, Zucken der Beine, Aufbäumen des Körpers, Ziehen an den Fesseln, Tod.

Wortlos sah er auf das blutige Messer, legte es achtlos zur Seite. Ein kurzes Lächeln. Dann die Enttäuschung: die Angst, das Flackern der Augen, das Zittern der Stimme. Ja, das war schon in Ordnung gewesen. Aber es war zu schnell gegangen, der Todeskampf zu kurz gewesen. Er war wütend auf sich. Er war zu nervös gewesen. Er hatte das Messer zu rasch eingesetzt. Und falsch! Beim nächsten Mal musste er sich mehr Zeit nehmen. Und da war noch etwas. Es war schön gewesen, dem Jungen beim Sterben zuzusehen, aber es war auch schön gewesen, ihn von den Qualen des Lebens zu erlösen.

Ich bin der Erlöser, dachte er. Dann nahm er das Messer und schnitt die Fesseln durch. Er packte seinen toten Freund bei den Beinen und zog ihn hinter sich her durch den Keller. Er hatte den Deckel des Brunnens bereits am Vortag entfernt. Inzwischen wusste er, dass er tiefer war als gehofft. Er hatte ein Stück brennenden Stoffs in das dunkle Loch geworfen und ihm nachgesehen, bis es in der Tiefe verschwand. Niemand würde den Jungen je dort finden.

Wir werden uns wiedersehen, versprach er. Wenn alles vorbei ist, werden wir uns wiedersehen.

An diesem Tag erkannte er zum ersten Mal, dass all dies nicht zufällig passierte.

Er war Teil eines großen Plans.

Er war der Erlöser!

Er spürte, dass die Tiere und der Junge nur der Anfang eines großen Werkes waren. Noch wusste er nicht, worin dieses bestand. Er musste es weiterführen, dem Ziel näher kommen. Erst wenn er das Werk vollendete, würde es sich ihm in seiner gesamten Pracht offenbaren.

Er lächelte, als der Körper in der Dunkelheit des Brunnens verschwand. Regungslos starrte er einige Minuten in die Tiefe. Sein Kopf war völlig leer.

Endlich hatte sein Leben einen Sinn.

Als alles vollbracht war, ging er hinauf zu der Frau. Sie gab ihm die Einkaufsliste und er versprach ihr, morgen wiederzukommen. Dankbar drückte sie ihm Geld in die Hand. Es war mehr, als sie für seine Dienste vereinbart hatten. »Das passt schon«, meinte sie auf seinen fragenden Blick. »Weil du immer so nett zu mir bist.«

»Danke, und einen schönen Tag noch.« Er winkte ihr zum Abschied zu.

Er war 14 Jahre alt.

ICH

Das Mittagessen wartete am Schnellimbiss in Bad Kötzting auf uns. Für mich kein Problem. Die Currywurst mit Pommes kann meinen Gourmetgaumen locker zufriedenstellen. Auch Mel scheint an ihrem Hamburger nichts auszusetzen zu haben. Schweigend genießen wir diese späte Mittagspause, ganz im Gegensatz zu unseren beiden Teamkollegen in Regensburg. Peter Teichert und Daniela Platzer zählen offensichtlich zur vom Innenminister gepriesenen hochmotivierten Nachwuchstruppe, die rund um die Uhr im Einsatz ist. So verwundert es nicht, dass Mels Handy ihren letzten Bissen unterbricht. Sie legt die noch nicht vertilgte Hälfte ihres Burgers auf den Teller und verlässt den Imbiss. Nach zwei Minuten kommt sie wieder herein. »Für dich.« Nun ist es an mir, meine Currywurst allein zu lassen.

Es ist Peter Teichert. »Herr Buchmann. Sie wollten doch wissen, ob es etwas Auffälliges bei Nadim Hemedis Asylverfahren gab. Wir haben ein wenig recherchiert, konnten aber nichts finden. Nadim kam am 3. September 2015 nach Deutschland. Er wurde nach Österreich geschleust und hat dort einen offiziellen Flüchtlingszug genommen. Sein Asylantrag wurde vom Bundesamt für Migration und Flüchtlinge bearbeitet und im ersten Anlauf genehmigt. Wir haben dort nachgefragt. Der dortige Sachbearbeiter sagte, Nadim hätte absolut glaubwürdige Beweise für eine religiöse Verfolgung vorgelegt.«

»Er wurde religiös verfolgt?«

»Ja. Nadim Hemedi ist Christ.«

Na so was! Wieso ist mir das bisher entgangen? Und warum hat mir das Pfarrer Spitzenberger verschwiegen? Vermutlich, weil ich ihn nicht danach gefragt habe. Ist das der Grund für die außergewöhnliche Unterstützung, die Nadim durch die örtliche Kirche und besonders durch den Kaplan erfährt?

»Wenn Sie mehr über das Verfahren wissen möchten, sollten Sie sich mit Nadims Schwester unterhalten«, unterbricht Peter meine Überlegungen.

Was meint er denn damit? Mit Samira unterhalten? Geht doch gar nicht. »Wie meinen Sie das?«

»Nadims Antrag wurde juristisch begleitet. Es war seine Schwester, die den Behördenkram für ihn erledigte. Alana Finke, Rechtsanwältin in Passau und geborene Hemedi.«

»Haben Sie die Adresse ihrer Kanzlei?«

Natürlich hat er.

Mels Teller ist leer und da ich nicht auf kalte Currywurst stehe, ist das Mittagessen auch für mich beendet.

»Was wollten die beiden von dir?« Sie lehnt lässig an ihrem Wagen und sieht mich erwartungsvoll an. Wir stehen an einem entscheidenden Punkt der Ermittlungen. Offen gestanden ist uns beiden nicht klar, wie wir jetzt vorgehen sollen. Bis vor wenigen Minuten wenigstens. Jetzt weiß ich, dass wir nach Passau müssen.

»Wieso Passau?«

»Ich habe euch doch von Nadim Hemedi erzählt.«

»Der Tausendsassa von der GME.«

»Genau der. Ich wusste das bisher nicht, aber er hat eine Schwester in Passau. Sie ist dort Rechtsanwältin und hat dafür gesorgt, dass sein Anerkennungsverfahren schnell über die Bühne ging.«

»Und?«

»Wenn sie Anwältin ist, heißt das, sie ist schon länger in Deutschland. Mich würde interessieren, wieso?«

»Hm. Das verstehe ich nicht. Ich dachte, Nadim zählt für dich nicht zum Kreis der Verdächtigen.«

»Ein sehr überschaubarer Kreis, oder? Wir haben noch keinen Anhaltspunkt. Den einzigen erfolgversprechenden Spuren können wir nicht nachgehen, da sie nach Tschechien führen. Aber wenn ich so darüber nachdenke, müssen wir uns näher mit Nadim beschäftigen. Was, wenn es doch er war, der die Bremsleitungen von Silvians Wagen manipuliert hat?«

»Ich dachte, er hat den Wagen als fahruntüchtig markiert?«

»Ja, das schon. Und laut Frau Schneider von der GME hat außer dem Chef nur sie Zugang zum Computer, um Eintragungen in die Fahrtenbücher vorzunehmen.«

»Aber?«

»Aber die liebe Frau Schneider hat so ein Funkeln in den Augen, wenn der Name Nadim fällt.«

»Du denkst, sie haben ein Verhältnis miteinander?«

»So sicher, wie wir beide keines haben.«

»Was du sicher bedauerst.«

»Und wie.«

»Dann sollten wir uns Frau Schneider mal vornehmen.«

»Machen wir noch. Was uns fehlt, ist eine Verbindung von Nadim Hemedi zu Silvian Lazar.«

»Und zu Petre Dumitrescu.«

»Richtig. Aber denk an die Kralle. Bei Nadims handwerklichem Geschick könnte er so ein Teil sicher herstellen.«

»Und doch fehlt uns das Zauberwort.«

»Ja. Was für ein Motiv hätte er? Es könnte nicht schaden, etwas mehr über ihn zu erfahren.«

»Also gut, fahren wir nach Passau.«

»Was hatte Peter eigentlich für dich?«

Mel winkt ab. »Das Schuhprofil passt zu keinem gängigen Modell. Und eine Datenbank für Schuhe gibt es leider nicht. Den beiden steht jetzt der Gang durch Schuhgeschäfte bevor.«

»Dann doch lieber Passau«, sage ich.

»Ich fahre«, meint Mel.

Wir werden wertvolle Zeit auf der Straße liegen lassen. Aber wer weiß. Vielleicht ist Nadim Hemedi ja die Spur, die noch im Dunkeln liegt.

Wir sind kaum losgefahren, als sich Wolfgang meldet. »Hallo, Moritz. Wie stehen die Ermittlungen?«

»Wir sind auf dem Weg nach Passau, um dort die Schwester eines Verdächtigen zu vernehmen.«

»Du hast einen Verdächtigen?«

»Na ja. Sehr vager Anfangsverdacht, würde ich sagen. Und wie sieht's in Sachen Kinderpornografie aus?«

»Die tschechischen Kollegen lassen sich da nicht in die Karten sehen. Aber ich bleib da dran, versprochen. Ich hab da einen Kumpel, der an der richtigen Stelle sitzt, wenn du verstehst.«

Ich verstehe nur so viel, dass Wolfgang jede Menge Kumpels an richtigen Stellen hat. Was für ein Glück.

»Ich rufe aber wegen was ganz anderem an. Ich habe einen Tipp bekommen. Und jetzt frag mich nicht von wem, ich weiß es nämlich nicht. Ein anonymer Anrufer. Männlicher Deutscher. Mehr kann ich nicht sagen. Äußerst seltsam. Jedenfalls scheint es, als habe Silvian in einem kleinen Dorf in der Nähe von Domažlice einen Schuppen gekauft. Unser Informant sagt, er hätte ihn einmal begleitet, als dieser dort etwas abgeholt habe. Mit seinem Privatauto. Wir fahren sofort los und sehen uns die Sache an.«

»Hört sich vielversprechend an. Silvian war anscheinend klug genug, die heiße Ware nicht in der Firma zu lagern.«

»Scheint so. Ich melde mich, wenn ich mehr weiß.«

»Danke, bis dann!«

Mel parkt den Wagen an der Unteren Donaulände. Von hier sind es nur wenige Schritte zur Höllgasse und der Adresse, die mir Mels junger Teamkollege durchgegeben hat.

Alana Finkes Kanzlei liegt in einem der ältesten Stadtteile der Dreiflüssestadt im dritten Stock eines historischen Salzstadels. Die Tür steht offen, sodass wir ohne zu läuten in das dunkle Gebäude treten können. Über eine knarzende Treppe erreichen wir die dritte Etage, die sich ein Steuerberater, ein Architekt und Alana Finke teilen. Ihre Kanzlei scheint gut zu laufen. Die Mieten in dieser Stadtlage sind sicher im oberen Bereich angesiedelt, zumal der Rathausplatz gleich um die Ecke liegt.

Während ich mich noch mit diesen Gedanken beschäftige, klopft Mel bereits an die Tür neben dem kleinen Messingschild mit der Aufschrift: »Rechtsanwaltskanzlei Alana Finke«. Schlicht und einfach. Niemand meldet sich. Mel versucht es noch einmal, dann drückt sie einfach auf den verschnörkelten Türgriff. Auch hier ist nicht abgesperrt. Sie geht voran. Beim ersten Eindruck der Räumlichkeiten revidiere ich meine Meinung über Frau Finkes Einkommen. Deren Kanzlei besteht im Wesentlichen aus einem zum Empfangsraum umfunktionierten Flur, einer Toilette, einem Raum, den die Aufschrift auf der Tür als Aktenlager bezeichnet, und einem Büro. Dieses ist zwar winzig, entschädigt jedoch mit einem grandiosen Blick auf die Donau und die Feste Oberhaus für das eingeschränkte Platzangebot.

Und es ist leer! Verwundert sehen wir uns um. Der Schreibtisch ist überfüllt mit Gesetzesbüchern und Akten.

»Wo ist sie denn?«, meint Mel, während ich mir die Bücher ansehe, die ein Regal an der Wand füllen. Überwiegend Gesetzeskommentare und Rechtsprechung. Aber auch Belletristik scheint Nadims Schwester zu lesen. Eine noch in Folie verpackte Ausgabe von Dostojewskis »Schuld und Sühne«. Daneben der Koran und die Bibel. Noch bevor ich mir darüber Gedanken machen kann, verkündet das Knarzen der Treppe Alana Finkes Rückkehr.

Schwungvoll öffnet sie die Tür. Sie wirkt kaum überrascht, jemanden in ihren Räumen zu sehen, dennoch sage ich: »Frau Finke? Entschuldigen Sie, dass wir so einfach hier hereinplatzen, aber die Tür war offen.«

»Kein Problem«, winkt sie ab. »Ich habe mir nur schnell was aus der Bäckerei geholt. Ich hatte noch kein Mittagessen und es wird heute Abend sicher wieder spät werden.« Zur Bestätigung stellt sie eine Papiertüte, die den Duft von frischen Brezen verströmt, auf ihren Schreibtisch. Alana Finkes Augen sind so schwarz wie ihr Haar. Sie ist groß, schlank und hat ein Gesicht, das ich als hübsch bezeichnen würde.

»Und Ihr Büro lassen Sie da unversperrt?«, wundert sich Mel.

»Sehen Sie sich doch um. Hier gibt es nichts zu holen. Außerdem ist die Bäckerei gleich um die Ecke. Das dauert nur ein paar Minuten. Übrigens, was kann ich für Sie tun?« Sie setzt sich an ihren Schreibtisch und bietet uns mit einer Geste die beiden einzigen Stühle im Raum an. Auch diese sind alt und instabil, aber erstaunlich bequem.

»Frau Finke, mein Name ist Buchmann und das ist Frau Güßbacher. Wir sind von der Kripo und wegen Ihres Bruders hier.«

»Nadim? Ist etwas mit ihm geschehen?«

»Nein, kein Grund zur Sorge«, beruhigt sie Mel. »Wir

ermitteln in einem Tötungsdelikt und hätten da ein paar Fragen an Sie.«

»Über Nadim? Im Zusammenhang mit einem Tötungsdelikt? Was hat er damit zu tun?«

»Nun, Ihr Bruder arbeitet in einer Firma, deren Chef ermordet wurde. Wir versuchen, uns ein Bild über die Mitarbeiter des Opfers zu machen«, versuche ich, oberflächlich zu bleiben.

»Etwa die Sache im Radio? Ich habe davon gehört. Ein Autounfall, wenn ich mich recht erinnere. So genau habe ich da nicht aufgepasst.«

»Bremsversagen. Und Nadim ist für die Fahrzeuge der Firma verantwortlich.«

Sie scheint meine Worte nicht zu verstehen. »Der Chef der GME ist tot? Wie geht es jetzt mit der Firma weiter?«

Mel und ich sehen uns überrascht an.

»Warum? Was interessiert Sie das?«, hakt Mel ein.

»Es war nicht leicht für Nadim, Arbeit zu finden. Ohne Herrn Wiesenreiter hätte das nicht geklappt mit der GME. Ich glaube nicht, dass er eine neue Stelle findet, sollte er seinen jetzigen Platz verlieren. Nicht als Syrer.«

»Ich glaube, die GME kann auch ohne ihren bisherigen Chef weiterleben. Aber das sollte wirklich Ihre geringste Sorge sein. Sie verstehen schon, dass wir gegen Ihren Bruder ermitteln, oder?« Mels Stimme schwankt zwischen ungehalten und verwundert.

»Ja, ja, schon. Entschuldigen Sie, aber Nadim war so glücklich, als er die Wohnung und die Arbeit bekam.«

»Beides hat ihm Herr Wiesenreiter beschafft. Wissen Sie, warum?«

Sie überlegt kurz. Dann holt sie tief Luft, und ich sehe, dass sie zu einer längeren Erklärung bereit ist. »Ich kenne Kaplan Wiesenreiter nur flüchtig. Mein Bruder erzählte mir, er habe ihn in einem Erstaufnahmelager kennengelernt. Vielleicht war es ein Wink des Schicksals, aber das Auto von Herrn Wiesenreiter hatte eine Panne. Nadim kam hinzu und reparierte es. Da hat der Herr Kaplan wohl gesehen, wie geschickt er in solchen Dingen ist. Nadim konnte das schon immer. Und er ist ein ausgezeichneter Sportler. Die Jungen in unserem Dorf spielten leidenschaftlich Fußball. Den ganzen Tag. Nadim war eigentlich ein Außenseiter. Er verbrachte die meiste Zeit allein oder bei dieser Witwe, deren Einkäufe und Gartenarbeit er machte. Nur beim Fußball wurde er von den anderen akzeptiert, weil er da der Beste von ihnen war. Wie in der Schule. Obwohl ich mich nicht erinnern kann, dass er übermäßig viel gelernt hätte, waren seine Noten immer ausgezeichnet.« Die Reise in die Vergangenheit lässt sie lächeln. »Das war zu jener Zeit, als ich noch zu Hause war.« Ihre Erzählung stockt. Nachdenklich betrachtet sie ihre Hände.

»Sie kamen vor Ihrem Bruder nach Deutschland?«, versucht Mel, ihr den Faden ihrer Geschichte wieder zu reichen.

»Ich war 16 Jahre alt, als ich unser Dorf in der Nähe von Anadan verließ«, nimmt sie ihn bereitwillig auf.

»Das ist in Nordsyrien, nicht weit entfernt von Aleppo. Das dürfte Ihnen etwas sagen«.

»Ja, von Aleppo haben wir gehört.« Mel sieht mich an. Ich nicke stumm. Schließlich erlangte die Millionenstadt in den letzten Wochen traurige Berühmtheit. Niemand ist mehr in der Lage, die Toten dort zu zählen, seit der Islamische Staat sich aufmachte, die Welt zu erobern.

»Es war kurz nach Nadims zwölftem Geburtstag. Meine Eltern wollten mich nicht gehen lassen, aber mein Lehrer hat sie überzeugt. Ich hatte außergewöhnlich gute Noten in der Schule und Talal Al-Barazi vertrat die Meinung, es wäre eine Verschwendung, mich in der Küche einer Großfamilie oder in einer Tuchfabrik versauern zu lassen. Unser Dorflehrer war ein Traditionalist und trotzdem hat er mir geholfen. Ich weiß bis heute nicht, warum er das tat. Unser Dorf ist klein und die Schule auch. Da hatte das Wort des Lehrers Gewicht, aber nicht so viel wie das des Imams. Ohne Onkel Harun hätten mich meine Eltern nie eine Oberschule besuchen lassen. Es bedurfte des Versprechens des Bruders meines Vaters, auf meine Tugend zu achten, um meine Eltern und das geistliche Oberhaupt der Gemeinde zu überzeugen. Mein Onkel lebt in Lakatia, einer Hafenstadt am Mittelmeer. Also fuhr ich die 100 Kilometer zu ihm und nicht die zehn nach Bayanoun, wo es auch eine Oberschule gab.« Wieder unterbricht sie ihre Erzählung.

»Was ist dann passiert?«, will Mel wissen.

»Ich habe sie enttäuscht. Alle! Meinen Onkel, meine Eltern, Herrn Al-Barazi.« Ihr Blick geht ins Leere. »Nicht, was Sie denken«, fährt sie fort. »Ich bin weggegangen. Nach der Schule. Die Jahre vor meinem Abschluss habe ich getan, was man von mir erwartete. Und auch, was ich von mir verlangte. Ich habe gelernt, habe nach den Regeln des Koran gelebt, habe die Burka getragen und einmal im Monat meine Familie besucht. Es war die Zeit, in der sich Nadim verändert hat.«

»Verändert? Was meinen Sie damit?«

»Irgendwann, ich glaube, Nadim war 15 Jahre alt, kam ein christlicher Priester ins Dorf. Syrien war damals ein religiös tolerantes Land. In den Städten gab es christliche Gemeinden, die es sich zum Ziel setzten, ihren Glauben auch auf dem Land zu verkünden. Als dann 2013 die Rebellion gegen Assad begann und in der Folge die fundamentalistischen Islamisten die Kontrolle über den Norden des Landes übernahmen, musste der Priester fliehen. Seine Zeit im Dorf reichte aber, um Nadim auf die Seite des Christentums zu ziehen.«

»Nadim ist zum Christentum konvertiert?«

»Niemand außer mir wusste davon. Schon gar nicht unsere Eltern. Unser Vater hätte Nadim verstoßen. Der Glaube meines Bruders war nie sonderlich ausgeprägt, müssen Sie wissen. Erst als dieser Priester kam …« Sie atmet tief durch. »Nadim erzählte mir, er habe sich von ihm taufen lassen. Ich habe diesen Mann nie kennengelernt. Als der IS sich unserem Dorf näherte, floh mein Bruder. Unsere Eltern schickten ihre Kinder fort. Sie selbst blieben.«

»Sind sie noch am Leben?« Mel ist sichtlich beeindruckt vom Lebensweg der jungen Frau.

»Ja. Sie haben jeden Kontakt zu mir abgebrochen, aber Nadim hält mich auf dem Laufenden. Ich ging wegen eines Mannes. Günther Finke. Er arbeitete am österreichischen Konsulat in Damaskus. Wir lernten uns … ach, es spielt keine Rolle, bei welcher Gelegenheit wir uns kennenlernten. Jedenfalls beschwor er mich, mit ihm zu kommen. Sein Dienst in Syrien ging zu Ende und er musste zurück nach Wien. Er versprach mir die Freiheiten der westlichen Welt und die Möglichkeiten, die sie einer Frau bieten. Ich hatte kurz zuvor meinen Abschluss als Jahrgangsbeste gemacht.«

»Sie gingen mit ihm.«

»Um es kurz zu machen, ja. Denken Sie nicht, es fiel mir leicht. Ich weiß nicht, wie viele durchweinte Nächte hinter mir lagen, ehe ich mich entschieden hatte. Damit hatte mein Onkel sein Wort gebrochen, auf mich aufzupassen, mein Lehrer war schuld, dass ich das Dorf verlassen hatte, und meine Eltern waren entehrt, weil ich mit einem Ungläubigen gegangen bin. Sie sehen, ich habe ganze Arbeit geleistet.« Ihre Stimme zittert. »Günther und ich haben geheiratet und sind nach Wien gezogen. Ein halbes Jahr später wurde er nach Stockholm versetzt. Zu diesem Zeitpunkt hatte er schon ein Verhältnis mit einer Kollegin vom diplomatischen Corps. Später habe ich erfahren, dass er sich für die Stelle in Schweden beworben hat. Kurz gesagt, ich war wieder geschieden, noch ehe ich richtig in der Ehe angekommen war. Aber seine Unterschrift unter der Hochzeitsurkunde sicherte mir das Bleiberecht in Österreich. Ich ging nach Graz und habe dort Jura studiert. Ich machte 2014 mein Staatsexamen, ging nach Deutschland und hier bin ich nun.«

Eine abenteuerliche Lebensgeschichte, wie so viele in diesen Tagen, denke ich.

»Und Nadim?« Mels Gedanken sind schon einen Schritt weiter.

»Er kam auf dem gleichen Weg nach Deutschland wie Tausende andere auch.«

»Mit der Hilfe von Schleusern?«

»Ja, mit dem Boot nach Sizilien, Auffanglager, Italien, Österreich, Erstaufnahmelager, Deutschland.«

»Und die schnelle Anerkennung? Wie kam es dazu?«

»Mit Roms Hilfe.«

Auf unsere fragenden Blicke fährt sie fort: »Ich hatte meine Kanzlei etwa ein Jahr zuvor eröffnet. Meine Konzentration galt von Anfang an der Vertretung von Asylbewerbern.«

»Damit ist aber nicht viel zu verdienen«, wende ich ein.

»Nicht in Geld«, antwortet sie, und ich verstehe.

»Als Nadim sich aus Deutschland bei mir meldete, wusste ich sofort, wir müssen nachweisen, dass er in der Heimat ein verfolgter Christ ist. Damit könnten wir unzweifelhaft beweisen, dass er unter der Herrschaft des IS nicht überleben würde.«

»Und Sie konnten es beweisen?«

»Mein Bruder wusste den Namen des Priesters. Dieser hatte ihm außerdem gesagt, dass er sich in die Türkei absetzen wollte. Die katholische Kirche ist hervorragend organisiert. Ihr Netz umspannt die ganze Welt. Es war unser Glück, dass Resul Jeniat Syrien noch rechtzeitig verlassen konnte. Ich habe über das Bistum Passau mit den kirchlichen Behörden im Vatikan Kontakt aufgenommen. Dort wusste man, dass ihr Priester Jeniat eine kleine Gemeinde in der Nähe von Izmir betreut. Wir konnten ihn ausfindig machen, und er erinnerte sich an Nadim. Kein Wunder, schließlich hat er meinen Bruder getauft. Mit seiner eidesstattlichen Erklärung war es kein Problem, den Asylanspruch Nadims zu untermauern.«

»Es scheint, Sie haben den Kontakt zu ihm nie ganz verloren.«

»Nicht in Zeiten des Internets. Wir schreiben uns regelmäßig und manchmal besucht er mich hier.«

»Ist Ihnen dabei in letzter Zeit etwas aufgefallen? Hat er irgendwelche Äußerungen über seinen Chef gemacht? Oder über die Firma?«

Sie denkt kurz nach, dann schüttelt sie den Kopf. »Ich habe den Eindruck, dass er sich dort wohlfühlt. Er hat nie etwas Negatives über seine Arbeit gesagt. Aber wie ich bereits sagte. Nadim war schon immer etwas introvertiert, fast schüchtern. In den wenigen Stunden, die wir uns treffen, ist mir nicht aufgefallen, dass er sich seit damals verändert hätte.«

»Hm, na gut. Das wär's fürs Erste.«

Mel sieht mich fragend an. Ich habe keine weiteren Fragen. Als wir aufstehen, stütze ich mich auf dem Schreibtisch ab und verrutsche eines der Bücher dort. Darunter kommt eine weitere Ausgabe von »Schuld und Sühne« zum Vorschein. Ebenfalls noch in Klarsichtfolie eingeschweißt.

Seltsam, denke ich. Unauffällig lasse ich meinen Blick noch einmal durch den Raum schweifen. Kaum zu glauben. Jetzt, wo ich darauf achte, erkenne ich weitere ungelesene Ausgaben von Dostojewskis erstem Erfolg.

»Glauben Sie, mein Bruder ist in Gefahr?«, will Alana mit sorgenvoller Miene wissen.

»Das können wir zum jetzigen Zeitpunkt nicht sagen«, antwortet Mel. »Es wäre deshalb gut, wenn Sie uns anrufen, falls Ihnen noch etwas zu Ihrem Bruder einfallen sollte.« Sie reicht ihr ihre Karte, dann die Hand. Auch ich verabschiede mich von Nadims Schwester.

Zehn Minuten später sitzen wir wieder in Mels Dienstwagen.

»So richtig weitergebracht hat uns das jetzt aber nicht«, meint sie.

»Sind dir die Bücher aufgefallen? ›Schuld und Sühne‹, wohin man schaut.«

»Dostojewski? Nein. Hat das was zu bedeuten?«

»Keine Ahnung, aber seltsam ist es schon.«

Eine Viertelstunde später sind wir auf der Autobahn Richtung Deggendorf. Mel bricht das nachdenkliche Schweigen, das uns beschäftigt. »Da ist noch etwas.«

Ich sehe sie fragend an. »Alana Finke hat ihre Schwester mit keinem Wort erwähnt.«

Richtig. Samira! Warum hat Alana sie verschwiegen? Ich sollte sie fragen.

Bevor ich darüber nachdenken kann, läutet mein Handy. Es ist Wolfgang. Bisher ermitteln wir in zwei Mordfällen. Mit Wolfgangs Anruf wird daraus eine Gefahr für die nationale Sicherheit.

»Hallo, Moritz!«

»Servus, Wolfgang! Na, hast du was gefunden?«

»Volltreffer! Der Schuppen liegt total abgelegen am Rande eines Waldes. Hier hätten wir nie gesucht. Wenn ich nur wüsste, woher der Tipp kommt. Da muss jemand aus Silvians Umfeld gehörig etwas gegen ihn gehabt haben.«

Stimmt, denke ich. Könnte das ein Hinweis sein? Kommt darauf an, was dieser Schuppen versteckt.

»Und? Was? Filme?«, dränge ich Wolfgang.

»Auch. Und Ecstasy. Ein paar Tausend Tabletten. Das Hauptgeschäft waren aber wohl die Filme. Beste Qualität. Neueste Brenntechnik. Die tschechische Polizei meint, das könnte eine Spur sein. Sie haben die Sache mit den Kinderpornos schon länger im Visier. Details über den Fortgang der Ermittlungen geben sie natürlich nicht preis, aber vielleicht kommen wir über die Tschechen an die Hintermänner des Pornorings ran. Hoffentlich!«

»Ja, hoffentlich! Und das schnell. Immerhin könnten diese Typen etwas mit Silvians Tod zu tun haben.«

»Ich fürchte, die Zeit drängt sehr viel mehr, als du ahnst.«

Mein Herz setzt für einen Atemzug aus. Was meint er? »Was ist passiert? Rück raus damit, bevor ich explodiere.«

»Genau das ist es.«

»Was?«

»Handgranaten. Chinesische Produktion. Eine Kiste mit einem Dutzend davon. Und zwei fehlen.«

»Was um alles in der Welt sollte Silvian Lazar mit Handgranaten angefangen haben?«

»Er vielleicht nichts.«

»Du meinst, er hat auch damit gedealt?«

»Damit und mit Chemikalien.«

»Was?«

»Wir haben einige Kanister mit Salzsäure gefunden. Auch davon fehlen welche. Und eine Transportkiste mit der Aufschrift ›Kaliumpermanganat‹. Eine leere Transportkiste, wohlgemerkt.«

»Damit kann ich nichts anfangen.«

»Konnte ich bis heute auch nicht. Aber ein Kollege von der tschechischen Spurensicherung schon. Salzsäure und Kaliumpermanganat sind die Grundstoffe zur Herstellung von Chlorgas. Moritz, das ist Giftgas, wie es im Ersten Weltkrieg eingesetzt wurde.«

»Mannomann, Wolfgang.«

»Das ist noch nicht alles.«

»Was denn noch? So langsam machst du mir Angst.«

»Die solltest du auch haben. Wir haben die leeren Verpackungen chemischer Gerätschaften gefunden. Reagenzgläser, Glaskolben und so weiter. Nichts Aufregendes, aber für ein Labor zur Herstellung einfacher chemischer Verbindungen reicht es. Wir haben alles, was wir gefunden haben, zur Kriminaltechnik nach Pilsen bringen lassen.«

Ich schließe die Augen, bevor mir schwindelig wird.

»Du weißt, was das bedeutet?«, holt mich Wolfgang zurück.

»Ja! Wir müssen das LKA einschalten.«

DIE FRAU

Sie wartete fünf Minuten, dann wählte sie die Nummer, die sie nicht in ihrem Handy, sondern nur in ihrem Kopf abgespeichert hatte. Während die Verbindung aufgebaut wurde, dachte sie an diesen Kommissar. Es war ihr nicht entgangen, dass er das Buch gesehen hatte. Hatte er auch die anderen bemerkt? Die, die ungelesen und originalverpackt im Dutzend in ihrem Büro herumlagen? Und nicht nur dort. Auch in ihrer kleinen Wohnung drüben am anderen Ufer des Inn stapelten sich Ausgaben von »Schuld und Sühne«. Sie hatte das Buch nie gelesen, kannte den Inhalt nicht. Nur der Titel hielt sie gefangen.

Warum? Sie wusste es, und doch gab es keine Antwort auf diese Frage. Es war ihre Schuld, am Leben zu sein. Und ihre Art der Sühne.

»Ja?«, unterbrach die Stimme des Mannes ihre Gedanken. Es war seine Art, sich zu melden. Nie mit seinem Namen.

»Die Kriminalpolizei war hier«, erklärte sie. »Ein Herr Buchmann und eine Frau Güßbacher.«

Die Stimme am anderen Ende schwieg, also fuhr sie fort: »Ich habe mich an unseren Plan gehalten. Und ich habe den Eindruck, sie tappen im Dunkeln.«

Dann sprach er und sie hörte zu. Die Stimme war ihr vertraut, die Worte auch. Alles war richtig.

»Ja«, sagte sie, »ja, es wird geschehen. Alles, was du sagst, wird geschehen.« Dann legte sie auf.

Schuld und Sühne, dachte sie. Die Gerechtigkeit nahm ihren Lauf und nichts würde sie aufhalten.

DER MANN

Langsam legte er den Hörer auf. Seltsam, aber erst der Tod Petres ließ ihn endgültig begreifen, dass es kein Zurück mehr gab. Warum nicht schon bei Silvian?, dachte er. Weil er der Kopf der Unternehmung gewesen war, und Petre nur ein kleines Rad im Getriebe. War dies wirklich die Erklärung? Er wusste es nicht. Er wusste auch nicht, was er fühlte. Befriedigung? Erlösung? Oder war es Reue und Scham? In ihm tobte ein Wirbelsturm, der nicht zur Ruhe kommen wollte.

Es war die Stimme aus dem Telefon, die Ordnung in seine Gefühle gebracht hatte. Sie hatte erklärt, was richtig und notwendig war. Er hatte beschlossen, auf diese Stimme zu hören.

Das Buch lag offen vor ihm: Deuteronomium, Kapitel 31. Vers 17. Er hatte ihn gelb markiert: »An jenem Tag wird mein Zorn gegen sie entbrennen; ich werde sie im Stiche lassen und mein Antlitz vor ihnen verbergen und sie werden der Vertilgung preisgegeben.«

Wieder und wieder las er die Zeilen. Dann zog er ein Bild aus seiner Geldbörse. Einst waren vier Kinder darauf abgebildet. Vier Kinder, die in die Kamera strahlten. Doch es war nicht das ganze Foto. Einer der Jungen fehlte. Mit der Schere aus dem Schub schnitt er das Bild erneut entzwei. Er nahm das Teil mit dem zweiten Jungen, küsste es und legte es zum ersten in das Buch. Dann küsste er die letzten beiden auf dem Foto, steckte sie zurück in seine Börse und stellte das Buch zurück in den Schrank.

Noch waren zwei übrig. Die Stimme hatte gesagt, das

Werk sei erst vollendet, wenn auch diese beiden gesühnt seien. Würde er dann endlich Ruhe finden? In seinem Innersten ahnte er, dass auch die Toten ihm keinen Frieden schenken würden. Langsam ging er ins Bad, um sich die Tränen aus dem Gesicht zu waschen.

ICH

Mel sieht mir ernst in die Augen, nachdem sie ihren Wagen vor dem Polizeipräsidium in Straubing abgestellt hat. »Du weißt, dass die Sache aus dem Ruder läuft?«

»Ja! Wenn erst einmal die Münchner Kollegen mitmischen, sind wir aus dem Fall raus. Aber es hilft nichts. Dir ist hoffentlich bewusst, dass es ab jetzt um mehr als um unseren Täter geht.« Seit ich ihr von Wolfgangs Entdeckung berichtet habe, sehe ich förmlich, wie sich die Gedanken in ihrem Kopf überschlagen.

»Ja schon, aber bei uns geht es um die Morde. Sollen sich die Kollegen vom LKA ruhig mit den Waffen beschäftigen. Wir sollten uns davon nicht von unseren Ermittlungen abbringen lassen.«

»Du weißt, dass das nicht in unserer Hand liegt. Ich gehe jetzt hinein und wenn ich wieder rauskomme, wissen wir vielleicht mehr.«

»Ist gut. Ich warte hier auf dich. Du hast ja deine Karre in Bad Kötzting stehen.«

»Danke! Es wird nicht zu lange dauern.«

»Na hoffentlich. Aber ich kann dich ja nicht zu Fuß nach Hause gehen lassen.«

*

Zehn Minuten später sitze ich im Büro des Polizeipräsidenten. Nachdem Kriminalrat Kussinger als mein unmittelbarer Vorgesetzter nicht hier ist, wurde mein Anruf von Deggendorf aus in die Zentrale in Straubing durchgestellt. Natürlich werde ich nicht direkt beim LKA in München vorstellig. Schließlich muss der Dienstweg eingehalten werden. Konrad Eberlein, seit einem halben Jahr Chef des Präsidiums, hat für heute eigentlich die anderen Sicherheitsbehörden zum monatlichen Nachmittagsmeeting geladen. Die Leiter des Roten Kreuzes, der Feuerwehr, des Technischen Hilfswerks und der DLRG sowie die Behördenvertreter der Städte und der Landratsämter mussten jedoch unverrichteter Dinge wieder abziehen und fragen sich wohl, warum sie schon wieder auf dem Heimweg sind.

Drei Worte reichten, um Polizeipräsident Eberlein von der unaufschiebbaren Dringlichkeit meines Anliegens zu überzeugen: »Rumäne, Handgranate, Giftgas.«

Es sind diese Zauberworte und mein ausführlicher Bericht über den Fund der tschechischen Kollegen, die ihn dazu bewegen, zwei Telefonate zu führen. Mit dem einen beordert er Bernd Kussinger aus München zurück. Mit dem zweiten informiert er das Landeskriminalamt. Ich weiß, auch dort werden die drei Worte für helle Aufregung und hektische Aktivitäten sorgen. Kein Wunder bei der aktuellen Sicherheitslage. Schließlich hat die Zahl derer, die glauben, im Namen ihrer Religion unschuldige Menschen in die Luft sprengen zu müssen, in diesem Jahr neue Rekordwerte erreicht. Unsere bisher zwar nicht ganz alltäglichen, aber doch standardmäßigen Mordfälle haben somit nationale Ausmaße angenommen. Das übertrifft meine Kompetenz und auch mein Können. Auch das von Mel. Ich gestehe mir das ohne Ärger ein. Das Leben Hunderter lässt keinen Spielraum für persönliche Eitelkeiten zu.

Polizeipräsident Eberlein beendet sein Gespräch, in welchem die Worte »selbstverständlich« und »jawohl« verdächtig oft vorkamen.

Mit ernster Miene wendet er sich mir zu: »Ausgezeichnete Arbeit, Buchmann!«

Und das, obwohl wir dem Mörder Silvian Lazars und Petre Dumitrescus noch keinen Schritt näher sind.

»Sie wissen aber auch, was das bedeutet?«, fährt er fort.

»Wir sind raus! Nationale Sicherheit und so.«

»Ja, wir sind raus. Sie aber nicht.«

»Ich verstehe nicht.«

»Bis vor einer Stunde hatte ich vor, für Sie ein Team zusammenzustellen. Eine SOKO für diesen Fall. Müller, Grabowski und Stielike sind schon auf dem Weg nach Deggendorf. Das hat sich jetzt erledigt. Wie Sie schon sagten: Wir sind raus.« Er steht auf und geht zum Fenster. Ohne mich anzusehen, fährt er fort: »Ich möchte, dass Sie Ihre Ermittlungen weiterführen. Allein und ohne großes Aufsehen.« Bevor ich antworten kann, hebt er beschwörend die Hände. »Die Leute vom BKA haben da sicher nichts dagegen einzuwenden.«

»Ich verstehe noch immer nicht. Und was? BKA?«

Eberlein setzt sich wieder. Er atmet tief durch. Dann beugt er sich vor. »Sprengmittel und giftgasfähige Chemikalien. Ab jetzt geht es um internationalen Terrorismus. Und das ist Sache des Bundeskriminalamts. Das heißt, auch das LKA ist nicht mehr mit der Sache betraut. Wir sind außen vor, obwohl sich die Sache in Bayern abspielt. Aber wir haben noch immer zwei Mordfälle. Ihre Mordfälle. Sie sind unser Fuß in der Tür zu den weiteren Ermittlungen.«

Also doch persönliche Eitelkeiten, denke ich. »Aber wir werden doch dem BKA keine Informationen vorenthalten. Dafür ist die Sache zu gefährlich.«

»Natürlich nicht! Alles, was Sie wissen oder erfahren, dient auch den Ermittlungen des BKA. Sie suchen weiter nach Ihrem Mörder. Meinetwegen auch zusammen mit Frau Güßbacher und ihrem Regensburger Team. Dachten Sie wirklich, ich wüsste das nicht?« Sein mildes Lächeln gleicht dem eines Vaters, der sein Kind bei einem Streich ertappte. »Aber Sie arbeiten auch mit den Kollegen aus Wiesbaden zusammen«, setzt er die Strafe gleich hintendrauf.

»Damit Sie und das LKA durch mich über die Aktivitäten des BKA informiert sind. Jetzt verstehe ich. Ich bin aber kein Spion, Herr Direktor.«

»Wer spricht denn hier von Spionage? Wie gesagt, nur unser Ohr in … der Bundesbehörde.«

Ich stehe auf und gehe zum Fenster. »Ich ermittle also allein, besser gesagt mit Frau Güßbacher zusammen, um kein Aufsehen zu erregen. Ich arbeite mit dem BKA zusammen und ich halte Sie auf dem Laufenden. Ein bisschen viel für einen Kriminaloberkommissar, finden Sie nicht? Wer garantiert mir da, dass ich nicht unter die Räder komme?«

»Sie suchen den Mörder, das BKA Terroristen. Vielleicht jagen ja alle die gleiche Person?«

»Oder die gleiche Organisation«, überlege ich.

Sein Telefon unterbricht meine Gedanken. Er hebt ab, hört kurz zu und legt wieder auf. »Die Beamten aus Wiesbaden sind unterwegs. Sie werden noch heute in Straubing eintreffen.«

MASCHIACH UND DAS MÄDCHEN

Mai 2009

Das Mädchen war etwas Besonderes. Nachdenklich betrachtete er ihr Gesicht. Der Schrecken, der noch vor wenigen Minuten aus ihren Augen schrie, war verschwunden. Ihre Züge wirkten entspannt.

Erleichtert, dachte er. Erleichtert, weil er sie erlöst hatte.

Sie hatte das Glück gehabt, ihm über den Weg zu laufen. Dieses Glück hatte sie in das Dorf geführt. Auch er war die 20 Kilometer in dieses Dorf gefahren, zu dem großen Fest, das die Menschen dieser Region zusammenführte. Dort hatte er sie gesehen und gewusst, dass sie es war, die der Erlösung bedurfte. Er konnte nicht sagen, warum es gerade dieses Mädchen mit den braunen Augen und ebenso braunen kurzen Haaren sein musste. Es gab keine Erklärung dafür, wie alles, was er tat, keiner Erklärung bedurfte. Er hatte sie verfolgt bis zu ihrem Dorf, zu ihrem Haus, in dem sie bei ihren Eltern wohnte. Und er hatte sie beobachtet und ihre Gewohnheiten studiert. Zu diesen gehörte auch Brutus, eine Promenadenmischung, ihr Hund, den sie jeden Morgen hinausführte auf die Felder vor dem Dorf.

Es war ein Leichtes gewesen, sie abzufangen. Der Hohlweg, der von der Hauptstraße abzweigend hinunter in das flache Tal führte, drängte sich hierfür geradezu auf. Ein in Chloroform getränktes Tuch reichte. Und das bisschen Glück, das man brauchte, wenn man eine betäubte junge Frau unbemerkt einen Weg entlang trug und diese im Kofferraum eines älteren Autos verschwinden lassen wollte. Doch es war früh am Tag und noch keiner der Bauern war unterwegs.

Ach ja, da war ja noch der Hund. Brutus. Er hatte auch ihn mitgenommen. Früher hätte er ihm mehr Zeit geschenkt. Doch die Zeit der Hunde und Katzen war lange vorbei. Dennoch würde auch er im Keller der alten Frau enden. Aber der zottelige Vierbeiner war nicht der Auserwählte dieses Tages.

Auserwählt war das Mädchen. Obwohl sie ihn nur verständnislos angesehen hatte, als sie im Dämmerlicht des Kellers aufgewacht war. Nachdem sie ihrer Fesseln gewahr wurde, übermannte sie Entsetzen. Sowie das Spiel begann, hatte sie ihm all das geschenkt, was er von ihr erwartet hatte: Bitten, Flehen, Tränen und am Ende Schreie. Seine Zeit mit den Menschen war so ganz anders als die Jahre mit den Tieren. Mussten diese Schmerz empfinden, um all die Reaktionen zu zeigen, die in ihm die erhofften Gefühle weckten, reichte bei seinen menschlichen Partnern hierzu die Angst. Angst, die er mit seinen Erklärungen des Notwendigen entfachte und die stets ihren Höhepunkt erreichte, wenn sie das Messer sahen. Manchmal aber bedurfte es auch des Schmerzes, um bei ihnen all die Empfindungen zu wecken, die er von ihnen erwartete. Erst wenn ihre Verzweiflung kaum mehr zu ertragen war, war auch der Zeitpunkt der Erlösung gekommen. Und wenn dann der finale Schnitt durch die Kehle die Schreie ersterben ließ, fielen alle Last und Anspannung von ihm ab. So wie auch diesmal. Er hatte sich vorgenommen, diesem Mädchen seine besondere Aufmerksamkeit zu schenken. Diese eine Tat musste lange, befriedigend und vollkommen sein. Schließlich war sie etwas Besonderes.

Sie war die Letzte! Nicht dass er sein Werk vollendet sah. Aber er musste es unterbrechen. Für Jahre vielleicht.

Denn sie waren ihm auf den Fersen. Noch wussten sie nichts von ihm, aber sie waren in der Nähe.

Ein weiterer verschwundener Junge hatte den Eifer der Ermittler noch einmal angefacht. Es war seine eigene Schuld. Der 14-jährige Schüler hatte sich nicht nur als treuer Partner erwiesen, er war auch der jüngste Sohn eines einflussreichen Mannes gewesen. Dutzende Polizisten und Helfer hatten die Gegend durchsucht. Ergebnislos, wie in all den anderen Fällen auch. Und dennoch. Eines Tages würden sie ins Haus der Frau kommen und den Keller finden. Und in diesem die Vermissten. Oder das, was von ihnen noch übrig war.

Mit einem dankbaren Blick schloss er die Augenlider des Mädchens, deren Name Lana war. Während er sie hinüber zum Brunnen trug, dachte er über seine Zukunft nach.

Welche Ironie, dass es ausgerechnet die Kirche sein würde, die ihm Sicherheit bieten würde. Als der Priester in sein Dorf gekommen war, hatte er es nicht für möglich gehalten, dass diese Begegnung sein künftiges Leben bestimmen würde. Dabei war der Besuch eines Vertreters der katholischen Kirche in dieser von den Lehren Roms so weit entfernten Gegend durchaus ein Ereignis gewesen. Vielleicht auch deshalb hatte er sich mit dem Fremden unterhalten, als er diesen bei einem Spaziergang außerhalb des Dorfes getroffen hatte. Bald war er fasziniert vom Glauben dieses

Mannes. Als sich abzeichnete, dass er seine Heimat würde verlassen müssen, erinnerte er sich der Gespräche mit dem immer schwarz gekleideten Priester. Er entschloss sich, dessen Weg zu teilen und sich dem Schutz der Kirche anzuvertrauen, bis seine Verfolger ihre Jagd aufgeben mussten. Er entschloss sich, in ein anderes Land zu gehen. Dort würde er warten. Wenn die Zeit gekommen war, würde er sein Werk vollenden. Er hatte Zeit.

Er schob Lanas Körper über den Rand des Brunnens. Noch einmal sah er ihr Gesicht. Ein Lächeln huschte über seine Lippen. Dann ließ er sie in die Tiefe gleiten.

NADIM UND MIRO

»Soll das heißen, du kommst morgen nicht?«

»Genau das.« Nadim presste die Antwort zwischen den Lippen hervor. »Mach schon! Das Teil wiegt mehr als ein Elefantenarsch. Die Anstrengung ließ die Muskeln in seinen Armen zittern. »Noch ein Zentimeter. Ja, jetzt!«

Miro schlug den Bolzen mit dem Hammer in die Verbindungsöse.

»Passt«, ächzte Nadim erleichtert auf. »Jetzt fahr das Ding in die Garage, und dann ab nach Hause.«

Miro kletterte in die Fahrerkabine, startete den Motor

der Pistenraupe und fuhr sie auf ihren Sommerparkplatz, wo sie darauf wartete, im kommenden Winter die Pisten am Arber für die Skitouristen zu präparieren.

Nur gut, dachte Miro, dass ich einen Freund wie Nadim habe. Alleine hätte er die gerissene Spurkette nie und nimmer reparieren können. Er war um diese Zeit allein hier droben im Skigebiet. Da bedurfte es schon eines Kerls, auf den man sich verlassen konnte, und der sogar seinen Feierabend opferte, um zu helfen.

Nur schade, dass aus ihrem wöchentlichen Lauftreff diesmal nichts werden würde.

»Die Sache mit Silvian, was?«

Nadim nickte. »In der Firma geht es drunter und drüber. Zum ersten Mal, seit ich dabei bin, hat der Boss das Ruder übernommen. Grigore duldet keine Fehler und keine Aussetzer. Da kann ich nicht schon kaputt zur Arbeit kommen.«

»Schon klar. Dann laufe ich eben allein. Ist ohnehin besser für dich, wenn du nicht sehen musst, wie ich deine Bestzeit pulverisiere.« Miro grinste.

»Pah, niemals! Wenn ich dich nicht den Berg hochziehe, siehst du den Gipfel nur aus der Ferne.«

Lachend schlug Nadim dem Tschechen auf die Schulter. »Jetzt aber los, sonst ist es dunkel, bevor wir zu Hause sind.«

»Wirst schon sehen. Morgen schlag ich dich«, sagte Miro und stieg in seinen alten Audi.

»Versuch's ruhig. Aber sieh zu, dass dich kein Pilzsammler überholt. Die sind auch schon früh unterwegs.«

»Idiot! Wir sehen uns am Freitag im Training. Dann darfst du mir die Füße küssen.«

»Küss sie selber! Bis Freitag.«

Er winkte dem Freund noch nach, stieg in seinen Wagen und fuhr nach Bad Kötzting zurück.

ICH

Mel ist ein Schatz. Sie hat nicht nur auf mich gewartet, sondern mich zurück nach Bad Kötzting gefahren. Ihre Laune besserte sich merklich, als ich ihr erzählte, dass wir unsere Ermittlungen in den Mordfällen Lazar und Dumitrescu weiterführen dürfen. Die Bedingung hierfür verschwieg ich ihr. Ich habe kein gutes Gefühl dabei, doch ich will die Verstrickungen mit dem Bundeskriminalamt so weit wie nur möglich von ihr fernhalten. Es reicht völlig, wenn ich mich auf etwas einlasse, dessen Ausgang noch nicht abzusehen ist.

Auf der Fahrt zurück mussten wir uns eingestehen, noch immer nicht weitergekommen zu sein. Die laufenden Ermittlungen verlieren sich im undurchsichtigen Dschungel der tschechischen Unterwelt. Da für uns der Weg ins Nachbarland versperrt ist, sind wir auf die Hilfe der Kollegen angewiesen. Und auf das Bundeskriminalamt, dessen Kompetenzen deutlich weiter oben angesiedelt sind als unsere. Sollte die deutsch-tschechische Zusammenarbeit funktionieren, wäre es durchaus denkbar, Silvians Lieferanten auf die Schliche zu kommen. Und damit seinem und Petres potenziellen Mörder.

Das würde auch Melanie helfen. Ihr erster Fall als Teamleiterin zieht sich wie Gummi. Wir stochern im Nebel, dabei wäre gerade für meine junge Kollegin ein Erfolg so wichtig. Nicht nur für ihre weitere Karriere, auch für ihr Selbstbewusstsein. Ich weiß, sie kann es, aber ich bin mir nicht sicher, ob sie sich dessen bewusst ist. Es bleibt uns nichts anderes übrig, als uns auf die einzig verbleibende Spur zu konzentrieren, auch wenn diese nur kaum sichtbare Abdrücke im

Sand der Indizien und Fakten hinterlässt. Und diese Abdrücke führen zu Grigore Lazars Green Mountain Electronics.

Und damit auch zu Nadim Hemedi.

Und auch wieder nicht.

Warum sollte er Silvian und Petre töten? Auf diese Weise töten? Was für eine Verbindung kann es zwischen den so unterschiedlichen Männern geben?

Ich werde das heute nicht mehr herausfinden. Besser, ich mache erst einmal Schluss und versuche, den Kopf wieder freizubekommen.

Karl und Jana sind bei sich zu Hause, Mel ist nach Regensburg ins Präsidium gefahren und auf Claudias Rückkehr muss ich weiter warten.

Vielleicht sollte ich mich selbst versorgen? Gisela Schedlbauers Kochkünste sind zwar über jeden Zweifel erhaben, aber es kann nicht schaden, mal wieder selbst hinter dem Herd zu stehen. In der Ära vor Claudia war ich schließlich Single und somit Selbstversorger.

Zum Glück ist der Kirchbacher Supermarkt noch geöffnet. Ich parke neben zwei anderen Späteinkäufern, schnappe mir einen Wagen und mach mich auf den Weg durch das Einkaufslabyrinth.

Eine halbe Stunde später warten zwei prallvolle Plastiktüten darauf, ausgepackt zu werden. Mit einem leisen Pfeifen auf den Lippen ziehe ich Nudeln, Milch, Eier und manch andere Lebensmittel hervor. Ein Teil verschwindet im Kühlschrank, ein Teil in der Vorratskammer und der Rest bleibt auf der Arbeitsplatte, um sich unter meinen Händen in ein Abendessen zu verwandeln. Lachs mit Salzkartoffeln steht auf dem Speiseplan. Die Tüten sind fast leer. Eine Flasche passenden Weißwein und … hoppla: Da ist ja noch eine Flasche Cognac. Der Anblick ist seltsam vertraut, das Gefühl der Flasche in der Hand auch. Es weckt ein altes Verlangen.

Seltsam, denke ich. Ich kann mich gar nicht erinnern, den Hennessy aus dem Regal genommen und in den Einkaufswagen gelegt zu haben.

Ich beschließe, noch ein paar Recherchen durchzuführen, bevor ich mich dem Essen widme. Während mein Laptop hochfährt, öffne ich die Flasche. Das Aroma verlangt nach mehr. Ich hole ein Cognacglas aus dem Schrank und fülle es zur Hälfte. Dann setze ich mich an den Tisch. Was wollte ich noch nachlesen? Ach ja, Chlorgas.

Zehn Minuten später ist mein Glas leer. Ich lehne mich zurück. Sollten die von Silvian geschmuggelten Chemikalien in die falschen Hände geraten, steht uns eine Katastrophe ungeahnten Ausmaßes bevor. Ich weiß nun, dass Chlorgas im Ersten Weltkrieg ganze Frontabschnitte in leblose Wüsten verwandelte. Tausende waren in den gelbgrünen Giftwolken jämmerlich gestorben, nachdem sie das Gas eingeatmet hatten. Ich beginne zu begreifen, welche Dimension mein Fall angenommen hat. Ehrlich gesagt bin ich froh, das BKA an meiner Seite zu wissen.

Man stelle sich nur vor, ich wäre für das Leben zahlloser Menschen verantwortlich. Ich, Moritz Buchmann, bin dazu wohl am allerwenigsten geeignet. Mit einem bitteren Lachen auf den Lippen fülle ich das Glas. Ich leere es mit einem Schluck zur Hälfte und mache mich daran, mein Abendessen zuzubereiten.

MASCHIACH

Die Augen des Mädchens starren ihn an. Alles Leben in ihnen ist erloschen und doch erzählen sie vom Grauen, das sie soeben durchlebte. »So schön, so tot«, flüstert er, während er ihre Augenlider sanft zudrückt. Ihr Gesicht ist vollkommen. Noch vor wenigen Minuten war es eine Fratze des Schmerzes und der Angst. Er fühlt, dass er dem Ziel nahe ist. Auch die anderen, die mit ihm den Weg beschritten hatten, verdienten es, Teil des großen Werkes zu sein.

Der Weg des Mädchens aber war perfekt. Sie zu erlösen, war überwältigend. Niemand bisher litt so lange wie sie.

Die Stille nach all den Schreien dröhnt fast schmerzhaft in seinen Ohren.

Keine Fragen nach dem Warum mehr. Nur die Vollkommenheit ihres Todes. Was bleibt, ist er selbst. Ist es an der Zeit, sich selbst zu erlösen? Nachdenklich betrachtet er das Messer in der Hand.

Nein, nicht hier in diesem Keller. Das Ende muss dem Werk angemessen sein. Es muss groß sein, unnachahmlich und strahlend, denkt er. Noch einmal fällt sein Blick auf das Gesicht des Mädchens. In diesem Augenblick schlägt sie die Augen auf.

*

Mit einem Schrei fuhr er hoch. Seine Hand tastete über sein schweißnasses Haar und die feuchte Stirn. Auch sein Schlafanzug fühlte sich klamm an. Zitternd wälzte er sich aus dem Bett und wankte ins Bad. Er drehte den Hahn auf und goss sich kaltes Wasser ins Gesicht. Aus dem Spiegel starrten ihn erschrockene Augen an. Was für ein Albtraum, dachte er. So etwas war ihm bisher noch nie passiert.

Oder war es kein Traum? War es wirklich geschehen? Er versuchte, sich zu konzentrieren, gab es aber sofort wieder auf. Stechende Schmerzen durchzuckten seinen Kopf. Ohne darüber nachzudenken, ging er zum Schrank und holte einen neuen Schlafanzug heraus. Den alten warf er achtlos auf den Boden. Als er wieder im Bett lag, löste sich der Schmerz langsam auf.

Plötzlich war der Name da: Neila!

Der Name des Mädchens war Neila gewesen. Der Traum war eine Erinnerung. Ein unmerkliches Lächeln huschte über seine Lippen. Draußen läutete die Kirchturmuhr die zweite Stunde dieses Tages ein. Er musste versuchen, zu schlafen. In zwei Stunden würde die Nacht für ihn vorbei sein. Dann begann der vorletzte Schritt zur Vollendung seines Werkes.

DRITTES KAPITEL

- BLUT -

Donnerstag, 06.10.2016

ICH

Ich erwache aus den Wirren eines chaotischen Traumes. Erinnerungsfetzen ziehen an mir vorbei. Sven und Kurt laufen einen Abhang herunter, verfolgt von einem riesigen Heuwender. Bevor dessen Zacken sie erreicht, verblasst das Bild.

Ein neuer Traum: Jana, bildschön, in der Hand eine blutige Axt, die sie nach mir schwingt. Auch sie verschwindet.

Ich drehe mich zur Seite und stelle überrascht fest, dass es noch dunkel ist. Die Leuchtziffern des Weckers wollen mir sagen, es sei erst halb fünf. Ich wälze mich aus dem Bett, nur um ächzend wieder zurückzukippen. Im zweiten Anlauf setze ich mich auf und stütze mit den Armen meinen Kopf. In ihm summt ein aufgeregter Bienenschwarm. Auch mein Magen fühlte sich schon besser an. Frische Luft wäre nicht schlecht. Ich schleppe mich zum Fenster und kippe es. Draußen ist es kalt. Mein nächster Stopp ist die Küche und darin vor dem Kühlschrank. Ich brauche etwas zu trinken. Wie gut, dass ich gestern im Supermarkt nicht am Eistee vorbeigegangen bin. Ein tiefer Schluck gegen die aufkommende Übelkeit. Das Pochen in meinen Schläfen lässt nach. Zwei Aspirin aus Claudias Hausapotheke erledigen den Rest.

An den Herd gelehnt, rufe ich mir den gestrigen Abend ins Gedächtnis zurück. Meine Augen schweifen durch das Zimmer und bleiben am Tisch hängen. Der Lachs, fein angerichtet mit Petersilie und Kartoffeln. Kalt und unberührt. Ein volles Glas Wein, passend zum Essen. Was hat mich davon ferngehalten?

Die Antwort steht auf der Anrichte neben der Stereoanlage.

Die Flasche ist halbvoll.

In meinem Fall wohl eher halbleer.

Ein weiterer Schluck vom Eistee. Ohne zu überlegen, mache ich mich ans Aufräumen. Der Hennessy gluckert in den Abfluss der Spüle, der Lachs nebst Kartoffeln landet im Bioabfall. Nachdem auch die Cognacflasche den Weg des Recyclings genommen hat und das Geschirr im Spüler steht, gehe ich zur Balkontür. Kälte schlägt mir entgegen.

Besser eine Decke holen, denke ich. Ich kann es mir nicht erlauben, krank zu werden. Nicht jetzt! Den Tetra-Pak-Eistee in der Hand und eingewickelt in Claudias kuschelige Fernsehdecke, setze ich mich auf einen der Stühle auf dem Balkon. Unter mir erwacht Kirchbach langsam zum Leben. Rechteckige Lichter erzählen von den Menschen dahinter, die einen neuen Tag in ihrem Leben beginnen. Ein einsamer Autofahrer liefert die Zeitung aus oder ist auf dem Weg zur Frühschicht. Über den östlichen Bergen verkündet die aufgehende Sonne einen weiteren Tag.

Die Wirkung des Aspirins setzt ein. Meine Gedanken fließen träge und ohne Ziel, um sich am Ende zu einer Frage zu formen: »Wohin gehst du, Moritz?«

Ich warte vergeblich auf die Antwort.

MIRO

Selten fühlte sich Miro so fit wie an diesem Morgen. Wirklich schade, dass Nadim heute keine Zeit hatte. Sein kongenialer Spielpartner beim TSV Kirchbach hatte in dieser Saison zwar bisher weniger Tore geschossen, aber die meisten von Miros Treffern vorbereitet. Dies lag nicht zuletzt an der Schnelligkeit des Syrers, weshalb er auch den Zeitrekord der Bergstrecke hinauf zum Predigtstuhl hielt. Sicher, es war nur eine lokale Angelegenheit der Kirchbacher Fußballer und Sportler. Und dennoch: Die Bestzeit für die Strecke von der Quelle an der Abzweigung der Kreisstraße hinauf zum Gipfel des Kirchbacher Hausberges zu halten, war schon eine Herausforderung.

Eine, der sich Miro stellen wollte. Er hatte sich gut vorbereitet, war gestern zeitig zu Bett gegangen und heute früh aufgestanden. Normalerweise trafen sich er und sein Freund einmal in der Woche vor Sonnenaufgang, um sich beim ersten Zwitschern der Vögel im sportlichen Wettstreit zu messen. Ein Zusatztraining, das ihnen nicht nur die Anerkennung ihres Trainers einbrachte. Es machte einfach Spaß, gemeinsam durch den Wald zu laufen, um dann oben auf dem Gipfelfelsen den Sonnenaufgang über dem Kaitersberg zu bewundern.

Heute aber musste er die Sache allein angehen. Diese Tatsache würde es erschweren, den Zeitrekord Nadims zu brechen, aber er verstand dessen Situation. Auch für ihn war der Tod Silvian Lazars nicht nur eine Nachricht gewesen. Es war ein Pfeil, der sich heiß in seine Magengegend gebohrt hatte. Für ein paar Sekunden hatte die Angst ihre kalte Hand nach ihm ausgestreckt. Dann setzte sein Verstand wieder ein und machte ihm unmissverständlich klar, dass der Mord an seinem Freund aus früheren Tagen nichts mit seinem eigenen Schicksal zu tun hatte. Niemand konnte von der Verbindung zwischen ihm und dem Geschäftsführer der GME wissen.

Während er seine Oberschenkel dehnte, versuchte er, das grausame Ende Silvians aus seinem Kopf zu verdrängen. Jetzt galt es, sich auf den Lauf zu konzentrieren. Er atmete tief durch, dann drückte er den Knopf der Stoppuhr an seinem Handgelenk und rannte los.

Die ersten 100 Meter fiel der Weg leicht ab. Hier galt es, Tempo zu machen, auch wenn er wusste, dass der folgende Anstieg an seinen Kräften zehren würde. An der Weggabelung beim Waldteich verriet ihm ein Blick auf die Uhr, dass er gut in der Zeit lag. Links hinauf begann der lange Anstieg, an dem Nadim stets seine Stärken ausspielte. Verbissen kämpfte er sich den Forstweg hinauf. Noch spürte er keine Müdigkeit. Obwohl es hier drinnen im Wald noch dunkel war, genoss er den einsamen Lauf. Nur seine schnellen Schritte auf dem Schotter und der erste Morgengruß der Vögel begleiteten ihn. Er musste den Weg nicht sehen, er kannte die Strecke von den vielen Läufen zuvor. Zufrieden horchte er in sich hinein. Nein, kein Anzeichen von Erschöpfung. Er fühlte sich wunderbar leicht, und wunderbar leicht bewegten sich seine Beine. Nadim sollte sich wundern.

Er erreichte das Ende des Forstweges. Vor ihm wartete nur noch der kurze, aber steile Anstieg zum Gipfel. Noch war die Sonne nicht aufgegangen, und der Weg lag im Halbdunkel schemenhaft vor ihm. Kein Problem, dachte er. Er kannte jeden Stein und jede Wurzel. Er wusste, wohin er seine Füße setzen musste. Ohne zu zögern, trat er zum

Endspurt an. Ein Blick auf die Uhr verriet: Die neue Bestzeit lag zum Greifen nahe.

Konzentriert kämpfte er sich den Berg hinauf, während er darauf achtete, seine Atmung zu kontrollieren. Der Anstieg ähnelte einem Treppensprint und ließ seinen Puls nach oben schnellen. Nur noch wenige Meter, dachte er.

Und dann passierte es!

Der Schmerz war unfassbar und zugleich völlig ungewohnt. Etwas biss in sein rechtes Bein, oberhalb des Fußgelenks. Was war passiert? Mit einem kurzen Schrei sank er aufstöhnend zu Boden. Seine Hände tasteten nach unten. Sie spürten Stahl und Blut. Seine Augen hatten sich inzwischen an das Halbdunkel gewöhnt, doch er konnte nicht begreifen, was sie sahen.

Er war in eine Falle getreten. Ein Schlageisen, wie es Wilderer benutzten und wie es in anderen Regionen der Erde noch heute gebraucht wurde, um wilde Tiere zu fangen. Eine Bärenfalle, dachte er ungläubig. Er kannte die Konstruktion von zu Hause. Sein Großvater war Jäger gewesen in den Wäldern um Verneřice. Wenngleich die Bärenjagd auch zur Zeit Opa Ondrejs bereits Geschichte gewesen war, so hatte er doch die Erinnerungen an die letzten Tage dieser Riesen zu Hause aufbewahrt. Schon damals hatte Miro über die Kraft der Federn gestaunt, welche die Falle zuschnappen ließen. In jener Zeit hatte es kein Entkommen für die Tiere gegeben und heute gab es keines für ihn. Er würde es nie schaffen, das Schlageisen aufzuklappen, um freizukommen.

Langsam wich der Schreck dem Schmerz. Die Eisen hatten sein Schienbein splittern lassen und sich tief in den Knochen gefressen. Vorsichtig zog er sein Bein heran, um es gleich wieder loszulassen. Die Falle hing an einer Kette und war an einem Baum befestigt. Jeder Versuch loszukommen wurde mit weiteren Schmerzen bestraft. Miro wurde bewusst, dass er hier und heute sterben konnte, sollte keine Hilfe kommen.

Sein Handy lag in seinem Auto. Klar, hätte es doch bei seinem Rekordversuch nur gestört. Wäre Nadim doch hier.

Erschöpft sank er zurück. Wie um alles in der Welt kam ein Schlageisen hierher? Das konnte kein Zufall sein. Unweigerlich drängte sich Silvians Tod in sein Bewusstsein. Sollten die Ereignisse des letzten Jahres nun doch nach seinem Leben greifen?

Er konnte nichts tun, außer: »Hilfe!«

Seine Stimme klang schwach und leise. Noch mal: »Hilfe!«

Mehr ein Krächzen als ein Schrei. Und dennoch! Unerwartet vermeinte er, Schritte zu hören. Tatsächlich! Da kam jemand. Von oben, vom Gipfel. Seltsam, aber egal. Hauptsache, Hilfe.

»Hilfe! Helfen Sie mir.«

Die Gestalt trug einen halblangen Mantel. Das Gesicht lag im Schatten einer Kapuze, die bis fast über die Augen reichte. »Was ist passiert?« Die Stimme eines Mannes. Ruhig und gefasst.

»Eine Falle! Ich hänge fest! Ein Schlageisen. Ich …« Sein Blick trübte sich. Er hatte das Gefühl, sich übergeben zu müssen. »Sie müssen die Eisen auseinanderdrücken. Ich komme nicht richtig ran.« Er deutete auf seinen Unterschenkel. Die Augen des Fremden folgten seinem Finger. Neugierig betrachtete er das in der Falle gefangene Bein.

»Bitte! So tun Sie doch was!« Miro spürte die Ohnmacht nahen. Endlich kam Bewegung in den Mann. Seine Hand glitt in eine verborgene Tasche des Mantels. Als sie wieder hervorkam, hielt sie ein Messer. Der Anblick der blinkenden Klinge weckte noch einmal seinen Überlebenswillen.

»Was?«

Ohne ein Wort der Erklärung beugte sich der Mann über ihn. Das Messer fuhr herab und schnitt quer über die Innenseite seines Oberschenkels. Miros Herz hatte während des Laufs sein Blut bereits mit Höchstleistung durch seine Adern gepumpt. Der finale Anstieg und zuletzt die Todesangst hatten es weiter angetrieben. Als jetzt das Messer Miros Haut und die darunterliegende Hauptschlagader durchtrennte, floss das Blut nicht aus ihm heraus. Nein, es spritzte gleich einer Fontäne im Rhythmus seiner Herzschläge auf den Waldboden.

Der Mann wich zurück. Er sagte kein Wort, drehte sich um und ging.

»Bitte!« Miros Stimme verkam zu einem Flüstern, während das Leben aus ihm rann.

Dann die Frage: »Warum?«

Vergeblich versuchte er, die klaffende Wunde mit den Händen zu schließen. Sein Blick wurde glasig und sein Atem verflachte. Warum passierte das? Erst Silvian und jetzt er.

Und dann war die Antwort da. Miroslav Dobry wusste, warum er hier und heute sterben würde.

ICH

Es ist nicht die Kälte dieses Morgens, die mich ins Haus treibt, und auch nicht der Blick auf die Uhr. Beides kann mich heute nicht erreichen. Wohl aber das nicht enden wollende Klingeln meines Telefons. Als ich mich endlich aufraffe und, eingehüllt in meine Decke, ins Wohnzimmer wanke, ahne ich bereits, dass es die Dienststelle sein muss. Wer außer Doris Späth hat die Geduld, so lange am Apparat zu hängen, bis der Gewünschte entnervt aufgibt und rangeht? Und wer außer ihr ist bereits so früh im Büro?

»Herr Buchmann! Wo sind Sie bloß? Sie können doch nicht einfach Ihr Handy ausschalten. Ich versuche schon die halbe Nacht, Sie zu erreichen.« Ohne Atem zu holen, prasselt der Wortschwall auf mich ein.

»Was ist denn los? Es ist doch noch nicht einmal halb sieben. Darf ich nicht einmal mehr in Ruhe frühstücken?«

»Nur wenn Sie schnell machen. Was los ist, fragen Sie? Das BKA ist da. Ihr Bericht hat dort wohl in ein Wespennest gestochen. Sie sollen nicht nach Deggendorf, sondern sofort nach Straubing kommen. Der Herr Direktor wartet schon auf Sie. Also legen Sie mal los.«

Als Erstes versuche ich, meine morgendliche Depression mit einer heißen Dusche abzuwaschen, was nur zum Teil gelingt. Das hinuntergeschlungene Frühstück trägt auch nicht gerade zur Besserung meiner Stimmung bei. Missmutig mache ich mich auf den Weg.

Auf der Fahrt nach Straubing versuche ich, wieder Zugriff zu meinem Fall zu bekommen. Vergeblich. Mein Kopf ist eine leere Hülse, und die Maschine in ihm weigert sich beharrlich, ihre Arbeit aufzunehmen.

Als ich ankomme, bin ich etwas enttäuscht. Ich habe ein Großaufgebot an Menschen und Fahrzeugen erwartet. Agenten in Anzügen und Sonnenbrillen, die geheimnisvoll aus schwarzen Dienstfahrzeugen mit getönten Scheiben steigen. Zumindest aber die Beschlagnahme ganzer Einsatzräume, Computer und Bildschirme.

Nichts von alledem. Stattdessen werde ich wieder ins Büro von Direktor Eberlein gerufen.

»Herr Buchmann! Danke, dass Sie so schnell kommen konnten«, begrüßt er mich mit bedeutungsvoller Miene. Höre ich da einen tadelnden Unterton? Es scheint, die Herrschaften in seinem Büro warten schon länger auf mich.

»Darf ich Ihnen Frau Sabine Behring, Herrn Thomas Hanauer und Frau Jutta Bach vorstellen? Meine Damen, mein Herr: Moritz Buchmann. Er leitet die bisherigen Ermittlungen.«

Ich reiche allen die Hand, dann setzen wir uns an Eberleins runden Besprechungstisch.

»Herr Buchmann«, eröffnet Frau Bach das Gespräch. Unverkennbar ist sie das Alphatier des Rudels. »Sie haben mit Ihrem Fund ganz schön Staub aufgewirbelt.«

»Nun, eigentlich ist es ja Wolfgangs Fund. Wolfgang Niebel, ein Freund und Kollege vom Zoll. Der Sprengstoff und die Chemikalien markieren nur das Ende einer Spur, die ich verfolge. Wobei ich natürlich hoffe, dass es nicht das Ende ist. Schließlich will ich einen Mörder überführen, nicht wahr?«

»Das ist ja auch ganz lobenswert, Herr Buchmann. Aber Sie werden sicher verstehen, dass die Sache inzwischen eine völlig andere Dimension angenommen hat.« Ein geringschätziges Lächeln begleitet ihre Worte. Die liebe Frau Bach hat es mit zwei Sätzen geschafft, sich bei mir unbeliebt zu machen.

»Sind zwei tote Menschen für Sie eine unbedeutende Dimension?«, kann ich mich nicht zurückhalten. Überrascht stelle ich fest, dass sie keine Spur von Ärger zeigt. Frau Bach ist ohne Zweifel ein Profi.

»Wissen Sie, was Chlorgas ist?«, meldet sich Hanauer zu Wort.

»Weiß ich. Auch, was es anrichten kann.« Im Stillen gratuliere ich mir, mich gestern noch informiert zu haben.

»Na, dann wissen Sie ja auch, worum es hier geht.«

»Natürlich weiß ich das. Und Sie dürfen mir glauben, wir werden alles tun, um Sie bei Ihrer Arbeit zu unterstützen. Wenn es um die Sicherheit unserer Bevölkerung geht, ziehen wir alle am selben Strang.« Zufrieden beobachte ich, wie Direktor Eberlein bestätigend nickt.

»Zumal auch für Sie was dabei rausspringen könnte.« Frau Bach grinst süffisant. Als ich nicht darauf eingehe, fährt sie fort. »Ihre Toten haben sich eventuell mit Leuten eingelassen, die eine Nummer zu groß für sie waren, denken Sie nicht?«

»Der Gedanke kam mir auch, ja. Sollten Terroristen, gleich welcher Richtung, Silvian und Petre als Boten für ihr Teufelszeug angeheuert haben, wären die beiden sicher nur unliebsame Zeugen, die man beseitigt hat. Die Art der Morde könnte dann eine Ablenkung sein.«

»Tja, unsere Klientel glänzt in der Regel nicht durch Sanftmut. Sollten Silvian Lazar und Petre Dumitrescu tatsächlich Sprengstoff und chlorgasfähige Chemikalien nach Deutschland gebracht haben, müssen wir herausfinden, wohin. Das hat oberste Priorität.« Ein Hauch von Arroganz begleitet ihre Stimme. Dennoch kann ich nicht umhin, zuzugeben, dass die Mittvierzigerin mit dem kurzen dunklen Haar und dem fein geschnittenen Gesicht auch Autorität und Kompetenz ausstrahlt.

»Wenn wir also davon ausgehen, dass die Inszenierungen dieser Morde als Ablenkung dienen …«

»Oder ein Akt der Rache sind«, unterbreche ich Frau Behring.

»Oder ein Akt der Rache sind«, fährt sie fort, »dann wären unsere Täter auch Ihre Täter.«

»Solange ich keinen anderen finde.«

Direktor Eberlein sieht die Zeit gekommen, seinen Beitrag zum Gespräch zu leisten. »Nun, ich denke, wir sind uns einig darüber, dass wir einen schnellen Erfolg brauchen. Herr Buchmann wird seine Ermittlungen wie bisher weiterführen und Sie darüber lückenlos auf dem Laufenden halten«, verspricht er den Leuten vom BKA.

»Na schön«, sage ich. »Dafür könnten Sie Ihre Fühler ein wenig nach Tschechien ausstrecken. Da komme ich nämlich nicht ran.« Meine Bitte löst ein mitleidiges Lächeln bei Frau Bach und ihren Kollegen aus. Sie haben das natürlich längst getan. Ich vermute, der Apparat, den Wolfgangs Fund in Bewegung gesetzt hat, übersteigt meine Vorstellungskraft.

»Keine Sorge«, mischt sich Eberlein wieder ein. »Herr Buchmann war lange beim LKA. Er ist ein ausgezeichneter Ermittler.«

Was soll das?, denke ich. Ich habe keinen Fürsprecher nötig. Ich werde meine Arbeit machen, so gut ich kann. Schließlich will ich einen Mörder finden.

Frau Bach wirft bedeutungsvoll einen Blick auf ihre Uhr. »Herr Eberlein, Herr Buchmann. Wir alle wissen um die aktuelle Sicherheitslage. Der Herr Innenminister ist in dieser Angelegenheit ebenso informiert wie der Bundesnachrichtendienst. Es gibt ernstzunehmende Hinweise auf geplante Anschläge des IS in Deutschland. Es steht außer

Frage, dass Silvian Lazars Ladung nicht in die Hände dieser Leute geraten darf. Wir müssen herausfinden, an wen die Lieferung ging. Um jeden Preis. Der Herr Minister hat uns volle Handlungsfreiheit zugesichert.«

Zustimmendes Schweigen. Jeder im Raum ist sich der Gefahr bewusst.

»Sonst noch Fragen?«

»Ja.« Hanauer sieht mich an. »Wo steht der Transportwagen? Er ist zwar ausgebrannt, aber wir würden ihn dennoch gerne untersuchen. Nichts gegen Ihre KTU hier, Herr Eberlein, aber …«

»Der Transporter? Ist in München. Beim LKA. Kriminaltechnisches Institut. Ich habe eine genauere Untersuchung des Wagens bereits veranlasst.«

Anerkennendes Kopfnicken.

Und damit ist das Gespräch endgültig beendet. Im Hinausgehen wendet sich Frau Bach noch mal an mich: »Herr Buchmann, auf ein Wort. Ich möchte, dass Sie wissen, dass ich darauf bestanden habe, Sie nicht von diesem Fall abzuziehen.«

»Ach ja?«

»Ich verlasse mich auf Sie. Bitte halten Sie mich ständig auf dem Laufenden, ja?« Sie drückt mir ihre Karte in die Hand.

»Gleiches kann ich mir von Ihrer Seite nicht erhoffen, oder?«

Ihr Lächeln ist Antwort genug. »Klären Sie Ihre zwei Morde auf. Das ist alles, was ich von Ihnen erwarte.«

Mein Handy meldet sich. Mit einer Entschuldigung nehme ich das Gespräch an. Es ist Mel. Ihre Nachricht ist kurz und ruft mich zurück nach Kirchbach. Ach ja, Frau Bach ist ja auch noch da. Immer auf dem aktuellen Stand halten, Moritz.

»Drei Morde!«

»Wie bitte?«

»Ich muss meine drei Morde aufklären. Wir haben einen weiteren Toten.«

*

Eigentlich sollten mich auf der Fahrt nach Kirchbach tausend Gedanken beschäftigen. Das BKA, Frau Bach, Eberlein und ein weiterer Toter müssten Munition genug für eine neue Salve an Überlegungen liefern. Weit gefehlt. Das Getriebe in meinem Kopf ist blockiert.

Endlich erreiche ich die Forststraße hinauf zum Predigtstuhl und nach wenigen Minuten den Tatort. Dieser präsentiert sich wie immer: Absperrbänder, Einsatzfahrzeuge und Beamte in Zivil und Uniform. Als ich aussteige, winkt mir Mel zu.

»Servus, Moritz!« Ihr bleiches Gesicht lässt wenig Erfreuliches erwarten.

»Wo?«

»Oben. Komm mit!«

Ich kenne den Wanderweg hinauf zum Gipfel von zahlreichen Spaziergängen mit Claudia. Diesmal ist es Mel, die mich begleitet. Vergnügen ist nicht zu erwarten.

Zumal die Leiche noch da ist. Miroslav Dobrys Leiche, wie ich auf den ersten Blick erkenne.

»Guten Morgen, Herr Buchmann!«

»Guten Morgen, Herr Teichert! Wann ist es passiert?«

»Laut Gerichtsmediziner zwischen 6 und 7 Uhr. Verblutet, um genau zu sein. Schnitt durch die Hauptschlagader am Oberschenkel.«

»Und das bei dem Blutdruck!« Daniela Platzer ist auch da.

»Morgendlicher Berglauf. Höchst ungesund in diesem Fall.«

Ich lasse meinen Blick schweifen. Blut überall, noch in zwei Metern Entfernung zur Leiche.

Und was ist das? Miros Bein steckt in einem Schlageisen.

»Die Tat wurde genau vorbereitet«, erklärt Mel. »Der Tote trat zuerst in die Falle, und dann ließ man ihn verbluten.«

»Das geht aber nur, wenn der Täter wusste, dass Miro genau heute und genau um diese Zeit genau diese Strecke laufen wollte.«

»Du kennst den Toten?« Mel sieht mich überrascht an.

»Miroslav Dobry. Fußballer beim TSV Kirchbach. Kein Rumäne und kein Lazar«, komme ich ihrer Frage zuvor.

»Das wirft aber unsere bisherigen Überlegungen gehörig über den Haufen.«

»Ja leider! Miro passt nicht ins Schema.« Ich sehe meine drei Kollegen ratlos an.

»Wenigstens haben wir die Falle. Die KTU kann sicher herausbekommen, woher man so ein Teil bezieht«, meint Daniela Platzer.

»Trotzdem!« Mel fährt sich mit der Hand durch das kurze Haar. »Es muss eine Verbindung zu den anderen beiden Toten geben. Seht euch das doch an! Auch dieser Mord wurde sorgfältig vorbereitet und inszeniert. Hier stand nicht der Tod als Ergebnis im Vordergrund. Es ist die Art des Sterbens. Das Verbluten ist kein Zufall. Genauso wie es kein Zufall ist, dass Silvian verbrannte und Petre zerquetscht wurde. Es gibt einen Grund für diese Todesarten. Da bin ich mir absolut sicher.«

»Na gut! Aber wo liegt die Verbindung zwischen den drei Opfern? Silvian war ein Lazar und Petre mit einer Lazar verheiratet. Da käme vielleicht ein Familiendrama in

Betracht. Oder ein Anschlag auf diese Familie. Aber Miroslav? Ein Tscheche, der nicht einmal bei der GME beschäftigt ist? Der einzige gemeinsame Nenner wäre Nadim.«

»Nadim Hemedi?«

»Er spielte mit Miro in einer Mannschaft. Gut möglich, dass sie auch außerhalb des Fußballplatzes befreundet waren.«

»Dann sollten wir uns mal mit Nadim unterhalten«, meint Mel.

»Einverstanden. Und ihr haltet uns auf dem Laufenden über die Ergebnisse der KTU und der Gerichtsmedizin.«

»Geht klar.«

Mel und ich gehen hinab zum Forstweg, während zwei Männer in weißen Plastikanzügen einen leeren Zinksarg den Berg hinaufschleppen.

Mel sieht den beiden nach, dann gibt sie den weiteren Ablauf des Tages vor: »Wir treffen uns bei der Green Mountain Electronics.«

*

Frau Schneiders Gesicht spiegelt puren Stress wider. Der Grund dafür liegt auf ihrem Schreibtisch: die Namensliste der Hochzeitsgäste.

»Herr Buchmann! Und Frau …?« Auch ihre Stimme klang schon freundlicher.

»Güßbacher«, stelle ich Mel vor. »Von der Kripo Regensburg.«

»Ach, wegen dem zweiten Mord. Wie furchtbar! Und das alles so kurz vor der Hochzeit.«

»Die Feier findet statt?«

»Natürlich! Die Gäste kommen aus halb Europa. Herr Lazar sagte, nichts wird die Trauung verhindern.«

Will sie jemand verhindern?, denke ich. Und dafür töten? Nein, entscheide ich. Auch zu dieser Theorie passt Miroslav nicht.

»Aber die anschließenden Feierlichkeiten fallen ins Wasser«, unterbricht Frau Schneider meine Gedanken.

»Normalerweise dauert so eine rumänische Hochzeit drei Tage. Nach dem Tod vom Chef dachte ich noch, alles läuft wie geplant. Aber seit bekannt wurde, dass auch Herr Dumitrescu ermordet wurde …«

»Bekommen es einige mit der Angst zu tun«, ergänzt Mel.

»Und ich habe die Arbeit damit!« Theatralisch hält sie uns die Liste entgegen. »Hotelstornierungen und Flugumbuchungen. Und das hundertfach. Seit gestern Nachmittag mache ich nichts anderes.«

»Da wird es Sie freuen, dass wir Sie nicht dabei stören wollen. Wir suchen nur Herrn Hemedi.«

»Nadim? Er müsste in seinem Büro hinten bei der Werkstatt sein. Die Treppe runter und durch die Halle durch.«

»Danke sehr. Und viel Glück beim Umbuchen.« Sie verabschiedet uns mit einem gequälten Lächeln.

In der mit modernstem logistischem Gerät ausgestatteten Halle der GME weist uns eine Mitarbeiterin den Weg zu Nadims Büro. Dieser sitzt gerade vor seinem PC. Auf unser Klopfen unterbricht er seine Tätigkeit und winkt uns hinein.

»Herr Kommissar, guten Tag!«

»Herr Hemedi, das ist Frau Güßbacher. Sie ermittelt im Fall Dumitrescu.«

»Und im Fall Dobry«, fügt Mel ernst hinzu. Es scheint einige Sekunden zu dauern, bis ihre Worte Nadim erreichen.

»Dobry?«

»Miroslav Dobry.«

»Miro? Was ist mit ihm?«

Ich beobachte ihn genau. Seine Hand sucht die Tischplatte, um sich darauf abzustützen.

»Ein Pilzsammler hat heute Morgen seine Leiche gefunden. Er wurde ermordet.«

Die Nachricht drückt ihn in seinen Stuhl. Er atmet tief durch, dann: »Hat das etwas mit den anderen Morden zu tun?«

»Das hoffen wir von Ihnen zu erfahren«, antwortet Mel.

»Von mir? Was soll das bedeuten?«

»Sie waren doch mit Herrn Dobry befreundet. Zumindest spielten sie zusammen beim TSV.«

»Ja, das stimmt schon. Wir sind beide seit dieser Saison beim TSV. Außerdem laufen wir oft zusammen. Wir wollten auch heute …« Nadim starrt uns erschrocken an.

»Was wollten Sie heute?«

»Miteinander laufen. Wir sind schon oft am Morgen hoch zum Predigtstuhl gerannt.«

»Warum heute nicht?«

»Wegen dem Tod vom Chef. Ich habe Miro gestern abgesagt. Hier gibt es jetzt einfach zu viel zu tun.«

»Das heißt, eigentlich wäre Herr Dobry heute nicht alleine dort oben gewesen«, sagt Mel.

»Ja.« Dann die Erkenntnis: »Wenn ich dabei gewesen wäre, würde Miro noch leben.« Er schlägt seine Hände vors Gesicht.

»Wer außer Ihnen wusste, dass er heute alleine zum Predigtstuhl laufen wollte?«

»In der Mannschaft wissen alle, dass wir einmal die Woche die Strecke laufen. Aber dass ich heute nicht dabei bin?«

»Niemand, stimmt's? Nur Sie wussten davon.«

Nadim sieht uns in die Augen. »Ja, das ist gut möglich.«

»Herr Hemedi, das macht Sie zu unserem Hauptverdächtigen.«

*

»Dann wollen wir mal sein Alibi überprüfen.« Mel lehnt an ihrem Auto und telefoniert mit Peter Teichert, um ihn und seine Kollegin nach Bad Kötzting zu dirigieren. Laut Nadim kann Stefan Wiesenreiter bezeugen, dass er zur Tatzeit in Bad Kötzting war.

Schon wieder der Kaplan, denke ich. Wie bereits bei Silvians Tod. Wenn ich so darüber nachdenke, ist das aber nicht weiter verwunderlich. Schließlich wohnen beide in den Räumen der Kirchenburg und treffen sich dort mehrmals täglich. Auch diesmal könne Herr Wiesenreiter bestätigen, dass unser Verdächtiger ab halb sechs bis um halb acht im Pfarrheim war. Nadim bezeichnet sich selbst als Frühaufsteher, der heute vor Sonnenaufgang begonnen habe, Spalten und Risse in den Wänden eines leer stehenden Zimmers zu gipsen, um dieses für die Pfingstkunstausstellung im nächsten Jahr vorzubereiten. Und da auch der Kaplan zu den Menschen zähle, die wenig Schlaf benötigen, habe sich dieser eine Zeit lang mit ihm unterhalten. Angaben, die Mels Kollegen überprüfen sollen.

Vielleicht könnte ich in der Zwischenzeit ja Frau Bach über den neuesten Stand der Dinge informieren? Warum nicht? Damit vergebe ich mir nichts und komme zugleich meiner Verpflichtung ihr gegenüber nach.

Die leitende BKA-Beamtin geht nach dreimaligem Läuten an den Apparat. »Herr Buchmann, was gibt's Neues?«

»Hallo, Frau Bach!« Und dann erzähle ich ihr von Miroslav Dobry, der kein Lazar, kein Mitarbeiter der GME, kein Rumäne und dennoch tot ist. Sie lauscht meinen Ausführungen, ohne mich zu unterbrechen. Mit einem schlichten »Gut« kommentiert sie meinen Bericht. Dann will sie noch wissen, wo ich gerade bin.

»Auf dem Firmengelände der GME«, beantworte ich ihre Frage. »Wir haben Herrn Hemedi befragt.«

»Dann treffen wir uns ohnehin gleich. Wir knöpfen uns diesen Lazar mal vor. Ihn und seine Firma. Wir sind in zehn Minuten dort.«

Na, ob sich die liebe Frau Bach da mal nicht übernimmt? Grigore ist ein harter Knochen und wird ihr den Job nicht leicht machen. Da muss ich nicht dabei sein. Aber ich könnte ihn noch mal testen.

Zumal in diesem Augenblick sein Q7 auf den Parkplatz rollt. Grigore steigt aus, sieht mich und ringt sich ein kurzes Lächeln ab.

»Herr Lazar? Ich denke, Sie haben schon vom heutigen Mord gehört?«

»Kam soeben im Radio. Sagen Sie bloß, wieder jemand aus meiner Familie?«

»Das nicht, aber Ihr Fußballteam wird Miros Tod schon betrauern, denke ich.«

»Miroslav Dobry?«

Ist er überrascht oder erschrocken? Beides, denke ich. »Jemand hat ihm die Oberschenkelhauptschlagader durchtrennt. Er ist verblutet!«

Blitzt da ein Funken Erkenntnis in seinen Augen? Bei Grigore ist ein Hebel eingerastet. Er will nicht, dass ich es bemerke, aber er hat einen Moment nicht aufgepasst. Das kurze Zucken seiner Lippen und seiner Augen ist mir nicht entgangen. Einen Wimpernschlag später hat er sich wieder gefangen.

»Was sollte dieser Mord mit mir zu tun haben? Ich kenne Herrn Dobry nur als Fußballspieler. Sie glauben doch nicht, dass ein gegnerischer Verein …?« Er lächelt süffisant. »Nein, das glauben Sie nicht.«

»Nein, aber es spielt keine Rolle, was ich glaube und was nicht.« Er sieht mich fragend an. »Die Morde an Silvian und Petre haben eine völlig neue Dimension angenommen. Wussten Sie, dass Ihr Neffe in Tschechien einen Schuppen angemietet hat? Über ein Konto der GME übrigens.«

»Einen Schuppen? Wozu einen Schuppen?« Er ist ein talentierter Schauspieler, aber jetzt kann seine Stimme seinen Unmut nicht mehr verbergen.

»Na wozu wohl? Um sein Schmuggelgut zu verstecken.«

»DVDs?«

»Nicht nur.« Ich lasse ihn einige Sekunden zappeln. Dann hole ich den Hammer heraus. »Handgranaten und Giftgas.«

Erwarte ich wirklich, die Fassade des abgebrühten Geschäftsmannes würde jetzt bröckeln? Sie tut es nicht. Ganz im Gegenteil. Grigores Gesicht wird zu Stein. Keine Regung verrät seine Gedanken. Also setze ich noch einen drauf: »Sie werden verstehen, dass dies ein völlig neues Licht auf die Sache wirft.«

»Ein neues Licht?«

»Eines, das das Bundeskriminalamt magisch anzieht. Es würde mich nicht wundern, wenn die Kollegen aus Wiesbaden jeden Augenblick hier eintreffen.« Mit dieser Prophezeiung lasse ich ihn stehen.

»Was ist los?«, will Mel wissen. »Herr Lazar sieht nicht gerade glücklich aus.«

»Frau Bach wird seine Laune weiter verschlechtern.«

»Frau Bach?«

Richtig! Mel weiß noch nichts von meinem Deal mit dem BKA. »Ich würde dich gerne zu einer Tasse Kaffee einladen. Wir treffen uns im Seestüberl.«

Mel versteht. »Na, da bin ich aber mal gespannt.«

Sie fährt voraus. Als ich in Richtung Bad Kötzting auf die Staatsstraße einbiege, setzt eine Kolonne schwarzer Audis aus Miltach kommend ihre Blinker.

Das BKA ist da!

*

»Das gefällt mir gar nicht!« Mel stochert lustlos mit einer Gabel in ihrem Stück Apfelkuchen herum. »Wenn das BKA Grigores Firma zerlegt, bleibt für uns nicht mehr viel übrig.«

»Hilft nichts. Handgranaten und Gift sind für uns einige Nummern zu groß«, antworte ich und lasse mir meinen Kirschplunder schmecken. Ich sehe die Lage bei Weitem nicht so schlimm, wie Mel es tut.

»Schon klar. Terrorprävention geht vor. Aber sollte Grigore Lazar je mit dem Gedanken gespielt haben, mit uns zusammenzuarbeiten, dann ist dieser Zug jetzt abgefahren.«

»Vermutlich«, bringe ich zwischen einem Schluck Kaffee und einem Stück Plunder hervor.

»Dich scheint das nicht sonderlich zu berühren.«

»Ich glaube nicht, dass die Spur der Morde zur GME führt.«

»Auch nicht zu ihrem Eigentümer?«

»Grigore? Hm. Seine Vergangenheit ist sicher alles andere als blütenweiß. Aber Mitglieder seiner eigenen Familie ermorden lassen? Er macht auf mich doch mehr den Eindruck eines Schutzpatrons.«

»Also Nadim Hemedi? Die Voraussetzungen hätte er, ja, aber mir fehlt einfach das Motiv.«

»Das zu finden, ist unsere Aufgabe, liebe Mel. Ich frage mich, welchen Zusammenhang es zwischen Nadim und den Toten geben könnte.«

»Na ja, außer dass er Silvian und Miroslav kannte? Und Petre nicht mal das.« Mel ringt sich endlich durch, den Kuchen zu kosten, wird jedoch von ihrem Handy daran gehindert. Ein paarmal »Ja« und einmal »Dachte ich mir schon« später beendet sie das Gespräch. »Nadims Angaben stimmen. Kaplan Wiesenreiter hat sich mit ihm von halb sieben bis halb acht unterhalten, während Nadim am Gipsen war.«

»Das heißt, wir brauchen noch Miros genauen Todeszeitpunkt.«

»Sollte die Gerichtsmedizin bald haben. Und dann?«

»Ich hoffe noch immer auf Wolfgang und die Tschechen«, gebe ich zu. »Der Gedanke, Silvian und Petre haben sich mit Kreisen angelegt, denen sie nicht gewachsen waren, erscheint mir von allen Vermutungen am plausibelsten.«

»Nun ja, spätestens seit auch noch Waffen im Spiel sind, könnte das schon hinkommen. Die beiden könnten sich durchaus überschätzt und ihre Geschäftspartner unterschätzt haben. Aber was hat Miroslav damit zu tun?«

»Das wird sich Frau Bach auch fragen. Der Druck auf sie ist noch viel größer als auf uns. Wir müssen Morde aufklären, sie verhindern. Und zwar einen möglichen Massenmord, das dürfen wir nicht vergessen. Die Presse ist bisher relativ ruhig geblieben, aber nach drei Toten in so kurzer Zeit wird die Maschinerie schon bald auf vollen Touren laufen. Sollte dann noch jemand etwas von einem möglichen Giftgasanschlag herausbekommen, ist hier die Hölle los.«

»Du denkst, das BKA könnte uns unsere Aufgabe abnehmen?«

»Das sicher nicht, obwohl seine Möglichkeiten die unseren weit in den Schatten stellen. Auf jeden Fall werde ich auf Frau Bachs Angebot zum Informationsaustausch noch mal zurückkommen.«

»Und ich sehe mir Nadims Wohnung an.«

»Er lässt dich nicht los, was?«

»Irgendetwas mit ihm stimmt nicht. Und mit seiner Schwester auch nicht.« Mit Samira?, denke ich. Seltsam, aber wenn es um Nadim geht, drängt sich unweigerlich das Bild des unglückseligen Mädchens in mein Bewusstsein.

Mel meint jedoch nicht sie. »Diese Rechtsanwältin mit den Gewissensbissen und der abenteuerlichen Vergangenheit. Mit ihr möchte ich mich auch noch mal unterhalten.«

»Gut, wir telefonieren.«

Sie steht auf, um zu gehen. »Das da geht auf dich, oder?« Sie deutet auf die Tasse und den jetzt leeren Kuchenteller.

Ich antworte mit einer großzügigen Geste und einem Lächeln. Mit einem »Hallo« winke ich die Kellnerin heran.

»Bezahlen?«

»Ja, die Rechnung bitte. Und bringen Sie mir doch noch einen Klaren, ja?«, sage ich, während Mel in ihren Wagen steigt und davonfährt.

GRIGORE

Grigore entschied sich, seinen Bruder nicht anzurufen. Dazu war es zu spät. Ludovic saß zu diesem Zeitpunkt bereits im Flugzeug auf dem Weg nach München. Wenn alles nach Plan lief, würde er noch vor dem Abendessen hier sein. Zusammen mit den drei anderen, die Grigore jetzt dringend brauchte.

Schon jetzt hallten die Flüche seines Bruders in seinem Kopf wider, wenn dieser erfuhr, dass Silvians Dummheit ihnen jetzt auch noch das Bundeskriminalamt auf den Hals hetzte.

Diese Frau Bach war nicht zu unterschätzen. Es war ihm nicht gelungen, ihre Gedanken zu lesen, doch am Ende war er sich sicher, das kleine Duell mit ihr gewonnen zu haben. Selbst wenn sie versucht hatte, ihre Regungen hinter einem eiskalten Blick und einem Gesicht aus Stein zu verbergen. Sie und ihre Kollegen mussten ohne greifbares Ergebnis wieder abziehen. Natürlich war sich Grigore bewusst, dass es damit nicht getan war. Hinter den Kulissen lief nun die Maschinerie der Bundespolizei an und diese war weitaus mächtiger als die des Provinzbullen Buchmann. Aber was konnte die selbstbewusste Erste Hauptkommissarin schon finden? Hier in Deutschland war sein Lebenslauf so sauber wie der eines Kindes. Und alles andere lag gut verborgen zu Hause in Muntele Rece. Unerreichbar für die deutsche Justiz. Und auch für die rumänische, sollte die je gegen seine Familie ermitteln, fügten seine Gedanken hinzu, wohlwissend, dass dies nie der Fall sein würde. Zu viele Schmiergelder waren geflossen, zu viele Geheimnisse hatte er gegen die maßgeblichen Leute in der Hinterhand. Nein, Frau Bach sollte sich als das kleinere Übel erweisen. Seine Sorge galt jetzt dem Mörder. Dem Mann, dessen Rache eine blutige Spur durch Grigores Vision von einem Leben als rechtschaffener Bürger zog. Er musste die Sache selbst in die Hand nehmen. Buchmann hatte versagt. Er hatte den Täter nicht gefunden, bevor dieser erneut zuschlagen konnte. Diesmal nicht in der Familie Lazar, und doch stand der Zusammenhang zwischen den drei Toten in Großbuchstaben vor Grigores Augen geschrieben. Das, was er gestern nur vermutet hatte, war eingetreten. Heute Abend würde er ihre weitere Vorgehensweise festlegen. Bis dahin musste er die Hintergründe der Morde kennen. Ohne Frage lagen diese in dem Ereignis verborgen, das Ludovic gerne verharmlosend als »Missgeschick« bezeichnete.

Nur wo? Die Konkurrenz? Angehörige?

Um das herauszufinden, brauchte er Namen. Wie gut, dass Ghenadie ihr Unternehmen nach betriebswirtschaftlichen Prinzipien geführt hatte. Auch das Verbrechen wollte schließlich verwaltet werden. Und so wurde alles, was die drei Brüder unternahmen, protokolliert. Es verstand sich von selbst, dass diese Aufzeichnungen niemals den Vertretern der Staatsmacht in die Hände fallen durften. Was lag da näher, als die Geschäftsbücher dort zu verwahren, wo alles begonnen hatte und wo nichts und niemand ohne die Familie Lazar funktionierte?

Grigore hatte die Nummer im Kopf, wie alle anderen Nummern, die niemand außer ihm kennen durfte.

Es war Vera, die abhob. »Grigore? Was für eine Freude, von dir zu hören.«

»Hallo, Vera! Wie geht es dir und den Kindern?« Er bemühte sich um einen freundlichen Tonfall, obwohl er es kaum erwarten konnte, die üblichen und unumgänglichen Höflichkeitsfloskeln hinter sich zu lassen.

»Dorian ist jetzt in einem Alter, in dem er anfängt, sich nach den Mädchen im Dorf umzudrehen, und Stella ist auf der Suche nach einem Brautkleid. Was soll man da sagen? Die Zeit frisst uns alle auf.«

»Ich erinnere mich an die beiden, als sie sich noch an meine Hosenbeine geklammert haben, wenn ich bei euch war. Du kannst stolz auf deine Kinder sein, Vera.« Und damit beendete er die Höflichkeiten. »Ist Anatolie da?«

Mit dem untrüglichen Gespür einer Frau, welche die Vorrangstellung dieses Mannes nie anzweifeln würde, erkannte sie den Umschwung in seiner Stimme. Grigore war jetzt wieder der Patron des Clans. »Er ist draußen. Ich bringe ihm das Handy.« Eine Minute später hatte er Anatolie am Apparat. Sparsam mit Worten, wie eh und je, begrüßte der Buchhalter ihres ehemaligen Unternehmens seinen Chef. Dann lauschte er dessen Anordnung.

»Wie lange dauert es, bis ich die Namen habe?«

»Du weißt, dass wir nichts auf Computer gespeichert haben.«

Natürlich wusste Grigore das. Eine Sicherheitsvorkehrung, die Ghenadie so festgelegt hatte. Alle sensiblen Daten standen in Büchern. Und diese lagen in einem Haus draußen vor dem Dorf.

»Der Transport vom 26.08.2015, sagst du? Zehn Minuten.«

»Gut.« Er musste Anatolie nicht zur Eile anhalten. Sein Tonfall sagte genug und der Mann in Muntele Rece verstand.

Grigore ging zu seinem Lieblingssessel und setzte sich. Wenn seine Vermutung zutraf, wusste er in wenigen Minuten, wer hinter den Morden steckte. Das Motiv war Rache, dessen war er sich sicher. Ein sehr starkes Motiv, das auch ihn und seine Brüder früher zu furchtbaren Taten getrieben hatte.

Er versuchte, sich zu entspannen und seine düsteren Gedanken auszublenden. Mit geschlossenen Augen wartete er, bis ihm sein Handy mitteilte, dass eine Nachricht eintraf. Anatolie hatte die Passagierliste des Transports abfotografiert und auf Grigores Handy geschickt. Er zoomte die

Buchstaben und Zahlen heran. Fein säuberlich hatte ihr Buchhalter das kommende Grauen dieses Tages festgehalten:

Datum: 26.08.2015

Ausgangsort: Kecskemét, Ungarn

Zielort: Linz, Österreich

Dann die Namen! Langsam scrollte er nach unten, bis er fand, wonach er suchte. Er löschte die Nachricht und schaltete das Handy aus.

Leise öffnete sich die Tür. Dana kam herein, eine Tasse Tee in der Hand. Sie stellte sie auf den Tisch neben Grigores Sessel, setzte sich auf die Lehne und nahm seine Hand in ihre. »Sorgen?«, wollte sie wissen. Jahre des gemeinsamen Lebens verrieten ihr, dass etwas nicht in Ordnung war.

»Nichts, was sich nicht regeln ließe. Danke für den Tee.« Er nahm die Tasse und trank. Wie immer hatte sie seine Lieblingssorte gewählt, und wie immer war das Getränk perfekt. Er hatte mit Dana wirklich das große Los gezogen. Sie war von Anfang an dabei gewesen, hatte all die Jahre zu ihm gestanden und seine Anweisungen befolgt. Und sie war seine Beraterin. Dana wusste mehr, als ein Außenstehender vermutet hätte, und sie genoss Grigores uneingeschränktes Vertrauen.

»Es hat etwas mit der Katastrophe zu tun, ja?«

Katastrophe, dachte er. Ja, es war eine Katastrophe gewesen und im Gegensatz zu Ludovic nannte seine Frau die Dinge beim Namen. Wie klug sie doch war. Seine Gedanken waren ihre Gedanken.

»Silvian! Wer hätte gedacht, dass er uns solche Schwierigkeiten bereitet?«, sagte er mehr zu sich als zu ihr.

»Du denkst, jemand will Vergeltung?« Sie streichelte zärtlich seinen Arm. »Und du weißt auch, wer es ist.« Sie lächelte ihn an.

»Heute Abend kommt Ludovic. Dann werden wir die Sache klären.«

Sie stand auf und ging zum Fenster. »Wie viele bringt er mit?«

»Valoriu und seine Söhne.«

»Dinu und Lucian. Ich habe die beiden lange nicht mehr gesehen.« Dann drehte sie sich um und sah ihn ernst an. »Drei! Gut! Das dürfte reichen«, sagte sie, kam noch mal zu ihm, küsste ihn auf die Wange und ging hinaus.

TANJA

»Schau, so sehen unsere Kleider aus!« Tanja lief aufgeregt zu Emily, die gleich ihr vor der Schule auf den Bus wartete. Während die Kinder aus Miltach zu Fuß nach Hause gingen oder von ihren Müttern abgeholt wurden, dauerte es für die Kirchbacher, Zandter und Harrlinger etwas länger, bis sie am Tisch vor dem Mittagessen saßen. Tanjas beste Freundin hielt ihr das Smartphone unter die Nase. Das Bild auf dem Display zeigte einen Jungen und ein Mädchen im Alter von etwa zehn Jahren. Sie trug ein blaues Kleid und eine, wie Tanja fand, dazu passende, todschicke Jacke, auf die auch die des Jungen abgestimmt war.

»Woher hast du das Bild, und wann bekommen wir die Uniformen endlich?«, wollte sie wissen.

Die beste Freundin überhörte den ersten Teil der Frage. »Morgen ist Anprobe. Gleich nach der Singstunde. Aber mir gefällt der Anzug der Buben gar nicht. Auch unser Kleid ist doch total altmodisch.«

»Das muss doch so sein«, widersprach Tanja. »Wir sind doch keine Teenieband, sondern ein Chor.«

»Also, ich weiß nicht.«

Karin gesellte sich zu ihnen, schnappte sich Emilys Smartphone und betrachtete das Foto. Tanjas zweite beste Freundin rümpfte die Nase. Als mit Melina die nächste beste Freundin hinzukam, übertönte das Schnattern und Kichern der Gruppe selbst das Geschrei der Kleinen des nahen Kindergartens. Als endlich der Bus in die Wartebucht fuhr, waren die vier noch so weit von einer einhelligen Meinung über die neuen Choruniformen entfernt wie von den Sorgen und Nöten eines Erwachsenenlebens.

Fünf Minuten später stiegen Melina, Tanja und Karin am Kirchbacher Bahnhof aus dem Bus. Für sie stand fest, dass diese Diskussion an diesem Nachmittag weitergeführt werden musste. Schließlich galt es, die wichtige Frage zu klären, ob die von Herrn Lazar gestifteten Klamotten zum Style jeder einzelnen der vier besten Freundinnen passten.

ICH

Die klare Flüssigkeit mit dem beachtlichen Anteil an Alkohol entfacht erst in meiner Kehle, dann in meinem Blut ein kurzes Feuer. Meine Gedanken gehen wieder zu Nadim. Der Syrer rückt in den Fokus unserer Ermittlungen und mit ihm seine Schwestern. Alana werden wir morgen noch mal etwas intensiver befragen. Ich habe mich nur noch nicht entschlossen, ob wir noch mal nach Passau fahren oder sie in die Dienststelle vorladen. Bei Samira stellt sich diese Frage nicht. Fast habe ich Angst, dem Leid dieses Mädchens noch einmal gegenüberzutreten, und dennoch muss ich wissen, welches Schicksal ihr das angetan hat.

Mit einem Wink verabschiede ich mich von den Menschen um mich, die mich neugierig betrachten. Inzwischen weiß wohl jeder hier, wer die jüngste Mordserie in der Gegend aufklären soll.

Fünf Minuten später steige ich auf dem Parkplatz der Maximilianklinik aus meinem Wagen. Ein mulmiges Gefühl in meinem Magen begleitet mich hinauf in den Empfangsbereich des Hauses. Meine nächsten Schritte werden von bisher nicht gekannten Empfindungen begleitet. Ein Teil von mir will zu Samira, will in das Zimmer, in dem sie lebt und leidet.

Warum? Was hoffe ich dort zu finden? Ein krankes Mädchen?

Hilfe für sie?

Hilfe für mich?

Können wir uns helfen?

Was für ein unsinniger Gedanke, hält mich der andere Teil, der vernünftige, zurück.

Tu dir das nicht an, mahnt er. Du hast mit ihrem Schicksal nichts zu tun. Du kannst nichts dafür!

Es ist dieser Teil von mir, der meine Beine schwer und meine Schritte langsam macht. Ein Zustand, der offensichtlich auffällt.

»Fühlen Sie sich nicht wohl? Kann ich Ihnen behilflich sein?«

Mit einer fahrigen Bewegung wische ich mir über die Augen und blicke in das Gesicht einer Krankenschwester. »Guten Tag! Danke, es ist alles in Ordnung.« Ich versuche, mir ein Lächeln abzuringen.

»Darf ich fragen, wen oder was Sie hier suchen?«

»Mein Name ist Buchmann, Kripo Straubing. Ich bin dienstlich hier und möchte zu Samira Hemedi«, erkläre ich. Ich sehe kurz den Flur hinab.

»Sie wollen zu Samira?« Sie sieht mich überrascht an. »Was sollte Ihnen ein Besuch dieses Mädchens bringen?«

»Ich bin mir nicht sicher«, gestehe ich. »Ich war mit ihrem Bruder Nadim bei ihr und seither frage ich mich, was passiert ist.«

»Samiras Schicksal berührt Sie, nicht wahr?«

Unsere Blicke treffen sich. Das Leid der Menschen, mit denen sie täglich zu tun hat, spiegelt sich in ihren Augen. Samiras Leid. Die Krankenschwester fühlt mit ihr. Wie viele solcher Schicksale mag sie schon mitgelitten haben? Wie oft versucht, zu helfen? Und wie oft ist sie schon an dieser Aufgabe gescheitert?

Welch unbezahlbaren Dienst doch diese Krankenschwester und ihresgleichen täglich am und für den Menschen erbringen, denke ich.

»Ich weiß nicht, wie tief ich Sie in ihre Krankenakte blicken lassen darf«, überlegt sie laut.

»Es geht um Mord und ich könnte mir auch einen Gerichtsbeschluss besorgen«, sage ich, bemüht, meine Stimme freundlich klingen zu lassen. »Ich würde das aber gerne vermeiden.«

»Kann ich verstehen«, meint sie. Der kurze Anflug von Zorn in ihrem Gesicht verschwindet so schnell, wie er gekommen ist.

»Sehen Sie, ich will keine Einblicke in medizinische Diagnosen, die ich ohnehin nicht verstehe«, versuche ich, sie zu beruhigen. »Samiras Bruder sagte, Sauerstoffmangel sei verantwortlich für ihren Zustand. Zuerst dachte ich an Probleme bei ihrer Geburt. Aber wenn dem so wäre, hätte sie in diesem Zustand niemals die Strapazen einer Flucht über das Mittelmeer und durch halb Europa überstanden, oder?«

»Ganz sicher nicht. Außerdem war es nicht nur der Sauerstoff. Die Ärzte konnten sich anfangs diese Anfälle nicht erklären. Dann zog man ein psychiatrisches Team hinzu. Samira leidet an einem existenziellen traumatischen Erlebnis. Eine psychologische Behandlung ist aufgrund ihres Zustandes nicht möglich.« Ihre Stimme klingt belegt, ihr Blick senkt sich. Sie räuspert sich kurz und sieht mich an. Erschrocken halte ich die Luft an. Jetzt ist es Zorn, der aus ihren Augen und ihrer Stimme spricht: »Samira kam kerngesund zur Welt. Sie war ein Mädchen wie alle anderen auch, sieht man davon ab, dass sie ihre Heimat verlassen musste und auf der Flucht war, als es geschah. Es war am 26. August letzten Jahres.«

Ein Rad im Getriebe meines Kopfes setzt sich in Bewegung. Warum sagt mir dieses Datum etwas? Ihre nächsten Worte versetzen das Rad in Schwung. »An diesem Tag erstickten 70 Flüchtlinge in einem Lkw auf der A 4 südlich von Wien.«

Plötzlich ist die Erinnerung da. Die Schlagzeilen, die Nachrichten im Fernsehen, die übliche Empörung und Betroffenheit der Politiker.

Schlepper hatten Menschen aus Syrien und anderen Ländern in einem Kühlwagen über die ungarische Grenze nach Österreich geschmuggelt. Die Temperaturen in diesem Sommer erreichten Rekordwerte. Als ein Mitarbeiter der Autobahnverwaltung endlich den Wagen in einer Notparkbucht der Autobahn bemerkte, hatten Hitze und Sauerstoffmangel bereits ihr Werk vollbracht. Sogar die Zahl der Toten ist noch da: 71! Augenblick! Sagte die Krankenschwester nicht gerade 70 Tote? Und hieß es damals nicht, es gäbe keine Überlebenden?

Die Frau in Weiß ahnt meine Gedanken. »Nach den ersten Meldungen gab es damals keine Überlebenden. Das stimmte nicht ganz. Die Ärzte konnten Samira zurückholen. Doch um welchen Preis? Die für uns unvorstellbaren Stunden in Hitze und Sauerstoffmangel haben das aus ihr gemacht, was Sie gesehen haben.«

*

Ich stehe wieder auf dem Parkplatz und sauge frische Luft in meine Lungen. Ich habe Samira heute nicht gesehen. Die Tür zu ihrem Zimmer stellte eine unüberwindbare Hürde für mich dar. Am Ende unseres Gesprächs sagte mir die Schwester ihren Namen. Ich kann nicht sagen warum, aber ich gab Martina Bauer meine Handynummer.

»Falls etwas passiert!«

Ich denke, sie hat mich verstanden.

Ich muss wissen, was dort passiert ist im Burgenland in Österreich an diesem 26. August 2015.

Sven geht sofort an den Apparat. In wenigen Sätzen schildere ich ihm das soeben Erlebte. Ein paar Sekunden höre ich nur seinen Atem, dann: »Und jetzt möchtest du mehr über diese Tragödie erfahren.«

»Alles! Vom Reifendruck des Lkws bis zur Schuhgröße der Rettungskräfte. Denkst du, du schaffst das?«

»Wie wär's noch mit der Lieblingseissorte des Einsatzleiters vor Ort?«

»Wenn du sie rausfindest, dann auch die.«

»Verstehe! Ich melde mich morgen.«

MEL

»Kommen Sie herein! Die Tür ist offen!« Mel hatte die Klingel unter dem Schild des Pfarrbüros noch nicht gedrückt, wurde jedoch bereits erwartet. Offensichtlich hatte Gerda Buschek ihr Kommen bemerkt.

Zögernd öffnete sie die Tür, die nur angelehnt war, und trat in den Flur, in den sich um diese Tageszeit nur noch wenig Licht verirrte. Die Pfarrsekretärin erwartete sie vor ihrem Büro. »Das Schloss ist kaputt. Nadim besorgt gerade ein neues, das er dann morgen einbaut.« Ohne eine Antwort abzuwarten, drehte sie sich um und verschwand in einem der Räume. Als Mel das Pfarrbüro betrat, saß die rechte Hand von Pfarrer Spitzenberger bereits hinter ihrem Schreibtisch. »Also, was kann ich für Sie tun?«

»Guten Tag«, wahrte Mel erst einmal die Etikette. »Melanie Güßbacher, Kripo Regensburg.«

»Ach?« Die Mittvierzigerin mit dem resoluten Auftreten lehnte sich entspannt zurück. »Diese Woche gibt die Polizei sich ja die Klinke bei uns in die Hand.«

»Diese Woche wurden ja auch ein paar Menschen ermordet«, erwiderte Mel.

»Deshalb war Ihr Kollege schon hier, dieser Kommissar.«

»Und deshalb bin ich hier. Ich würde mir gerne die Wohnung von Herrn Hemedi ansehen.«

»Ach? Hm! Ich weiß nicht, ob das so einfach geht. Immerhin ist er nicht hier, und es sind seine Privaträume. Brauchen Sie da nicht einen Durchsuchungsbeschluss?«

»Wenn Sie möchten, besorge ich mir einen«, sagte Mel verärgert. Moritz hatte keine Probleme mit dem Herrn Pfarrer, dachte sie. Die Frau thronte hinter ihrem Schreibtisch und schien weitaus weniger kooperativ zu sein. Mit einem selbstbewussten Lächeln auf den Lippen meinte sie: »Also ist Nadim ein Verdächtiger. Schau einer an.«

»Wie kommen Sie darauf?« Mel war verblüfft.

»Na, sonst würden Sie keinen richterlichen Beschluss zur Durchsuchung seiner Räume bekommen, oder?«

»Wer sagt denn etwas von einer Durchsuchung? Wie gesagt, ich möchte mich nur ein wenig umsehen. Also, was ist? Muss ich jetzt einen Richter belästigen?«

Gerda Buschek lächelte säuerlich. »Müssen Sie nicht. Der Herr Pfarrer sagte, die Polizei hat unsere volle Unterstützung. Also auch Sie.« Ihr Gesichtsausdruck verriet, was sie von dieser Anweisung ihres Chefs hielt. »Nadims Wohnung, sagen Sie? Na, dann kommen Sie mal.« Sie griff in eine der Schubladen ihres Schreibtisches und holte einen Schlüsselbund hervor. Wortlos gingen die beiden so unterschiedlichen Frauen den inzwischen nahezu dunklen Flur entlang, bis Frau Buschek vor einer der Türen stehen blieb und diese mit einer theatralischen Geste aufschloss. »Bitte sehr!«

»Danke«, sagte Mel nur und betrat Nadim Hemedis kleines Reich. Dieses bestand aus einem Wohnraum, einem Schlafzimmer und einem Badezimmer. Alles ein wenig eng, doch gemütlich und wohnlich eingerichtet.

»Was genau suchen Sie denn?«

Mel hatte nicht bemerkt, dass Gerda Buschek noch immer hinter ihr stand. Und sie musste sich eingestehen, ohne genaue Vorstellung hierhergekommen zu sein. Folglich konnte sie die Frage nicht beantworten. Mel ließ ihren Blick über eine Couch, eine Kommode, eine Küchenzeile mit Mikrowelle, einen Fernseher, einen Computer und einen Beistelltisch wandern. Alles sauber aufgeräumt und dem ersten Eindruck nach wenig ertragreich. Im Badezimmer öffnete sie gewohnheitsmäßig den Spiegelschrank. Keine Medikamente, stellte sie fest. Was könnte auf eine Verbindung zwischen dem Bewohner und den toten Männern hinweisen? Noch gab es kein Täterprofil, und dennoch versuchte Mel, sich in das Leben des Syrers hineinzudenken. Seinen Beruf kannte sie, sein Hobby – Fußball – auch. Sein Bekanntenkreis außerhalb der Mannschaft und der Firma war ihr verborgen. Sie wusste, dass er sich bei seinen Gastgebern nützlich machte und seine behinderte Schwester über alles liebte. All das hatte sie von Moritz erfahren oder selbst herausgefunden. Was sie nicht kannte, war der Mensch Nadim. Für was interessierte er sich, wenn er hier allein in seinem ganz persönlichen Universum war?

»Hat Herr Hemedi oft Besuch?«, wandte sie sich Frau Buschek zu.

»Besuch? Nein, nicht wirklich. Wenn er nicht unterwegs

ist, führt er meist lange Gespräche mit Herrn Wiesenreiter. Die beiden verstehen sich ganz gut.«

»Und das?« Mel deutete auf einige an der Wand hängende Skizzen. Bleistiftdarstellungen eines Gebäudes von außen und innen. Dazu Konstruktionszeichnungen von Regalen und Schränken.

»In letzter Zeit haben sich die beiden daran gemacht, das Pfarrarchiv drüben im Hungerturm auf Vordermann zu bringen. Ist so ein Hobby vom Herrn Kaplan. Dazu gehört auch, die Regale und Karteikisten auszutauschen oder zu reparieren. Die sind laut dem Herrn Kaplan schon richtig wurmstichig. Kein Wunder, bei dem Alter. Und Nadim hilft ihm dabei. Der Herr Wiesenreiter ist nämlich handwerklich nicht so bewandert, müssen Sie wissen. Nadim sagte mir einmal, er unterhalte sich gerne mit ihm, um sein Deutsch zu verbessern. Das ist ganz schön klug von dem Nadim, oder? Der hat unsere Sprache in kürzester Zeit gelernt. Wenn sie nur alle so wären.«

Wenn alle *wie* wären, dachte Mel, kannte aber die Antwort, ohne zu fragen.

»Wie es aussieht, liest er auch ganz gern«, sagte sie mit Blick auf die zahlreichen Bücher, die ein schlankes Regal in der Ecke zierten. Mel zog das erste Buch heraus: »Deutsch lernen einfach gemacht«, daneben einige Bildbände über Deutschland im Allgemeinen und den Bayerischen Wald im Besonderen. Dann eine unauffällige Ausgabe des Korans und eine aufwendig gestaltete der Bibel. Mel nahm beide und setzte sich an den Tisch.

»Ich hoffe, Sie bringen nichts durcheinander«, kam Frau Buschek ihrer Aufgabe als Pfarrsekretärin und Wächterin über diese heiligen Hallen nach. »Herr Hemedi legt Wert auf Ordnung und Sauberkeit.«

Mel nickte abwesend und begann, im Koran zu blättern.

ICH

»Herr Buchmann, im Präsidium ist eine Pressekonferenz anberaumt. Herr Direktor Eberlein möchte, dass Sie dabei sind.«

Eine Pressekonferenz! Na prima! Jetzt geht's los! Wenn sich erst einmal die Medien auf die Polizei stürzen, wird die Geschichte richtig ungemütlich. Die Aufmerksamkeit der Öffentlichkeit wäre dabei nicht einmal das Schlimmste. Sollte sich jedoch die für ihre schwammige Wahrheitsliebe bekannte Regenbogenpresse einschalten, werden die Toten noch grausamer gestorben, die Gefahr für die Bevölkerung allgegenwärtig und die Polizei noch unfähiger sein.

Wie dem auch sei, ich muss nach Straubing, was bedeutet, dass ich wieder wertvolle Zeit verliere und heute wohl keine neuen Erkenntnisse mehr sammeln kann.

In der Dienststelle angekommen, zeugen die Fahrzeuge diverser Zeitungen von der steigenden Brisanz unseres Falles. Sogar der eine oder andere Fernsehsender verspricht sich eine Steigerung der Einschaltquote seiner Nachrichtensendung.

Die Art der Morde, denke ich. Je grausamer, desto interessanter. Doch was erwartet die versammelte Meute von mir? Das, was ich ihnen erzählen kann, wissen sie vermutlich schon, und das, was sie nicht wissen, darf ich ihnen nicht erzählen.

Die Konferenz findet im Besprechungsraum im Erdgeschoss statt, an dessen Längsseite die Hausmeister eine Tischreihe mit Mikrofonen und den unvermeidlichen Wasserflaschen mit Gläsern aufgebaut haben. Zum Glück kennt mich keiner der vor der Tür wartenden Frauen und Männer, sodass ich unbemerkt das Treppenhaus erreiche. Ich will gerade erleichtert aufatmen, als Eberlein, eskortiert von einer Handvoll seiner Leute und von Melanie, um die Ecke biegt.

»Na, hast du's bis Regensburg geschafft, oder haben sie dich auch mitten auf der Straße abgefangen?«

So wie mich auf der Fahrt nach Hause, könnte ich noch hinzufügen.

Sie verdreht die Augen. »Ich wurde beim Koranstudium unterbrochen.«

»Beim Koranstudium?« Direktor Eberlein sieht erst sie, dann mich misstrauisch an.

»Zur Bibel bin ich leider nicht mehr gekommen.«

Da Eberlein mit dieser Antwort offensichtlich nichts anfangen kann, straft er Mel mit Nichtbeachtung.

»Ah, Herr Buchmann! Gut, dass Sie da sind. Sehr gut. Kommen Sie gleich mit!«

Er packt mich am Arm und schiebt mich in den improvisierten Konferenzraum. Lautstarkes Stimmengewirr und geschäftiges Stühlerücken zeigen uns, dass unsere Ankunft weitgehend unbemerkt bleibt. Erst als sich Eberlein setzt und mit dem Finger an das Mikrofon vor sich klopft, werden die Gespräche zu Gemurmel und verstummen schließlich. Ich sitze links von ihm und Mel links von mir. Vor uns mehrere Reihen erwartungsvoller Gesichter. Erstmals seit meiner Versetzung in Eberleins Machtbereich lege ich meine ganzen Hoffnungen in ihn. Vergeblich. Nach der Begrüßung und einigen einleitenden Worten folgt die befürchtete Aufforderung: »Herr Buchmann von der Kriminaldienststelle Deggendorf und Frau Güßbacher von der Kripo Regensburg leiten die Ermittlungen. Sie stehen Ihnen für Ihre Fragen zur Verfügung.«

Na prima! Ich lasse meine Augen über die gierig-neugierige Meute vor mir schweifen. Die ersten Hände heben sich. Ich sehe sie nicht. Mein Blick bleibt an Jutta Bach hängen. Die BKA-Ermittlerin lehnt lässig am Türrahmen und lächelt mir mitleidig zu. In der Hand hält sie eine qualmende Zigarette.

*

Eine halbe Stunde später ist alles vorbei. Ich denke, wir haben uns ganz ordentlich gehalten. Während sich Eberlein vornehm zurückhielt, standen Mel und ich Rede und Antwort, ohne zu viel über den Stand der Ermittlungen zu verraten. Als routinierter ehemaliger Mitarbeiter des LKA bediene ich mich gegen allzu aufdringliche Fragen der Universalwaffe aller genervter Polizeibeamter: »Tut mir leid, aber das würde unsere laufenden Ermittlungen gefährden.« Eine Aussage, die Mel umgehend von mir übernahm und mit der wir beide in den letzten 30 Minuten nicht nur einmal einen enttäuschten Reporter zurückließen. Überhaupt machte Mel ihre Sache überraschend gut. Meine Kollegin ließ sich auch von der versammelten Medienlandschaft nicht aus der Ruhe bringen. Deren Fragen beschränkten sich jedoch überwiegend auf die üblichen, zu erwartenden Schlagzeilen. Ausdrücke wie: Serientäter, Psychopath und Triebtäter wurden zwar von uns dementiert, werden aber dennoch morgen die Zeitungen dominieren.

Nur ein junger Reporter einer mir unbekannten Regionalzeitung hat sich besser vorbereitet und drang tiefer: »Könnten die Morde an Silvian Lazar und Petre Dumitrescu im Zusammenhang mit diversen dunklen Machenschaften der Familie Lazar zu tun haben?«, brachte er Mel kurz ins Schwanken. Ihr Zögern und der hilfesuchende Blick zu mir entgingen dem Mann nicht.

»Darüber ist uns zum jetzigen Zeitpunkt nichts bekannt«, flüchtete ich mich in eine Floskel. Eine Antwort, die ihm und auch Jutta Bach ein Stirnrunzeln abrang. Alles in allem überstanden wir jedoch die Pressekonferenz ohne größere Blessuren, auch wenn manch einer der anwesenden Journalisten mangels spektakulärer Erkenntnisse seine eigene Geschichte zusammenbrauen wird. Nichts, was der Beruhigung der Bevölkerung dienlich sein wird, denke ich.

Eberlein jedenfalls nickt uns zufrieden zu, bevor er die Konferenz beendet. Nicht ohne zu versprechen, die Medien auf dem Laufenden zu halten. Soweit es die Ermittlungen zulassen, natürlich.

Der Raum leert sich und auch wir schicken uns an, zu gehen. Mel lächelt mir erleichtert zu. Gut gemacht, signalisiere ich ihr mit erhobenem Daumen. Ich lasse mir Zeit, denn an der Tür steht noch immer Jutta Bach. Die Hände vor der Brust verschränkt wartet sie ab, bis auch der Letzte draußen ist. Dann schließt sie die Tür und schlendert auf uns zu.

»Schlauer Bursche, dieser Reporter, finden Sie nicht?«

Ich weiß sofort, wovon sie spricht. »War jedenfalls besser präpariert als die anderen.«

»Und er hat Ihnen nicht geglaubt.«

»Ach was? Wo ich doch die Wahrheit sagte.«

»Tatsächlich?« Sie lächelt auf die ihr eigene, unergründliche Art.

»Gibt es da etwas, das ich wissen sollte?« Sie setzt sich auf den Tisch, auf dem noch immer volle und halbvolle Wasserflaschen stehen. »Die Lazars haben tatsächlich einiges auf dem Kerbholz.«

»Weiß ich. Auch ich habe ein wenig recherchiert.« Obwohl es Sven war, der das für mich erledigt hat. Aber das muss sie ja nicht wissen.

»Dann wissen Sie sicher auch, dass Grigore Lazar und seine Brüder einen der ersten, größten und lukrativsten Schleuserringe Europas betrieben haben?«

»Schleuser? Sie sprechen von Flüchtlingen?«

»Tausende! Als die Menschen in Afrika begannen, sich auf den Weg ins gelobte Land zu machen, waren die Lazars von Anfang an dabei, ihnen diesen Weg zu ebnen.«

»Sicher nicht aus Nächstenliebe.«

»Ganz sicher nicht! Bis zum Höhepunkt der Flüchtlingswelle 2015 baute die Familie ihr Geschäft zum umfassenden Dienstleistungsunternehmen aus. Vom Flüchtlingsboot über den Landtransport bis zu gefälschten Pässen. In Griechenland verkauften sie sogar Zelte und Notunterkünfte an den Staat.«

»Die gesamte Wertschöpfungskette. Hm, passt irgendwie zu Grigore. Aber wenn Sie das alles wissen, warum wurden die Lazars nie angeklagt?«

»Korruption, Bestechung, Erpressung und hervorragende Anwälte. Außerdem schlampige Ermittlungen der Kollegen vor Ort. Griechen, Rumänen und Ungarn hatten wohl zu jener Zeit andere Sorgen. Jedenfalls konnten die Lazars bis zum Sommer letzten Jahres recht unbehelligt ihren Geschäften nachgehen.« Ohne auch nur einen Gedanken an das Rauchverbot hier drinnen zu verschwenden, greift sie in ihre Jacke und zaubert eine Schachtel Zigaretten hervor.

Ich muss zugeben, Frau Bach und ihr Team waren auch nicht untätig. »Letzten Sommer«, überlege ich. »Und dann?«

»Dann sind sie plötzlich verschwunden. Haben sich völlig aus dem Geschäft zurückgezogen …«

»Um sich in Kirchbach eine saubere Existenz aufzubauen«, beende ich ihren Bericht.

»Denken Sie, die Morde haben etwas mit den Machenschaften der Lazars von damals zu tun?«, stellt Mel die Frage, die auch mich beschäftigt.

Jutta Bach betrachtet die Glut ihrer Zigarette, dann Melanie und dann mich: »Die Kriminaltechnik beim LKA hat Silvians Kleinlaster bis auf die letzte Schraube zerlegt.«

Ich weiß, was das bedeutet. Während meiner Zeit beim Landeskriminalamt lernte ich die akribischen Methoden der Techniker kennen. Ich habe ja keine Ahnung von Chemie und Physik, erinnere mich aber an den tiefen Eindruck, den Spektralanalyse und Co. bei mir hinterlassen haben.

Frau Bach holt mich in die Gegenwart zurück: »Silvian und seine Komplizen haben anscheinend etwas schlampig gearbeitet. Bei einer der Fahrten fiel wahrscheinlich einer der Behälter um und ging auf. Sie haben zwar versucht, die Ladefläche so gut es geht zu reinigen, aber eben nicht gut genug. Die KTU hat in einem Spalt der Karosserie winzige Reste Kaliumpermanganat gefunden.«

Mel sieht mich an. »Damit ist bewiesen, was wir ohnehin vermutet haben. Die Chemikalien und die Handgranaten sind in Deutschland.«

»Und irgendjemand macht jetzt Chlorgas daraus«, fügt Jutta Bach hinzu.

»So ganz verstehe ich das nicht. Kaliumpermanganat und konzentrierte Salzsäure. Das kann man sich doch auch hier problemlos besorgen. Warum der Aufwand mit Tschechien?«, wende ich mich an die Frau vom BKA.

»Sie haben recht. Die Zutaten für den Giftmix können Sie überall kaufen. Falls Sie jedoch größere Mengen davon erwerben, fällt das auf. Die Hersteller sind angehalten, verdächtige Käufe zu melden. Außerdem sind wir ja auch noch da.«

»Was meinen Sie damit?«, will Mel wissen.

»Dass die Nachrichtendienste ihre Augen und Ohren offen halten«, komme ich Frau Bach zuvor.

Diese lächelt. »Und die Landeskriminalämter und das Bundeskriminalamt auch. Es ist wesentlich einfacher, sich die Chemikalien in einem anderen Land wie eben zum Beispiel Tschechien zu besorgen. Der Transport ist in Zeiten offener Grenzen kein Problem mehr, wie wir ja sehen. Hätte Silvian seinen Laster nicht gegen einen Baum gesetzt, wären wir jetzt nicht hier.«

»Ganz zu schweigen von den Handgranaten«, erinnere ich an den anderen ungemütlichen Fund Wolfgangs. »So was bekommst du nicht an jeder Ecke. Sollten ein paar von den Dingern ebenfalls in Deutschland sein, dann gute Nacht.«

»Und deshalb müssen wir herausfinden, wen Silvian beliefert hat. Und das schnell!«

Die Leiterin der BKA-Ermittlungen greift noch mal in ihre Jacke. Diesmal sind es keine Zigaretten, die sie hervorzieht. Fasziniert beobachten Mel und ich die kleine, schmucklose Blechdose, in der sich der Zigarettenstumpen zu einigen anderen gesellt. Fast bedächtig schraubt sie den Deckel der Dose wieder zu und lässt sie in den Tiefen ihrer Jacke verschwinden.

Nach dieser skurrilen Zeremonie verabschieden wir uns. Während Melanie nach Regensburg fährt und Jutta Bach sich in ihr Büro aufmacht, steige auch ich in mein Auto. Einige der Journalisten tummeln sich noch in kleinen Gruppen oder zu zweit auf dem Parkplatz, behelligen mich aber nicht. Vermutlich sind sie in Gedanken schon einen Schritt weiter. Ich sehe sie vor ihren Laptops sitzend ihre Fantasie ausleben. Natürlich werden sie den Fakten Vermutungen und Thesen hinzufügen, um die Neugier ihrer Leser zu füttern. Das ist ihr Job. Und meiner ist es, einen Mörder zu finden. Eine Aufgabe, die ich heute wieder nicht erledigt habe. Es wird Zeit, nach Kirchbach zurückzufahren.

GRIGORE

Grigore Lazar und seine Frau erwarteten die Gäste vor dem Haus. Soeben hatte ihnen Kaplan Wiesenreiter vom Abschluss der Trauungsvorbereitungen berichtet. Die Kirche sei geschmückt, Pfarrer Spitzenberger bereit und auch der Chor habe das gewünschte rumänische Hochzeitslied eingeübt. Der Kaplan wollte es sich am Ende dieses arbeitsreichen Tages nicht nehmen lassen, dem einflussreichen Unternehmer und großzügigen Finanzier der Feierlichkeiten persönlich ein gutes Gelingen und Glück für das Brautpaar zu wünschen.

Ihr Gespräch wurde durch einen schwarzen SUV unterbrochen, der langsam auf den Hof fuhr.

»Entschuldigen Sie uns bitte, aber die ersten Gäste aus unserer Heimat sind da.« Grigore reichte dem Mann der Kirche die Hand, dann ging er zu dem Auto, dem vier Männer entstiegen. Er umarmte den ersten, der ihm auffallend ähnlich sah, und küsste ihn auf die Wangen. Erst als er auch die anderen drei auf die gleiche Weise begrüßt hatte, stieg

Dana Lazar die Stufen zum Hof hinab und umarmte die Neuankömmlinge.

»Ludovic, was hab ich dich vermisst«, begrüßte sie den ersten, der zweifellos Grigores Bruder war.

»Dana, du wirst immer jünger. Grigore hat dich gar nicht verdient.«

»Du redest zwar meistens nur Unsinn, aber diesmal hast du ausnahmsweise recht«, sagte Grigore und gab seiner Frau einen Kuss auf die Stirn. Diese ging nun auch zu den anderen drei, die einem Mafiafilm entsprungen schienen. Schwarze Anzüge und Sonnenbrillen. Dazu strenge und ernste Gesichter, über die ein kurzes Lächeln huschte, als Dana Lazar die Männer begrüßte.

»Valoriu, wie schön, dich zu sehen«, wandte sie sich an den älteren, etwa 60 Jahre alten Mann. »Wie geht es Anyana? Schade, dass sie nicht mitkommen konnte!«

»Ja, sie hätte dich auch gerne gesehen, aber die Ärzte meinten, sie sei noch zu schwach für eine Reise. Die Operation war doch schwieriger als erwartet.«

Mehr gab es dazu nicht zu sagen, wussten doch alle in der Familie, dass die Frau des berüchtigtsten Killers des Clans an Krebs litt und nicht mehr lange zu leben hatte.

»Und ihr? Lasst euch mal ansehen!« Dana nahm die beiden jungen Männer bei den Händen. »Lucian, du siehst aus wie dein Vater, als er noch den Mädchen nachlief. Wie alt bist du jetzt? 25?«

»24«, antwortete der Gefragte schüchtern.

»Und du, Dinu? Warum bist du noch nicht verheiratet? Du bist doch ein gut aussehender junger Mann.«

»Das ist ja das Problem, Frau Lazar. Alle Mädchen wollen mich. Da kann ich doch keine enttäuschen.« Sein strahlendes Lächeln ließ vermuten, dass er damit nicht übertrieb.

Grigore erinnerte sich an Stefan Wiesenreiter, der etwas abseits stand und die Szene beobachtet hatte. Da sie sich in ihrer Muttersprache unterhielten, war kaum zu erwarten, dass dieses Treffen für den Kaplan von Interesse war. Als Herr des Hauses sah es Grigore als seine Verpflichtung, den Mann der Kirche persönlich zu verabschieden. Er reichte ihm die Hand und bedankte sich für den Besuch und die Vorbereitung der Trauung. »Keine Ursache«, meinte Herr Wiesenreiter nur. »Es ist uns ein ehrliches Anliegen, dem jungen Glück einen guten Start in die Ehe zu ermöglichen.« Im selben Augenblick, als er in seinen Wagen stieg, um nach Bad Kötzting zurückzukehren, kam Nadim Hemedi den Schotterweg heraufgefahren. Kaum standen die Reifen seines Autos still, sprang Milan auch schon heraus. Der Junge schien die Neuankömmlinge kaum zu bemerken. Mit einem lauten Schrei rannte er auf Grigore zu, der ihn lachend auffing, als hätte er ihn nicht erst vor wenigen Stunden zuletzt umarmt.

Währenddessen ging Dana zum Wagen, um Ada zu begrüßen. Ihre Tochter war mit dem Zug angereist, da ihr Mann erst morgen zur Hochzeit kommen würde. Sie hatten Nadim nach Cham geschickt, um sie dort abzuholen. Milan wollte unbedingt dabei sein und seine Mutter am Bahnhof begrüßen. Der Junge strahlte mit der Sonne um die Wette. Großvater und Mutter – beide waren hier bei ihm. Sein Glück schien perfekt zu sein.

NADIM

Nadim hatte das Wiedersehen und die Freude Adas und ihres Sohnes lächelnd beobachtet. Aufgeregt hatte Milan die ganze Fahrt von Cham zum Kollerhof von der vergangenen Woche und von Opa Grigo berichtet.

Nadim kannte die Männer nicht, die zur Hochzeit von Amira Ciobanu angereist waren. Irgendwelche Verwandte, dachte er. Der eine, dem Grigore nun den Jungen reichte, könnte Ludovic, der Miteigentümer der Firma sein. Die anderen drei, die in respektvollem Abstand warteten, blickten kurz zu ihm herüber. Die beiden Jüngeren trugen Sonnenbrillen, der ältere aber nahm seine ab, um Nadim aus grauen, kalten Augen anzustarren. Der Blickkontakt dauerte nur eine Sekunde und doch spürte er den Hass, der ihm aus diesen Augen entgegenschlug.

MASCHIACH

Er lehnte sich zurück und schloss die Augen. Noch einmal zog sein Plan an ihm vorbei. Alles war bisher perfekt verlaufen, doch nun hatte Grigore Lazar eine neue Variante ins Spiel gebracht. Er hatte seine Leibgarde aus Rumänien einfliegen lassen. Profikiller, für die ein Menschenleben nur dann zählte, wenn es zur Familie gehörte. Gegner wurden gnadenlos beseitigt. Es wäre ein tödlicher Fehler, sie zu unterschätzen. Doch das hatte er nicht vor. Im Gegenteil! Er sah die Ankunft der Männer als Herausforderung. Die drei Killer sollten zweifellos die Hochzeit beschützen und so nebenbei den Tod Silvians und der anderen zwei rächen. Das konnte zum Problem werden. Er brauchte freie Hand. Weder die Rumänen noch die Polizei sollten ihn daran hindern, sein Werk zu vollenden.

Buchmann und seine hübsche Kollegin störten ihn nicht. Sie tappten weiter im Dunkeln.

Nein, die beiden waren kein Problem. Die Rumänen schon. Er musste sie irgendwie von der Hochzeit fernhalten. Er ließ seine Gedanken treiben und dann hatte er die entscheidende Idee: der Computer in der Firma. Jenny Schneiders Computer. Falls niemand das Passwort geändert hatte, sollte es funktionieren. Er sah auf die Uhr an seinem Handgelenk. Die Zeit drängte. Er musste sofort nach Kirchbach. Die Genialität seines Planes malte ein Lächeln auf seine Lippen.

Nicht er selbst musste Grigores Leibwache ausschalten. Wozu gab es schließlich das Bundeskriminalamt?

*

Jeder Mitarbeiter der Green Mountain Electronics wusste, dass Jenny Schneider um halb fünf Uhr für eine Viertelstunde ihren Arbeitsplatz verließ. Jeden Tag. Nicht um eine Pause zu machen oder um sich mit Gisela vom Versand zu unterhalten. Auch in Zeiten des elektronischen Datenverkehrs sammelte sich in einer Firma wie der GME genügend Schriftverkehr in Papierform an. Die Sekretärin des Chefs ließ es sich nicht nehmen, diesen persönlich in die Poststelle – im Supermarkt drüben im Dorf – zu bringen. Zurück in der Firma erledigte sie dann noch die letzten Arbeiten, um sich schließlich in den Feierabend zu verabschieden.

Auch er wusste das und noch viel mehr. So auch das Passwort, das er jetzt hastig in ihren Computer tippte. Ahnte sie, dass nicht nur ihr verblichener Chef und sie selbst die Zahlen und Buchstaben kannten?

Es war ein gewagtes Unterfangen, sich in Jennys Büro zu schleichen. Sollte jemand hereinkommen und ihn an ihrem Schreibtisch sehen, bestand höchste Gefahr für sein Vorhaben. Und das durfte auf keinen Fall geschehen. Zu viele Seelen hingen davon ab.

Als er die Entertaste drückte, hielt er den Atem an. Hatten sie das Passwort geändert, nachdem die Leute des Bundeskriminalamts alle Daten, die auf der Festplatte waren, heruntergeladen hatten? Man musste kein versierter Krimiseher sein, um zu wissen, dass diese das Interesse der Fahnder wecken mussten. Es gehörte sozusagen zum Standardprogramm jeder Tätersuche, das Handy und den Computer der Opfer und der Verdächtigen gleichermaßen zu durchleuchten.

Die Idee, diesem Zollpolizisten Silvians Versteck in Domažlice zu verraten, war schlichtweg genial gewesen. Er dankte der Presse und der Informationsflut des Internets. Es hatte keines großen Geschicks bedurft, Moritz Buchmanns Taten im Bayerischen Wald noch einmal zum Leben zu erwecken. Sowohl die Morde als auch deren Aufklärung waren spektakulär gewesen. Entsprechend ausführlich hatten die Medien über sie berichtet und dabei auch die Rolle Wolfgang Niebels während der Ermittlungen hervorgehoben. Dieser hatte sich als geradezu ideal erwiesen, eine falsche Spur zu legen. Die Eingebung, die Polizei auf die Suche nach nicht vorhandenen Terroristen zu schicken, war ein weiterer Beweis dafür, dass sein Werk höheren Zielen diente.

Jetzt sollten sich die Sicherheitsbeamten noch mal als nützlich erweisen und Grigores Leibwächter beseitigen. Dazu mussten sie jedoch erst von deren Existenz erfahren. Er wusste nicht, wie sie hießen, aber er wusste, warum sie hier waren. Die kurze Begegnung mit den Männern auf Grigores Anwesen hatte gereicht. Die Hochzeit sollte die am besten bewachte sein, die der Bayerische Wald je erlebt hatte. Das galt es zu verhindern.

Auf dem Bildschirm erschien Jennys Startseite. Sie hatte das Passwort tatsächlich nicht geändert. Fast war er geneigt, den Kopf zu schütteln. Er konnte sich diese Nachlässigkeit nur mit dem Chaos erklären, das die Mordserie und die Hochzeit über die Chefsekretärin ausgeschüttet hatten.

Die Fahrtenliste aufzurufen, erwies sich als einfach. Auch die des GM-7, der nur noch verbrannter Schrott war. Moritz Buchmann und seine Kollegin kannten diese Seite bestimmt auswendig.

Was sie nicht kannten, war die nächste Seite, die er der Liste anfügte. Jetzt benötigte er noch die Namen der Männer. Nacheinander öffnete er die Schubladen in Jennys Schreibtisch. Irgendwo hier musste sie doch die Organisationsunterlagen der Hochzeit aufbewahren. Das Verzeichnis der Gäste, der Hotels und der gebuchten Zimmer lag im dritten Schub. Unter dem heutigen Datum gab es vier Einträge: »Ludovic Lazar: wohnt bei Grigore; Valoriu, Dinu und Lucian Balan: Gasthof Zur Post, Kirchbach.«

Er schickte einen wortlosen Gruß an Jenny Schneider. Wie wertvoll sie doch für ihn war, ohne es zu wissen. Er widmete sich wieder der Liste.

Welches Datum sollte er wählen? Nach kurzem Überlegen tippte er »03.10.2016« und in die Spalte Lieferung »xxx«, bei Empfänger schrieb er »RO«. Das reichte. Das BKA würde die gewünschten Schlüsse ziehen, dessen war er sich sicher. Dann kopierte er die einzelne Seite auf einen USB-Stick, löschte sie im Computer wieder und beendete das Programm. Er steckte den Speicherstick in einen Umschlag. Vorsichtig schlich er aus dem Büro. Niemand hatte ihn gesehen. Jetzt musste er nur noch dafür sorgen, dass das BKA den Stick bekam.

Und das schnell!

ICH

Müde und durchgeschwitzt komme ich nach Hause. Jutta Bach und auch Melanie ließen sich durch mein Auftreten täuschen. Der Eindruck des agilen und jederzeit die Situation beherrschenden Kommissars ist jedoch nur ein äußerer. Im Inneren fühle ich mich leer und ausgebrannt. Dieser Fall zieht sich wie ein endloses Gummiband. Wir nähern uns dem Täter in kurzen Trippelschritten, wenn überhaupt.

Claudias Eltern sitzen vor dem Fernseher, als ich die Treppe hinauf in unsere Wohnung steige. Ich fühle mich schmutzig und verbraucht, also gehe ich als Erstes unter die Dusche. Das Wasser bewirkt ein kleines Wunder.

Zehn Minuten später sitze ich im bequemen Trainingsanzug, ein Glas Rotwein in der Hand, auf dem Balkon. Nur noch die Andeutung blässlicher Strahlen zeugt vom Untergang der Sonne. Die Nacht droht kühl zu werden, aber noch genieße ich die frische Luft und lasse meinen Gedanken freien Lauf. Einmal losgelassen, pendeln sie zwischen den Protagonisten der letzten Tage hin und her. Jutta und Grigore, Nadim und Stefan, Jenny, Samira und Alana. Namen, die sich zu einem bunten Muster verknüpfen. Als ich schon überzeugt bin, dieses nicht mehr entwirren zu können, reißt mich das Telefon aus diesem Strudel.

Ich gehe hinein und nehme Wolfgangs Anruf entgegen.

»Servus, Wolfgang! Gibt's was Neues?«

»Nichts, was du hören willst.«

Etwas in der Art habe ich schon erwartet. »Die schlechte Nachricht wird nicht besser, indem man sie nicht ausspricht.« Wo hab ich das nur her? Konfuzius, glaube ich.

»Na, so schlecht ist das, was die tschechischen Kollegen veranstalten, auch wieder nicht. Nur bringt es nichts für deinen Fall.«

»Ich nehme an, sie berufen sich darauf, ihre Ermittlungen nicht zu gefährden.«

»Und damit haben sie nicht einmal so unrecht. Die offiziellen Stellen blocken total ab. Aber ich habe da einen Bekannten, der mir noch einen Gefallen schuldig ist.«

»Aha, wieder ein Bekannter.«

»Genau. Ohne geht hier gar nichts.« Ich sehe Wolfgang förmlich durchs Telefon grinsen. »Also, die Tschechen sind seit einigen Monaten an der Sache dran. Es geht hier nicht um ein paar Schmuggler vom Schlage eines Silvian Lazars, sondern um ein weitverzweigtes kriminelles Netz. Dieses reicht hinauf bis in hohe politische Kreise. Laut meinem Bekannten geht es um mehr als nur um Filme. Es geht um Menschenraub, Kinderprostitution und Drogen.«

»Auch um Waffen?«, unterbreche ich ihn.

»Nein, von Waffen sagte er nichts. Aber wenn unsere Kollegen diesen Ring zerschlagen wollen, müssen ihre Beweise absolut wasserdicht sein. Die Leute, die da drin hängen, können sich die besten Anwälte leisten und haben Kontakte bis in die Justiz. Jeder noch so kleine Ermittlungsfehler und du stehst allein im Regen. Deine Toten sind da nur ein Puzzleteil des Gesamtbildes. Ein hilfreiches für die tschechischen Kollegen, aber doch nur ein Teil. Sie konnten Silvians Fahrten nach Pilsen und in die Provinz nachverfolgen und haben dadurch ein bisher unbekanntes Filmstudio entdeckt. Dort werden die Aufnahmen mit den Kindern gedreht.«

»Und was gedenken sie dagegen zu tun?«

»Soweit ich weiß, beobachten sie das Haus. Bevor du wütend wirst, vergiss nicht, dass es nichts nützt, ein paar Kameramänner und Techniker zu schnappen und die anderen machen anderswo weiter. Auch in Deutschland zum Beispiel. Ich habe erfahren, dass Europol ebenfalls mit im Boot sitzt. Moritz, ich bin mir sicher, die Schlingen um die Hälse dieser Mistkerle ziehen sich immer enger zu. Aber wie gesagt: Für deinen Mordfall kann ich leider nichts liefern. Es gibt keine Hinweise, dass sich Silvian mit diesen Kerlen angelegt hätte. Sie haben geliefert, er hat bezahlt.«

»Nun gut. Danke trotzdem, Wolfgang. Falls du Weiteres über diesen Pornoring erfährst, hältst du mich auf dem Laufenden, ja? Rein aus Interesse, du verstehst?«

»Klar doch. Aber ich denke, wenn dieser Ring hochgeht, erfährst du es aus den Nachrichten. Grüße Mel und Claudia von mir.«

»Mach ich.«

Und damit verliert sich diese, wenn auch vage Spur endgültig hinter einer Wand des Schweigens der tschechischen Kollegen. Ich ziehe eine Jacke über und gehe wieder hinaus auf den Balkon. Als ich mich setze, bemerke ich, dass ich ein Glas Whiskey in der Hand halte. Nanu, denke ich. Ich kann mich gar nicht erinnern, einen Chivas Regal zu Hause zu haben. Ich lehne mich zurück und zähle die Sterne, deren Zahl mit zunehmender Dunkelheit ins Unendliche anwächst.

*

In dieser Nacht träume ich nicht von Sven und Kurt. Auch nicht von Silvian und dessen verbrannter Haut, nicht von Petres Schreien, als ihn die Förderschnecke in Stücke reißt, und nicht von Miro, dessen Blut meterweit durch den Wald spritzt.

Ich träume von Dr. Kilian Neumeier, von den Stunden bei ihm, in denen er versucht, in den Tiefen meiner Seele zu ergründen, warum ich trinke.

Ich träume von meinen Kollegen beim LKA, die hinter meinem Rücken tuscheln, wenn ich zu spät ins Büro komme, unrasiert und ungekämmt.

Ich träume von Kriminalräten und Direktoren, die mit gestrengen Mienen auf mich herabsehen, nachdem einer der meistgesuchtesten Drogendealer der Stadt durch meine Schuld entkommen konnte.

Ich träume von meiner Exfreundin Andrea, ihrem Lächeln und ihren Küssen für mich und dann für den anderen.

Ich träume von meinem Freund Marcel, der mir mit seiner extrovertierten und lebensbejahenden Einstellung hilft, obwohl sein eigenes Leben chaotischer verläuft als meines.

Der Traum erfasst mich wie ein Sturm. Er reißt mich mit, trägt mich auf dem Kamm einer mächtigen Woge. Es ist eine Welle, die mich packt und nicht mehr loslässt. Ich weiß, nichts wird mich aus dieser Welle befreien und sie wird sich nirgends brechen.

Ich träume, ich bin verloren.

Schweißgebadet wache ich auf. Ich torkle ins Bad. Eine weitere Dusche, dann falle ich wieder ins Bett. Ein Blick auf den Wecker. Der neue Tag ist zwei Stunden alt. Neben der Uhr steht ein leeres Whiskeyglas.

ZWEI UNERWARTETE ANRUFE

Nachdenklich betrachtete er das Telefon in seiner Hand. Sollte er sie wirklich anrufen? Sollte er ihr seine Zweifel mitteilen, die ihn seit heute zerrissen?

Hätte er doch nur diese Frauen und ihre Töchter nicht getroffen. Es passierte, als er in den Supermarkt in Bad Kötzting ging, um noch einige Besorgungen zu erledigen. Die Frauen kannten ihn und sie wussten, dass er bei der Trauung am Samstag dabei sein würde. So wie ihre Töchter dabei sein durften. Es war Amiras Idee gewesen, den Kinderchor der Pfarrei Kirchbach zu bitten, den Festakt durch ihre Stimmen mitzugestalten. Eine Bitte, der die Jungen und Mädchen nur zu gerne nachkommen wollten, bedeutete es für sie doch die Möglichkeit der Demonstration ihres Könnens vor 100 aufmerksamen Zuhörern. Auch der Chorleiter und die Eltern der Kinder waren begeistert von der Einladung der Braut. Grigore Lazar, der erfolgreiche Geschäftsmann und Inhaber der Green Mountain Electronics, bot sogar an, den Chor für seinen Einsatz mit einer einheitlichen Kleidung auszustatten. Anzüge für die Jungen und darauf abgestimmte Kleider für die Mädchen sollten die äußere Erscheinung der Kinder der ihrer Stimmen anpassen. Morgen würde die Anprobe des neuen Outfits stattfinden, erzählten ihm die Frauen. Sie hatten ihn angesprochen, als er eine Kiste Mineralwasser in seinen Einkaufswagen hob. Die Freundlichkeit der Frauen wurde nur noch von der ihrer Töchter überboten. Diese lächelten ihm keck zu, wie nur Kinder es konnten. Neugierig und ohne Scheu lauschten sie dem Gespräch der Erwachsenen.

»Schade, dass wir nicht auch zur Trauung dürfen«, jammerte eine der beiden, »aber es sind ja nur geladene Hochzeitsgäste zugelassen.«

»Nur die Familie und enge Freunde, heißt es«, meinte die andere. »Einige sollen extra aus Rumänien kommen. Ich habe gehört, dass in der Post in Kirchbach kein Zimmer mehr frei ist.«

»Die Wallfahrtskirche ist eben zu klein für eine größere Gesellschaft«, stellte die Erste fest. »Aber auf jeden Fall werden wir auf unsere kleinen Sängerinnen draußen warten.«

»Und auf die Braut. Ich bin schon auf ihr Kleid neugierig.«

»Wir sehen sie zuerst«, mischte sich eines der Mädchen mit heller Stimme ein.

»Und wir sind ganz nah dran«, sagte die andere. »Wir stehen ja ganz vorn. Ich bin ja schon so nervös.«

Das Lächeln der beiden war bezaubernd. Sie sahen ihm noch nach, als er sich in Richtung Kasse verabschiedete.

Es war dieses Lächeln und ihre kindliche Fröhlichkeit, die ihn zweifeln ließen.

Warum mussten die beiden sterben?

Warum all die anderen Kinder des Chores?

Die übrigen, die Hochzeitsgäste. Ja, diese schon! Auch sie hatten keine Schuld auf sich geladen. Zumindest die Kinder unter ihnen nicht. Ihr Tod sollte Strafe sein für die Täter.

Alles, was nun geschah, schien unausweichlich zu sein. Und doch waren da die beiden Mädchen und ihr Lächeln. Es musste einen Weg geben, sie zu verschonen.

Wie würde sie auf seine Bitte reagieren? Er ahnte es. Dennoch tippte er ihre Nummer in den Apparat und rief sie an.

*

Langsam legte er den Hörer auf die Gabel des altertümlich anmutenden Telefons. Der Inhalt des Anrufs war, gelinde gesagt, bedauerlich. Seine Pfeile schickten sich an, sich gegen ihn zu richten. Vergessen die Mühen, die es gekostet hatte, ihre Spitzen zu schärfen und auf die Ziele auszurichten.

Der Mann und die Frau hatten sich als geeignetes Holz für den Schaft erwiesen. Es war, als hätten sie nur darauf gewartet, Federn und Spitzen zu bekommen. Er hatte diese Spitzen in langen, aufreibenden Gesprächen geschliffen und gehärtet. In das Metall waren die Leidenschaft, die Verzweiflung und der Zorn des Mannes und der Frau geflossen. Er selbst hatte all seinen Willen und seine Überzeugungskraft aufgebracht, um diese Gefühle, die in ihnen schlummerten, zu wecken und an die Oberfläche zu treiben.

Weitaus einfacher war es gewesen, die Federn an die Pfeile zu kleben, welche diese in die Herzen ihrer Opfer lenken sollten. Der Mann und die Frau kannten die Ziele. Es war nicht erst nötig gewesen, sie darauf hinzuweisen. Es war, als hätten sie danach gedürstet, diese zu treffen.

Und sie hatten getroffen! Oh ja, und wie sie getroffen hatten. Dreimal!

Jetzt aber war etwas im Begriff zu geschehen, womit er nicht gerechnet hatte. Die Frau hatte es ihm soeben mitgeteilt. Die Pfeilspitze des Mannes drohte, stumpf zu werden. Zweifel hätten ihn gepackt. Zweifel, die auch ihren bisher so eisernen Willen schmelzen ließen.

Zweifel am Sinn des Werkes.

Es war der Mann, der von dieser Krankheit befallen worden war und der nun die Frau damit ansteckte. Der Mann war von Anfang an ein Gefangener seiner Gefühle gewesen, während die Frau ein Wesen kühler Gedanken war.

Es war ihm gelungen, Gefühle und Gedanken zu einen und zu Werkzeugen seines Werkes zu machen, zu Pfeilen auf seinem Bogen.

Bis heute.

Er spürte, dass der Mann und die Frau seinem Willen entglitten.

Wie schade, dachte er. So kurz vor dem Ende. Dennoch entbehrte diese Entwicklung jedweder Tragik. Schließlich stand vom ersten Tag an fest, dass auch der Mann und die Frau der Schar der Erlösten beitreten durften. Zum jetzigen Zeitpunkt des Werkes wurden sie nicht mehr gebraucht.

Warum also nicht gleich?, dachte er.

Er hatte seit Tagen nicht mehr richtig geschlafen und diese Nacht gab es noch viel zu erledigen. Doch das machte nichts. Übermorgen würde sein ewiger Schlaf beginnen.

Er ging zu seinem Bett, kniete sich hin und fischte das

Leinentuch darunter hervor. Langsam wickelte er das Tuch aus, bis das Messer darin erschien. Es handelte sich um ein altes Schlachtermesser, das er in der Küche der alten Frau gefunden hatte, als er noch ein Junge gewesen war. Die Klinge war 15 Zentimeter lang und glänzte in einem matten Grau. Es war kein besonders schönes Messer, aber er hielt die Schneide stets scharf und die Klinge rostfrei. Auch den Griff hatte er mit feinem Schleifpapier passend für seine Hände bearbeitet. Er liebte dieses Messer, das der Schlüssel zu seinen Erinnerungen an Schreie und Stöhnen, an Bitten und Jammern, an Erregung und Freude war.

Mit einem Glitzern in den Augen wickelte er es wieder in das weiße Tuch. Dann machte er sich auf den Weg.

Freitag, 07.10.2016

ICH

Durch eine Wand aus Watte dringt ein Klingeln in meinen Kopf und verstummt wieder. Die innere Anspannung, die es hervorruft, löst sich. Zufrieden drehe ich mich auf die Seite, nur um Sekunden später erneut hochzufahren. Diesmal gibt die Glocke nicht auf, bis ich mich geschlagen gebe. Ich lasse mich aus dem Bett rollen, registriere missmutig, dass es draußen noch dunkel ist, und wanke zur Tür. Mit der linken Hand stütze ich mich an die Wand, mit der rechten drücke ich den Knopf der Gegensprechanlage. Das Ziehen in meinem Kopf verrät mir, dass es gestern Abend wieder passiert ist.

»Ja?« Mehr kann man zu dieser frühen Stunde und in diesem Zustand von mir nicht erwarten.

»Guten Morgen! Moritz, bist du das?« Die Stimme klingt nervig wach und gehört zweifellos zu Sven Straubmann.

»Sven? Was willst du denn hier? Um diese Zeit?«

»Wie wär's, wenn du mich reinlassen würdest?«

»Äh ja, klar doch. Komm hoch.« Ich drücke den Öffner und mache die Wohnungstür auf. Früher wäre Sven die Treppe heraufgestürmt, heute ringt er sichtlich nach

Atem, während er mir die Hand gibt. Er ist noch weiter von seiner Normalform entfernt, als er es sich eingestehen will. »Servus«, begrüße ich ihn und bitte ihn in die Küche. »Eigentlich wollte ich noch nicht frühstücken, aber da ich schon mal auf bin.«

»Oh, hab ich dich etwa geweckt?« Er blickt demonstrativ auf die Uhr.

»Na so früh ist es auch wieder nicht. Claudia schläft noch?«

»Ist nicht da«, brumme ich angesichts seiner Frohnatur, die im krassen Gegensatz zu meiner morgendlichen Form steht. »Helsinki. Geschäftlich. Kommt erst heute Abend.«

»Ach so.«

Währenddessen läuft die Kaffeemaschine und auch der Toaster und die Kochplatte beginnen zu glühen. Ich schlage ein paar Eier in die Pfanne und lege einige Speckstreifen dazu. »Auch eine Portion?« Ich halte zwei Toastscheiben in die Höhe.

»Danke, ich hatte schon«, winkt Sven lächelnd ab. »Gegen eine Tasse Kaffee hätte ich allerdings nichts einzuwenden.«

Zehn Minuten später sitzen wir beide vor Rührei mit Speck, Toast mit Butter und hausgemachter Marmelade sowie Kaffee und einigen Stücken Marmorkuchen, die ich noch im Küchenschrank fand. Der Duft all dessen verfehlt seine Wirkung nicht. »Na, ein bisschen etwas könnte ich doch noch vertragen«, meint er verlegen lächelnd. Ich hole noch einen Teller und Besteck und setze mich zu ihm. Er wirkt noch aufgekratzter als sonst, während ich versuche, die Reste der letzten Nacht zu verdrängen. Einer Nacht, die wieder mehr Ängste als Schlaf brachte.

»Also, was treibt dich nach Kirchbach?«, will ich endlich wissen.

Er stochert in seinem Rührei herum und überlegt. »Du weißt doch, was du mir gestern aufgetragen hast?«

»Natürlich, aber deshalb musst du doch nicht extra aus München herkommen.«

»Doch, muss ich! Das, was ich herausgefunden habe, ist … nun ja, es ist irgendwie … unfassbar. Da hab ich's im Amt nicht mehr ausgehalten. Ich dachte, das muss ich dir direkt sagen. So von Mann zu Mann, du verstehst schon, oder? Also hab ich einen Tag Urlaub eingelegt.«

»Mann, Sven, dann mach's nicht so spannend! Rück schon raus mit deinen Entdeckungen. Wenn du die Lippen spitzt, dann pfeif auch.«

»Schon gut. Also, pass auf! Nach deinem Anruf gestern Abend hab ich mich gleich an die Arbeit gemacht.«

»Warum nur wundert mich das nicht?«

»Weil du mich inzwischen kennst?«

»Genau das. Also weiter!«

»Aber gern. Ich hab erst einmal alles über diese Flüchtlingskatastrophe recherchiert. Das war eine Riesenschweinerei.«

»So schlimm?«

»Schlimmer! Es war ein Kühlwagen, den die Schleuser benutzt haben. Sie haben 71 Flüchtlinge hineingequetscht. Überwiegend Syrer und überwiegend Männer. Dazu noch acht Frauen und vier Kinder. Ein fünfjähriges Mädchen, drei Jungen: zwei Dreijährige und einer 15 Jahre. Sie sind westlich von Budapest losgefahren und irgendwann im Burgenland angekommen. Dort haben sie aus ungeklärten Gründen den Wagen in einer Parkbucht auf der A 4 südlich von Wien abgestellt. Es war im August und es war einer der heißesten Tage des Jahres.«

Ich lege mein Toastbrot mit Honig wieder auf den Teller. »Soweit ich das damals aus den Nachrichten mitbekommen habe, gab es keine Überlebenden. Jetzt weiß ich, dass mindestens das Mädchen noch am Leben ist.«

»Was in den damaligen Medienberichten nicht erwähnt wurde. Demnach sind alle erstickt oder an den Folgen der Hitze gestorben. Die Schleuser haben sich aus dem Staub gemacht und die Menschen im Lkw allein gelassen.«

»Ich nehme an, man hat sie nicht erwischt.«

»Oh, es gab einen Riesenaufruhr. Praktisch alle europäischen Spitzenpolitiker haben sich geäußert und ihre Betroffenheit zur Schau gestellt.«

»Wie immer eben.« Ich erinnere mich an die Bilder der Regierenden, die sinnigerweise auf ihrer Westbalkankonferenz von der Nachricht des Dramas überrascht wurden. »Wir sind bestürzt!«, lautet der Standardsatz, den verantwortliche Politiker offensichtlich schon mit der Muttermilch einsaugen, um ihn bei jeder passenden Gelegenheit von sich zu geben.

»Die Kontrollen wurden ab diesem Tag massiv verschärft, nachdem sich die Polizei fragen lassen musste, wieso der Lkw einen Tag unbemerkt an der Autobahn stand. Für die Schleuser wurde es ab dann schwieriger, aber dieser Fall wurde nicht aufgeklärt. Es wurden natürlich Ermittlungen eingeleitet und es gab Spuren, aber diese verliefen im Sande. Jedenfalls fand ich nichts über einen Prozess oder auch nur Anklagen. Bis heute sind die Täter auf freiem Fuß.«

Nachdenklich nehme ich einen Schluck vom Kaffee. Die Nachwirkungen der letzten Nacht sind vergessen, der Ärger über Svens frühen Besuch auch. »Es ist doch mehr als merkwürdig, dass bei all dieser Publicity der Druck auf die Ermittler nicht größer war. Wenn sich erst einmal die Medien auf ein Ereignis stürzen, muss die Polizei Ergebnisse liefern«, denke ich laut nach.

»Außer sie wird gestoppt!«, meint Sven.

»Was soll das bedeuten?«

»Das bedeutet, dass wir ein Date haben.«

Ich hebe verzweifelt die Hände. Sven grinst. »Ich habe den damals ermittelnden Kommissar der österreichischen Polizei ausfindig gemacht.«

»Hast du nicht!«

»Doch, hab ich. Und ich hab ihn noch gestern angerufen. Er ist bereit, mit uns über den Fall zu sprechen.«

»Was bedeutet …?«

»Was bedeutet, dass du endlich in die Gänge kommst. Er erwartet uns gegen Mittag und du sitzt noch im Bademantel herum.«

Verblüfft sehe ich an mir herab. Er hat recht. Das Frühstück spielt jetzt keine Rolle mehr. Rührei und Schinken sind kalt und damit ohnehin nicht mehr zu genießen. Ich stehe auf und gehe zum Bad. Vor der Tür drehe ich mich noch mal um: »Mannomann, Sven. Da hast du dich dieses Mal selbst übertroffen. Aber warum denkst du, du könntest mitkommen? Das ist nicht dein Fall und du hast noch dazu Urlaub.«

»Mein lieber Moritz. Du fährst auch nicht als Polizist nach Österreich. Vergiss nicht, deine Befugnisse enden an der Staatsgrenze. Wir kommen als Gäste von Herrn Lederer. Und er erwartet mich. Mit Begleitung natürlich.« Ein breites Grinsen überzieht Svens Gesicht.

»Gib mir 20 Minuten«, sage ich kopfschüttelnd. Mein ehemaliger Partner entwickelt sich so langsam zum abgekochten Profi. Respekt, kann ich da nur sagen.

DIE FRAU UND MASCHIACH

12. Mai 2015

Sie saß im Schatten einer alten Eiche und genoss die Wärme. Durch ihre geschlossenen Augenlider erahnte sie das Wechselspiel von Sonne und Schatten, das die im Wind leise schaukelnden Blätter über ihr erzeugten. Der Park war voller Menschen, die gleich ihr diesen Tag genossen. Aus der nahen Weinstube drangen Wortfetzen und Gelächter zu ihr herüber. Die Menschen ahnen ihr Glück nicht, dachte sie. Sie nehmen diesen Frieden und die Freuden des Augenblicks als selbstverständlich hin. Dabei war es alles andere als das.

Niemand wusste das besser als sie. Seit sie das Elend ihres Zuhauses verlassen hatte und hierhergekommen war, hatte sie keinen Tag daran gezweifelt, die richtige Entscheidung getroffen zu haben. Auch wenn ihr Friede nur ein äußerer war.

Sie war eigentlich in den Park gekommen, um sich auf das anstehende Examen vorzubereiten. Der Tanz der warmen Sonnenstrahlen auf ihrem Gesicht entführte sie langsam in ein Traumland. Eine Windböe erfasste ihre Aufzeichnungen, die sie um sich verteilt hatte, und wirbelte sie von ihr fort. Sie bemerkte den Mann nicht, der die Zettel und losen Seiten einsammelte, um sie ihr wieder zu bringen. Erst als sie seine weiche Stimme zögerlich ansprach, öffnete sie die Augen.

Eine Viertelstunde später saßen sie gemeinsam vor einer Eisdiele in der Fußgängerzone der Stadt. Sie hatte darauf bestanden, sich mit einer Einladung bei ihrem Kavalier zu bedanken. Nicht nur – das musste sie sich eingestehen – wegen der Rettung ihrer Lernunterlagen.

Es war der Mann selbst, der sie von der ersten Sekunde an gefangen nahm. Groß und schlank, schwarzes gelocktes Haar und Augen, die anziehend und geheimnisvoll zugleich wirkten. Dazu diese Stimme, die ihr soeben erzählte, dass er ebenfalls nicht von hier stammte und wie sie nur zur Ausbildung in dieser Stadt sei. Die folgende Stunde entführten sie sich gegenseitig in das Leben des jeweils anderen. Sie vergaß Zeit und Examen. Am Ende hatte sie seine Handynummer und er die ihre. Als er ihr zum Abschied die Hände reichte und sie aus diesen unergründlichen Augen ansah, wusste sie, dass sie von ihm nicht mehr loskommen würde.

MEL

Das Klopfen an der Tür verriet Mel, dass Peter Teichert, wie üblich, als Letzter zur Besprechung der Morgenlage erschien. Zu diesem Zeitpunkt saß sie bereits eine halbe Stunde im Büro der K1 der Kripo Regensburg. Als sie es betreten hatte, lag das Memo der Spurensicherung auf ihrem Tisch. Nur einige Zeilen, die besagten, dass die Falle, in der Miro Dobry seinem Mörder hilflos ausgeliefert war, kein im Handel zu beziehendes Modell, sondern eine Einzelanfertigung war.

Es bedarf eines geschickten Handwerkers, um ein Schlageisen mit dieser Präzision herzustellen, dachte sie. Und des entsprechenden Werkzeugs.

In der letzten Nacht hatte sie einige Stunden mit den drei Toten und ihrem mutmaßlichen Mörder verbracht. Sie hatte alle Akten noch einmal studiert und sich alle Gedanken und Eindrücke der letzten Tage erneut ins Gedächtnis gerufen.

Und dann, Sekunden bevor sich der Tag verabschiedete und der neue sie begrüßte, hatte sie die drei Fotos gefunden. Eigentlich waren es keine drei Fotos, sondern Schnipsel aus einem. Zwei Jungen im Kindesalter, zweifellos Zwillinge, und ein Jugendlicher. Aneinandergelegt ergaben sie ein fast vollständiges Bild. Aber eben nur fast. Eine Person fehlte.

Es hatte ihrer gesamten Autorität als Kripobeamte bedurft, Gerda Buschek von der Notwendigkeit zu überzeugen, Nadims Bibel mitzunehmen.

Ursprünglich hatte sie dies nicht vorgehabt, doch der Ruf der Medien zur Pressekonferenz hatte sie davon abgehalten, das Buch in Nadims Wohnung durchzublättern. Ein Versäumnis, das sie zu Hause in ihrer Wohnung in Regensburg nachholte.

Die Fotos markierten eine Seite in der Bibel. Die Worte, die Mel dort las, die Jungen auf dem Foto, der bisherige Stand der Ermittlungen: Alle Fakten führten zu Nadim Hemedi.

Er war der Täter! Noch war die Beweislage zu dünn, um eine Anklage zu rechtfertigen.

Aber sie hatte einen Plan. Die Idee entsprang einer Bemerkung von Moritz über das vermeintliche Liebesverhältnis zwischen Jenny Schneider und Nadim Hemedi. Sie hatte sich vorgenommen, ihren Gedanken mit Peter und Daniela zu teilen, um zu sehen, was die beiden davon hielten.

Der Mann in ihrem Team ließ sich in einen der erstaunlich bequemen Metallstühle fallen und gähnte.

»Probleme?«, meinte Daniela zwischen zwei Schluck Kaffee.

»Langer Fußballabend.« Mehr ließ er sich nicht entlocken. »Was steht heute an?« Er ließ seinen Blick zwischen den beiden Frauen hin und her pendeln. Seit sich die Suche nach dem Schuhabdruck von Petre Dumitrescus Mörder als Flop ersten Ranges herausgestellt hatte, war seine Stimmung nur noch als mies zu bezeichnen. Peter war es gewesen, der seine Hoffnung fast ausschließlich auf diese Spur gesetzt hatte. Er war sich sicher gewesen, über die Marke und den Laden auch den Träger der Schuhe ausfindig machen zu können. Ein Vorhaben, das schon im Ansatz gescheitert war. Das Schuhprofil passte zu keinem der gängigen Modelle. Eine Sonderanfertigung eines Schusters zu finden, hatte sich als schlicht unmöglich herausgestellt.

»Heute unterhalten wir uns ernsthaft mit Jenny Schneider. Und dann mit Nadim Hemedi«, lenkte Mel seine Gedanken auf kommende Aufgaben.

»Ist er jetzt tatsächlich unser Hauptverdächtiger?« Daniela sah ihre Chefin über die dampfende Kaffeetasse hinweg an.

»Und was hat die Sekretärin der GME mit ihm zu tun?«, fügte Peter hinzu.

»›Was haben die beiden miteinander zu tun?‹, lautet die Frage. Und genau die gilt es, zu beantworten.«

Und dann erzählte sie den beiden vom Buch Deuteronomium, von der Liebe und von einem Schlageisen, das es nirgends zu kaufen gibt. Und sie zeigte ihnen die Bilder der Jungen.

»Zeig mal!«, meinte Peter.

»Hm.«

»Was?« Daniela stand auf und schaute ihm über die Schulter. Ihr Kollege fügte die drei Ausschnitte zusammen. »Da fehlt noch ein Teil«, sagte er. »Auf dem Foto war noch jemand. Man sieht hier noch die Hand.«

»Hab ich auch schon bemerkt«, erklärte Mel.

»Und das bedeutet?«

Daniela kam ihr zuvor: »Es wird noch einen Mord geben!«

FRANZ

Franz Lederer genoss seinen Ruhestand zwischen Donauebene und Mühlviertel. Oder suchte er hier in der Provinz nur zu vergessen? Als ermittelnder Kripobeamter hatte er in seiner langen Karriere ähnlich viele Niederlagen hingenommen wie seine Kollegen im Nachbarland auch. Den stillen Triumphen nach dem erhofften Richterspruch standen herbe Enttäuschungen gegenüber. Wie viele Verbrecher hatten ihm ins Gesicht gegrinst, nachdem sie den Gerichtssaal als schuldige, aber freie Menschen verlassen hatten?

Die schlimmste Niederlage von allen verwandelte noch heute, ein Jahr danach, erholsame Nächte in Albträume und Schweißausbrüche. Und sie hatte ihn in den vorzeitigen Ruhestand getrieben. Das lag nicht nur an der Abscheulichkeit des Verbrechens oder der Zahl der Opfer. Was ihm wirklich zu schaffen machte, war die Erkenntnis, dass er hilflos gegen das System gewesen war. Alle Beweise, alle Indizien und alle Ermittlungen hatten sich als zu schwach gegen die Macht der Oberen erwiesen.

Ein Anruf hatte gereicht, um ihn und sein ganzes Team kaltzustellen. Die Verdächtigen, nein, die Schuldigen waren ihnen entkommen. Es war dieses Gefühl von Hilflosigkeit, das seither an ihm nagte.

Bis gestern!

Gestern hatte Radio Mühlviertel über die spektakuläre Mordserie drüben im Bayerischen Grenzland berichtet. Und gestern hatte ein Beamter des Landeskriminalamts Bayern bei ihm angerufen und um ein Gespräch gebeten. In seiner Begründung war er nebulös geblieben. Es gäbe einen möglichen Zusammenhang zwischen den Morden und dem letzten Fall von Franz Lederer. Diesem unerledigten Fall, der sein ganzes Berufsleben unerledigt erscheinen ließ. Er hatte dem Wunsch entsprochen. Dann war er hinauf ins Dachgeschoss seines Hauses gegangen und hatte die Tür aufgesperrt, die er nie wieder hatte aufsperren wollen. Fast zwei Stunden hatte er die Akte durchgeblättert. Er hatte die Bilder, die Zahlen und die Worte kaum wahrgenommen. Wozu auch? Er kannte sie alle auswendig, obwohl er sie eigentlich vergessen wollte. Der Anruf machte dies unmöglich.

Die alte Kuckucksuhr an der Wand kündete laut die elfte Stunde dieses Freitags an. Falls der Anrufer pünktlich war, sollte er jeden Augenblick eintreffen.

MASCHIACH UND DIE FRAU

12. Mai 2015

Zärtlich strichen seine Hände über den Einband des Buches. Langsam klang seine Erregung ab. Die Begegnung mit der Frau hatte Empfindungen in ihm geweckt, die er lange verloren glaubte. Sie waren so vertraut und doch unterschieden sie sich von denen seiner Jugend.

Damals, als er so viele und doch zu wenige gerettet hatte. Als er dann seine Heimat verlassen musste, hatte er dort nicht nur Vater und Mutter zurückgelassen.

Auch die Erinnerungen an die glücklichen Stunden der Bitten und des Flehens, der Schreie und der Schmerzen waren nach und nach verblasst. Das Drängen der Dämonen hatte nachgelassen und war der Lehre der wahren Liebe gewichen. Er hatte sich dieser Lehre freiwillig ausgesetzt. Nach Tagen, Wochen und Monaten hatte er sie in sich aufgesaugt, war in ihr aufgegangen.

Bis er heute die Frau getroffen hatte. Eigenartig, dachte er. Wieso weckte gerade sie alte Begierden? Dabei hatten sie doch über völlig belanglose Dinge gesprochen.

Er spürte, dass sie sich zu ihm hingezogen fühlte. Und auch er fühlte dieses Verlangen. Wollte sie von ihm erlöst werden? Nein, dachte er mit einem Lächeln auf den Lippen. Das hier war etwas anderes. Ein neues, erregendes Gefühl bemächtigte sich seiner.

Sollte er sie anrufen? Besser warten, ob sie sich meldet, entschied er. Vielleicht konnte er sie sich ja zu Eigen machen. Gut möglich, dass er ihre Hilfe noch brauchte.

Dann, wenn er sein Werk vollenden würde. Ein seliges Lächeln umspielte seine Lippen. Hinter seinen Augen erwachten die Dämonen. Vorsichtig öffnete er das Buch. Er suchte und fand die Stelle.

MEL

Die Fahrt nach Kirchbach bot die Gelegenheit für Gedanken und Gespräche. Im Ergebnis waren sich die drei einig, dass der Syrer und anerkannte Asylbewerber Nadim Hemedi alle Voraussetzungen mitbrachte, um als Täter infrage zu kommen.

»Hört sich an wie ein religiöser Fanatiker«, sagte Peter, nachdem Mel Deuteronomium 31/17 zitiert hatte.

»Kann, muss aber nicht sein«, meinte Daniela. Bei ihr überwog die Skepsis am Täter Hemedi. »Selbst wenn er Zugang zum Computer der Firma hat und damit die Eintragungen in den Fahrtenbüchern hätte manipulieren können, beweist das nicht, dass er es auch getan hat. Und nur weil er handwerklich begabt ist, soll er die Kralle und das Schlageisen angefertigt haben? Na, ich weiß nicht. Das ist mir dann doch etwas zu dünn.«

»Und deshalb filzen wir die Werkstatt der GME. Nadim arbeitet dort, und sollte er die Teile gebastelt haben, dann wohl dort.« Mel drehte sich zu der hinter ihr sitzenden Kollegin um.

»Mir fehlt einfach das Motiv«, grummelte diese. »Welchen Grund sollte Nadim haben, die drei Männer zu töten? Und damit auch sein Leben in Freiheit zu gefährden? Vergessen wir nicht, dass er dem Tod zu Hause und auf der Flucht entwischt ist. Ich kann mir nicht vorstellen, dass sich ein Mensch in ein überfülltes Boot setzt, wohlwissend, dass die Wahrscheinlichkeit, auf dem Grund des Meeres zu landen größer ist, als das gelobte Land zu erreichen, und dass der gleiche Mensch, der sich soeben die Freiheit erkämpft hat, riskiert, diese sofort wieder zu verlieren.«

Mel und Peter schwiegen für einige Minuten. Danielas Überlegungen ließen sich nicht so einfach von der Hand weisen. Aber da waren noch die drei Jungen auf dem Foto. Was war mit ihnen geschehen? Und was hatte ihr Schicksal mit Nadim zu tun?

Peter steuerte den Audi gerade durch den Chamerauer Kreisverkehr, als ihm ein Gedanke durch den Kopf schoss: »Diese Bach vom BKA hat Moritz doch verraten, dass Grigore und seine Sippschaft im Flüchtlingsgeschäft unterwegs waren. Vielleicht war Nadim einer ihrer Kunden? Könnte doch sein, dass seine Flucht die Verbindung zu den Lazars ist.«

Mel sah ihn überrascht an. Dann winkte sie ab. »Und Miroslav Dobry? Der Tscheche passt einfach nicht ins Schema.« In diesem Augenblick läutete ihr Handy. »Guten Morgen, Moritz.«

»Hallo, Mel! Schönen Gruß von Sven.«

»Sven? Wo hast du denn den getroffen?«

»Der Kerl fühlt sich nicht wohl bei dem Gedanken, dass ich einen ruhigen Morgen verbringen könnte. Und jetzt sitzt er neben mir und grinst sich einen.«

»Hi, Melanie.« Die Stimme verriet einen bestens gelaunten Sven Straubmann.

»Wir sind auf dem Weg nach Österreich. Bevor du fragst, pass auf!«

Als sie ihr Handy wieder wegsteckte, wusste sie, dass Peter den Nagel auf den Kopf getroffen hatte. Sie sah erst ihn, dann Daniela an. »Samira Hemedi ist die einzige Überlebende eines Flüchtlingsdramas, bei dem 70 Menschen starben. Und ihr heutiger Zustand rührt von diesem Ereignis.«

ICH

Mein erster Eindruck von Franz Lederer lässt sich mit einem Wort beschreiben: schrullig. Sind es die Pantoffeln, in denen seine Füße stecken, oder ist es die Strickjacke, die sich über einen beachtlichen Bauch spannt? Oder aber der graue Vollbart, hinter dem sich das Gesicht des Mannes, der in der Tür steht, verbirgt? Franz Lederer wirkt alt und müde, obwohl sein sechstes Lebensjahrzehnt gerade erst begonnen hat. Nur seine Augen sprühen vor wiedergewonnener Neugier, als er uns ins Haus bittet. Dieses liegt am Ende einer schmucken Straße, die Sven dank des Navis in seinem Auto schnell fand. Der pensionierte Kriminalbeamte der österreichischen Bundespolizei scheint uns schon erwartet zu haben. Er begrüßt Sven und mich mit Handschlag. »Herr Straubmann und Herr …?«

»Buchmann«, stelle ich mich vor. »Vielen Dank, dass Sie uns Ihre Zeit schenken wollen.«

»Ich kann mir zwar nicht vorstellen, was Sie von mir erwarten, aber wenn Sie schon extra aus Bayern rüberkommen«, meint er, ohne den Hauch einer Reaktion auf seinem Gesicht.

Er versteckt sich hier, denke ich.

»Mein Freund Sven hat Sie ausfindig gemacht und wir würden uns gerne mit Ihnen über Ihren letzten Fall im Polizeidienst unterhalten.«

War das zu direkt? Habe ich Salz in eine offene Wunde gestreut? Wieder verrät seine Mimik nichts. Wir folgen ihm ins Wohnzimmer. Auch hier altmodische Spießbürgerlichkeit, wohin man blickt. Plüschmöbel, Bücherregale, bunte Blumenvasen und als Krönung eine Schwarzwälder Kuckucksuhr.

»Bitte, nehmen Sie doch Platz.«

Wir folgen seiner einladenden Geste und sinken tief in geblümte Fernsehsessel.

»Darf ich Ihnen eine Tasse Tee anbieten?« Tee passt genau ins Bild, denke ich.

»Gern. Schwarztee mit Zucker, bitte«, sage ich. Sven schließt sich meiner Entscheidung eher widerwillig an.

Herr Lederer verschwindet in der Küche. Ich höre Wasser zischen und Gläser klirren. Mein Blick schweift durch das Zimmer. Auf einer Anrichte erinnern Bilder an glückliche Tage mit seiner Frau. Aufnahmen von Kindern sind Fehlanzeige. Stattdessen Franz Lederer in Polizeiuniform, mit Orden, mit Kameraden, vor einem Polizeiwagen und einem Mann in Anzug die Hand schüttelnd. Ein Mensch, der sein Leben seiner Aufgabe gewidmet hat.

Dann ist er wieder da, eine Kanne Tee, Gläser und Gebäck auf einem Tablett servierend.

»Nun, meine Herren. Was kann ich für Sie tun? Sie meinten am Telefon, Sie ermitteln in diesen Mordfällen drüben im Bayerischen Wald. Nach dem, was ich so im Radio gehört habe, eine ziemlich üble Sache.«

»Ziemlich übel, ja, das kann man so sagen, Herr Kommissar.«

»Franz! Nicht, ›Kommissar‹«, unterbricht er mich. »Das war vor langer Zeit, obwohl es kaum ein Jahr her ist.«

»Hört sich an, als hätten Sie keine guten Erinnerungen an Ihre Dienstzeit.«

»Sie wissen ja, wie dieses Geschäft so läuft. Man macht es gut oder man lässt es bleiben. Alles in allem war ich ganz zufrieden.« Nachdenklich schlürft er seinen Tee. »Aber das Ende verlangt nicht gerade nach sentimentaler Verklärung der Vergangenheit. Ich nehme an, Sie haben Ihre Recherchen darüber angestellt.«

»Ich gebe zu, ich habe mich informiert. Es heißt, Sie wären aus gesundheitlichen Gründen in den Ruhestand getreten«, bestätigt Sven.

»Aber?«

»Aber ich habe ein wenig zwischen den Zeilen gelesen.«

»Und was haben Sie dort gefunden?«

Sven redet nicht lange um den heißen Brei herum: »Sie sind aus Enttäuschung gegangen.«

Ein kurzes Flattern seiner Augenlider bestätigt Svens Vermutung.

»Was, glauben Sie, war der Grund dafür, dass die Ermittlungen in Ihrem letzten Fall eingestellt wurden?«, frage ich ihn.

Er umfasst die heiße Tasse mit beiden Händen, als wolle er sich diese wärmen. »Warum wollen Sie das wissen?«

Er hat die Ereignisse des letzten Sommers tief in sich begraben. Ich muss ihn in meine Gedankenwelt mitnehmen, um an seine zu gelangen.

»Ich habe drei Tote in drei Tagen. Die Morde geschahen nicht planlos. Ich bin überzeugt, der Täter folgte einem bestimmten Muster. Es ist eine Choreografie des Todes, und ich bin mir nicht sicher, ob sie ihren Höhepunkt bereits erreicht hat.«

»Gibt es einen Zusammenhang zwischen den Opfern?«

»Das letzte war ein Tscheche, die beiden anderen Mitglieder einer rumänischen Großfamilie.«

Er stellt die Tasse auf den Tisch und richtet sich auf. »Lazar!?«

Sven und ich sehen uns an. »Ja!«

Wir sind am Ziel, denke ich. Franz und ich bewegen uns auf der gleichen Straße.

Das Gesicht hinter dem Bart wird zu Stein. »Silvian Lazar und Petre Dumitrescu.« Langsam sinkt er in den Sessel zurück. »Sie waren unsere Hauptverdächtigen. Der Dritte war Miroslav Dobry. Sie haben den Lkw gefahren.« Er spricht langsam, setzt die Worte mit Bedacht.

Mein Atem stockt. Svens auch. Ohne die Miene zu verziehen, sieht er mich an. In meinem Kopf läuft das Getriebe an.

»Sie ließen den Wagen am Straßenrand stehen und machten sich aus dem Staub«, fährt unser Gastgeber fort. »Wir wussten nicht warum. Der Motor hatte keine Panne, der Tank war halbvoll. Ich vermute, sie fürchteten die Kontrollen, die zu der Zeit bereits verschärft stattfanden. Vielleicht hat ein Streifenwagen ausgereicht, um sie in Panik zu versetzen und die Katastrophe auszulösen.«

»Wie kamen Sie auf diese drei?«

»Sie sind querfeldein bis zum nächsten Ort gelaufen. Dort haben sie einen Linienbus genommen und sind nach Wien gefahren, wo ihnen der Fehler unterlaufen ist. Silvian hat seinen Onkel angerufen. Grigore Lazar.«

»Woher wissen Sie das?«

»Die Brüder Lazar und ihr Clan waren zu jener Zeit bereits eine der großen Nummern im Flüchtlingsgeschäft. Menschenhändler, Schleuser oder wie immer Sie das nennen wollen. Wir konnten ihnen nichts nachweisen. Bis heute nicht.«

Deshalb macht Grigore auf ehrlichen Geschäftsmann, denke ich. Und daher kam das Geld für die Firmengründung. Der Mann in den Pantoffeln und der Strickjacke bringt eine Menge Räder in meinem Kopf in Bewegung und er ist noch lange nicht fertig. »Wir haben ihre Telefone abgehört.«

Ich beuge mich nach vorn und stelle die Teetasse auf den Tisch aus dunklem Teakholz. Er nimmt dies als Aufforderung, aus der Kanne mit den chinesischen Schriftzeichen nachzuschenken.

»War das legal?«, wundere ich mich.

»Ich hatte keinen richterlichen Beschluss, wenn Sie das meinen. Deshalb war das Gespräch auch als Beweis vor Gericht ungeeignet. Aber wir wussten, dass wir auf der richtigen Spur waren. Die Namen der drei wurden genannt. Außerdem ging es in dem Telefonat um Geld.«

»Geld?«

»Verlorene Ware, Gewinnausfall, Rufschädigung. Grigore Lazar war ziemlich aufgebracht.«

»War auch von den Menschen in dem Lkw die Rede?«

Stumm schüttelt er den Kopf.

Plötzlich hasse ich den neuen Eigentümer des Kollerhofes. Flüchtlinge als Ware, in diesem Fall als Verlustgeschäft.

Die Morde sind nicht alles. Ich werde Grigore und Ludovic hinter Gitter bringen! Ich muss das tun, oder das Wissen um die Freiheit dieser Verbrecher wird mich zerfressen, wie es Franz Lederer zerfrisst.

»Warum wurden die Ermittlungen eingestellt?«, komme ich zu meiner Eingangsfrage zurück.

»Mit einem Wort: Erpressung.« Als ich schweige, fährt er fort: »Ich kann nichts beweisen. Alles, was ich jetzt sage, liegt nahe, beruht aber auf reinen Vermutungen. Wir standen noch am Anfang der Ermittlungen, aber mit dem abgehörten Anruf im Köcher wollten wir unsere Pfeile auf die Organisation der Brüder Lazar richten. Ich war zuversichtlich, über Silvian und die beiden anderen an die Drahtzieher heranzukommen. Dann kam der Anruf. Ich wollte gerade mein Team zusammenrufen. Es kam nicht mehr dazu.«

»Sie wurden zurückgepfiffen? Von wem?« Empörung schwingt in Svens Stimme mit.

»Das habe ich bis heute nicht herausgefunden. Ich erhielt den Befehl von Landesanwalt Dr. Meierhofer. Er sagte, der Fall würde von anderen Stellen weiterverfolgt werden. Ich wurde abgezogen und auf einen Mord an einer Prostituierten angesetzt.«

»Und? Haben die anderen Stellen weiterermittelt?«, frage ich, obwohl ich die Antwort kenne.

»Jedenfalls gab es keine Ergebnisse. Der Mord an den Flüchtlingen ist bis heute nicht aufgeklärt. Ich kann nicht sagen, wer Meierhofer instruierte, aber vier Monate später, kurz vor Weihnachten, fand man Justizstaatssekretär Thorsten Schwinghammer in einem Hotelzimmer in Graz. Das Zimmermädchen dort musste mit einem Schock ins Krankenhaus gebracht werden, nachdem sie ihn am Lampenschirm hängend gefunden hatte.«

Ja, ich erinnere mich. Der Suizid des österreichischen Spitzenpolitikers ging durch alle Medien. Nicht dass mich das sonderlich interessiert hätte, aber die »Tagesschau« steht doch auf meinem täglichen Fernsehprogramm. Auslöser für den Selbstmord waren angeblich eine aufgedeckte Affäre mit einem minderjährigen Mädchen und das damit verbundene Ende der hoffnungsvollen Politkarriere des smarten Anwärters auf einen Ministerposten.

»Sie denken, die Lazars hatten diesen Schwinghammer in der Hand? Hm, ich weiß nicht recht. Das internationale Medieninteresse nach dem Massenmord an den Flüchtlingen war doch enorm. Und damit auch der Druck auf die Politik und die ermittelnden Behörden. Ich erinnere mich an die Treffen der EU-Innenminister und der Regierungschefs der einzelnen Staaten. Nachdem man die Tragödie nicht verhindert hat, gab man doch der Flüchtlingspolitik der Europäischen Gemeinschaft die Mitschuld an den Toten. Da wollte man doch sicher der Öffentlichkeit wenigstens die Täter präsentieren. Denken Sie, da hätte eine Affäre mit einer Minderjährigen gereicht, die Ermittlungen zu sabotieren?«

»Einer 14-Jährigen, die wenige Tage vor Schwinghammers Selbstmord mit einer Überdosis Heroin in der Nähe von Wien aus der Donau gefischt wurde. Unsere Informanten bestätigten uns, dass sie am Tag zuvor mit dem Herrn Staatssekretär in einem Hotel gesehen wurde. Wenn das die Presse herausgefunden hätte, hätte das nicht nur das Ende seiner Karriere bedeutet. Er war mit der Tochter eines einflussreichen Industriellen aus Graz verheiratet. Auch diese Ehe wäre wohl geplatzt. Und auch die offiziellen Untersuchungen des Todes des Mädchens verliefen eher oberflächlich. Schließlich war sie nur eine Drogentote und Herr Schwinghammer saß zu der Zeit im Justizministerium.

Aber …«, wieder richtet er sich auf, »aber nehmen wir mal an, das Syndikat der Gebrüder Lazar hatte die Beweise, die der Polizei fehlten oder welche diese nicht sehen wollte. Ein paar Fotografien zur richtigen Zeit reichen da schon. Vielleicht haben sie dem Staatssekretär das Mädchen sogar zugeführt? Im August dachte Thorsten Schwinghammer eventuell noch, die Geschichte würde für ihn ein gutes Ende nehmen, wenn er nur die Forderungen der Erpresser erfüllt. Und im Dezember hat ihn sein Gewissen doch noch in den Tod getrieben. Oder er sah keinen anderen Ausweg mehr. Wie dem auch sei. Die Ermittlungen in unserem Fall verliefen anschließend im Sande. Wir wurden von dem Fall abgezogen. Nach und nach erlosch dann auch das öffentliche Interesse an der Sache. Selbst die betroffenen Gesichter der Politiker wandten sich nach wenigen Wochen anderen Problemen zu. Sie veranlassten lediglich, dass die Kontrollen auf den Straßen nochmals verschärft wurden. Dann entschlossen sich Ungarn und später die Türkei, die Grenzen dichtzumachen, und der Tod der Flüchtlinge an der A 4 geriet endgültig in Vergessenheit. Neue Schlagzeilen beschäftigten die Öffentlichkeit. Übrig geblieben bin ich. Wie Sie wissen, habe ich noch im November letzten Jahres meinen Abschied eingereicht. Meine Pensionsjahre hatte ich erreicht, warum also sollte ich nicht gehen? Ich wollte mit diesem System nichts mehr zu tun haben. Ich habe Zeit meines Lebens dem Rechtsstaat gedient und dieser hat sich als die Enttäuschung meines Lebens erwiesen. Ich habe mich hierher ans andere Ende Österreichs zurückgezogen und versuche zu vergessen, was ich nicht vergessen kann.«

Ich verstehe ihn. Die Bilder des Lkws auf der Standspur der Autobahn, die österreichischen Beamten in den Schutzanzügen aus Plastik, ihr Entsetzen, das selbst über die Bildschirme der Fernseher zu spüren war. All das war ein Tiefpunkt in der Geschichte des vereinten Europas gewesen. Einer von vielen, die noch folgen sollten. Und doch waren diese Bilder nur eine Ahnung des Grauens. Der Mann vor mir kennt die ganze schreckliche Wahrheit.

»Diese Menschen in dem Wagen. Wie schlimm war es wirklich?«

Er scheint mich nicht zu hören. Seine Augen blicken durch mich hindurch in die Vergangenheit. Ich erahne die schlaflosen Nächte, angefüllt von Albträumen, die hinter ihm liegen. Wir könnten Verwandte sein, denke ich.

»Sie haben mir noch nicht gesagt, was genau Sie zu mir führt«, kehrt er in die Gegenwart zurück.

»Nicht was, sondern wer. Nadim Hemedi! Der Bruder der einzigen Überlebenden. Nadim ist aktuell der Hauptverdächtige in meinem Fall. Über seine Schwester sind wir auf die Tragödie auf der A 4 gestoßen und damit auf Ihren Namen. Sie gaben damals ein Interview, in dessen Verlauf Sie Ihre Wut über Ihre Versetzung zu einem anderen Fall nicht verheimlicht haben.«

»Samira Hemedi!« Seine Stimme vibriert. »Sie wissen von Samira?«

Ich nicke.

»Wir haben damals alle Leichen aus dem Wagen geholt. Beinahe hätten wir Samira auch für tot gehalten. Als dann ein junger Arzt feststellte, dass das Mädchen noch lebte, haben wir das vor der Öffentlichkeit verheimlicht. Nicht noch ein Polizeifehler, hieß es damals.«

»Ich vermute, dass ihr Bruder die drei Männer getötet hat!«, sage ich. »Jetzt, da ich von Ihnen weiß, dass die Ermordeten den Kühlwagen gefahren haben, bin ich mir sicher, richtigzuliegen.«

»Ich möchte Ihnen etwas zeigen. Würden Sie mir bitte folgen?« Langsam erhebt er sich aus seinem Sessel. Seine

Bewegungen wirken müde, so als trüge er eine schwere Last auf seinen Schultern. Er geht zu einer Kommode in der Ecke, öffnet eine Schublade und kramt eine Weile darin herum. Dann geht er ohne ein weiteres Wort zur Treppe und hinauf ins Dachgeschoss. Wir folgen ihm ebenso wortlos. Die Tür des Zimmers ist verschlossen. Bedächtig, ja fast zögernd, steckt er den Schlüssel in das Schloss. Langsam, als kämpfe er gegen einen inneren Sturm, öffnet er die Tür. Wir betreten den Raum, der bis auf einen Schrank, einen Tresor und einen großen Tisch in der Mitte völlig leer ist. Im Licht der Sonne, das durch ein großes Fenster hereindringt, tanzt Staub in der Luft. Auch auf den Zeitungen und Zeitschriften, die auf dem Tisch gestapelt liegen, zeugt eine feine Staubschicht davon, dass dieses Zimmer nicht oft betreten wird. Nur der Tisch ist sauber. Hier saß vor Kurzem jemand. Ich setze mich und sehe ihn fragend an. Sven steht hinter mir. Als Franz nickt, blättere ich durch die Zeitschriften. »Spiegel«, »Stern«, »Bunte«, »Bild«, »Kronenzeitung«, »Times«, »Newsweek« und zahllose andere Publikationen mit ein und derselben Schlagzeile: das Flüchtlingsdrama auf der A 4.

Von den Titelseiten eines anderen Stapels starrt mich das Gesicht eines Mannes an. Thorsten Schwinghammer, als er noch der smarte und eloquente Hoffnungsträger seiner Partei war. Die Worte unter den Bildern verraten das Gegenteil. So richtig interessant wurde er für die Medien erst durch seinen Freitod.

Während ich die Zeitungen an ihren Platz zurücklege, geht Franz Lederer zum Tresor. Ich wende mich nicht um und warte, bis er zurückkommt.

»Möchten Sie etwas zu trinken?«, fragt er mich und legt vorsichtig eine dicke Akte auf den Tisch. Meine Hand fährt über den unscheinbaren braunen Umschlag. Eine Ermittlungsakte wie viele andere auch. Aber ich ahne, sie enthält Dinge, von denen ich nicht weiß, ob ich sie sehen will.

»Ich habe sämtliche Untersuchungsunterlagen kopiert, bevor ich den Fall abgegeben habe«, erklärt er mir. »Natürlich ist das illegal, aber Sie sind die Einzigen, die davon wissen. Ich möchte, dass Sie sich das ansehen. Dann werden Sie verstehen.«

Ein Klarer wäre jetzt nicht schlecht, denke ich. Oder zumindest ein Bierchen oder Wein.

»Ein Glas Wasser vielleicht.«

Er sieht Sven an, der nickt. »Sie werden es brauchen. Ich lasse Sie ein paar Minuten allein.«

»Danke!« Sven zieht einen Stuhl heran und setzt sich neben mich. Erwartungsvoll öffne ich die Akte und finde das Grauen.

DIE FRAU UND MASCHIACH

17. Juli 2015

Zitternd lag sie in ihrem Bett. Vor wenigen Minuten war er gegangen. Und mit ihm Schmerz, Lust und Leidenschaft, diese Collage der Gefühle, die sie fürchtete und ohne die sie nicht mehr leben konnte. Der Schweiß, den das wilde

Ringen in ungezügelter Begierde auf ihre Haut getrieben hatte, begann zu trocknen.

Ihr war kalt. Sie zog sich die Decke bis zum Kinn. Kaum eine Viertelstunde war vergangen seit jenem letzten gemeinsamen Aufstöhnen und schon wünschte sie sich seine Lippen und Hände zurück. Diese Hände, die sanft und doch auch so hart sein konnten. Und diese Augen, denen sie nicht entrinnen konnte, seit sie sie zum ersten Mal gesehen hatte. Alles an ihm war unvergleichlich. Auch seine Stimme, die sanft und fordernd alles von ihr verlangen konnte. Sie musste jeden seiner Wünsche erfüllen. Waren es überhaupt Wünsche? Waren es nicht Befehle? Für sie machte das keinen Unterschied. Sie tat, was er von ihr verlangte, und gab ihm, was er wollte. Und war nicht alles, was er sagte, gut? Waren nicht alle seine Forderungen gerechtfertigt?

Er wollte ihre Beziehung unter allen Umständen vor den Augen der Welt verbergen. Nichts in ihrer Nähe durfte auf ihn hinweisen. Nicht einmal sein Name.

Die Erinnerung an diesen Moment ließ sie zusammenzucken. Diese verpasste Chance, als er von ihr verlangt hatte, ihn »Erlöser« zu nennen. Er hatte ihren überrascht-amüsierten Blick und ihr spontanes Lachen mit einer schallenden Ohrfeige beantwortet. Durch einen Schleier aus Tränen hatte sie ihn fassungslos angestarrt. Hatte sie erwartet, dass er gehen oder sie anschreien würde?

Oder dass sie gehen würde?

Nichts davon war geschehen. Sie hatte diesen Augenblick, der sie hätte retten können, verstreichen lassen.

Sie war geblieben.

Und er? Er hatte sie in die Arme genommen und sie getröstet. Der Schrecken war Dankbarkeit gewichen und diese bald Abhängigkeit. Seither hatte sie ihn nie mehr mit seinem wahren Namen angesprochen. Und sie hatte nie mehr über ihn gelacht. Er war bei ihr, wenn sie ihn brauchte. Und er war der Erlöser.

Sie stand auf und schlang die Bettdecke um ihren nackten Körper. Langsam wankte sie ins Bad und stellte die Dusche an. Das Wasser prasselte heiß auf ihre Haut, doch sie spürte es nicht. Ihre Gedanken waren bei ihm. Bitte erlöse mich, dachte sie.

MEL

Jenny Schneider wirkte wenig beeindruckt vom Auftritt der drei Kriminalpolizisten. Seit Jutta Bach und das BKA den Laden gestürmt hatten, ließ sich die Chefsekretärin der GME durch ein paar Kripoleute nicht mehr aus der Ruhe bringen. Auch nicht, als sich Mel ihr gegenüber auf den Besucherstuhl setzte, während ihre jungen Kollegen provozierend stehen blieben. Die Frau ließ ihren Blick nicht von Jenny, und der Mann schien sich nur für eine Deutschlandkarte an der Wand zu interessieren.

»Frau Schneider, ich hoffe, Sie haben alle Umbuchungen und Stornierungen hinter sich?«, versuchte Mel einen Einstieg in dieses Gespräch.

Die Gefragte verdrehte gespielt die Augen. »Ich bin heilfroh, wenn diese Hochzeit endlich vorüber ist, das können Sie mir glauben.«

»Ich bin überrascht, dass die Feier überhaupt noch stattfindet«, meinte Mel. »Hält Herr Lazar das nicht für gefährlich?«

»Wenn Herr Lazar sich etwas vorgenommen hat, zieht er es auch durch.« Bewunderung und Respekt klangen aus ihren Worten. »Sie dürfen davon ausgehen, dass er alle Vorkehrungen trifft, damit die Trauung ein unvergesslicher Tag für das Paar wird.«

Es wurde Zeit, das Gespräch in die gewünschte Richtung zu lenken. »Kann er dabei auch auf die Hilfe von Herrn Hemedi vertrauen?«

Frau Schneider zuckte überrascht zusammen. »Nadim? Was soll der damit zu tun haben?«

»Vielleicht mehr, als Sie sich bisher gedacht haben«, antwortete Daniela aus dem Hintergrund. »Wir fragen uns, ob Herrn Hemedi nicht doch ein Fehler bei der Kennzeichnung des GM-7 unterlaufen ist.«

»Ein Fehler? Aber die Eintragungen im Fahrtenbuch beweisen doch, dass er alles richtig gemacht hat. Hier drinnen«, sie deutete auf ihren Computer, »steht, dass er bei der Kontrolle des Wagens defekte Bremsleitungen bemerkt hat. Und auch, dass er den Warnaufkleber ausgedruckt und die Mängel eingetragen hat. Ihre Kollegen haben das übrigens schon überprüft.« Sie ließ ihre Augen von einem zum andern schweifen.

»Außer jemand hat die Einträge manipuliert«, sagte Peter, ohne den Blick von der Landkarte zu nehmen.

»Wer sollte denn so etwas tun? Und warum? Außerdem hatten nur der Chef und ich Zugang zum Computer.«

Als die drei Beamten schwiegen, huschte die Erkenntnis über ihr Gesicht. »Sie denken, ich …?«

»Die Liebe hat schon so manche Frau blind für die Wahrheit gemacht. Manch eine tut dann plötzlich Dinge, ohne sich über die Konsequenzen im Klaren zu sein.«

Drei wütende Augenpaare starrten Peter an.

»Ich, äh, meine ja nur …« Aus unerfindlichen Gründen rückte die Landkarte wieder in den Mittelpunkt seines Interesses.

»Sie haben ein Verhältnis mit Nadim Hemedi, oder wollen Sie das leugnen?«, zog Mel das Gespräch wieder an sich. Sie ist nervös, dachte sie. Die Sekretärin knetete ihre Hände und atmete tief durch. »Wir haben uns vom ersten Tag an gut verstanden.«

»Und noch ein wenig mehr«, korrigierte Daniela.

»Ja, ein wenig mehr.« Frau Schneider nickte. Aus ihren Augen sprachen Sehnsucht und Melancholie. »Nadim hat mich nicht groß angemacht oder so. Er war immer sehr zurückhaltend. Es ist einfach passiert. Und wissen Sie was? Ich bin froh darüber. Er ist ein toller Mann.«

»Und Sie sind für ihn eine tolle Frau?« Wäre es eine Feststellung, sie würde strahlen. Doch Danielas Worte waren eine Frage. Sie ließen die Angesprochene in ihrem Stuhl zusammensacken.

»Sie denken, er hat mich nur benutzt, um an das Passwort für den Computer zu gelangen?«

»Haben Sie es ihm denn verraten?« Endlich waren sie dort, wo Mel hinwollte.

»Natürlich nicht«, beteuerte Jenny, doch ihre Stimme zitterte dabei.

»Ich muss Sie daran erinnern, dass wir in einer Mordsache ermitteln. Sollten Sie unsere Arbeit behindern oder gar einen Mörder decken, könnte das sehr unangenehme Folgen für Sie haben.« Mel sah Nadims Geliebte durchdringend an.

»Ich sage Ihnen doch, ich habe das Passwort nie jemandem gesagt. Dazu habe ich viel zu viel Respekt vor Herrn Lazar.«

»Nun, vielleicht nicht bewusst. Könnte es nicht sein, dass jemand, zum Beispiel Herr Hemedi, weiß, wo sie sich das Passwort aufgeschrieben haben?«

»Ich habe es nirgendwo aufgeschrieben. So etwas kann ich mir merken.« Ein Hauch von Stolz kehrte in ihre Stimme zurück.

»Herr Hemedi könnte beobachtet haben, wie Sie das Passwort eingegeben haben«, meinte Peter vorsichtig.

Jenny zögerte, überlegte.

Etwas zu lange für Mel. »Das ist es, nicht wahr? Er stand neben Ihnen, als Sie das Programm öffneten. Sie haben sich nichts dabei gedacht, denn Sie haben seine Nähe genossen. Er hat Ihnen nette Dinge gesagt, hat Ihr Haar gestreichelt, Sie vielleicht geküsst? Und dabei hat er gesehen, wie Sie das Passwort eintippen, und es sich gemerkt. War es so?«

»Ich, ich weiß nicht. Es könnte …«

»Es könnte so gewesen sein. Es gab hierfür mehr als eine Gelegenheit.« Mels Stimme ließ keinen Widerspruch zu.

»Ja, ja. Es könnte so gewesen sein.« Jennys Gesicht zuckte, Tränen lösten sich aus ihren Augen. »Aber warum? Warum sollte Nadim so etwas tun? Er hat sich doch mit Silvian so gut verstanden?«

»Wir sind hier, um das herauszufinden«, antwortete Daniela. »Und deshalb müssen wir jetzt in Nadims Werkstatt«, fügte Mel hinzu. Sie stand auf, um zu gehen.

»Ich kenne den Weg«, sagte sie. Die drei verließen das Büro ohne weitere Fragen. Zurück blieben Jenny und ihre Tränen. Und die Frage, ob sie für Nadim, den Mann, den sie liebte, nur ein Mittel zum Zweck gewesen war.

*

Die Werkstatt der Green Mountain Electronics befand sich am anderen Ende der Lagerhalle. Mel konnte mit den Geräten und Werkzeugen dort nichts anfangen, doch als Peter anerkennend nickte, wusste sie, dass alles dort zum Besten gehörte, was derzeit auf dem Markt war. »Na, dann schauen wir uns mal um«, meinte sie.

Ein Unterfangen, das nur wenige Minuten dauerte und nichts Brauchbares zutage förderte. Die wenigen Schränke und Schübe enthielten außer Feilen, Zangen, Hämmern und anderem Werkzeug nichts, was auch nur annähernd mit den Morden zu tun hatte. In einem Spind lagen, fein säuberlich gefaltet, einige Handtücher, Arbeitshandschuhe und T-Shirts. Ein Schild an der Tür zeichnete sie als Nadims Eigentum aus. Dieser hatte seine Termine und Arbeitszeiten in einem Kalender an der Wand festgehalten. Auch hier nichts Auffälliges. Als Mel sich gerade eingestehen musste, dass sie hier wohl nicht weiterkommen würden, öffnete eine junge Frau schwungvoll die Tür.

»Was machen Sie denn hier? Das ist Nadims Werkstatt. Sie können doch nicht einfach hier alles auf den Kopf stellen. Wer sind Sie überhaupt?«, sagte sie mit empörter Stimme.

Eine Menge Fragen, dachte Mel. Sie beantwortete sie, indem sie der Frau ihren Dienstausweis unter die Nase hielt. »Wir sind hier ohnehin fertig.«

»Äh, nicht ganz«, meinte Peter und an die Frau gewandt: »Ich sehe hier nirgends irgendwelche Abfälle. Bei der Arbeit hier müssen doch Späne, Metallreste und so Zeug anfallen. Können Sie mir sagen, wo das alles ist?«

»Draußen steht ein Metallcontainer. Herr Hemedi ist sehr ordentlich. Er kehrt die Werkstatt jeden Tag. Der Müll kommt dann in den Container. Dieser wird alle zwei Monate entleert.«

»Danke! Wo lang?«

»Kommen Sie, ich zeige Ihnen den Weg.«

Die Beschäftigte der GME führte die Gruppe durch die Halle zu einer Seitentür. Der Container versteckte sich am äußersten Ende des Geländes unter einem kleinen Vordach. Ein Blick hinein enthüllte, dass er gut zur Hälfte gefüllt war. Mel sah Drahtgeflechte, Farbdosen, Eisenstangen, Teile von Kupferblechen und Radfelgen. Sie hatte keine Ahnung, was Peter hier zu finden hoffte. Der zog seine Jacke aus und reichte sie Daniela. Dann stemmte er sich hoch und stieg in das Gewirr aus Schrott und Abfall.

»Geht mal ein wenig zur Seite!«

Kaum hatten sie seinen Rat befolgt, flogen auch schon die ersten Teile heraus. Von lautem Scheppern und gelegentlichen Flüchen begleitet, wühlte sich ihr Kollege zum Boden durch. Zehn Minuten bestaunten die beiden wortlos seine Bemühungen, dann riss Mel der Geduldsfaden. »Was soll denn das Ganze? Nun sag doch mal!«

Anstelle einer Antwort segelte der Deckel einer Blechdose an ihr vorbei, um sich zu dem inzwischen recht beachtlichen Haufen anderen Schrotts zu gesellen.

»Autsch!«, hörten sie ihn fluchen, dann: »Kein Problem, nur ein kleiner Schnitt. Ich hab's gleich.«

Und tatsächlich. Gleich darauf tauchte sein vor Schweiß glänzendes Gesicht über dem Rand des Containers auf.

»Und jetzt?«, wollte Daniela wissen.

»Jetzt blute ich und meine Hose ist zerrissen. Außerdem schwitze ich wie in der Sauna.«

»Und wozu das Ganze?«

Peter angelte sich wieder ins Freie. Schwer atmend stand er vor ihnen und hielt ihnen die offene Handfläche entgegen. »Dafür!«

Mel und Daniela wussten sofort, was er meinte. »Mann, Peter!«

In seiner Hand lagen vier Dreiecke aus Metall. Mit einer Kantenlänge von etwa einem Zentimeter passten sie zu der Bärenfalle, die Miro Dobrys Verhängnis wurde. Dessen waren sich die drei sicher. Jetzt musste nur noch die KTU nachweisen, dass diese Stücke aus dem Schlageisen herausgeschnitten wurden, um so der Falle Zähne zu verleihen.

Mel sah Peter in die Augen. »Ausgezeichnete Arbeit! Jetzt schafft das mal so schnell wie möglich zur KTU. Die sollen alles andere liegen und stehen lassen. Und wenn ihr das Ergebnis habt, ruft ihr mich an, ja?« Sie atmete tief durch.

Wir haben ihn, dachte sie.

MASCHIACH UND DIE FRAU

04. August 2015

Seine Zeit in dieser Stadt näherte sich ihrem Ende. Bald würde er weiterziehen, wenngleich er nicht wusste, wohin. Es lag nicht in seiner Macht, seinen nächsten Wohnort selbst zu wählen. Er hatte sein Leben in andere Hände gelegt, die nun darüber bestimmten.

Anders verlief das Schicksal der Frau. Sie stand kurz vor dem Abschluss ihres Studiums. Dann standen ihr alle Türen des Lebens offen.

Sollte er ihr befehlen, mit ihm zu kommen? Der Gedanke war mehr als reizvoll. Hätte er sie geliebt, er hätte nicht gezögert. Die Gefühle, die er für sie empfand, als Liebe zu bezeichnen, wäre jedoch verfehlt.

Die Freude an der Macht über sie – ja!

Das Auskosten ihrer Begierde und Leidenschaft – natürlich!

Die Erregung, sie zu unterdrücken und ihren Körper zu benutzen – vor allem!

Aber Liebe? Nein! Und dann war da noch etwas. Erst wollte er es nicht wahrhaben, wehrte sich dagegen. Er spürte es seit einigen Wochen. In den letzten Tagen war der Drang fast übermächtig geworden. Nur mithilfe des Buches und der Lehren, die darin niedergeschrieben standen, hatte er ihn im Zaum gehalten. Nachts betete er sich in den Schlaf, doch kaum, dass er diesen erreichte, waren die Schreie und das Weinen wieder da. Wenn er dann schweißgebadet aufschreckte und verstört in den Spiegel starrte, sah er sie: Die Dämonen waren zurück!

ICH

Franz Lederer lässt uns 20 Minuten mit seinen Aufzeichnungen allein, dann höre ich ihn die Treppe heraufkommen. »Vielleicht doch ein Schnaps? Sie sehen mitgenommen aus.«

Ich kann mir gut vorstellen, wie ich aussehe. Dennoch schüttle ich den Kopf. Auch Sven winkt mit kreidebleichem Gesicht ab.

Die Bilder in der Akte sprengen meine Vorstellungskraft menschlichen Leids. Die Kameras der österreichischen Gerichtsmediziner dokumentieren den Schrecken mit gnadenloser Brillanz. Es sind die Gesichter, welche die Geschichte der letzten Minuten im Leben der Menschen, die ihr Leben Silvian Lazar und seinen Komplizen anvertraut hatten, erzählen.

Die Gesichter der Männer: ein einziges Ringen nach Luft.

Die Gesichter der Frauen: zerkratzt und blutend von den eigenen Fingernägeln.

Die Gesichter der Kinder: große, aus ihren Höhlen quellende Augen, verzerrte Lippen, Angst.

Dann die Einzelschicksale: Da sind zwei Frauen, die sich im Todeskampf umklammern.

Der verkohlte Körper des Jungen, der auf unerklärliche Weise verbrannte.

Der Mann, dessen Mund an den Schlitz zwischen Boden und Tür gepresst ist, auf der Suche nach Luft.

Der Junge, der mit aufgeschnittenen Pulsadern verblutete. Hat er es selbst getan in der Hoffnung auf einen schnellen Tod?

All dies in der drückenden Enge eines 70 Grad heißen Backofens.

All dies 71 Mal!

71-faches Leid!

70-facher Tod!

Und eine Überlebende: Samira Hemedi.

Franz reicht mir ein Glas Wasser, das ich dankbar annehme. Meine Kehle ist trocken und fühlt sich an wie zugeschnürt. Ich leere das halbe Glas und sehe erst Sven, dann ihn an.

»Waren Sie dort? Haben Sie das alles gesehen?«

»Der Gestank war unerträglich. Es waren die heißesten Tage dieses Sommers. Bei einigen Leichen hatte die Verwesung bereits eingesetzt. Ich habe Kollegen gesehen, die geweint haben. Einige haben sich übergeben, viele mussten anschließend in psychiatrische Behandlung. Eine Jurastudentin, die ihr Praktikum bei uns machte, bekam beim Anblick der Fotografien, die Sie vor sich haben, einen Nervenzusammenbruch. Ich habe es vorgezogen, mich ans andere Ende Österreichs zurückzuziehen. Ich verstecke mich hier, Herr Buchmann. Ich versuche, zu vergessen. Es klappt nicht sonderlich gut, und als Sie vorhin die Namen der drei Ermordeten sagten, wusste ich, dass es noch nicht vorbei ist.« Er beugt sich über den Tisch. »Ich sehe, Sie sind noch bei den Bildern. Sie sollten sich die Namen ansehen. Wir konnten alle identifizieren.«

Ich blättere weiter zu der von ihm angesprochenen Liste. Fein säuberlich zählt sie die Namen der Toten auf. Mit bürokratischer Gründlichkeit verharmlost sie in Zahlen und Worten das Unaussprechliche. Mein Blick streift über Geburtsdaten, Herkunftsländer, Geschlecht und Todesart. Bei den meisten steht hier »Tod durch Ersticken«. Aber es gibt auch andere. Es gab Herzinfarkte und Schocktote. Und dann finde ich sie. Ich halte den Atem an. »Nadims Geschwister?«

»Ja! Er hat nur überlebt, weil ihn die Schleuser in einen anderen Wagen gesteckt haben. Er ist einen Tag vor dem Unglück in Deutschland angekommen.«

»Und jetzt rächt er den Tod seiner Brüder«, sagt Sven kaum hörbar.

Nachdenklich fahre ich fort. »Silvian Lazar wurde lebendig in seinem Kleinlaster verbrannt, Petre Dumitrescu in der Fermenterzufuhr seiner Biogasanlage zerquetscht und Miroslav Dobry verblutete mit durchgeschnittener Hauptschlagader.«

»Ich weiß, was Sie meinen.« Der Mann, der so viel älter wirkt, als das Geburtsdatum auf seinem Ausweis vermuten ließe, deutet auf die Namen der Familie Hemedi, die untereinander aufgeführt sind.

»Alim, verbrannt im Alter von drei Jahren, sein Zwillingsbruder Khassib zerquetscht zwischen den Leibern der anderen, und Bassam Hemedi ist verblutet. Der Zusammenhang zum Sterben ihrer drei Mordopfer ist offensichtlich.« Er richtet sich auf und fährt sich mit der Hand durch das Haar. Plötzlich erstarrt er in der Bewegung.

»Und Samira?«

»Ist weder tot noch lebendig.« Ich beschreibe ihm den Zustand des Mädchens in knappen Worten. Dann sagt er das, was ich befürchte: »Es ist noch nicht vorbei!«

DIE FRAU UND MASCHIACH

29. August 2015

Die Frau taumelte schluchzend durch die nächtlichen Straßen. Passanten drehten sich nach ihr um, sahen ihr erstaunt nach und löschten sie wieder aus ihrem Gedächtnis. Obwohl es schien, als laufe sie orientierungslos umher, erreichte sie schließlich doch ihr Ziel. Sie blieb vor der Tür eines stattlichen historischen Gebäudes stehen. Ihr Finger fand die Klingel, unter der der Name stand, den sie nicht aussprechen durfte.

Nach zweimaligem Läuten meldete er sich. Es fiel ihr schwer, ihre Stimme zu finden. Nach kurzem Zögern vernahm sie das Summen des Türöffners. Sie eilte die Treppe hinauf zu ihm. Ja, sie musste zu ihm. Er würde ihr helfen, er würde sie trösten, er würde wissen, was zu tun war.

BKA

Thomas Hanauer setzte seine Brille ab und rieb seine müden Augen. Seit heute Morgen starrte er ununterbrochen auf den Bildschirm seines Computers im jenem Büro, das ihnen Direktor Eberlein zur Verfügung gestellt hatte.

Sabine Behring und Frau Bach waren mit einem Einsatzkommando unterwegs. Es hatte einen Hinweis auf eine Umschlagaktion auf einem Rastplatz an der A 92 in der Nähe von Landshut gegeben. In Ermangelung anderer brauchbarer Spuren hatte ihre Teamleiterin die Observation und den Zugriff bei der erwarteten Übergabe angeordnet.

Auch seine Tätigkeit erschien ihm als wenig sinnvoll. Er glaubte nicht, dass der Abgleich der von Toll Collect übermittelten Daten mit den Zollpapieren tschechischer Lkws zielführend war. Die Autobahnmaut brachte zwar Geld in die Staatskasse, aber keine Erkenntnisse für das BKA-Team um Jutta Bach.

Auch die Zusammenarbeit mit der Kriminalpolizei hatte sich als fruchtlos erwiesen. Dieser Buchmann hatte Frau Bach wie vereinbart über jeden Schritt seiner Ermittlungen auf dem Laufenden gehalten. Doch wie passte der Rachefeldzug eines syrischen Flüchtlings in das Bild eines terroristischen Hintergrunds? Was hatte Nadim Hemedi mit Gas und Granaten zu tun? Und wo waren sie? Wer hatte sie und wer brauchte sie? Er sah keinen Zusammenhang zwischen Silvian Lazars Tod und den Waffenlieferungen.

Als er die Brille aufsetzte, um sich wieder an die stupide Arbeit zu machen, ging die Tür auf und eine Polizistin in Uniform kam herein. Ihr Namensschild identifizierte sie als Jasmin Drexler, ihre Schulterklappen als Polizeihauptmeisterin. »Herr Hanauer, dieser Brief wurde für Sie abgegeben«.

»Für mich? Von wem?«

»Nun, nicht für Sie direkt. Für das BKA«, las sie von dem braunen Umschlag ab. »Wer ihn abgegeben hat, weiß ich nicht. Der Umschlag lag unten auf der Empfangstheke.

Er wurde gescannt. Kein Sprengstoff, nur ein USB-Stick. Und der Hinweis, dass er sofort übergeben werden soll.«

»Geben Sie mal her!«

Sie reichte ihm das Kuvert. Gewohnheitsmäßig tastete er es ab, dann riss er den Umschlag auf. Ein kurzer Brief lieferte die Erklärung: »Sehr geehrte Frau Bach«, las er laut. »Bei der Durchsicht meiner Unterlagen ist mir dieser Speicherstick in die Hände gefallen. Vielleicht enthält er Daten, die für Sie interessant sind. Ich kann damit jedenfalls nichts anfangen. Jenny Schneider.« Nachdenklich betrachtete er den Stick.

»Nur vom Anschauen werden Sie auch nicht klüger«, drängte ihn Jasmin Drexler.

Er sah sie an, als hätte er ihre Anwesenheit vergessen. »Gleich, Frau Drexler.«

»Jasmin. Unter Kollegen«, berichtigte sie ihn mit einem verschmitzten Lächeln. Als Thomas Hanauer das Speichermedium in den dafür bestimmten Schlitz steckte, trat sie hinter ihn und lugte auf den Bildschirm. »Oh, was ist denn das?«, meinte sie enttäuscht angesichts der unvollständigen Liste.

»Eine Lieferliste«, murmelte der Mann vom BKA. »Von der Green Mountain Electronics. Die gleichen haben wir von Jenny Schneiders Computer geladen.«

»Aber bei dieser fehlen einige Eintragungen«, stellte Jasmin sachlich fest.

Thomas Hanauer ging die einzelnen Tage durch. Die Liste umfasste die letzten zwei Wochen. Plötzlich hielt er inne:

»Empfänger: RO, Lieferung: xxx? Datum und Autonummer. Der GM-7. Silvian Lazar hat die Fahrt tatsächlich festgehalten.«

»Aber er hat sie nicht in der offiziellen Fahrtenliste der Firma eingetragen«, überlegte Jasmin.

»Das wäre auch ganz schön dumm gewesen. Das hier sind seine eigenen Unterlagen. Aber er hat die Firmenliste als Muster genommen.«

»Und vergessen, die letzten Eintragungen so zu verbergen, dass die Sekretärin sie nicht zufällig finden konnte.«

»RO«, las Jasmin leise vor. »Ist das ein Name?«

»Das Nationalitätszeichen Rumäniens.«

»Und was bedeutet das?«

»Das werden wir gleich haben, Polizeihauptmeisterin Jasmin.« Er griff zum Telefon und wählte eine Nummer beim BKA. Für die Zentrale sollte es kein Problem sein, die Einreise eines Rumänen mit Namen Lazar in Deutschland nachvollziehen zu können.

»Und jetzt?«, wollte seine junge Kollegin wissen, nachdem er den Hörer wieder aufgelegt hatte.

»Jetzt warten wir.«

Sie warteten zehn Minuten, die Jasmin Drexler überbrückte, indem sie Thomas ungeniert anmachte. Nichts, was ihn unter normalen Umständen gestört hätte. Schließlich, das musste er zugeben, war sie eine durchaus reizende Person, der ein Mann seines Alters schwerlich etwas abschlagen konnte. Bereitwillig beantwortete er ihre Fragen nach seinem aktuellen Beziehungsstatus und wie lange er in Straubing zu bleiben gedachte. »Bis wir den Fall gelöst haben«, erklärte er ihr das Selbstverständliche. Sie zog einen Schmollmund, als das Telefon läutete. Schlagartig galt seine Konzentration wieder seiner Arbeit. Er hob ab, sie lauschte.

»Gestern? – München! – Aus Bukarest. – Ludovic Lazar. – 15.25 Uhr. – Drei Begleiter. – Die vollständigen Namen.« Er schrieb sie auf einen Notizblock. »Was weiß Interpol über die drei? Dauert noch? Gut, ich warte.« Damit legte er wieder auf. Die Neugier stand in Großbuchstaben in Jasmins Augen geschrieben, doch sie beherrschte sich. Wieder vergingen zehn Minuten, die vom Klingeln des Telefons beendet wurden. Diesmal hörte er nur zu. Mit einem kurz angebundenen »Danke« legte er schließlich auf.

Er sah ihr in die Augen. »Rumänische Mafia«, sagte er. »Ich denke, wir haben sie. Das ist die Spur, nach der wir gesucht haben.« Kurz erschrak er über sich selbst. Durfte er ihr das überhaupt sagen? »Das ist selbstverständlich geheim. Ich hoffe, Sie wissen, dass Sie zur Verschwiegenheit verpflichtet sind.«

»Selbstverständlich! Meinen Sie nicht, das sollte gefeiert werden? Ich kenne da einen ganz netten Schuppen in der Altstadt.«

Thomas Hanauer verstand erst nicht, dann lächelte er. »Ich würde Sie natürlich gerne dorthin zum Essen einladen. Schließlich haben Sie mir den entscheidenden Tipp gebracht.« Er deutete auf den Umschlag, überlegte kurz und fügte hinzu: »Und außerdem sind Sie wirklich ganz nett … und hübsch.«

»Aber?«

»Aber wenn ich das nicht sofort Frau Bach mitteile, frisst sie uns beide mit Haut und Haaren.«

Jasmin lächelte gequält. »So schlimm?«

Sein Schweigen war Antwort genug. Sie drehte sich um, um zu gehen.

»Vielleicht ja morgen oder übermorgen, wenn dieser Fall abgeschlossen ist.«

»Sie erreichen mich unter dieser Nummer«, sagte sie und schrieb ihre Handynummer auf seinen Notizblock.

»Ich melde mich«, versprach er. Dann griff er zum Hörer. Egal, was seine Chefin gerade machte. Mit dieser Nachricht durfte er sie stören. Dessen war er sich absolut sicher.

MASCHIACH UND DIE FRAU

29. August 2015

Er öffnete die Tür zu seiner kleinen Wohnung. Normalerweise trafen sie sich bei ihr, vor allem wenn es darum ging, im Taumel von Lust und Gewalt zu versinken. Er vermied es, sie hierherkommen zu lassen, sollte doch niemand von ihr erfahren. Dennoch war sie an diesem Abend hier. Hatte sie vergessen, dass er sie dafür bestrafen musste?

Als er sie sah, wusste er, dass etwas Ungewöhnliches geschehen war. Aus verquollenen Augen flehte sie ihn an. Ihr ganzes Gesicht war eine unausgesprochene Bitte: »Hilf mir!«

Sein Zorn über ihren ungebetenen Besuch verwandelte sich in Erregung. Ihr Zustand versprach ungeahnte Möglichkeiten. Begierden, die er bislang tief in sich verborgen wähnte, konnten nun befriedigt werden.

Und sie? Was würde aus ihr werden?

Es spielte keine Rolle. Nicht mehr, seit er sich entschieden hatte, sie zu erlösen. Vor wenigen Tagen hatte er draußen vor der Stadt eine Hütte entdeckt. Kein Keller wie früher, aber baufällig, unbenutzt und abgelegen genug für sein Vorhaben. Leider war die nächste Straße nicht weit entfernt, sodass es unmöglich sein würde, die Süße seiner Tat ungehindert zu kosten. Er würde sie knebeln müssen, sollten ihre Schreie ihn nicht verraten. Schließlich sollte es nicht zu schnell gehen. Was hätte es sonst für einen Sinn?

Der gefährliche Glanz in seinen Augen erlosch. »Was ist passiert? Komm doch herein!«

Seine Stimme klang sanft und besorgt. Zufrieden registrierte er ihr hoffnungsvolles Lächeln.

*

Es war kalt in der kleinen Wohnung. Dennoch fror er nicht. Die Erregung hatte von ihm Besitz ergriffen und ließ ihn glühen. Er ging zum Fenster und starrte in die Nacht hinaus. Obwohl er genauso nackt war wie die Frau, die in seinem Bett schlief, hatten sie sich in dieser Nacht nicht einmal geküsst.

Seine Gedanken galten nicht ihr, sondern der Geschichte, die sie ihm erzählt hatte. Noch während er ihren zitternden Körper in den Armen gehalten hatte und ihren Worten lauschte, noch während sie ihm ihre ganze Seelenpein offenbarte, war ihm bewusst geworden, welche Möglichkeiten sich ihm plötzlich boten.

Es war eine Offenbarung. Alles, was er bisher geschaffen hatte, erschien bedeutungslos. Alles, was noch vor ihm lag, versprach wahre Größe. Ja, die Vollendung seines Werkes würde episch werden. Die Frau hatte ihm den fehlenden Baustein hierfür geliefert. Durch sie spürte er, dass die Zeit das Feuer, das in ihm brannte, nicht gelöscht hatte.

Beinahe hätte er den Fehler begangen, die Frau zu erlösen.

Später, dachte er. Jetzt brauchte er sie noch.

Er ging zum Bett und zog die Decke über ihren nackten Körper. Zärtlich ließ er seine Finger durch ihre schwarzen Haare gleiten.

Gerechtigkeit, dachte er. Du hast mir die Gerechtigkeit gebracht. Dann ging er wieder zum Fenster. In seinem Kopf nahm die Zukunft Form und Farbe an.

Bald, dachte er.

Bald!

ICH

Wir stehen vor dem Haus und reichen uns die Hände. »Danke für Ihre Hilfe«, verabschiede ich mich von Franz Lederer. »Sie wissen, dass ich die Akte brauche, wenn es zur Anklage gegen Nadim Hemedi kommt.«

»Ich habe meine Kopien zwar ohne das Wissen der offiziellen Stellen erstellt, aber wenn wir damit auch Grigore Lazar und seine Brüder überführen können …«

Er muss den Satz nicht vollenden. Ich weiß, es ist seine einzige Hoffnung auf das Ende eines Falles, der kein Ende verspricht. Und auf ein Ende der Träume, die ihn verfolgen.

»Eine Frage ist noch offen«, sagt er, während er mir seine Visitenkarte in die Hand drückt.

»Ja, ich weiß. Woher weiß Nadim, wer den Kühlwagen gefahren hat? Solange ich das nicht herausfinde, wird es keine Anklage geben.«

»Stimmt! Es ist das fehlende Glied in Ihrer Beweiskette.«

*

Die Fahrt zurück nach Deutschland gerät zur Schweigestunde. Mir ist nicht nach Reden, und Sven ergeht es offensichtlich genauso. Zu aufwühlend sind die Eindrücke und Bilder aus Franz Lederers Dachzimmer. Es wird noch eine ganze Weile in Anspruch nehmen, diese zu verarbeiten.

Ein Verkehrszeichen kurz nach dem Grenzübergang Schärding weist auf die Abfahrt nach Passau hin und setzt ein Rad in meinem Kopf in Bewegung. Es ist ein Name: Alana Finke, geborene Hemedi. Ihr abnormes Faible für eingepackte Bücher wäre doch noch einer Erklärung würdig. Ob es etwas mit unserem Fall zu tun hat, steht in den Sternen, aber wo wir schon mal hier sind. »Sven, nimm doch mal die nächste Ausfahrt Passau. Ich hätte da noch was mit Nadims Schwester zu klären. Nichts, wofür ich extra hierher gefahren wäre, aber von hier ist es ja nicht weit.«

»Alana Finke? Denkst du, sie hat etwas mit der Geschichte zu tun?«

»Nun, falls Nadim, wie wir vermuten, den Tod seiner Geschwister vergelten will, hätte er seiner noch lebenden Schwester nicht davon erzählt? Diese Taten zu planen und auszuführen, ist auch ein emotionaler Kraftakt. Vielleicht hat er ihr sein Seelenleid gebeichtet.«

»Oder ihr gar von seinen Plänen erzählt«, ergänzt Sven.

»Gute Idee, wenn ich auch nicht glaube, dass sie das bereitwillig zugeben würde.«

»Ganz sicher nicht. Aber man kann ja mal ihre Reaktion abwarten. Außerdem ist da noch etwas: In ihrem Büro stapeln sich ungelesene Ausgaben von ›Schuld und Sühne‹.«

»Dostojewski? Was hat das zu bedeuten?«

»Vermutlich nichts, aber interessieren würde mich schon, was das soll.«

»Du warst schon mal da. Wo soll ich hinfahren?«

Die nächsten Minuten dirigiere ich ihn durch die Dreiflüssestadt bis zum Parkplatz in der Nähe der Kanzlei Finke.

»So, mal sehen, ob ich was aus ihr rausbekomme.«

»Ich?«

»Du bist weder im Dienst noch zuständig. Wenn du dabei bist, während sie uns irgendwelche Anhaltspunkte liefert oder zur Sache aussagt, können wir Probleme bekommen.«

»Das weiß sie doch nicht«, protestiert Sven.

»Vergiss nicht, sie ist Anwältin. Also, kauf dir inzwischen ein Eis oder so und warte hier.«

Ich lasse Sven und sein mürrisches Gesicht zurück und gehe die wenigen Schritte zur Höllgasse und hinauf zu Alana Finkes Minikanzlei. Überrascht muss ich feststellen, dass die Tür heute verschlossen ist. Ich läute und klopfe, doch ohne Erfolg. Als ich gehen will, tritt ein junger Mann aus dem Architekturbüro nebenan. »Guten Tag. Sie wollen zu Frau Finke?«

»Ja, ich habe keinen Termin, aber ich dachte, ich versuche es auf gut Glück.«

»Hm. Normalerweise ist sie um diese Zeit immer in ihrem Büro, außer sie hat einen Termin bei Gericht oder in einer Asylunterkunft. Wenn ich so darüber nachdenke, habe ich sie heute noch gar nicht gesehen.«

»Kennen Sie Frau Finke näher?«

»Nur als Etagennachbar hier. Man trifft sich auf der Treppe oder vor der Straße. Und manchmal braucht sie etwas aus unserem Büro. Papier oder Hilfe am Computer.«

»Sie wissen, dass sie aus Syrien kommt?«

»Nun, Alana macht kein Geheimnis aus ihrer Abstammung. Warum sollte sie auch? Oder sind Sie da anderer Meinung?«

»Aber nein! Natürlich nicht! Ich wüsste nur gerne, wo sie im Augenblick ist.«

»Da kann ich Ihnen leider auch nicht weiterhelfen. Vielleicht versuchen Sie es ja bei ihr zu Hause, obwohl ich nicht glaube, dass sie dort ist. Sie ist ein Workaholic und freitags nicht zu arbeiten, käme für sie nur infrage, wenn sie krank wäre.«

»Nun gut, schade. Aber trotzdem Danke für Ihre Hilfe.«

Er nickt wortlos und sieht mir nach, während ich die schmale Treppe hinunterpoltere und ohne zählbares Ergebnis zurück zu Sven gehe.

BKA

Hätte Jutta Bach den Anruf ihres Mitarbeiters nicht erhalten, die Atmosphäre in ihrem behelfsmäßigen Büro wäre mehr als eisig gewesen. Jeder in der Fachabteilung Polizeilicher Staatsschutz wusste, dass man ihr nach einem Ermittlungsfehlschlag besser aus dem Weg ging. Jutta Bach hasste Fehlschläge und als solcher hatte sich der Einsatz, von dem sie soeben zurückkam, erwiesen. Die vermeintliche Übergabe heißer Ware hatte sich als Flop erwiesen. Eine Fehlinformation, versehentlich oder absichtlich gestreut. Verschenkte Zeit.

Auch das hasste sie.

Und doch lasen Thomas Hanauer und Sabine Behring Zuversicht und Hoffnung im Gesichtsausdruck ihrer Chefin. Das, was ihr Thomas vorhin am Telefon und jetzt noch mal in aller Ausführlichkeit erläutert hatte, konnte sich als der bisher vergeblich gesuchte Fingerzeig erweisen. Lediglich der anonyme Status des Überbringers der Information gab ihr zu denken. Ein Haar in der Suppe, das sie im jetzigen Stadium der Ermittlungen nicht daran hindern durfte, diese auszulöffeln. Zu groß war der Ermittlungsdruck und zu dürftig das bisherige Ergebnis.

Für einen kurzen Augenblick hatte sie daran gedacht, auch Eberlein und seine Leute zu informieren, diesen Gedanken jedoch schnell wieder verworfen. Moritz Buchmann hatte zwar seine Erkenntnisse in den Mordfällen wie vereinbart zuverlässig an sie weitergegeben, doch hatten sich diese als unbrauchbar für ihre eigenen Ermittlungen erwiesen. Sie wusste, dass Buchmann insgeheim am terroristischen Hintergrund der Geschehnisse der letzten Tage zweifelte. Kein Wunder, dachte sie, bewegten sich doch die Gedanken normaler Kripobeamter für gewöhnlich in anderen Regionen als ihre eigenen. Sie suchten Verbrecher, die in das Weltbild normaler Bürger passten: Mörder, Vergewaltiger, Räuber und Betrüger. Das Schrecklichste in dieser Vorstellung war noch das organisierte Verbrechen mit all seinen Auswüchsen. Die Tragweite des internationalen Terrorismus konnte und wollte niemand erfassen.

Doch genau das mussten sie und ihr Team. Die Abwehr von Anschlägen, die in den letzten Monaten und Jahren nahezu täglich die Brutalität und Grausamkeit des Todes über die Bildschirme in die Wohnzimmer der Deutschen trugen, prägte ihr Leben.

Sie hatte sich dieser Aufgabe voll und ganz verschrieben. Thomas und Sabine auch, das wusste sie.

Ganz anders Buchmann. Obwohl er die Gefahr sicher nicht unterschätzte und die Zusammenarbeit mit dem BKA bereitwillig angenommen hatte, konzentrierten sich seine Untersuchungen ausschließlich auf seine Mörder und nichts sonst. Insgeheim hatte sie zielführendere Hinweise von ihm erwartet.

Nun ja, machte ja nichts.

Diese hatte ja jetzt Thomas geliefert, dachte sie. Er und Jenny Schneider. Der Entschluss der Sekretärin, ihren Fund sofort an die Polizei – an die richtige Polizei – weiterzuleiten, war die Portion Glück, die man manchmal einfach brauchte.

Sie hatte ihnen den Schlüssel in die Hand gelegt, der ihnen auch ohne die Hilfe der Straubinger Kriminalpolizei das Schloss zu den Waffen Silvian Lazars öffnen würde.

Sie mussten herausfinden, wohin die Zutaten für das Gas gebracht worden waren. Ganz zu schweigen von den Handgranaten.

Jutta Bach sah kurz zu Sabine Behring hinüber, die scheinbar desinteressiert aus dem Fenster sah. Ein Eindruck, der täuschte. Es gehörte zu den Eigenarten der Jüngsten in ihrem Team, sich nicht in die Karten schauen zu lassen. Nicht nur einmal hatte sie mit der Illusion geistiger Abwesenheit Verhöre geführt und damit ihre Gegenspieler zu unbedachten Äußerungen verleitet. Die verträumten Augen, das wirr in die Stirn hängende Haar und das leicht spöttische Lächeln ließen den hervorragenden analytischen Verstand, der sich dahinter verbarg, kaum erahnen. Der und ihre traumhaften Ergebnisse auf dem Schießstand versprachen eine steile Karriereleiter, die sie immerhin schon bis zur Hauptkommissarin hochgeklettert war. Jutta Bach erfreute sich eines ausgezeichneten Teams.

Bisher stand Thomas Hanauer etwas im Schatten der beiden Frauen. Bis heute! Heute hatte er blitzschnell die Zusammenhänge zwischen den bruchstückhaften Eintragungen in Silvians Fahrtenliste und dem Verbleib der Waffen erkannt. Und er hatte die sich daraus ergebenden Fragen an die zuständigen Stellen gestellt. Deren Antworten führten ihr Team nun zu Grigore und Ludovic Lazar.

Wie unvorhersehbar die Dinge doch manchmal liefen, dachte sie. Würde Silvian Lazar noch leben, niemand wüsste von der Gefahr. Erst durch seinen Tod erfuhr das BKA von der Existenz der Waffen und von deren Weg nach Deutschland. Jetzt mussten diese nur noch gefunden werden. Und dazu galt es, die nächsten Schritte festzulegen.

Sie gab sich einen Ruck. Sie spürte, ihre beiden Mitstreiter erwarteten ihre Anweisungen.

»Also gut«, brach sie das Schweigen. »Szenario: Die Gebrüder Lazar weiten ihr Tätigkeitsfeld auf den Handel mit Waffen und waffenfähigem Material aus. Gut möglich, dass diese Art Geschäfte kein Neuland für sie ist. Der Kundenkreis spielt dabei keine Rolle, wenn er nur zahlungsfähig und zuverlässig ist. Sie erhalten einen Auftrag zur Beschaffung von Natriumpermanganat, Salzsäure und einer unbekannten Zahl an Handgranaten.«

»Vielleicht noch andere Waffen, von denen wir nichts wissen«, sagte Thomas.

Jutta nickte und fuhr fort: »Aus Kostengründen und wegen der leichteren Beschaffungsmöglichkeiten organisiert man die Ware in Tschechien, zumal mit der GME und ihren Zweigbetrieben eine funktionierende Logistik bereits vorhanden ist.«

»Eventuell ist die GME nur ein Tarnbetrieb«, meinte Sabine.

»Das werden wir noch überprüfen«, stimmte ihr die Chefin zu.

»Silvian transportiert die Ware nach Deutschland und alles läuft glatt, bis er sich entschließt, sein eigenes Ding zu drehen«, setzte Thomas die Kausalkette fort.

»Und dabei ermordet wird«, vollendete Sabine seinen Satz.

»Ein Ereignis, das die Lazars nicht davon abhält, den Deal durchzuziehen. Warum?«

»Die Hochzeit«, antwortete Jutta. »Die Hochzeit bietet die Gelegenheit, Mitglieder des Clans, getarnt als Hochzeitsgäste, unauffällig nach Deutschland einzufliegen und die Ware zu übergeben.«

»Sie denken, die Rumänen sind die Terroristen?« Thomas' Stimme klang ungläubig.

»Das wäre neu. Rumänen sind bisher nicht als solche in Erscheinung getreten. Schon gar nicht in Deutschland. Nein, ich glaube, sie sind nur die Mittelsmänner, die die Ware überbringen sollen.«

»Hört sich plausibel an«, meinte Sabine.

»Und jetzt?« Thomas lehnte sich vor, nahm einen Stift in die Hand und begann, diesen zwischen den Fingern zu bewegen.

Jutta sah auf die Berichte der Bundespolizei vom Münchner Flughafen und auf die Nachricht von Interpol, die vor ihr auf dem Tisch lagen. »Valoriu Balan und seine Söhne? Was haben wir in der Hand? Bestenfalls finden wir bei ihnen einige nicht registrierte Waffen. Das bringt nichts. Wir müssen die Dinge noch laufen lassen.«

»Also beschatten wir sie?«

»Absolut unauffällig und rund um die Uhr.«

»Wer ist der Erste?«

»Immer der, der fragt.«

»Ich ahnte es«, jammerte Thomas theatralisch.

»Sie sollten sich einen starken Kaffee gönnen. Die Nacht ist lang.«

»Morgen früh übernehme ich«, versprach Sabine.

»Um drei?« Thomas sah auf die Uhr.

»Um drei.«

»Was machen Sie in der Zwischenzeit?« Sabine sah ihre Chefin fragend an.

»Ich informiere Buchmann über die Familie Balan. Schließlich können wir ihn und seine Leute nicht ins offene Messer laufen lassen.«

ICH

»Findest du es nicht seltsam, dass Nadims Schwester genau heute nicht aufzufinden ist?«

Wir haben Passau wieder verlassen und fahren auf der Überholspur an einem schier endlosen Lastwagenkonvoi mit Kennzeichen aller Nationalitäten vorbei in Richtung Deggendorf.

»Natürlich ist das seltsam«, beantworte ich Svens Frage. »Aber was sollen wir tun? Hierbleiben und auf sie warten können wir nicht, und für einen Fahndungsaufruf nach ihr haben wir keinen Anlass. Ich denke, wir sollten zurück nach Bad Kötzting. Ich hätte Lust, Nadim mit dem Tod seiner Geschwister zu konfrontieren. Vielleicht verplappert er sich ja und erzählt uns freiwillig, woher er die Namen der Fahrer des Todes-Lkws kennt.«

Svens Aufmerksamkeit verlässt kurz die Straße und wendet sich mir zu. »Glaubst du das wirklich? Dafür ist er doch sicher zu klug.«

»Vermutlich«, muss ich ihm recht geben.

Die nächsten zehn Minuten überlegen wir schweigend. Sven konzentriert sich auf den Verkehr, ich auf meine bisherigen Erfahrungen mit dem Syrer. Es fällt mir schwer, ihn in ein Schema einzuordnen, zumal jetzt das Handy meine Versuche unterbricht. Es ist Mel.

»Hallo, Mel, was gibt's Neues?«

»Das wüsste ich gerne von dir. Ich hätte gerne Nadims Motiv für die Morde.«

Die Sicherheit in ihrer Stimme überrascht mich. »Woher willst du wissen, dass er es war?«

»Wir haben den Beweis. Peter hatte die entscheidende Idee.«

Na, da bin ich aber mal gespannt, denke ich. »Und?«

»Du erinnerst dich sicher an die Falle, in der Miro Dobry gefangen wurde.«

»Klar doch.«

»Hast du sie noch vor Augen? Die gezackten Klingen, die sich in sein Bein gefressen haben?«

»Wie Schlageisen eben aussehen.«

»Genau! Die winzigen Dreiecke, die aus der Klinge geschnitten werden, wenn man eine solche gezackte Oberfläche herstellen will. Peter hat sie gefunden. Im Abfall der Werkstatt der GME. Nadims Werkstatt. Laut KTU ohne jeden Zweifel Teile aus der Falle.«

Ich überlege ein paar Sekunden und kann keinen Fehler in ihrer Argumentation finden. »Hört sich nach der Lösung des Falles an. Gratuliere! Habt ihr auch Teile gefunden, die bei der Herstellung der Kralle, die wir in der Förderschnecke fanden, verwendet wurden?«

»Noch nicht, aber die Spurensicherung nimmt sich gerade jedes Stück aus dem Abfallcontainer genauestens vor.«

»Gut gemacht, Mel. Auch von Peter. Tolles Teamwork!«

»Vor allem von Peter«, berichtigt sie mich. »Und wie sieht es jetzt mit einem Motiv aus?«

»Haben wir, fast.« Ein Klopfen in meinem Handy unterbricht meinen Bericht, noch bevor ich diesen beginnen kann. »Entschuldige, aber ich bekomme einen Anruf. Wo bist du gerade?«

»Bad Kötzting.«

»Wir treffen uns dort auf der Polizeiinspektion. Etwa 40 Minuten, okay?«

»Gut.«

Ich nehme das andere Gespräch an. Mehr als »Gut« und »Ich komme« kann ich nicht antworten. Nicht genug, um Svens Neugier zu befriedigen.

»Wer war jetzt das?«

»Jutta Bach, BKA. Sie wünscht mich zu sprechen. Ich soll nach Straubing kommen.«

»Na gut, dann eben Straubing.«

Während Sven die Ausfahrt Deggendorf rechts liegen lässt, beginnt sich ein Rad in meinem Kopf zu drehen. Irgendwie versuchte es das schon, seit wir uns von Franz Lederer verabschiedet haben. Irgendetwas hat es blockiert. Etwas, das sich nun in Luft aufgelöst hat. Ich halte das Handy noch immer in der Hand. Mit der anderen fummle ich die Visitenkarte, die mir Franz gab, aus der Jackentasche. Als ich beginne, die Nummer einzutippen, sieht mich Sven fragend an.

»Franz Lederer. Ich muss ihn noch etwas fragen. Hab ich vergessen«, erkläre ich kurz angebunden. In Erinnerung, dass der Mann allein wohnt, lasse ich es läuten, bis die Mailbox meinen Versuch unterbricht. »Nicht da.«

»Schreib ihm doch eine Nachricht«, rät Sven.

»Gute Idee«, sage ich, obwohl ich mein Laptop den winzigen Tasten eines Handys vorziehen würde. Wie oft schon habe ich die jungen Leute bewundert, wenn diese mit flinken Fingern rasend schnell schier endlose Nachrichten tippen. Bei mir dauert dies ungleich länger. Endlich kann ich meine Frage im Display lesen und absenden. Erleichtert lege ich mein Handy in die Mittelkonsole von Svens Auto.

»Und? Was willst du noch von ihm wissen?«

»Er sagte etwas von einer Jurapraktikantin, die beim Studium der Akten und der Bilder zusammengeklappt sei. Ich bin mir sicher, er erinnert sich noch an ihren Namen.«

Svens Blick schwankt zwischen Verstehen und Bewunderung. Wenige Minuten später erreichen wir Straubing.

*

Jutta Bach erwartet uns bereits auf dem Parkplatz des Polizeipräsidiums Straubing. Sven bleibt im Wagen, während ich ihrer unausgesprochenen Aufforderung folge und zu ihr gehe. Ihr Gesichtsausdruck lässt nichts Gutes erwarten. Ist es mein überraschender Ausflug nach Österreich, der ihr sicher nicht entgangen ist, oder die bisherige Erfolglosigkeit ihrer Ermittlungen? Ich vermeide es, sie direkt zu fragen. Diese Frau zu reizen, erscheint mir als wenig ratsam.

Frau Bach lehnt an ihrem Audi und hält eine Zigarette an die Flamme ihres Feuerzeugs. Sie inhaliert den ersten Zug. »Sie waren heute Vormittag nicht zu erreichen!«, deutet sie die Richtung der Unterhaltung an. Nicht ungeschickt von ihr. Natürlich weiß sie, dass ich den Grenzübergang Scherding passiert habe und dass ich nicht allein war. »Wir haben eine neue Situation«, erklärt sie, als ich nicht auf ihren leisen Vorwurf reagiere.

»Eine neue Situation?«, fordere ich sie auf, fortzufahren.

»Grigore Lazar hat Freunde aus Rumänien einfliegen lassen.«

»Hochzeitsgäste?«

»Sofern es in Rumänien nicht üblich ist, bewaffnet zu einer Trauung zu erscheinen, nicht.«

»Handelt es sich um alte Bekannte?«

»Nicht unbedingt. Jedenfalls sind sie der Personenkontrolle am Flughafen nicht aufgefallen. Inzwischen haben wir jedoch Europol eingeschaltet. Dort sind Valoriu Balan und seine Söhne jedenfalls kein unbeschriebenes Blatt.«

Das ist nun wirklich eine neue Situation, denke ich. »Was, meinen Sie, beabsichtigt Grigore damit?«

Sie entlockt der Zigarette einen letzten Zug, zieht die Blechdose hervor und steckt die nur halb gerauchte Zigarette zu einigen anderen, die bereits dort liegen. »Der Waffen- und Chemie-Deal geht in die entscheidende Phase.«

»Das heißt, die Kunden sind da?«

»Rumänen? Kaum! Ich denke, die drei sollen die Übergabe absichern oder die Ware überbringen. Grigores Kunden halten sich womöglich nicht an Vereinbarungen und Versprechen. Zumindest schließt er diese Möglichkeit nicht aus. In diesen Kreisen kann es nie schaden, ein paar Pistolen auf der eigenen Seite zu haben.«

»Aber wer sind die Käufer?«

»Das, Herr Buchmann, ist die entscheidende Frage.«

»Die Sie wie zu beantworten gedenken?«

Sie fummelt die nächste Zigarette aus der fast leeren Schachtel. Meinen vorwurfsvollen Blick quittiert sie mit einem Zwinkern. »Nennen wir es einmal *beobachten*«, beantwortet sie dann meine Frage.

Alles klar, denke ich. Sie ist nicht bereit, mir die Arbeitsmethoden der Bundespolizei auf die Nase zu binden.

Jutta Bach spürt meine Skepsis. »Sie halten nichts von unserer Arbeit.«

»Was? Doch, natürlich!«, sage ich ehrlich überrascht. »Glauben Sie mir, es ist mir durchaus bewusst, wie wichtig Sie und Ihre Leute für unsere Sicherheit sind.« Und das meine ich auch so.

»Aber?«

»Aber in diesem Fall?«

»Sie hoffen noch immer auf die Kontakte ihres Freundes Wolfgang Niebel und eine mögliche Verbindung Silvian Lazars zur tschechischen Kinderpornoszene.«

»Woher wissen Sie von Wolfgangs Kontakten?« Meine Überraschung ist echt, meine Verärgerung auch. Ich dachte nicht, dass die Überwachung meiner Aktivitäten so weit geht. Mitleidig sieht sie mich an. Ihr Blick ist Erklärung genug: Wir sind das BKA, wir wissen alles! Sie muss es nicht aussprechen, ich verstehe sie auch so.

»Jedenfalls muss ich Sie enttäuschen. Von den tschechischen Kollegen können Sie im Augenblick keine Hilfe erwarten.«

Weiß ich doch schon, denke ich. Über alles seid ihr dann doch nicht informiert. Sie spürt meine Verbitterung.

»Sehen Sie, Herr Buchmann, Silvian Lazar hatte Kontakt zu einer tschechischen Vereinigung, deren Geschäftsmodell die Ausbeutung von Kindern ist. Aber er hat nicht einmal die Oberfläche angekratzt. Seine Filme sind nur ein Bruchstück des großen Ganzen.«

»Ach, das berühmte große Ganze.« Klingt meine Stimme gekränkt?

Sie fährt ungerührt fort, mich wie einen Schuljungen zu belehren: »Die neuen Verbreitungskanäle für diesen Schmutz liefert das Darknet. Und nicht nur Filme können die Kunden über diesen Internetableger bestellen. Sie können auch gleich die dazugehörenden Kinder und Jugendlichen ordern.«

Will ich das wissen? Will ich diesen zusätzlichen Pfeil in das Herz meiner ohnehin nicht perfekten Welt? Ich muss eingestehen, dass sie furchterregender ist als die Verbrechen, die für gewöhnlich über meinen Tisch gehen.

»Sollten Silvian und die beiden anderen von ihren Geschäftspartnern aus diesem Milieu getötet worden sein, werden Sie es nicht erfahren. Jedenfalls nicht bald genug. Ihre drei Toten interessieren Europol und die tschechischen Kollegen nur am Rande. Sie wollen die Hintermänner.«

»Schon gut, ich habe verstanden«, winke ich ab. »Ich habe diese Spur ehrlich gesagt ohnehin bereits aufgegeben.«

Überraschung huscht über ihr Gesicht. Sie sagt jedoch nichts. Stattdessen findet eine neue Zigarette ihren Weg in ihre Finger und zwischen ihre Lippen.

»Sie sollten damit aufhören«, kann ich mich nicht zurückhalten, sie zu belehren.

»Ich weiß«, gesteht sie. »Ich nehme mir das nach jedem Fall vor. Wie Sie sehen, ohne großen Erfolg.«

Es wird Zeit, sie über Nadim und seine toten Brüder zu informieren.

*

»Sie glauben also, bei den Morden handelt es sich um einen Rachefeldzug dieses Syrers? Aber woher weiß er, wer den Lkw letzten Sommer gefahren hat?«

Sie hat die Schwachstelle meiner These sofort erkannt. Nichts anderes hätte ich von ihr erwartet. »Das gilt es noch herauszufinden«, gebe ich unumwunden zu. »Ich habe da so eine Vermutung. Ich warte nur noch auf die Antwort des österreichischen Kollegen.«

»Nun gut«, überlegt sie. »Wozu dann aber die Handgranaten und das Chlorgas? Vielleicht haben Sie ja recht, und es war purer Zufall, dass Silvian starb, während er das Zeug nach Deutschland schmuggelte. Das hieße dann aber, dass wir beide völlig unterschiedliche Täter jagen. Sie einen Mörder, dessen Motiv Rache ist, und ich Terroristen, die eine unbekannte Anzahl von Menschen töten wollen.«

Sie hat's kapiert, denke ich. »So könnte es sein«, sage ich.

»Das bedeutet, die Wege unserer Ermittlungen trennen sich hier«, sagt sie nachdenklich, während eine weitere angerauchte Zigarette in der Blechdose landet.

»Nicht unbedingt. Grigore Lazar und seine Familie sind unser gemeinsamer Nenner. Für Sie, Frau Bach, könnte er der Verkäufer der Waffen an wen auch immer sein. Und für mich ist er der Drahtzieher hinter einem Menschenhandel, der Nadim Hemedis Familie zerstört hat.«

Sie nickt. »Also bleiben wir in Kontakt. Es bleibt dabei. Wir tauschen unsere Informationen weiter aus.«

»Aber ab jetzt von beiden Seiten!« Ich blicke sie durchdringend an, doch sie scheint durch mich hindurchzusehen. Ich drehe mich um und folge ihrem Blick. Es ist Sven, der die Autotür aufreißt und aufgeregt zu uns läuft.

»Ihr Kollege scheint etwas Wichtiges entdeckt zu haben«, meint sie gelassen.

»Ja, scheint so. Sven Straubmann, Jutta Bach«, mache ich die beiden miteinander bekannt.

»BKA, was?«, meint Sven nur und wendet sich mir zu.

»Franz Lederer hat geantwortet.«

»Und? Was schreibt er?«

Anstelle einer Antwort hält er mir das Handy unter die Nase.

»Mann, Moritz, du hattest wieder mal recht.« Er kann die Bewunderung in seiner Stimme kaum unterdrücken.

Jutta Bach räuspert sich. Richtig, sie habe ich in all der Aufregung fast vergessen.

»Franz Lederer hatte während seiner Ermittlungen eine Rechtsreferendarin im Team. Sie wusste, wer als Begleitfahrer des Todeswagens verdächtigt wurde.«

»Und, wer ist sie?«

»Alana Finke, geborene Hemedi!«

Sie überlegt kurz, zieht die richtigen Schlussfolgerungen und nickt anerkennend. »Ich hatte von Anfang an den Eindruck, dass Sie ein fähiger Polizist sind«, sagt sie noch, dreht sich um und steigt in ihr Auto. Sie wendet am Ende des Parkplatzes und fährt noch einmal an uns vorbei. Hinter der getönten Seitenscheibe ihres schwarzen Audis leuchtet die Glut einer Zigarette.

*

Ich muss noch schnell hinein, sage ich zu Sven und eile hinauf in die Büroetage der Kripo Straubing. Wenige Minuten später bin ich zurück. Ich komme seiner Frage zuvor: »Ich habe die Kollegen in Passau gebeten, Alana zu observieren. Sie überwachen ihre Kanzlei und ihre Wohnung. Vielleicht taucht ja Nadim dort auf. Und auch wenn nicht, würde ich doch gerne ein Wörtchen mit der Dame wechseln.«

»Und jetzt?«

»Jetzt muss ich nach Bad Kötzting. Mel wartet auf mich.«

»Gut, ich bring dich zu deinem Wagen. Der steht ja noch in Kirchbach.«

»Danke, Sven, für alles. Ich muss dir nicht erst erklären, welch große Hilfe du warst. Ohne dich hätte ich nie von Franz Lederer erfahren. Und ohne ihn hätten wir noch immer kein Motiv für die Taten. Leider kann ich dir für diese tolle Leistung nicht einmal die angemessene Bewertung schreiben.«

»Wo ich doch einen Urlaubstag geopfert habe«, meint er gespielt gekränkt.

»Eben deshalb.«

Die Fahrt nach Kirchbach zieht sich länger als geplant. Der Feierabendberufsverkehr stellt sich uns entgegen. Eine volle Stunde wertvoller Ermittlungszeit vergeht ungenutzt, bis Sven seinen Wagen vor dem Haus der Familie Schedlbauer abstellt.

»Schade, aber ich muss zurück nach München.«

»Ja, schade! Du weißt, ich hätte dich gerne als Partner.«

Ich habe ihm das noch nie gesagt. Sven lächelt zufrieden. »Vielleicht ergibt sich ja eines Tages die Gelegenheit. Halt mich auf dem Laufenden, ja?«

»Noch mal danke. Und komm gut heim.« Wir reichen uns die Hände.

»Klar doch. Und grüß Mel noch von mir!« Mit diesen Worten steigt er ins Auto und ist fort. Ich würde wirklich gerne mit ihm zusammenarbeiten. Eine Vorstellung, die vor einem Jahr noch undenkbar war.

Zwei Minuten später sitze ich in meinem alten 320er BMW und bin auf dem kurzen Weg zur PI Bad Kötzting.

Mel wartet und ich bin wieder einmal zu spät. Wenigstens ist auch Karl da. Er führt uns in sein Büro und drückt jedem eine Flasche Wasser in die Hand. Kurz flackert der Wunsch nach einem Cognac auf und erlischt wieder. Noch ehe ich mich setzen kann, ergreift Karl das Wort: »Und ihr geht wirklich davon aus, dass es Nadim war, der die drei getötet hat?«

»Höre ich da Bedauern in deiner Stimme?« Mel sieht ihn überrascht an.

»Ich denke an Samira«, antwortet er und lässt sich schwer auf einen Stuhl fallen. »Was wird aus ihr, wenn der einzige Mensch, der Zugang zu ihr hat, den Rest seines Lebens im Gefängnis verbringt?«

Karl hat recht. Samira!

Aber was soll ich tun? Nadim ist der Mörder. Er muss und er wird gefasst und verurteilt werden.

»Du hast mir das Mordmotiv versprochen«, erinnert mich Mel an den Grund unseres Treffens.

»Ja, hab ich.« Ich liefere den beiden die Kurzfassung dieses Tages. Schließlich will ich die Bilder aus Franz Lederers Akten nicht noch einmal zum Leben erwecken.

»Nadims Brüder starben letztes Jahr auf der Flucht. Sie erstickten in einem Kleinlaster in Österreich. Die Schleuser hießen mit ziemlicher Sicherheit Silvian, Petre und Miroslav. Die Ermittlungen der österreichischen Polizei wurden auf Anweisung von oben aus unerfindlichen Gründen eingestellt. Alana Finke leistete zu dieser Zeit ein Praktikum im Rahmen ihres Jurastudiums bei der Kripo und hatte Zugang zu den Ermittlungsakten. Sie hat Nadim die Namen der vermeintlichen Mörder ihrer gemeinsamen Brüder verraten und ihn vermutlich zu den Morden angespornt.«

»Schuld und Sühne«, flüstert Mel. Karl schaut irritiert, ich anerkennend. »Ja, Schuld und Sühne. Die beiden Gefühle, die Alana quälen, seit sie aus ihrer Heimat floh und ihre Familie im Stich gelassen hat. Sie hat es nie verwunden. Deshalb die Bücher und deshalb sind sie alle noch verpackt. Alana muss sie nicht lesen. Es ist der Titel, der all das widerspiegelt, was sie bewegt. Der Tod ihrer Brüder ließ das Gefühl zur Obsession werden. Sie ist am Leben, während die drei Jungen starben und Samira in einen Körper gesperrt wurde, der die Hölle für sie sein muss. Und auch Nadim ist am Leben. Ein Makel, der in ihren Augen durch nichts anderes getilgt werden kann als durch den Tod der Mörder. Und sie kennt durch einen unglaublichen Zufall deren Namen. Ich weiß nicht, ob Nadim diesen Hass in sich trug oder ob seine Schwester diesen erst entzündete. Aber ich bin mir sicher, sie ist der Kopf hinter diesen Taten, er die ausführende Hand.«

»Nadim Hemedi«, stöhnt Karl kopfschüttelnd. »Das hätte ich mir nie träumen lassen.«

»Wo ist Alana jetzt?«, will Mel wissen.

»Ich wollte sie heute noch mal sprechen, doch sie war nicht in ihrer Kanzlei. Ein Nachbar sagte, sie sei heute dort nicht aufgetaucht. Ich habe die Passauer Kollegen eingeschaltet. Sie observieren die Büroräume und die Wohnung Alanas.«

»Gut!«, meint Karl. »Vielleicht will sich Nadim ja bei ihr verstecken. Dann könnten wir zwei Fliegen mit einer Klappe schlagen.«

»Nadim?«

»Ist seit gestern Abend verschwunden«, erklärt Mel. »Die Pfarrsekretärin war die Letzte, die ihn gesehen hat, als sie nach Hause ging. Seither gibt es keine Spur von ihm.«

»Mist! Fahndung?«

»Läuft auf Hochtouren. Der Ermittlungsrichter hat den Haftbefehl schon aufgrund unserer Funde in seiner Werkstatt bei der GME ausgestellt. Und jetzt noch deine Ergebnisse. Das reicht dann wohl auch zu einer Verurteilung.«

»Alana verschwunden, Nadim verschwunden. Das gefällt mir gar nicht.«

»Du denkst, sie haben sich abgesetzt?« Mel sitzt verkehrt auf einem Stuhl. Ihre Arme liegen verschränkt auf der Lehne, während ihre Gedanken arbeiten.

»Wir sollten die Fahndung auf jeden Fall auf die Nachbarländer ausweiten. Tschechien und Österreich sind nicht weit weg.«

Sie nickt, und ich weiß, ich kann mich auf sie verlassen. Ich stehe auf und gehe langsam zur Tür.

»Was machst du jetzt?«

»Ich fahre nach Hause. Heute kommt Claudia und da möchte ich daheim sein. Außerdem kann ich im Augenblick ohnehin nichts tun. Die Fahndung läuft auch ohne mich. Alles andere ist bei dir in guten Händen.«

Ein kurzes Lächeln erobert ihr Gesicht und wird sofort wieder vom Ernst der Situation vertrieben. »Moritz.«

»Hm?«

»Als Karl Samira erwähnte.«
»Ja?«
»Ich habe dich beobachtet. Es hat dich getroffen.«
»Mehr, als du dir vorstellen kannst.«

GRIGORE

Die beiden Brüder verspürten keine Lust auf ein ungezwungenes Gespräch. Normalerweise hätten sie sich jetzt über das Geschäft, die Familie und ihr altes Zuhause in Muntele Rece unterhalten. Irgendwie hatte ihr Gespräch zwar mit diesen Themen zu tun, dennoch stand Nadim Hemedi zwischen ihnen und einem friedlichen Alltag, wie es die Stunden vor einer Familienhochzeit verdient hätten.

Ludovic hatte unmittelbar nach seiner Ankunft sein Quartier auf dem Kollerhof bezogen. Er bewohnte das einzige Gästezimmer auf dem Anwesen. Später einmal sollten die Stallungen zu einem Gästehaus umgebaut werden. Dann, wenn diese Angelegenheit hier erledigt und wieder die erhoffte Ruhe in Grigores Leben eingekehrt war. Und dazu brauchte er die Männer, die drüben im Dorf im Gasthaus Zur Post wohnten.

Valoriu hatte keine Minute gezögert. Kaum, dass sein Gepäck verstaut war, hatte er sich daran gemacht, die Lage zu sondieren. Selbstverständlich konnte er den Syrer, den er gestern Nachmittag kurz zu Gesicht bekommen hatte, nicht einfach über den Haufen schießen. Nun ja, eigentlich schon, aber eben nicht am hellen Tag und nicht ohne Vorbereitung. Zu Hause, hatte ihm Grigore erklärt, als sie am gestrigen Abend das weitere Vorgehen besprochen hatten, ja, zu Hause, da hätte der Syrer sofort für seine Verbrechen an der Familie Lazar bezahlt. Kein Polizist hätte dort ermittelt, und wenn doch, hätte er keine Zeugen gefunden. Hier aber, in Deutschland, lagen die Dinge anders. Hier galt es zuerst auszuloten, wann sich Nadim wo befand. Außerdem musste die Tat so organisiert werden, dass alle Beteiligten ein Alibi vorweisen konnten. Und die Leiche musste unauffindbar sein. Wenigstens für eine Weile. Oder, noch besser, Nadim musste sich selbst richten.

Viele Vorgaben für die wenigen Stunden, die dem Oberhaupt der Familie Balan blieben. Sein ganzes Leben hatte Valoriu Aufträge dieser Art erledigt. Nicht nur in Rumänien und nicht nur für die Brüder Lazar, die ihn bereits zu Ghenadies Zeiten in den engeren Kreis ihrer Getreuen aufgenommen hatten. Gegenseitige Treue und Loyalität prägten seither ihr Verhältnis.

Und absolute Verschwiegenheit natürlich. Schon Valorius Vater und dessen Vater hatten ihn das gelehrt, so wie er es jetzt Dinu und Lucian lehrte. Der alte Mann, der gestern Abend beim Leben seiner Frau und seiner Söhne geschworen hatte, Nadim Hemedi würde den Tag der Hochzeit nicht erleben, konnte stolz von sich behaupten, nicht nur Beschäftigter der mächtigen Familie Lazar zu sein, sondern deren Freund. Ein Privileg, das ihn über die anderen Familien ihrer Heimat erhob. Seit sich Ghenadie Lazar aufgemacht hatte, die Armut seines Dorfes hinter sich zu lassen und als erfolgreicher Geschäftsmann zurückgekehrt war, hatte ein bescheidener und doch für alle spürbarer Wohlstand die Hoffnungslosigkeit aus den Hütten der Bauern um Muntele Rece vertrieben. Die Firma beschäftigte nicht nur das halbe Dorf, sie kümmerte sich auch um den Frieden dort. Nicht einfach angesichts uralter Fehden zwischen den Familien der Gegend. Doch Ludovic, der zu Hause bei ihnen geblieben war, hatte es geschafft. Und dafür waren ihm nicht nur Valoriu und alle anderen des Dorfes dankbar, sondern auch Grigore, dessen Kindheit noch geprägt gewesen war von so manchem Ehrenmord.

Es war ein Gespräch unter Männern gewesen, gestern Abend im Wohnzimmer Grigores, auch wenn Dana mit im Raum gewesen war. Die Frau des mächtigen Clanführers genoss bei allen Mitgliedern und Freunden der Familie höchstes Ansehen. Alle wussten, dass sie mehr war als Grigores Ehefrau und die Mutter seiner Kinder. Dana Lazar war klug, erfahren und entschlossen. Die wenigsten jedoch wussten um die Grausamkeit und Härte, die in der zierlichen, kleinen Frau schlummerten, wenn es galt, die Familie zu schützen. An diesem Abend saß sie schweigend in einem Sessel am Kachelofen, schaute in das prasselnde Feuer, das der Kälte der Nacht behagliche Wärme abrang, und lauschte dem Gespräch der fünf Männer.

»Wir können Hemedi nicht einfach verschwinden lassen«, hatte Grigore erklärt. »Morgen werdet ihr ihn beobachten und herausfinden, was er vorhat. Vergesst nicht, er hat drei Morde begangen. Dieser Buchmann und seine hübsche Kollegin werden das früher oder später herausfinden. Alle hier werden bezeugen, dass sie Nadim so etwas nie zugetraut hätten. Wo er doch so hilfsbereit und beliebt ist. So ein Mensch kann mit dieser Schuld nicht so einfach weiterleben. Nadim Hemedi wird sich in der Nacht vor der Hochzeit das Leben nehmen!«

Die anderen Männer hatten genickt. Wenn Grigore wollte, dass der Syrer so sterben sollte, dann war es beschlossene Sache.

Doch dann war alles anders gekommen. Der Mörder war verschwunden. Weder die Sekretärin der GME, die ihm näherstand, als sie sollte, noch die Pfarrsekretärin in Bad Kötzting hatten ihn gesehen. Auch sonst wusste niemand, wo sich Nadim Hemedi im Augenblick aufhielt. Dabei konnte er nicht weit sein. Er hatte keines der Autos der GME genommen und auch keiner seiner Freunde und Mitspieler vom TSV wusste, wo er abgeblieben war. Da Valoriu und seine Söhne nur Argwohn erweckt hätten, hatte Grigore die Aufgabe übernommen, die nötigen Anrufe zu tätigen. Und er war nach Bad Kötzting gefahren. Unter dem Vorwand, Nadim noch für spezielle Hochzeitsvorbereitungen zu benötigen, hatte er Gerda Buschek aufgesucht. Diese hatte den Mann, dessen Tod Grigore beschlossen hatte, zuletzt gestern Abend gesehen. Seither war er verschwunden, obwohl er doch die Tür zu den Räumen des Pfarrbüros noch reparieren wollte. Alle Habseligkeiten des Syrers waren noch da, auf einer Kommode lag seine aufgeschlagene Bibel. Er selbst jedoch blieb verschwunden.

Grigore schaute nachdenklich auf sein Glas, in dem der edle Cognac das Licht der Abendsonne reflektierte. Auch Ludovic starrte auf das goldene Getränk. Sein Blick jedoch enthüllte Wut und Zorn. »Wenn wir ihn nun nicht finden?«, zischte er zwischen zusammengekniffenen Zähnen hervor.

»Du denkst an die Hochzeit«, antwortete Grigore.

Ludovic nickte. »Was, wenn er glaubt, er müsse die anderen 67 auch noch rächen?«

»Daran habe ich auch schon gedacht«, sagte sein älterer Bruder.

»Sollten ihn Valoriu und seine Söhne bis Mitternacht nicht beseitigt haben, müssen sie die Kirche bewachen. Nadim darf nicht einmal in die Nähe der Feier kommen!«

»Wird er nicht«, meinte Ludovic grimmig. Er tauschte das Cognacglas mit seiner Pistole. Er ließ das Magazin in seinen Schoß fallen und entfernte die Kugel im Lauf, indem der den Schlitten einmal spannte. »Noch nie hat es jemand geschafft, unsere Familie zu gefährden. Nicht, solange wir da sind!« Bei seinen letzten Worten visierte er ein imaginäres Ziel an und drückte ab.

ICH

Die Lichter des Wagens hinter mir blinken auf, dann zieht der Tiguan an mir vorbei. Erst jetzt bemerke ich, wie langsam ich fahre. Die Anzeige auf dem Tacho gleicht meinem Gemütszustand. Die Anspannung der letzten Tage fällt in sich zusammen und weicht erschöpfter Müdigkeit. Ein paar Tage Ruhe könnten wirklich nicht schaden.

Endlich erreiche ich meinen neuen Heimatort. Obwohl die Sonne bereits hinter den Bergen untergetaucht ist, ist der Platz von Claudias Auto noch leer. Vermutlich hatte ihr Flug Verspätung oder die Autobahn ist voll, denke ich. Ich gehe ins Haus, begrüße kurz ihre Eltern und schleiche die Treppe hinauf. Nach einem kalten Abendessen und der obligatorischen heißen Dusche wickle ich mich in eine Decke und setze mich hinaus auf den Balkon. Ich gestatte es meinen Gedanken, zäh und träge in alle Richtungen zu fließen. Keiner der Namen dieser Tage kommt in ihnen vor. Meiner Kontrolle beraubt gleiten sie in einen Dämmerschlaf, der sie zurück in Erinnerungen und Gefühle vergangener Tage entführt. Am Ende dieser Reise manifestieren sie sich zu einem überwältigenden Begehren. Ohne nachzudenken, stehe ich auf und gehe hinein. Ich weiß, wo die Flasche steht. In diesem Augenblick fährt draußen ein Wagen vor. Claudia ist zurück!

Ich schließe die Balkontüre zu und die Kälte aus. Dann falte ich die Decke zusammen. Claudia begrüßt unten noch Gisela und Ludwig, dann steht sie in der Tür. Und mit ihr die Hoffnung auf bessere Tage.

»Hallo, Schatz, schön, dass du wieder da bist!« Ich nehme sie in die Arme und tue das, was ich die ganze Woche vermisst habe. Der Kuss dauert eine Ewigkeit und ist doch zu kurz. »Wie war deine Woche?«

»Ziemlich anstrengend«, bleibt sie oberflächlich. »Aber jetzt ist erst einmal Ruhe angesagt. Endlich zu Hause!« Ihre Hände umschlingen meinen Hals, ihre Augen blicken tief in meine. Tausend unausgesprochene Fragen spiegeln sich in ihnen. »Was macht euer Fall?«

»Geklärt! Zu 99 Prozent. Nadim Hemedi.«

»Nadim? Der Fußballer?«

»Wie gesagt, zu 99 Prozent. Er ist noch auf freiem Fuß, aber die Fahndung läuft.«

»Und, war es schlimm?« Eine Frage, die auf meinen letzten Fall und meine Reaktionen darauf anspielt.

Drei Tote: verbrannt, zerquetscht, verblutet!

70 tote Flüchtlinge!

Samira!

Ja, es war schlimm, denke ich.

»Ein normaler Mordfall, sieht man davon ab, dass es drei Tote gab«, lüge ich, bemüht, meine Stimme gleichgültig klingen zu lassen. Ein Versuch, der misslingt. Oder kennt sie die Wahrheit?

Claudia sieht mich mit diesem wissenden Blick an, küsst mich noch mal kurz und lässt mich los. »Ich habe schon am Flughafen eine Kleinigkeit gegessen, aber ich brauche eine Dusche.«

»Ich räume deine Sachen auf.«

»Danke, Liebling.«

Unvermittelt driftet unser Gespräch in Belanglosigkeiten ab.

»Wie hat sich Melanie geschlagen?«, fragt sie im Plauderton, während sie dem Bad zusteuert.

»Hervorragend«, antworte ich. »Sie kann ihren ersten Fall als Erfolg verbuchen. Und sie hat tolle Kollegen im Team.«

»Na prima«, höre ich noch. Dann nur noch das Rauschen der Dusche.

Eine halbe Stunde später sitzen wir eng aneinander gelehnt auf Claudias bequemem Sofa. Die Ereignisse dieser Woche nahmen all meine Sinne in Anspruch. Jetzt aber, da sie wieder frei sind, wird mir schmerzlich bewusst, wie sehr sie mir gefehlt hat. Claudia hat eine Flasche Riesling aus dem Keller geholt. »Zur Feier des Tages«, sagt sie. Nach einem Schluck stellen wir die Gläser auf den Tisch. Obwohl der Augenblick vollkommen scheint, liegt eine kaum greifbare Spannung zwischen uns. Es sind die Fragen, die in ihr brennen und die nur ich beantworten kann. Doch dazu muss ich die Türen zu Ereignissen öffnen, die ich für immer verschlossen haben möchte. Und dennoch: Claudia hat ein Anrecht auf die Wahrheit. Sie erwartet nicht mehr und nicht weniger als das. Noch zögert sie. Hat sie Angst vor den Antworten?

Ich liebe sie und ich muss den ersten Schritt tun. Langsam nehme ich das Glas und einen Schluck Wein.

»Du weißt, dass ich dich liebe, aber ich habe das Gefühl, etwas stimmt nicht zwischen uns«, eröffne ich das seit Tagen gefürchtete Gespräch. »Du musst nichts sagen. Es gibt da einige Dinge, die nicht unausgesprochen bleiben dürfen. Nicht in einer Beziehung, wie wir sie haben.« Erleichtert lehne ich mich zurück. Der Anfang ist am schwersten und der Anfang ist gemacht.

Claudia nippt dankbar an ihrem Glas. Auch sie ist erleichtert. Hätte sie es gewagt, das Thema anzusprechen? Sie rückt ein Stück von mir ab und nimmt meine Hände in ihre. Dann atmet sie tief durch. Die Worte verlassen nur zögerlich ihre Lippen: »Was ist da zwischen dir und Jana?«

Ach, das ist es! Fast möchte ich lachen vor Erleichterung. Claudia ist eine Frau und als solche sind ihr die verstohlenen Blicke zwischen Jana, Karl und mir nicht entgangen. Dieses Dreieck des Schweigens, seit nunmehr einem Jahr fest wie aus Stein gemauert, das ich nun zerbrechen muss, will ich sie nicht verlieren.

»Es ist ein Versprechen zwischen Karl, Jana und mir. Ein Versprechen, das nie ausgesprochen wurde und doch bis heute hält. Ich kann es nur brechen, wenn du das, was ich dir jetzt sage, bis an dein Lebensende für dich behältst.«

Claudia hat eine völlig andere Antwort erwartet. Mit einem verständnislosen Gesichtsausdruck nickt sie mechanisch.

»Du erinnerst dich an Anton Breitmosers Unfall letztes Jahr?«

»Der Heuwagen, der von der Scheunendecke auf ihn fiel. Ja, klar doch. Soweit ich weiß, liegt er noch immer im Koma im Krankenhaus. Ich kann nicht sagen, dass ich sonderlich viel Mitgefühl für ihn aufbringe. Er hat Jana misshandelt und wollte sie beseitigen. Das hast du mir damals erzählt.«

»Ja, an diesem Tag wollte er Jana töten. Der Heuwagen hat sie gerettet. Aber es war kein Zufall, dass er genau in diesem Augenblick heruntergefallen ist. Jana hat Anton eine Falle gestellt. Sie hat ihn unter den Wagen gelockt und den Strick gelöst. Es war sie, die ihrem Mann zuvorkommen wollte.«

Spüre ich ein Zucken in ihren Händen? Claudia wendet sich von mir ab und dem Weinglas zu, um es in einem Zug zu leeren. Dann lehnt sie sich zurück und überlegt.

»Karl und du! Ihr habt das herausgefunden«, sagt sie schließlich.

»Ja.«

»Und für euch behalten.«

»Ja.«

»Und Jana weiß, dass ihr es wisst.«

»Ja.«

Ihre Gedanken und Gefühle überschlagen sich, um am Ende zum Ergebnis zu kommen, dass all ihre Befürchtungen Jana und mich betreffend nur ein schlimmer Traum waren.

»Euer Geheimnis ist mein Geheimnis«, erklärt sie mit fast feierlicher Stimme und umarmt mich mit einem stürmischen Kuss, der verrät, welch große Last von ihr fällt. Habe ich gehofft, dass es das war? Habe ich erwartet, nun in leidenschaftlicher Umarmung mit ihr zu versinken? Ich habe mich getäuscht. Noch einmal löst sie sich von mir und zieht sich zurück. Ihre nächsten Worte lassen das ungute Gefühl, das sich meiner bemächtigt, förmlich explodieren.

»Ich habe mit Marcel gesprochen.« Es klingt wie eine Entschuldigung.

»Über mich, ja?«

Sie nickt. »Über deine Zeit nach Andrea.«

»Über meine Zeit nach Andrea? Du meinst, über meine Zeit mit dem Alkohol.« Claudia weiß es. Nach einem Jahr an meiner Seite ist es mehr als eine Ahnung, dass ich nicht der Moritz Buchmann bin, den sie zu kennen glaubte. Soll ich wütend sein oder beschämt? Keines von beiden. Die Trennung von Andrea stürzte mich damals in ein tiefes Loch. Ein Loch, das ich mit Whiskey und Cognac und … ja, auch Drogen zu füllen versuchte. Keine harten Drogen, aber immerhin. Der kurze, aber heftige Absturz blieb auch meinen Kollegen und Vorgesetzten beim LKA nicht verborgen. Es war Marcel, der mich beim Schopf packte und aus dem Sumpf zog, bevor aus der seelischen Sucht nach Vergessen körperliche Abhängigkeit werden konnte. Ich lernte ihn während meiner Ermittlungsarbeit kennen. Er war Zeuge eines Raubüberfalls in der U-Bahn und als solcher landete er bei mir zur Vernehmung. Der Zufall wollte es, dass wir uns ein paar Tage später in einer Schwabinger Kneipe erneut begegneten. Belanglose Gespräche über Fußball und den Alltag führten auf mehreren Umwegen zu einer echten Männerfreundschaft, die bis heute ungebrochen ist. Es waren diese Freundschaft und Marcels Beharrlichkeit und positive Lebenseinstellung, die meinen tiefen Fall noch vor der harten Landung bremsten.

Ich hatte mein Leben wieder im Griff.

Doch dann kamen Sven und Kurt und ein Heuwender, der die beiden aufspießte.

Dann kam Jochen, der an einem Balken hing und eine Frau und ein blindes Mädchen zurückließ.

Und jetzt: Silvian – verbrannt, Petre – zerquetscht, Miroslav – verblutet.

Und: Samira! Samira, nach Luft ringend in der drückenden Gluthölle eines Lieferwagens, der zur Todesfalle wurde.

Und mit ihnen kamen die Träume und die Angst zu versagen. Wie habe ich auf diese Angst reagiert? Habe ich mich ihr gestellt? Nein, ich bin davongelaufen. Geflohen in die Zeit nach Andrea und vor Marcel. Claudia weiß von ihm von dieser Zeit. Und doch muss sie es von mir erfahren. Ich sehe ihr in die Augen und beginne meine Lebensbeichte.

*

Die Reise in die dunkelsten Stunden meines Lebens ist vorbei. Jetzt kann ich nur noch auf Claudias Reaktion warten. Diese fällt völlig anders aus, als ich es erwartet habe. Keine Ermahnungen, keine Vorwürfe, aber auch keine tröstenden Worte. Stumm sieht sie mich an. Dann nimmt sie meinen Kopf in ihre Hände und zieht mich an ihre Schulter. Sie legt ihre Arme um mich und hält mich fest. Ich kann nicht sagen, wie lange wir so auf ihrer Couch sitzen, ohne zu reden. Worte sind in diesem Augenblick nicht nötig. Ich verstehe auch so Claudias stummes Versprechen: Ich bin für dich da!

Die kommende Nacht schenkt mir erstmals seit Langem einen traumlosen Schlaf.

TANJA

»Wer war der Mann?«

Obwohl es gegen die Abmachung mit ihrer Mutter verstieß, musste Tanja heute einfach noch einmal mit ihrer besten Freundin sprechen. Sie schlüpfte tiefer unter die Bettdecke in der Hoffnung, nicht gehört zu werden. Ihre Eltern saßen unten vor dem Fernseher und stellten keine Gefahr dar. Martin dagegen schon. Ihr kleiner Bruder lag nebenan und wartete nur darauf, seine Schwester zu verpetzen.

Ähnlich erging es auch Emily, die, wie alle Mädchen dieser Welt, die einen kleinen Bruder erdulden mussten, in ständigem Krieg mit diesem lag.

»Mama sagt, er arbeitet für Herrn Lazar«, drang die Antwort leise aus Tanjas Handy.

»Vielleicht ist er ja dann morgen auch auf der Hochzeit?«, flüsterte Tanja.

»Glaub ich nicht. Mama sagt, er ist dort nur Hausmeister oder so. Außerdem ist er ein Ausländer aus dem Osten. Ich glaube, Syrien oder so. Der ist bestimmt nicht eingeladen.«

»Hast du gesehen, wie er uns angesehen hat?«

Tanja fühlte sich unbehaglich. Genauso war es ihr gestern ergangen, als sich ihre Mütter mit dem Mann aus Syrien oder so unterhalten hatten. Sie wusste, dass sie noch ein Kind war. Dennoch war ihr nicht entgangen, dass der Mann sie und Emily angestarrt hatte. Es war nichts – wie sagten doch die Erwachsenen? – Anzügliches in seinem Blick gewesen. Eher Mitleid und Trauer.

»Er hat so traurig ausgesehen«, bestätigte Emily ihren Eindruck. »Als würde er etwas ganz Schlimmes sehen.«

»Ja, seltsam, oder? Hoffentlich ist er morgen nicht dabei.«

Tanja wollte morgen keine traurigen Blicke. Morgen wollte sie Freude und Lachen. Alles, was zu einer Hochzeit gehört. Ein großes Fest, bei dem auch sie und ihre beste Freundin im Mittelpunkt stehen würden. Nicht so sehr wie die Braut, aber immerhin.

»Bist du auch so aufgeregt wie ich?«, flüsterte Emily.

»Ich? Aber nein. Das wird ganz easy«, sagte Tanja, bemüht, cool zu klingen, obwohl ihr Herz schon beim Gedanken an die vielen fremden Menschen flatterte. Die Lüge ging ihr leicht über die Lippen, obwohl …

»Mist, Kai kommt!«, schimpfte die beste Freundin und beendete dieses wichtige Gespräch. Tanja sah noch kurz auf ihr Handy, bevor sie es in die Schublade ihres Nachtkastens legte. Beim Gedanken an ihre Mutter meldete sich das schlechte Gewissen.

Nur dieses eine Mal, versprach sie stumm. Ein letzter Blick auf das Kleid, das an einem Bügel am Schrank hing, dann schloss sie die Augen. Warum hat der Mann uns so mitleidig angeschaut?, dachte sie noch. Dann schlief sie ein.

VIERTES KAPITEL

- LUFT -

Samstag, 08.10.2016
Heute
6.00 Uhr

MEL

An normalen Tagen lässt sich Mel vom Summen des Weckers aus dem Schlaf reißen. Sie leidet darunter, keiner jener Zeitgenossen zu sein, für die der Morgen ein strahlendes Lächeln bereithält. Ihre ersten Schritte in den Tag wollen erkämpft sein. Erst Dusche und Frühstück machen einen Menschen aus ihr.

Heute aber ist kein normaler Tag. Als ihn das Foltergerät auf ihrem Nachttisch pünktlich um 6 Uhr eröffnet, liegt sie bereits eine Stunde wach in ihrem Bett. Roland, ihr aktueller Freund und Arzt am St. Josefs Krankenhaus, versuchte in der letzten Nacht, Leben zu retten, und würde erst gegen Mittag nach Hause kommen, sofern keiner der üblichen Notfälle dazwischenkäme.

Es sind die Morde, die Melanie Güßbacher keinen Schlaf gönnen. Warum muss sich gleich ihr erster Fall zu einer Blutorgie entwickeln? Kann es nicht ein handelsüblicher Totschlag, ein Ehedrama oder ein Raubmord sein? Schon die Art und Weise der Morde lässt sie erschauern.

Wie nannte es Peter doch? Eine Choreografie des Todes! Ja, das ist es. Die drei Männer starben genau so, wie es sich der Täter ausgemalt hat. Wie es sich Nadim ausgemalt hat, verbessert sie sich. Der Tod seiner Brüder muss ein wahrhaft traumatisches Ereignis für ihn gewesen sein.

Auch für Alana. Ist sie die treibende Kraft hinter allem? Hat sie ihren Bruder nur benutzt, ihn zum ausführenden Arm ihrer Vergeltung gemacht? Moritz glaubt das. Sollte er recht behalten, läge es nahe, dass sich Nadim bei ihr versteckt.

Sie hält das für unwahrscheinlich, da zu offensichtlich. So dumm sind die beiden nicht. Dennoch muss Alana Finke überwacht werden. Vielleicht unterläuft ihr ja ein Fehler. Die Passauer Kollegen sind vor Ort, trotzdem sollte ich Daniela und Peter auf sie ansetzen, denkt Mel.

Doch es sind nicht diese Gedanken, die sie nicht zur Ruhe kommen lassen. Irgendetwas hat sie übersehen. Es ist eine der Beobachtungen der letzten Tage, die von innen an die Erinnerung pickt wie ein Küken an die es umgebende Eierschale. Noch gelingt es ihr nicht, ins Freie zu gelangen, doch sie muss es schaffen. Mel spürt, dass alles davon abhängen kann.

Sie rafft sich auf, rollt aus dem Bett und geht ins Bad. Eine halbe Stunde später beobachtet sie die Wolken, die die Milch in das Schwarz ihres Kaffees zaubert. Noch immer gibt es keine Vollzugsmeldung von der Fahndung nach Nadim.

Wo nur hast du dich versteckt?, denkt sie, steht auf und geht zur Küchenzeile ihrer Dreizimmerwohnung in Regensburgs Altstadt. Die Ofenplatte ist heiß. Sie lässt Rührei und Speck brutzeln. Ihr Blick fällt hinaus auf die mittelalterlichen Straßen und Gassen der Stadt. Sie liebt diese Wohnung hoch oben im fünften Stock des uralten

Hauses. Umgeben von 2.000-jähriger Geschichte und dem urbanen Leben der Großstadt kann sie sich keinen anderen Ort zum Leben vorstellen. Über die Dachlandschaft hinweg ragen die Türme des Domes und der Kirchen sowie mächtige Patriziertürme längst ausgestorbener Handelsfamilien. Ohne ihren Gedanken einen Befehl zu erteilen, treiben diese einige Tage zurück und einige Kilometer weiter gen Osten. Irgendwo lösen diese Türme ein Déjà-vu in ihr aus, ohne dass sie dieses zuordnen kann. Mel versucht es erst gar nicht, sondern lässt ihre Erinnerungen weiter fließen. Sie führen sie in Nadims Wohnung. Ein Bild taucht auf. Eine Zeichnung. Ansichten und Grundrisse eines Turmes. Dann Gerda Buscheks erklärende Stimme. Der Hungerturm, schwer zugänglicher Aufbewahrungsort des Kirchenarchivs. Stefan Wiesenreiter und Nadim Hemedi, die dort Stunden verbringen, um die alten Schätze zu ordnen. Mel schaltet den Ofen aus und ihren Computer ein. Sekunden später zeigt ihr Wikipedia die Bad Kötztinger Kirchenburg. Sie zoomt sich an den Turm am östlichen Ende des Areals heran. Dann wechselt sie zu Google Earth und der aktuellen Luftansicht des Geländes. Kirche, ehemaliges Pflegschloss, Burgmauern und -gräben und wieder der Turm. Ein perfektes Versteck. Für Nadim und – für Gas und Granaten.

TANJA

Tanja schlägt die Augen auf und sieht … nichts. Verblüfft blickt sie auf die Uhr. Kein Wunder, dass es dunkel ist, denkt sie. Normalerweise steht sie nie vor drei viertel sieben auf. Das reicht, sich in Jeans und T-Shirt zu werfen, sich die Zähne zu putzen und zu waschen, das Frühstück hinunterzuschlingen und so eben noch den Schulbus zu erreichen. An den Wochenenden und in den Ferien ist ihr Bett mit den großen gelben Sonnenblumen und den Bravo-Postern an der Wand dahinter ihr liebster Platz. Wenigstens bis zum Mittagessen. Sie hält es nicht für nötig, die Wärme unter der Decke schon um 6 Uhr gegen die Hektik des Tages zu tauschen. Außer heute.

Heute wird ein aufregender Tag, denkt sie und knipst das Licht an. Mit zwinkernden Augen begutachtet sie das Kleid, das ihre Mutter noch einmal gebügelt und an die Schranktür gehängt hat. In vier Stunden würde Tanja neben ihren besten Freundinnen vor Hunderten fremden Menschen singen. Sie ist schon gespannt auf die Braut und deren Kleid. Frau Ciobanu wird bestimmt toll aussehen, denkt sie. Und wir auch. Noch aber ist es zu früh. Es reicht, wenn ich um 8 Uhr unter der Dusche stehe.

Auch wenn die Aufregung Tanja nicht mehr einschlafen lässt, so bleiben ihr doch noch zwei Stunden in der gemütlichen Wärme unter der bunten Decke, die sie bis zu ihrem Kinn hochzieht. Mit einem erwartungsvollen Lächeln auf den Lippen dreht sie sich zur Seite und schließt die Augen.

BKA

Im Hotel herrscht um diese Tageszeit gespenstische Ruhe. Nichts und niemand bewegt sich auf den Fluren und in den Treppenhäusern. Nur aus vereinzelten Fenstern fällt Licht auf die Straße. Aus der Küche dringen gedämpfte Geräusche. Dort wird das Frühstück bereitet, das ab 7 Uhr den Gästen den Start in den Tag erleichtern soll. Jutta Bach nimmt all dies wie durch einen Schleier gedämpft wahr. Diese Nacht endete für sie um 6 Uhr wie an jedem anderen Tag auch. Eine innere Unruhe trieb sie aus ihrem Zimmer. Nun streift sie durch den weitläufigen Hotelkomplex auf der Suche nach Antworten. Sie weiß, dieser Tag muss sie bringen, und sie ahnt, dass er sie bringen wird. Die halbe Nacht versuchte sie, Zusammenhänge zu knüpfen, wo es scheinbar keine gibt.

Zum ersten Mal blitzte bei ihr der Gedanke auf, Silvians Schmuggelware könnte gar nicht für eine terroristische Aktion gedacht sein. Nadim Hemedi schob sich ins Zentrum ihrer Überlegungen. Und Moritz Buchmann und dessen Geschichte. Eine Geschichte, die von Nadims Brüdern und seinen Schwestern handelt. Und von Vergeltung. Auch von Grigore Lazar und dessen vermuteter Verstrickung in 70-fachen Tod.

Jutta ließ ihren Gedanken freien Lauf und irgendwann in dieser Nacht flossen diese in die gleiche Richtung, um sich am Ende zu einem breiten Strom zu vereinen. Und dieser führt sie zu Grigore Lazar, der die halbe Familie Balan einfliegen ließ. Nicht um, wie von ihr vermutet, das Chlorgas und die Handgranaten entgegenzunehmen, und auch nicht als harmlose Hochzeitsgäste. Valoriu und seine Söhne sollen Nadim Hemedi töten. Der Patron des Clans zieht die gleichen Schlüsse aus den Morden wie Moritz Buchmann und dessen Kollegen. Nadim hat sich mit den Lazars angelegt.

Dafür erwartet ihn jetzt der Tod.

Vielleicht sollte sie Verstärkung anfordern? Sabine Behring observiert die rumänischen Killer ganz allein. Ein Sondereinsatzkommando könnte nicht schaden. Was aber, wenn sie sich täuscht? Wenn die Balans doch wegen der Waffen hier sind? In diesem Fall ist es oberstes Ziel, die Übergabe zu vereiteln. Und dafür sind noch weitere Ermittlungen erforderlich. Ein Trupp schwer bewaffneter Polizisten stört da nur. Die Übergabe muss stattfinden, denkt sie. Sie ist der Weg, der zu den Hintermännern des Waffendeals führt. Sabine hat die Anweisung, sich sofort bei ihr zu melden, sollte sich etwas Verdächtiges ergeben. Die leitende Ermittlerin beschließt, noch zu warten. Langsam geht sie in ihr Zimmer zurück, um sich auf den Tag vorzubereiten.

GRIGORE

Ein Teil der Vögel befindet sich schon auf dem Weg in wärmere Gefilde. Die Daheimgebliebenen beginnen, mit ihrem Gesang die Nacht zu vertreiben. Ihr Versuch, die Sonne hinter den östlichen Bergen hervorzulocken, scheitert an der frühen Stunde dieses Tages. Grigore nimmt einen tiefen Atemzug. Die kühle Morgenluft strömt durch seine Lungen und klärt seine Gedanken. Er liebt diese Phase zwischen Nacht und Tag, dann, wenn die Menschen und die Welt noch schlafen. Langsam geht er die Stufen vor dem Haus hinab, um über seinen Hof zu schlendern. Drinnen ist es noch ruhig. Bald wird Dana aufstehen, das Frühstück bereiten und ihn dazu drängen, sich für die große Feier vorzubereiten. Für ihn bedeutet das, nicht nur Anzug und Krawatte anzuziehen und ein zuversichtliches Lächeln zur Schau zu stellen. Diese Hochzeit wird anders als alle bisherigen, denen er in seinem langen Leben beiwohnte. Kein unbeschwertes Feiern, kein Lachen und kein Singen. Zu viel Schrecken liegt hinter ihnen und zu viel Ungewissheit vor ihnen.

Er sieht es als seine Pflicht an, dafür zu sorgen, dass Amira und ihr Bräutigam einen unvergesslichen Tag erleben. Und das nicht wegen der Angst, die sich nur schwer aus den Köpfen aller Beteiligten dieses Festes vertreiben lässt, sondern wegen des Glücks, das ihnen dieser Tag für die Zukunft verspricht.

Alle verlassen sich auf mich, denkt er. Auch wenn Ludovic da ist, wissen doch alle, dass er der legitime Nachfolger Ghenadies an der Spitze der Familie ist. Dessen Autorität stand bis zu seinem Tod nie infrage. Grigore ist es, der durch seine rigorose Geschäftsführung den Reichtum und Einfluss der Familie mehrte. Es ist seine eiserne Disziplin, die ihn von seinem Bruder unterscheidet. Ludovics Unbesonnenheit hat sie nicht nur einmal in Schwierigkeiten gebracht, aus denen sie sein diplomatisches Geschick retten musste. Ludovic ist der Mann fürs Grobe und deshalb ist es gut, ihn hier zu wissen.

Ursprünglich bestand der Plan darin, Nadim Hemedi

noch vor der Hochzeitsfeier verschwinden zu lassen. Der Syrer kam ihnen zuvor. Er hält sich versteckt, und es ist unwahrscheinlich, ihn noch rechtzeitig zu finden. Sollte er jedoch auf der Feier erscheinen, so gibt es dafür nur einen Grund. Und falls Nadim tatsächlich vorhat, die Trauung Amiras in seinen Rachefeldzug einzubauen, wird er sich wundern. Ludovic, Valoriu und dessen beide Söhne und auch er, Grigore, sind bereit. Heute gilt es, das Brautpaar und dessen Gäste zu beschützen. Um den Mann, der über seine Familie den Tod gebracht hat, kann man sich später kümmern. Er wird nicht entkommen, beschließt Grigore. Nadim Hemedi wird für das, was er seiner Familie angetan hat, bezahlen. Egal, welche Motive ihn zu diesen Taten getrieben haben.

Er blickt auf die Uhr. Die sechste Stunde des Tages hat begonnen. Er dreht sich um und geht zum Haus zurück. Tief in seinem Herzen, vergraben unter der Schicht aus Verantwortung und Anspannung, glimmt die Freude über die Hochzeit. Amiras Ehemann entspricht genau dem Bild, das sich Grigore von der Zukunft malt. Sie macht den Schritt in ein neues Leben abseits von Verbrechen und Gewalt. Einen Schritt, den er selbst noch nicht gehen kann. Vielleicht niemals gehen kann. Heute zwingt ihn Nadim, die Vergangenheit noch einmal aufleben zu lassen. Doch selbst wenn der Mörder aus dem Weg geräumt ist, wird eines Tages vielleicht ein anderer kommen, um Grigores Päne zu durchkreuzen. Doch darum würde er sich kümmern, wenn es so weit war. Jetzt gilt es, an heute zu denken. Er freut sich für Amira und er freut sich für seinen Enkel. Es ist Milans erste Familienfeier. Es soll nicht seine letzte sein, denkt er. Dafür wird er sorgen.

Als er das Haus betritt, geht in der Stube das Licht an. Dana ist aufgestanden.

SABINE

Langsam kriecht die Kälte ins Innere des Autos. Sabine zieht die Jacke zusammen und atmet tief durch. Vor drei Stunden löste sie ihr Versprechen ein und Thomas bei der Observierung ab. Vor diesem Teil ihrer Tätigkeit als Kriminalbeamte haben sie alle Kollegen gewarnt. Das stundenlange und zumeist ergebnislose Warten nagt an den Nerven und an der Motivation. Sabine weiß, worauf sie sich eingelassen hat. Auch auf Jutta Bach. Ihre Chefin genießt beim polizeilichen Staatsschutz den Ruf, ein harter Hund zu sein. Auch gegenüber ihren Mitarbeitern.

Sabine stört das nicht. Sie will lernen, und das von den Besten. Außerdem hat sie in den letzten Wochen festgestellt, dass die Gerüchte, wie so oft, übertrieben sind. Sie kommt mit Frau Bach gut aus. Nur wenn die Ermittlungen schlecht laufen, dann geht man ihr besser aus dem Weg. Und diese Ermittlungen laufen schlecht.

Zumindest bis gestern.

Thomas hat seine Sache wirklich gut gemacht, denkt sie. Jetzt ist es an ihr, ihre Sache gut zu machen. Sie hat den auffälligen Audi in einer Seitenstraße hinter einem Kleinlaster geparkt. Von dort hat sie einen guten Blick auf den Eingang des Gasthauses Zur Post, ohne selbst gesehen zu werden. Das ist wichtig, besonders in einem kleinen Dorf, in dem jeder Fremde sofort bemerkt wird. Sabine ist keine Anfängerin. Sie liebt ihren Beruf und würde nichts anderes auf der Welt machen wollen. Daran ändert auch dieser morgendliche Einsatz nichts. Sie spürt, dass entscheidende Stunden vor ihr liegen. Unbewusst tastet ihre Hand nach ihrer Waffe. Bisher musste sie keinen Menschen damit töten. Hoffentlich auch heute nicht. Doch wenn es nötig sein wird, dann ist sie bereit dafür.

MASCHIACH

Er steht vor dem Fenster und blickt hinab auf den Garten vor dem Pfarrhaus. Gegenüber entreißen Scheinwerfer den Kirchenbau dem Dunkel der Nacht. Er ist nackt und zittert. Es ist nicht die Kälte, die seinen Körper erfasst hat. Es ist das Wissen um die Bedeutung dieses Tages. Die Erregung greift nach ihm. Nur noch wenige Stunden, denkt er.

Dann ist es vollbracht!

Dann werde ich sterben!

8.25 Uhr

MEL

Der Zeitpunkt für die Morgenlage ist ungewöhnlich spät gewählt, aber Melanie Güßbacher erwartet noch die Ergebnisse der Kriminaltechnik, die sie für die Besprechung benötigt. Die Fahndung nach Nadim läuft bereits seit 16 Stunden auf Hochtouren. Aufgrund der Nähe zu Tschechien, der Slowakei und Österreich ist auch Europol in die Suche eingeschaltet.

»Vielleicht ist er ja gar nicht mehr am Leben«, meint Daniela in dem Augenblick, als die Tür aufgeht und Cindy Mohr, die gute Seele des Kommissariats, das Ergebnis der KTU hereinbringt.

»Wer sollte Nadim denn töten?«, wendet Peter ein. Er sitzt lässig auf der Kante seines Schreibtisches und nippt an einem Becher mit Automatenkaffee.

»Er selbst«, antwortet Mel an Danielas Stelle.

»Ihr meint Suizid? Hm. Aber warum?«

»Nur so ein Gedanke. Er ist verzweifelt, er hat den Tod seiner Geschwister gerächt und er weiß, er wird seiner Schwester Samira nie mehr beistehen können.«

»Und seine Schwester Alana nie mehr sehen«, fügt Peter

hinzu. »Wäre nicht verwunderlich, da keinen Sinn im Leben mehr zu sehen.«

»Was Alana betrifft, bin ich mir nicht so sicher«, meint Mel. »Die beiden können sich treffen, solange wir ihn nicht in Gewahrsam haben.«

»Vielleicht haben sie sich ja schon getroffen!« Daniela schwingt in ihrem Bürostuhl hin und her, wie sie es immer tut, wenn sie angestrengt nachdenkt. »Gut möglich, dass er bei ihr Unterschlupf findet.«

»Kann ich mir nicht vorstellen«, sagt Peter. »Die beiden haben die Morde zu perfekt geplant und ausgeführt, um jetzt so einen simplen Fehler zu begehen. Wäre er bei ihr, hätten das die Kollegen in Passau schon herausgefunden. Die sind ja auch nicht blöd. Schon gar nicht, wo Buchmann ihnen doch Bescheid gegeben hat.«

»Alana würde bestimmt niemandem den Aufenthaltsort ihres Bruders auf die Nase binden, falls sie ihn kennt.«

»Freiwillig sicher nicht, aber vielleicht führt sie uns ja zu ihm?«

»Ihr wisst, was das heißt?« Mel sieht die beiden an.

»Observierung?« Danielas Stimme klingt wenig begeistert.

»Da sind doch schon die Passauer Kollegen dran«, meint Peter.

»Und ihr seht mal nach, was die so rausgefunden haben. Ich hätte da gerne einige Informationen aus erster Hand«, erklärt Mel. »Sekunde noch. Lasst mich kurz sehen, was uns die KTU mitzuteilen hat.« Sie überfliegt die Seite. »Na also. Auch die Kralle wurde in Nadims Werkstatt hergestellt.«

»Dacht ich's mir doch. Sollen wir Buchmann Bescheid geben? Mal sehen, was er von unserer Theorie hält.« Peter steht auf und wirft seinen leeren Becher mit der Treffsicherheit eines NBA-Basketballspielers in den Abfalleimer.

Mel schüttelt den Kopf. »Nein, das ist nicht nötig. Wir kriegen das auch allein hin. Außerdem hat Moritz heute frei. Der schnarcht sicher noch in seinem Bett.«

»Im Gegensatz zu uns«, mault Peter gespielt.

»Ja, ich liebe Wochenenddienst auch«, entgegnet Daniela, steht auf und streckt sich. »Auf geht's nach Passau!«

»Ich muss noch mal nach Bad Kötzting«, erklärt Mel. »Mir ist da noch etwas aufgefallen. Vermutlich hat es nichts zu bedeuten, aber sicherheitshalber sehe ich mir das noch an. Meldet euch, wenn ihr etwas habt, ja?«

»Klar doch«, meint Peter und folgt seiner Kollegin, die bereits auf dem Weg nach draußen ist.

GRIGORE

Langsam legt Grigore den Hörer zur Seite. Der Anruf erreichte ihn auf seiner Festnetznummer in seinem Büro, das sich in die ehemalige Austragskammer des Kollerhofes zwängt. Er hatte den Raum wegen seiner Abgeschiedenheit innerhalb des Bauernhauses gewählt. Gerade heute ist er dankbar für diese Entscheidung. Sein Heim gleicht einem Bienenstock, in dem an diesem Tag nicht er die Königin ist. Alles dreht sich um die Hochzeit und das Brautpaar. Selbst Dana, die Frau, deren Besonnenheit und Ruhe er schätzt, lässt sich von der hektischen Nervosität anstecken. Sicher wartet sie bereits ungeduldig auf ihn. Eben erst band er seine Krawatte, als ihn der Anruf aus dem Zentrum des Trubels hinauf in die Stille seines Büros rettete.

Ich muss mich konzentrieren, denkt er. Ist die Nachricht vertrauenswürdig? Die Quelle der Information ist es auf jeden Fall. Schließlich zählt sie zum Bekanntenkreis von Pfarrer Spitzenberger und wohnt in dessen Räumen in der Kirchenburg. Dort seien in den letzten Tagen verdächtige Aktivitäten zu beobachten gewesen, die unmittelbar mit der Person Nadim Hemedis zu tun haben. Da Herr Lazar gestern nach ihm gefragt habe, halte man es für richtig, ihn zu informieren. Herr Hemedi habe sich in den letzten Tagen auffällig oft im Hungerturm hinter der Kirche aufgehalten. Zudem sei er immer wieder des Nachts verschwunden, ohne Grund und Ziel anzugeben. Heute, vor einer halben Stunde, sei er wieder aufgetaucht und sofort zu dem massiven, dreistöckigen Turm gegangen, der an der äußeren Kirchenmauer nur durch den Pfarrgarten zu erreichen sei und den nur wenige Leute betreten durften. Sicher denke er, er sei nicht gesehen worden, doch da täusche er sich.

Nachdenklich lehnt sich Grigore in seinem Sessel zurück. Wie gerne würde er sich jetzt eine Zigarre gönnen, doch will er seinen Anzug nicht in den letzten Minuten vor der Trauung in Qualm und Rauch hüllen.

Ursprünglich hatte er Valoriu Balan und seine beiden Söhne aus der Heimat herbeordert, um die Hochzeit und deren Gäste von den besten und skrupellosesten Männern Muntele Reces bewachen zu lassen. Dann rückte der Tod Nadims in den Vordergrund. Vielleicht gelingt ja beides? Zwei sollten für den Syrer reichen. Valoriu und Lucian! Ja, die beiden sollen den Mistkerl erledigen, der es wagte, sich gegen die Lazars zu stellen. Dinu kann an meiner Seite die

Trauung bewachen, beschließt er. Die beiden anderen können nach vollbrachter Tat zurückkommen. 100 Zeugen werden beschwören, dass sie die Hochzeit zu keiner Sekunde verlassen haben.

Grigore greift erneut zum Telefon, um die drei zu sich zu rufen. Der Auftrag muss unter acht Augen besprochen werden. Man kann ja nie wissen, ob das Telefon nicht abgehört wird, denkt er sich. Sicher ist sicher.

SABINE

Endlich tut sich was. Sabine Behring dachte schon, völlig überflüssig hier in der Kälte zu stehen. Seit sie Thomas ablöste, nagt die Ungeduld an ihr. Hinzu kommt, dass einige früh aufgestandene Kirchbacher vor ihrem Auto stehen bleiben, um neugierig zu überlegen, wer da neu angekommen ist in ihrem beschaulichen Dorf.

Es ist höchste Zeit, dass die Rumänen in Aktion treten. Sie tun das, indem sie in ihren pechschwarzen SUV steigen und losfahren. Obwohl sie sich nach allen Seiten umsehen, bemerken sie Sabine nicht. Die Familie Balan mag hervorragende Killer hervorbringen, doch mit einer geschulten BKA-Polizistin hatten sie es bisher noch nicht zu tun. Die mit 31 Jahren jüngste Hauptkommissarin der polizeilichen

Staatssicherheit lässt sich Zeit. Sie ist sich sicher zu wissen, wohin die drei fahren. Sie muss kein Risiko eingehen, gesehen zu werden. Es reicht, sich in der Nähe der Auffahrt zum Kollerhof zu positionieren.

Die Rumänen holen sich bestimmt ihren Tagesbefehl von Grigore ab, denkt sie. Ohne Sichtkontakt zum SUV fährt sie in eine Waldeinfahrt, die es ihr ermöglicht, den Schotterweg hinauf zum Kollerhof zu beobachten, ohne selbst gesehen zu werden.

9.30 Uhr

TANJA

Tanja betrachtet sich noch einmal im Spiegel. Nervös zupft sie an ihrem neuen Kleid. Am Ende waren dann auch Emily, Karin und Melina damit zufrieden. Wir werden toll aussehen, alle so gleich angezogen, denkt sie. Die Buben in ihren blauen Sakkos und die Mädchen in den gleichfarbigen Kleidern und den weißen Blusen.

»Tanja!« Die Stimme ihrer Mutter verrät ihre Ungeduld.

»Ja, ich komme.«

Eigentlich kann nichts schiefgehen. Sie hatten die ganze Woche geprobt und selbst das rumänische Lied, das ihr anfangs so gar nicht über die Lippen gehen wollte, klingt inzwischen vertraut in ihren Ohren. Stefan Bielmeier, der Gründer und Leiter des Kirchbacher Kinderchores, konnte Herrn Lazar schlecht den Wunsch abschlagen, es ins Programm der Trauung einzubauen. Nicht, nachdem dieser den Chor mit diesen schicken Uniformen ausgestattet hat.

Für Tanja geht das in Ordnung. Außerdem gefällt ihr die getragene Melodie des Liedes und die letzte Probe gestern klang dann auch richtig gut. Sogar Herr Bielmeier war mit ihnen zufrieden und wenn er sagt, es war gut, dann war es das auch.

Tanja sieht auf die Uhr. Noch eine halbe Stunde. Es ist nicht ihr erster Auftritt, aber vor so vielen fremden Menschen hat sie noch nie gesungen. Eltern und Verwandte überhören großzügig den einen oder anderen Fehler, das weiß sie trotz ihrer erst zehn Jahre. Aber diese Hochzeitsgäste, denen sie gleich gegenüberstehen wird?

Sie holt noch einmal tief Luft. Dann geht sie hinunter zu ihrer Mutter, die bereits vor dem Haus auf sie wartet.

GRIGORE

Valoriu und seine Söhne führen mit geübten Griffen die Patronen in die Magazine ihrer Pistolen. Die drei wollten die Waffen gleich nach ihrer Ankunft in Kirchbach entgegennehmen, doch Grigore hatte das abgelehnt. Man stelle sich nur vor, seine Freunde wären in eine Polizeikontrolle geraten. Wie sollten sie die Waffen erklären? Nutzen und Risiko abwägend ignorierte er ihren Wunsch. Heute aber gibt es kein Zurück.

Grigore führte die drei Männer zu seinem nicht unbeträchtlichen Waffenarsenal im alten Kartoffelkeller der Scheune. Mit anerkennendem Nicken wählte jeder von ihnen eine Pistole. Luzian und Dinu bevorzugen italienische Berettas, Valoriu ist ein erklärter Anhänger deutscher Markenware. Seine Heckler & Koch P8 bietet, wie auch die Pistolen seiner Söhne, die Möglichkeit, dank eines aufgesetzten Schalldämpfers nahezu lautlos zu töten.

»Nur für den Fall«, meint er mit Blick auf Grigore. Denn der Syrer soll auf andere Weise sterben. Das Oberhaupt der Familie Balan wickelt das Seil um seine Taille und zieht seine Jacke darüber.

Auch Grigore greift in die Metallkiste, die unter einer dünnen Betonplatte versteckt in der Erde ruht. Im Gegensatz zu den anderen verzichtet er auf den Schalldämpfer. Er steckt die handliche Pistole in die Innentasche seines Sakkos, während Dinu und Lucian ihre Waffen abschätzend inspizieren. Sie zu fragen, ob sie damit umgehen können, wäre eine unverzeihliche Beleidigung.

»Und der Informant ist zuverlässig?«

Valoriu blickt kritisch über Kimme und Korn.

Das kaum erkennbare Nicken Grigores reicht als Antwort.

»Aber wird er nicht auch die Polizei informieren?«

»Ganz bestimmt. Das muss er schließlich, will er keine Schwierigkeiten bekommen. Nehmt euch also in Acht. Es könnte sein, dass dieser Buchmann oder seine hübsche Kollegin auftauchen.«

»Dann sollten wir uns beeilen. Schließlich wollen wir hier keinen Krieg mit der Polizei anfangen. Und keine Sorge, Hemedi wird Selbstmord begehen. Lucian und ich regeln das.«

»Ich weiß. Ich verlasse mich auf euch. Kommt dann so schnell wie möglich nach Weißenregen. Parkt hinter der Kirche und seht zu, dass niemand euch bemerkt. Mindestens zwei Dutzend unserer Leute sind informiert. Sie werden bezeugen, dass ihr die ganze Trauung über da wart. Dinu und ich sehen zu, dass uns in der Kirche niemand Schwierigkeiten bereitet.«

Grigore legt dem jungen Mann die Hand auf die Schulter. Seine Wahl fiel auf den älteren der beiden Brüder. Das Risiko, alle drei Balan auf die Jagd nach Nadim Hemedi zu schicken, erscheint ihm als zu groß. Außerdem spricht Lucian im Gegensatz zu seinem Vater ein passables Deutsch. Die Familie Lazar unterstützt ihre Freunde auch in der Heimat. Dazu gehört auch, deren Kindern eine ausgezeichnete Ausbildung zu finanzieren. Die Zeiten der Ziegenhirten sind vorbei. Lucian studiert in Bukarest und spricht neben Rumänisch drei weitere Sprachen. Wenn er nicht gerade für seine Gönner Aufträge erledigt und Menschen tötet.

9.45 Uhr

TANJA

Obwohl seit dem letzten Telefonat mit ihrer besten Freundin keine fünf Minuten vergangen sind, kann es Tanja kaum erwarten, auch den anderen vom Chor alles zu erzählen, was bisher an diesem Tag geschehen ist. Auch wenn dies kaum erwähnenswert ist, könnte es ja doch den ein oder anderen interessieren.

Noch aber muss sie sich zehn Minuten gedulden. Wie gern würde sie in dieser endlosen Zeit, die die Fahrt nach Weißenregen dauert, ihr Smartphone herausziehen und sehen, was die Welt da draußen einem kleinen Mädchen mitzuteilen hat. Ihre Mutter bestand jedoch darauf, den unersetzlichen Wegbegleiter ungenutzt zu Hause zu lassen, sodass Tanja abgeschnitten von allen Neuigkeiten auf das Wiedersehen mit Emily, Karin und Melina warten muss.

Als sie endlich an der Kirche ankommen, stellt sie enttäuscht fest, dass sie nicht die Erste ist. Kaum dass Tanjas Mutter den Wagen auf dem Parkplatz hinter der Kirche abstellt, springt sie heraus und stimmt in das aufgeregte Geschwätz der anderen Mädchen ein. Während die Jungen ihre Nervosität durch aufreizende Lässigkeit zu verbergen suchen, überspielen die Mädchen die Aufregung durch atemloses Gerede. Hauptgesprächsthema ist das Lied, das sich Herr Lazar gewünscht hat und das sie in der letzten Woche so oft geprobt haben. Ein rumänisches Lied, das dort speziell zu Hochzeiten gesungen wird, so hat es ihnen Herr Bielmeier erklärt. Die Melodie ist einfach, die Sprache schwierig. Tanja hört, dass die anderen um sie herum damit immer noch Probleme haben. Ich nicht, denkt sie. Die Melodie gefiel ihr von Anfang an. Auch der Klang der Sprache geht ihr leicht über die Lippen.

Während Emily mit Melina plaudert, sieht sich Tanja um. Langsam füllt sich der Parkplatz. Tobias Müller schlendert um die Ecke. Tobias ist immer der Letzte, der kommt. Somit sind alle da.

Herr Bielmeier klatscht in die Hände. »Alle mal aufpassen!«, ruft er ihnen zu. Er wirkt nervöser als seine Schützlinge. »In zehn Minuten gehen wir durch die Sakristei in die Kirche. Dort setzt ihr euch auf eure Plätze neben dem Altar. Wir haben euch dort Stühle hingestellt, damit ihr nicht die ganze Zeit stehen müsst. Bei unseren Einsätzen steht ihr auf mein Zeichen auf, ohne rumzuzappeln oder Lärm zu machen. Genau so, wie wir es geübt haben. Alles verstanden?«

»Klar doch. Wir machen das schon«, meint Tobias locker. Wie immer lässt ihn das Geschehen völlig kalt. Nicht nur einmal hat er den Chorleiter mit seiner Unpünktlichkeit zur Verzweiflung getrieben. Seine glockenhelle Stimme macht das alles wett. Wenn Tobias singt, dann lauschen die Engel, sagen die Leute. Aber er ist selbst schuld, dass er nicht bei den Regensburger Domspatzen ist. In der Schule ist er einfach zu schlecht. Lehrer und Noten interessieren ihn nicht wirklich.

»Nimm erst mal die Hände aus den Hosentaschen.« Tanja lächelt dem gleichaltrigen Jungen zu, der sich lässig wie immer an eines der Autos lehnt.

Dahinter sieht sie ihre Mutter, die ihr aufmunternd zuwinkt. Wie alle Eltern muss sie während des großen Auftritts ihrer Tochter draußen bleiben. Tanja weiß, dass ihre Eltern stolz auf sie sind. Und dass das nicht nur an ihren guten Noten, ihrem Talent am Klavier und ihren fröhlichen blauen Augen liegt. Ihre Eltern lieben ihre Tochter einfach, genauso wie Tanja die beiden liebt.

Und dann folgt sie Herrn Bielmeier und geht mit den anderen in die Kirche, nicht ahnend, dass jemand beschlossen hat, sie solle ihre Eltern nie wieder sehen, dass jemand alle Vorkehrungen getroffen hat, um Tanja, ihre besten Freundinnen und alle anderen in dieser Kirche zu töten.

Der Augenblick, auf den Maschiach so lange gewartet hat, ist gekommen.

10.10 Uhr

MEL

Als Mel den Pfingstrittort erreicht, schieben sich bereits erstaunlich viele Autos durch die Kopfsteinpflasterstraßen der Stadt. Vor dem Rathaus lädt eine Parklücke ein, den Wagen dort abzustellen. Sie nimmt das Angebot an, sind es von dort doch nur wenige Schritte hinein in den Innenhof der Kirchenburg. Der Samstagvormittag zieht noch einige Menschen aus der Umgebung in die Stadt, um die letzten Besorgungen für das Wochenende zu machen. Doch verglichen mit Regensburg ist der Verkehr erträglich.

Was Moritz wohl gerade tut? Für Mel ist das ohne Belang. Sie verfolgt diese eine Spur, auch wenn die sich nur undeutlich auf dem Sand der Vermutungen und Ungewissheit abzeichnet. Vielversprechender könnte sich die Fahrt von Daniela und Peter nach Passau erweisen. Alana Finke hat etwas zu verbergen, dessen ist sich Melanie absolut sicher.

Vielleicht verbirgt ja auch dieser Turm etwas vor uns, hofft sie. Auf jeden Fall ist er einen Besuch wert.

Frau Buschek erwartet sie bereits. Gut dass sie die Pfarrsekretärin noch von Regensburg aus angerufen hat, um sich anzumelden.

Nach ihrem ersten Besuch vor zwei Tagen steht die resolute rechte Hand von Stadtpfarrer Spitzenberger der Kriminalpolizistin nicht mehr so misstrauisch gegenüber. Ohne sie könnte sich der Versuch schnell als Seifenblase erweisen. Ihr Chef und Kaplan Wiesenreiter trauen droben in Weißenregen gerade die Nichte Grigore Lazars. Dieser und seine Verwandten feiern, als wäre in den letzten Tagen nicht der mehrfache Tod über ihre Familie hereingebrochen.

Auf der anderen Straßenseite, vor dem Hotel Zur Post, parkt ein Opel Astra ein. Zwei Männer sitzen darin, machen jedoch keine Anstalten auszusteigen. Mel beobachtet die beiden eine Minute, kann jedoch nichts Auffälliges an ihnen erkennen.

Es wird Zeit, auszusteigen und Frau Buschek zu treffen. In diesem Augenblick läutet ihr Handy. Typisch, denkt Mel mit Blick auf das Display. Moritz kann wieder mal nicht abschalten, wo doch der Fall so gut wie gelöst ist. Kopfschüttelnd nimmt sie den Anruf entgegen.

ICH

Der vorletzte Tag dieser Woche schenkt dem Bayerischen Wald strahlenden Sonnenschein. Kein freies Wochenende für einen Kriminalbeamten. In meinem Metier bestimmen die Täter die Arbeitszeit. Da ich aber guten Gewissens annehmen kann, meinen Teil zur Ergreifung des Dreifachmörders beigetragen zu haben, habe ich beschlossen, an diesem Samstag zu Hause zu bleiben. Zur Fahndung nach Nadim Hemedi kann ich ohnehin nicht mehr beitragen als die Hoffnung, er möge bald gefasst werden.

Ich fühle mich ungewohnt ausgeruht und erholt. Liegt es nur am tiefen Schlaf der letzten Nacht oder an der Gewissheit, Claudia an meiner Seite zu wissen auf dem Weg, den ich ab jetzt gehen werde. Auf dem Straßenschild dieses Weges stehen zwei Worte: kein Alkohol! Und damit meine ich nicht nur Hochprozentiges. Auch mein geliebter Brunello gehört der Vergangenheit an. Es ist keiner dieser gutgemeinten Vorsätze. Es ist schlicht eine Notwendigkeit und als solche werde ich es annehmen.

Endlich wälze ich mich aus dem Bett und schlurfe ins Bad. Ein Zettel am Spiegel verrät mir, dass Claudia diesen Samstag beim Einkauf in Cham verbringt. Da habe ich ja noch mal Glück gehabt, denke ich. Ich liebe diese Frau wirklich, aber auf eine Shoppingtour kann ich gern verzichten. Schließlich hat man als Mann ein Anrecht auf einige wenige Freiheiten. Da für ihren Wagen der TÜV ansteht, ist dieser seit gestern in der Werkstatt, sodass sie sich meinen BMW geborgt hat. Was soll's? Die Sonne steht schon hoch am Himmel und verspricht einen goldenen Herbsttag.

Meine Tagesplanung beginnt mit einem ausgedehnten Frühstück. Anschließend folgt der unangenehme Teil, den ich so schnell wie möglich hinter mir lassen will: der Bericht!

Den Bericht nach dem Abschluss eines Falles zu schreiben, zählt zu den schlimmsten Aufgaben eines Kriminalbeamten. Ich weiß, diese Abneigung teile ich mit Kollegen weltweit. Ich will jedoch die zeitliche Nähe dieser Stunde zu den Ereignissen der letzten Tage nutzen. Später kann ich ja noch eine kleine Wanderung hinauf in die goldgelben Wälder am Predigtstuhl unternehmen.

Eine halbe Stunde später sitze ich bei Spiegeleiern, Marmeladenbrot und Kaffee am Tisch und blättere in der Tageszeitung. Diese enthält eine akribische Auflistung prominenter Toter. Der Exodus an Künstlern, Schauspielern und Musikern übersteigt in diesen ersten neun Monaten des Jahres laut dem Verfasser des Artikels das statistische Jahresmittel erheblich. Nicht dass mich das außerordentlich interessieren würde, aber David Bowie und Muhammad Ali werden mir schon fehlen.

Auch in Kirchbach gibt es einen Toten. Das Ableben des 87-jährigen Georg Semmelbauer, Landwirt aus Reckendorf, wird keine Schlagzeilen über den Ort hinaus machen, denke ich. Vielleicht aber hat er in seinem Leben mehr für seine Familie bedeutet als all die Prominenten zusammen. Der liebe Opa, Bruder und Vater, wie es in der Todesanzeige heißt, verschied im Schlaf, als sein Herz beschloss, aufzuhören zu schlagen.

Eine weitere Anzeige im Lokalteil der Zeitung lenkt meine Gedanken wieder auf Erfreulicheres. Sie verkündet die heutige Trauung von Amira Ciobanu und Dr. Carsten Wanninger in der Wallfahrtskirche zu Weißenregen. Die Firma Green Mountain Electronics ist aus diesem freudigen Anlass heute geschlossen, heißt es da. Lediglich eine Notbesetzung stehe für dringende Anliegen zur Verfügung. Bestimmt wieder die arme Frau Schneider, denke ich. Na wenigstens beschert das heutige Wetter dem jungen Paar einen schönen Rahmen für diesen wichtigen Tag. Nur ein geringer Trost angesichts der Ereignisse dieser Woche. Es wundert mich doch, dass die Festlichkeiten nicht verschoben wurden, aber Jenny Schneider hat schon recht. Bei so vielen Gästen aus dem Ausland wäre ein neuer Termin kaum zu organisieren.

Ich leere meine Kaffeetasse, lehne mich zurück und lasse meine Gedanken los. Genießen sie die Freiheit? Nein, sie kehren unweigerlich zu Nadim Hemedi und seinen Opfern zurück. Sie können wohl nicht anders, bis unser Tatverdächtiger gefasst ist. Ohne Ermittlungsdruck spulen sie die Bilder der letzten Tage noch einmal für mich ab.

Da ist Nadim, der Flüchtling, der den Krieg und die Flucht überlebte, der nicht verhindern konnte, dass seine Geschwister starben, der Samiras Leid täglich vor Augen hat und der von seiner Schwester Alana in ein Dickicht aus Schuld und Zweifeln getrieben wurde, dem er nicht mehr entkommen konnte. Rache, Hass, Gerechtigkeit. Begriffe, die ihn zum Äußersten trieben. Ist es Schicksal, dass Nadim in der Firma arbeitet, die den Tätern von einst gehört? Schicksal, dass ihn sein Weg in die Freiheit hierher nach Kirchbach führte? Schicksal, dass er die Namen der Täter erfuhr? Wir müssen ihn finden, sonst werden diese Fragen unbeantwortet bleiben.

Da ist Grigore Lazar. Wird der Patron des Clans, der seinen Reichtum auf dem Leid der Flüchtlinge aufbaute, der mitschuldig ist am Tod ungezählter Menschen, wird Grigore ungeschoren davonkommen? Werden seine Verbrechen ungesühnt bleiben?

Da ist Alana. Gepeinigt von Schuldgefühlen, ihre Familie verlassen zu haben, am Leben zu sein, während die anderen starben. Und wieder dieses Wort: Schicksal! Ausgerechnet Jura studierte sie, ausgerechnet bei Franz Lederer machte sie ihr Praktikum, ausgerechnet zu der Zeit, als dieser im Fall der Flüchtlingstragödie auf der A 4 ermittelte. Hat sie Nadim nur zu den Taten getrieben oder hat sie ihm sogar dabei geholfen? Ich bin mir sicher, sie ist der Drahtzieher hinter den Morden. Und jetzt, da alles vollbracht ist?

Ein Rad in meinem Kopf beginnt sich zu drehen. Ein Blick zur Uhr. Was Mel wohl gerade macht? Meine Hand greift zum Telefon, meine Finger wählen ihre Nummer.

»Hallo, Moritz! Nein, Nadim ist noch nicht aufgetaucht«, kommt sie meiner Frage zuvor.

»Dachte ich mir schon. Also haben sich die Passauer Kollegen noch nicht gemeldet. Sollen wir vielleicht selbst nach dem Rechten sehen?«

»Hab ich mir auch gedacht. Peter und Daniela sind schon dort.«

»Sehr gut, Frau Teamleiterin.«

»Und was machst du?« Mel überhört das Lob in meiner Stimme.

»Freier Tag. Eine Runde über den Predigtstuhl zum Roßberg. Die Fahndung läuft auch ohne mich und die Restarbeiten überlasse ich dir. Du bist noch jünger, voller Elan und so, du verstehst? Ach ja, der Abschlussbericht will auch noch geschrieben werden.«

»Na, dann viel Spaß. Übrigens, die Materialanalyse der Kralle und des Schlageisens ist da. Die Vergleiche des Metalls mit den Resten aus Nadims Werkstatt ergeben eindeutig, dass die Mordwerkzeuge dort hergestellt wurden.«

»Damit sind wohl die letzten Zweifel beseitigt.«

»Sieht ganz so aus«, meint sie.

»Übrigens, Grigore hat sich Verstärkung aus der Heimat geholt. Das BKA hat die Typen im Visier. Ludovic kommt als Hochzeitsgast, aber die anderen? Jutta Bach meint, sie sind gefährlich. Und wenn sie das sagt, dann ist das so. Sie hat bessere Quellen als wir.«

»Und was heißt das für uns?«

»Grigore macht ernst. Er nimmt die Sache in die eigenen Hände. Sollten seine Leute Nadim vor uns finden, dann …«

»Deshalb muss ich ihn finden.«

»Wir! Wir müssen ihn finden.«

»Klar, wir.«

»Noch was. Die Bach hat mir Fotos der drei geschickt. Hast du gleich auf deinem Smartphone. Sieh dir die Kerle an, ja?«

»Versprochen.«

»Mach doch auch frei. Die Fahndung läuft auch ohne dich.«

»Geht nicht. Hast du vergessen? Ich soll doch die Restarbeiten für einen müden Oberkommissar erledigen.«

»Und das heißt?«

»Ich bin noch mal in Bad Kötzting. Mir ist da noch etwas eingefallen. Routine und vermutlich unwichtig, aber ich möchte es dennoch überprüfen.«

Sagt es und legt auf, um mich ahnungslos zurückzulassen. Ich konnte sie nicht einmal mehr bitten, vorsichtig zu sein.

SABINE

Diesmal wartet sie 20 Minuten, bis etwas passiert. Beinahe hätte sie der simple Trick Grigores überrascht. Es ist nicht der auffällige SUV, der in die Straße Richtung Bad Kötzting einbiegt, sondern ein Allerweltsfahrzeug aus dem Hause Opel. Da getönte Scheiben nicht zu seiner Ausstattung zählen, erkennt sie sofort, dass nur zwei Männer die Suche nach Nadim antreten. Sie lässt noch einen Mercedes vorbei, dann nimmt sie die Verfolgung auf. Diese dauert nicht lange. An der ersten Ampel biegt der Astra nach Bad Kötzting ab. Sie folgt ihm hinein ins Stadtzentrum. Als der Wagen vor einem Fotogeschäft parkt, fährt sie weiter bis zur nächsten Abzweigung. Dort stellt sie ihr Auto außer Sichtweite der beiden Männer vor eine Arztpraxis und läuft zurück. Sie kommt gerade noch rechtzeitig, um Melanie Güßbacher zu sehen, die über die Brücke im Innenraum der Kirchenburg verschwindet.

Was macht denn Buchmanns Kollegin hier?, denkt sie. Ob sie von den Rumänen weiß? Hat Frau Bach auch die Kripo informiert? Wohl kaum. Vermutlich führt die Suche nach Nadim Hemedi sie hierher. Und wie es scheint, vermutet Frau Güßbacher diesen dort, wo ihn auch die vermeintlichen Waffendealer aus Rumänien suchen.

Diese warten noch einige Sekunden, dann steigen sie aus ihrem Wagen. Während der jüngere der beiden die Bilder im Schaufenster betrachtet, sondiert der ältere unauffällig die Umgebung. Offensichtlich kommt er zum Schluss, dass keine Gefahr droht. Zielstrebig machen sich die beiden daran, ebenfalls den Burggraben zu überqueren.

Sie kennen Melanie Güßbacher nicht, denkt Sabine. Vielleicht halten sie sie für eine Kirchenbesucherin. Ohne große Eile schlendert sie vorbei am Gasthaus Zur Post in Richtung Kirche. Die beiden Männer haben den Tordurchlass ins Innere der Anlage erreicht. Noch einmal dreht sich der ältere um, dann verschwinden sie aus ihrem Blickfeld.

Sabines Kollegin befindet sich in Gefahr, ohne es zu ahnen.

MEL

Wie vor zwei Tagen überquert sie die Steinbrücke über den Burggraben, betritt den Innenhof vor dem Kircheneingang und läutet an der Tür zum Pfarrbüro.

»Kommen Sie ruhig herein«, wird sie von Frau Buschek begrüßt. »Ich hab schon auf Sie gewartet. Sie wollen tatsächlich in den Hungerturm?«

»Guten Tag, Frau Buschek! Ja, ich möchte mich ein wenig umsehen. Sie haben doch nichts dagegen, oder?«

»Was ich davon halte, spielt keine Rolle. Wichtig ist, was der Herr Pfarrer denkt. Ich habe ihn über Ihren Anruf informiert und er sagt, wir müssen die Polizei unterstützen, soweit es in unserer Macht steht.«

»Sehr lobenswert«, sagt Mel. »Können Sie mir den Zugang zeigen?«

»Kommen Sie mit!« Sie nimmt zwei Schlüssel von einem verzierten Schlüsselbrett an der Wand und einen anderen aus einer Schublade. »Normalerweise darf ja niemand in den Turm«, erklärt sie mit wichtiger Miene. »Das Pfarrarchiv enthält einige wirklich wertvolle Aufzeichnungen.

Der Herr Kaplan hat sich in letzter Zeit viel Mühe gemacht, alles zu ordnen und zu sortieren. Bringen Sie dort bloß nichts durcheinander.« Mit dieser Mahnung verlässt sie das Pfarrbüro hinaus in den Burghof. Mel folgt ihr zu der großen Glastür gegenüber.

»Wir müssen durch das Pfarrzentrum«, erklärt Gerda Buschek, während sie den Schlüssel ins Schloss steckt. Mel bleibt ihr auf den Fersen, geht durch das Foyer und durch eine zweite Tür hinaus in den Pfarrgarten. Dort, wo in längst vergangenen Jahren Kirche und Pflegerschloss bewacht wurden, säumen Sträucher, Blumen und Gemüsebeete den Weg hinüber zu dem trutzigen Bauwerk. An die äußere Burgmauer gelehnt verleiht der quadratische, aus rohen Steinen gemauerte Turm der Kirchenburg erst den Charakter einer Wehranlage. Am östlichen Ausläufer des Geländes liegt er abseits des Kircheneingangs und der viel begangenen Wege und ist ohne Gerda Buscheks Schlüssel nicht erreichbar.

Ein ideales Versteck, denkt Mel, während ihre Begleiterin mit bedeutungsvoller Miene den Schlüssel aus der Schublade in das Schloss steckt und ihn umdreht. Die niedrige und enge Holztür schwingt lautlos nach außen.

»Vielen Dank«, sagt Mel mit einem etwas mulmigen Gefühl im Magen.

»Bitte sehr, Frau Kriminaler«, lässt ihr die Pfarrsekretärin den Vortritt.

Mel nickt und tritt in den kleinen, überraschend hellen Raum. Das Innere des Turmes entspricht auf seltsame Weise Mels Vorstellung. Aus rohem Stein gemauerte, meterdicke Wände umfassen ein rechteckiges Zimmer. Regale und Tische teilen sich die knapp 20 Quadratmeter. Eine steile Treppe verbindet es mit dem Keller und dem Obergeschoss.

»Aufzeichnungen, Belege und Rechnungen aus den letzten Jahrhunderten«, erklärt Gerda Buschek. »Damit kann man zum Beispiel den Pfingstritt bis ins 15. Jahrhundert zurückverfolgen.«

»Mit Rechnungsbelegen?«

»Marktrechnungen, die mit dem Ritt zu tun haben. Wurde schon damals genau Buch darüber geführt.«

»Aha.«

»Das ist aber nicht das, wonach Sie suchen, oder?« Gerda sieht Mel erwartungsvoll an.

Enttäuschung macht sich in Mel breit, als sie an einen der Schränke herantritt und ihre Finger über einige der Karteikarten gleiten lässt. Was hat sie erwartet? Nadim, der auf einem Stuhl sitzt und sich festnehmen lässt?

»Was ist da unten im Keller?«, ignoriert sie Gerdas Frage.

»Den hat die JU angemietet. Die treffen sich dort.«

»Ach was? Der Nachwuchs der CSU sucht wohl die Nähe zum ersten Buchstaben im Namen der Mutterpartei«.«

Diesmal ist es Gerda Buschek, die Mels Spitze überhört. Sie geht zu einem der Fenster und deutet nach unten in den äußeren Burggraben. »Der Keller hat auch einen Zugang von außen. Dort unten. Die Tür von hier hinab ist abgesperrt, damit die jungen Leute nicht hier reinkönnen.«

»Und was ist da oben?« Mels Blick geht zu den uralten Balken der Holzdecke.

»Das Gleiche wie hier: Akten und Dokumente.« Ohne eine Reaktion Mels abzuwarten, geht sie voran.

Die Treppe endet in einem Raum, der auf den ersten Blick dem unter ihm liegenden ähnlich ist. Eine weitere Enttäuschung für Mel, hat sie doch gehofft, hier wenigstens Hinweise auf Nadims Verbleib zu finden. Ihre letzte Hoffnung ist das Dachgeschoss, das nur über eine Bodenluke und eine steile Leiter zu erreichen ist.

»Und dort?« Mel deutet auf die Leiter.

»Geht's zum Dachboden. Der ist leer. Nur Spinnen und Staub.«

»Ich seh mir das mal an.«

»Na gut, wenn Sie meinen. Ich warte hier, wenn Sie nichts dagegen haben.«

Umso besser, denkt Mel. Wenigstens hab ich dich dann nicht ständig im Nacken.

Die Leiter ist steil, aber neu und stabil, und auch die Luke über ihr schwingt ohne großen Kraftaufwand nach oben. Die Scharniere sind gut geölt, denkt Mel. Der Dachboden wird anscheinend häufig genutzt. Im Gegensatz zum Raum darunter bietet er jedoch nur spärliches Licht. Sie bleibt auf halber Höhe stehen, um ihren Augen die Möglichkeit zu geben, sich an das Halbdunkel anzupassen, dann steigt sie vorsichtig höher. Als sie die letzten Sprossen der Leiter erklommen und wieder festen Boden unter den Füßen hat, zuckt sie erschrocken zusammen.

Nadim ist hier!

Automatisch geht ihre Hand zu ihrer Pistole, doch sie zieht sie nicht. Mel erkennt, dass von diesem Menschen keine Gefahr mehr ausgeht.

Nadim Hemedi ist tot!

Mel sieht sich suchend um und findet den Lichtschalter. Eine Neonröhre flackert auf und taucht die Szenerie in gleißendes Licht. Der Mann sitzt mit Blick zur Wand an einem Tisch. Vorsichtig nähert sie sich der regungslosen Gestalt, deren Hals eine blutige Spur ziert.

Jemand hat ihm die Kehle durchgeschnitten, erkennt sie. Mel sieht die Szene bildlich vor sich. Der Täter steht hinter Nadim, der von nichts ahnt. Da es die schmale Leiter und der knarzende Boden kaum zulassen, sich unbemerkt anzuschleichen, muss er seinen Mörder gekannt haben.

Ihr Blick wandert zum Tisch. Reagenzgläser, Ampullen, Flaschen mit dem Totenkopfzeichen und gekreuzten Knochen. Gegenstände und Apparaturen, die sie aus dem Chemieunterricht in Erinnerung hat. Sie dreht sich um. Neben einem Stützbalken liegen weitere Flaschen, in einer Ecke befinden sich Plastikbehälter. Sie lassen ihre schlimmsten Befürchtungen wahr werden. Nadim hat hier im Hungerturm Chlorgas hergestellt!

Nein, berichtigt sie sich. Nadim und noch jemand. Sie wollten jedes Risiko, entdeckt zu werden, vermeiden. Obwohl die Räume des Pfarrarchives ohnehin nur einem auserwählten Kreis zugänglich sind, machten sie sich die Mühe, das Zubehör und die Bestandteile zur Herstellung des Chlorgases hier heraufzuschleppen. Nadim nutzte sein gutes Verhältnis zu Pfarrer und Kaplan. Während sie dachten, er repariere im Hungerturm Kisten und Regale, diente für ihn und den großen Unbekannten, der Nadims Mörder sein muss, die Abgeschiedenheit des Turmes einem ganz eigenen Zweck.

Doch wozu das Gas?

Mel weiß, die Antwort auf diese Frage entscheidet über das Leben unzähliger Menschen.

Ich muss Moritz anrufen, denkt sie. Mit einem letzten Blick auf den toten Nadim Hemedi steigt sie die Leiter wieder hinunter zu Gerda Buschek.

»Frau Buschek, ich muss telefonieren. Hier drinnen ist kein Empfang. Die dicken Mauern, denke ich. Sie bleiben bitte hier und sorgen dafür, dass niemand hereinkommt.«

Keine Antwort. Seltsam. Ist die Pfarrsekretärin noch da? Mel erreicht das Ende der Leiter, dreht sich um und blickt in den Lauf einer Pistole.

SABINE

Sabine läuft über die Brücke. Im Innenhof vor dem Eingang zur Kirche bleibt sie unschlüssig stehen. Ihr Blick erfasst in einem Zug alle Türen. Vom Pfarrzentrum zu ihrer Rechten über die breite Kirchentür und den Eingang zu den Räumen der Pfarrei bis zu einer offenen Tür, die laut einem Hinweisschild zum Pfingstrittmuseum führt. Sie hält den Atem an. Dann hört sie die leisen Stimmen zweier Männer. Sie weisen ihr den Weg nach rechts. Ein leichter Druck auf die Glastür reicht und sie schwingt nach innen. Ein Foyer, weitere Türen. Eine davon nur angelehnt. Sie führt hinaus ins Freie. Auf einem überdachten Erkervorsprung warten Bierbänke auf Gäste. Hinter einer niedrigen Mauer erstreckt sich ein Pfad durch einen Garten bis zu einem trutzigen, viereckigen Turm. In dem Augenblick, da Sabine in das Grün zwischen der inneren und der äußeren Wehrmauer tritt, verschluckt eine kleine Tür die beiden Männer. Vorsichtig geht sie weiter. Gedämpfte Stimmen weisen ihr den Weg. Frauenstimmen, die sie versteht, und Männer, die in einer fremden Sprache reden.

Es folgen einige Minuten der Stille, die von einer heftigen Diskussion der beiden Männer beendet wird. Ein Rumpeln und Poltern lässt sie aufschrecken. Jemand hastet eine Treppe herunter. Gehetzt tastet sie sich zwei Schritte an der Wand des Turmes entlang, biegt um dessen Ecke. Vor ihr fällt die Mauer vier Meter in den äußeren Burggraben ab. Sabine presst sich an die Wand in der Hoffnung, nicht entdeckt zu werden. Und auch, um nicht in die Tiefe zu stürzen.

Es ist der junge Mann, der sich flüchtig umsieht und davoneilt. Sabine atmet tief aus.

Die Sache läuft nicht so, wie es sich die beiden vorgestellt haben, denkt sie. Sie beschließt, weiter abzuwarten. Doch dazu muss sie sich verstecken, bevor der Rumäne zurückkommt. Der Garten bietet dazu keine Gelegenheit. Sie läuft zurück zum Pfarrzentrum, testet mehrere Türen. Burgkaffee, Caritas, Jugendtreff, Toiletten, Keller. Alle verschlossen! Ihr Blick fällt durch das Glas des Haupteingangs auf den Zugang zum Pfingstrittmuseum. Sie hastet einige Steinstufen hinauf und durch die offene Tür in ein Treppenhaus. Wenige Schritte weiter atmet sie auf. Sie dreht sich einmal um sich selbst. An den Wänden und in den Glasvitrinen erzählen Bilder, Fahnen und Gewänder von der Geschichte der Pferdewallfahrt. Umgeben von Rock und Hut eines Reiters, dem Gewand eines Priesters und einem alten Brautkleid wartet Sabine Behring auf die Rückkehr von Lucian Balan.

10.20 Uhr

ICH

Wenn ich schon zu sonst nichts gebraucht werde, kann ich mich nützlich machen, indem ich das Geschirr abräume. Keine Tätigkeit, die den Fluss meiner Gedanken blockieren könnte.

Wie lange mochte es gedauert haben, bis Nadims Plan in seinem Kopf reifte? Oder in dem Alanas? Er tötete die drei Begleiter des Todestransports auf genau die Weise, in der seine Brüder starben. Khasib und Silvian: verbrannt; Alim und Petre: zerquetscht; Bassam und Miroslav: verblutet.

Was für eine Symbolik!

Plötzlich schiebt sich ein weiterer Name an die Oberfläche: Samira! Was ist mit ihr? Auch sie ist ein Opfer der drei.

Nachdenklich räume ich den Geschirrspüler ein. Nur der drei? Waren sie die einzigen Verantwortlichen für die Tragödie? Und waren Nadims Geschwister die einzigen Opfer? Natürlich nicht! Es waren 71 Opfer. 71 Schicksale. 70 Tote. Ich angle mir eine Flasche Orangensaft aus dem Kühlschrank und setze zum Trinken an. Es sind drei Worte, die durch meinen Kopf schwirren: viele Tote – erstickt! Dann gesellt sich ein weiteres Wort hinzu: Chlorgas!

Und dann springt das Getriebe in meinem Kopf an. Mit überwältigender Kraft greifen zahllose Räder ineinander.

Viele Tote damals bedeutet: viele Tote heute.

Die Opfer damals erstickt bedeutet: Die Opfer ersticken heute.

Chlorgas bedeutet: Erstickungstod.

Für wen? Grigore Lazar und seine Familie!

Die Hochzeit!

Die Wallfahrtskirche!

Der Baustellentrockner, der Ventilator. Nadims handwerkliches Geschick. Er war dort oben. Angeblich, um die Kirche für die Hochzeit vorzubereiten. In Wirklichkeit aber, um den Apparat zu einer Todesmaschine umzurüsten.

Mir wird schwindelig. Die Saftflasche fällt klirrend zu Boden. Fluchend greife ich zu einem Lappen, lasse diesen aber wieder fallen. Ich habe jetzt Wichtigeres zu tun. Ein Blick zur Uhr.

Die Hochzeit hat bereits begonnen!

PETER UND DANIELA

Ein Anruf reicht, um Peter und Daniela bewusst zu machen, dass ihr Einsatz anders verlaufen wird als geplant. Es ist die Zentrale in Regensburg, die wiederum von den Kollegen aus Passau informiert wurde. Alana Finke, für die ein Observierungsersuchen der Kripo Straubing vorliege, sei in ihrer Kanzlei einem Gewaltverbrechen zum Opfer gefallen.

Sollte Nadims Schwester versucht haben, Kontakt mit ihm aufzunehmen, werden wir das nun von ihr nicht mehr erfahren, denkt Daniela betroffen mit Blick auf Peter. Hinter seinem regungslosen Gesicht scheinen die Gedanken zu rasen, ohne zu einem Ergebnis zu kommen.

»Glaubst du, Nadim hat seine Schwester beseitigt?«

»Nach unserer bisherigen Einschätzung der beiden, nein. Aber wir müssen zugeben, dass wir weder das Verhältnis von Bruder und Schwester zueinander kennen noch wissen, wie Alana in die Sache verstrickt ist.«

Ihr Kollege stimmt ihr stumm zu. Sie erreichen den Parkplatz an der Donau. Ohne es zu wissen, parkt Peter den Wagen fast an der gleichen Stelle, an der wenige Tage zuvor Melanie und Moritz standen. Und gleich den beiden eilen sie kurz darauf durch die Höllgasse in Richtung Rathausplatz, den sie jedoch nicht erreichen, da der Durchgang durch ein rot-weißes Band versperrt ist. Polizei- und Rettungsfahrzeuge lassen erahnen, dass hier Ungewöhnliches geschehen ist.

Peter hebt das Plastikband hoch und winkt Daniela hindurch. Auf der alten Holztreppe hinauf in den dritten Stock des historischen Gebäudes begegnen sie einem uniformierten Kollegen. »Haben Sie die Absperrung nicht gesehen?«, schimpft dieser wütend. »Niemand glaubt mehr, sich daran halten zu müssen. Neugieriges Gesindel!«

Die gezückten Dienstausweise der beiden verwandeln seine Beschimpfungen in ein gestammeltes: »'tschuldigung. Konnt ich ja nicht wissen.«

Wie vor drei Tagen Moritz und Mel betreten sie nun die winzigen Räume der Rechtsanwaltskanzlei Alana Finke.

Der ehemaligen Rechtsanwaltskanzlei Alana Finke.

Deren Betreiberin sitzt vornübergebeugt an ihrem Schreibtisch, den Kopf zur Seite gedreht, die Hände daneben. Fast scheint es, die Anwältin wäre über ihrer Arbeit eingeschlafen. Der zweite Blick entlarvt das Bild als Lüge. Der Todeskampf krümmte die Finger der Frau zu Klauen, ihr Blick starrt ins Leere, ihr schwarzes Haar scheint in einem dunkelroten See zu schwimmen. Neben der offensichtlich Toten steht ein Mann mit diversem medizinischem Gerät in den Händen, andere in weißen Plastikanzügen zwängen sich zwischen Tisch, Stühlen und Schränken hin und her. Ein weiterer Mann von beträchtlicher Leibesfülle, das Gesicht hinter einem imposanten Schnauzbart versteckt, sorgt zusammen mit den beiden Neuankömmlingen dafür, dass die Bewegungsmöglichkeiten in dem kleinen Büro gegen null tendieren.

»Was soll das? Was mach'n Sie hier drin?«, unterbricht der beleibte Endvierziger sein Gespräch mit dem Gerichtsmediziner. »Schaun S', dass S' rauskommen, sonst werd ich grantig!«

Peter hat den Eindruck, das ist er schon. Unbeeindruckt von Statur und Wut des Mannes stellt er sich vor: »Peter Teichert und meine Kollegin Daniela Platzer von der Kripo Regensburg. Sind Sie der zuständige Kollege hier?«

»Regensburg? Was macht's denn ihr hier in Passau? Mein Name ist übrigens Josef Bichler und ich bin tatsächlich der – wie ham S' gsagt? – *zuständige Kollege* hier.« Er zieht eine Zigarettenschachtel aus seiner Jackentasche, fummelt daran und lässt sie mit einem Blick auf den Gerichtsmediziner wieder dort verschwinden.

»Sieht ganz so aus, als sei Alana Finke nicht an Liebeskummer gestorben«, lässt sich Daniela nicht beirren. Sie deutet mit einem Kopfnicken auf die Tote. Einige der

Gesetzesbücher, mit deren Hilfe Alana noch gestern versuchte, ihren Landsleuten beizustehen, sind jetzt getränkt von ihrem Blut.

»Sie kennen Frau Finke?«

»Sie ist … war die Schwester eines Verdächtigen in einer Mordserie im Landkreis Cham.«

»Aha, und deshalb seid's da. Na, da seid's aber ned zu beneidn, ihr zwei. Wos man so hört, is des a richtige Sauerei, wos do passiert. Ihr sucht's do an Serientäter, oder?«

»Sie vielleicht auch.« Peter deutet mit einem Kopfnicken auf die tote Frau vor ihnen.

»Ich weiß nicht«, meint Daniela. »Ich hab mir die Sache noch mal durch den Kopf gehen lassen. Warum sollte Nadim ihr etwas antun? Immerhin haben sie die Morde zusammen geplant.«

»Wissen S' des sicher?«

»Ziemlich sicher.«

»Aha, ziemlich. Also ned genau. Vielleicht ham s' ja doch noch gstrittn?«

»Ja, vielleicht«, stimmt ihm Peter zu. »Eventuell waren sie sich nicht einig, wie es weitergehen soll. Sie haben ihre Rache, aber haben sie damit auch ihren Frieden gefunden? Es ist immer noch möglich, dass sich Nadim das Leben genommen hat. Wenn ja, könnte er seine Schwester mitgenommen haben. Wäre nicht das erste Mal, dass so etwas passiert.«

»Stopp, ich bin auch noch da! Jetzt erklären S' mal!« Josef Bichlers buschige Augenbrauen und schwere Lider verdecken zwei müde wirkende Augen. Daniela ahnt jedoch, dass sich dahinter ein waches und in unzähligen Ermittlungen über viele Dienstjahre trainiertes Gedächtnis verbirgt. Sepp Bichler ist ein Kommissar vom alten Schlag, der sich nicht so leicht an der Nase herumführen lässt.

»Alana Finke hieß mit Mädchennamen Hemedi, kam aus Syrien und war die Schwester von Nadim Hemedi, den wir verdächtigen, drei Männer ermordet zu haben.«

»Weiß ich! Hab den Fahndungsaufruf glesn, und immerhin sollten wir die Finke überwachen. Wir konntn ja ned wissn, dass sie da schon tot war. Und dass sie Hemedi hieß und keine Chinesin war, ham wir auch schon rausgfundn.«

»Wir wollten die Observierung, da wir hofften, dass sich ihr Bruder bei ihr versteckt. Da haben wir uns wohl getäuscht.«

»Hätt ich euch gleich sagn können. So dumm war die ned. Als Anwältin und so, mein ich.«

Daniela und Peter sehen sich an. Irgendwie müssen sie dem kauzigen Niederbayern recht geben. Ihre Hoffnung war vielleicht doch etwas zu naiv. Doch so leicht wollen sie sich nicht geschlagen geben.

»Wäre es zu viel verlangt, einige Einzelheiten hierzu zu erfahren?« Peter deutet auf die Tote. Der Gerichtsmediziner, der soeben seine Utensilien in den dafür vorgesehenen Koffer packt, fühlt sich angesprochen.

»Stich in den Bauch, dann Schnitt durch die Kehle. Zweites tödlich, beides mit demselben Messer. Todeszeitpunkt zwischen 23 und 23.30 Uhr«, verkündet er im Telegrammstil.

Die hier sind ja noch gesprächiger als die Leute im Bayerischen Wald, denkt Peter.

»Das heißt, sie wurde nicht auf dem Stuhl ermordet.«

»So weit war ich a schon«, stimmt Sepp Bichler Daniela zu.

»Sie öffnet die Tür, der Täter sticht sofort zu, packt sie, schneidet ihr die Kehle durch und dann? Warum lässt er sie nicht einfach liegen? Warum sitzt sie an ihrem Schreibtisch?«

»Weil sie sich noch hierher geschleppt hat«, meldet sich der Doktor wieder.

Schau an, denkt Peter. Der kann ja auch ganze Sätze.

»Sagt die Spusi«, fügt der Arzt hinzu und deutet auf die blutige Schleifspur auf dem Boden. »Der Täter dachte wohl, sie sei tot, aber sie schaffte es noch, sich an ihren Schreibtisch zu setzen.«

»Aber warum? Was wollte sie hier?«

»Etwas aufschreibn.« Der Passauer Polizist hat wieder die zerknüllte Zigarettenschachtel in der Hand. Diesmal schafft es einer der Glimmstängel sogar zwischen seine Lippen. Er zündet ihn jedoch nicht an, verzieht das Gesicht und steckt Zigarette und Schachtel wieder weg.

»Sie hat etwas aufgeschrieben? Was denn?« Daniela wird langsam ungeduldig. »Jetzt sagen Sie bloß nicht, den Namen des Täters?«, ringt sie sich ein Lächeln ab.

»Genau den!«, meint Bichler ungerührt.

»Was?«, rufen Daniela und Peter wie aus einem Mund.

»'s ist ein Name, aber mit dem können wir nichts anfangen. Schaun S' her!« Die beiden strecken neugierig ihre Köpfe über die Tischplatte. Daniela muss dazu die Leiche Alanas umgehen. Nicht ihre erste, aber die Unmenge Blut, das den ganzen Tisch bedeckt, macht ihr doch ein wenig zu schaffen, auch wenn dieses bereits geronnen ist.

Peter sieht es zuerst. »Maschia«, liest er langsam vor. Dann erkennt auch seine Kollegin den Zettel, auf dem Alana Finke mit zittriger Schrift ihre letzten Buchstaben schrieb. Und diese sind für Daniela völlig unverständlich: Maschia? Was soll sie damit anfangen?

Peter zückt sein Smartphone. »Maschia«, buchstabiert er, während er die Suchmaschine füttert. »Oha«, meint er ein paar Sekunden später.

»Was ist?«, will Daniela endlich wissen.

»Scheint, sie hat es nicht mehr geschafft, das ganze Wort zu schreiben. Google macht da was anderes draus!« Sepp Bichler tritt hinter Peter und blickt ihm über die Schulter.

»Na so was«, meint er genauso überrascht wie sein Regensburger Kollege.

10.25 Uhr

ICH

Ich stürze hinaus zu meinem BMW, der nicht da ist. Richtig, der ist ja mit Claudia unterwegs beim Shoppen. Ausgerechnet jetzt! Verflucht noch mal!

Das Handy, Karls Nummer. Hoffentlich geht er ran. Er tut es. Auf Karl ist eben Verlass. »Moritz, was gibt's?«

»Keine Zeit für Erklärungen. Karl, du musst mich zu Hause abholen! Und das so schnell wie möglich!« Sind es meine Worte oder ist es die Angst in meiner Stimme? Wahrscheinlich kennt mich Karl inzwischen gut genug, um zu wissen, dass Eile geboten ist. Er stellt keine Fragen.

»Zehn Minuten!« Mehr sagt er nicht. Es werden die längsten zehn Minuten meines Lebens.

MEL

Aus Gerda Buscheks Augen blitzt eine Mischung aus Angst und Wut. Sie sitzt auf einem der beiden Stühle des Raumes. Zwischen zusammengekniffenen Lippen presst sie hervor: »Diese Männer hier wollen etwas von Ihnen!«

Diese Männer wollen uns töten!, denkt Mel. Sie hat die beiden sofort erkannt. Vor nicht einmal einer halben Stunde hat sie ihre Gesichter auf dem Display ihres Smartphones gesehen. Grigores Männer!

Der Jüngere der beiden deutet mit der Pistole, sie müsse sich neben die andere Frau setzen. Dem lautlosen Befehl folgt ein gesprochener: »Waffe auf den Boden!«

Wenigstens können wir uns verstehen, denkt Mel. Vielleicht kann ich die beiden von ihrem Vorhaben abhalten, bis Hilfe kommt, verspricht die Hoffnung in ihr.

Welche Hilfe?, antwortet die Vernunft. Niemand weiß, dass sie hier ist.

Zum ersten Mal wird ihr bewusst, dass sie heute sterben kann. Sie und Gerda. Die Gedanken rasen durch ihren Kopf, während sie ihre Pistole auf den Boden legt und mit dem Fuß zu dem älteren Mann schiebt. Dann setzt sie sich auf den Stuhl neben der Pfarrsekretärin und legt die Hände auf ihre Oberschenkel. Möglichst harmlos und ergeben wirken, denkt sie.

»Wo ist Nadim Hemedi?« Er spricht einen starken Akzent, ist jedoch mühelos zu verstehen. Mel blickt ihm ins Gesicht. Eigentlich ein hübscher junger Mann, wären da nicht diese kalten Augen wie die graue Asche eines längst erloschenen Feuers. Sie sind es, die Alt und Jung verbinden. Sie haben die gleichen Augen, erkennt sie.

Vater und Sohn!

»Was wollen Sie von ihm?«

Instinktiv versucht sie trotz der ausweglosen Situation, Zeit zu gewinnen.

»Wo?« Es ist nur ein Wort und es duldet keine Widerrede. Seine Pistole ruckt nach oben. Schalldämpfer, erkennt Mel. Die Absicht der beiden ist unverkennbar: Nadims Tod! Und jetzt auch ihrer!

Mel blickt nach oben.

»Dort?«

Sie nickt. Ein kurzer Wortwechsel der beiden in ihrer Muttersprache, dann steckt der Sohn seine Pistole weg und klettert die Leiter hinauf. Mel hört von oben Schritte, Rumpeln und einen Fluch. Dann ist er wieder da. Ein weiteres Mal unterhalten sich die beiden. Für einen Augenblick sind die beiden Frauen vergessen.

»Was geht hier vor sich?«, flüstert Gerda heiser. »Wer sind diese Männer und was wollen sie von uns?«

Ohne den Blick von den beiden Rumänen zu nehmen, sagt Mel leise: »Sie haben den Auftrag, Nadim zu beseitigen. Dummerweise ist der schon tot. Er ist dort oben. Jetzt wissen sie nicht, was sie mit uns anfangen sollen. Die Sache läuft nicht so, wie sie es geplant haben.«

»Sie meinen, sie werden uns töten?« Gerdas Stimme ist kaum noch hörbar. Ein kalter Blick des Vaters lässt Mel schweigen. Erst jetzt sieht sie, dass er einen Strick bei sich trägt. Sie wollten Nadim aufhängen. Es sollte so aussehen, als habe er sich das Leben genommen. Klar, sonst würde der Verdacht sofort auf Grigore und seine Bande fallen. Der Patron ist alles andere als dumm. Ihm ist bewusst, dass wir früher oder später Nadim als Mörder der Mitglieder der Familie Lazar überführen. Und auch, dass er diese Typen da aus Rumänien eingeflogen hat. Ein Suizid des von Schuldgefühlen geplagten Nadim käme da schon sehr gelegen. Vielleicht gibt es sogar noch einen Abschiedsbrief. Doch daraus wird jetzt nichts mehr. Ein anderer hat die Aufgabe der beiden erledigt. Leider nicht so, wie sie es sich vorgestellt haben.

Der Sohn unterbricht Mels Gedanken. »Sitzen bleiben!«

Während der Vater mit schussbereiter Waffe vor ihnen stehen bleibt, dreht er sich um und steigt geräuschvoll die Treppe hinab.

Was haben sie vor?, überlegt Mel. Sie können uns nicht einfach erschießen. Wohin mit unseren Leichen? Zu Hause in Rumänien wäre dieses Problem wohl keines, aber hier? Schließlich müssen sie in jedem Fall dafür sorgen, dass Grigore nicht ins Visier der Ermittlungen gerät.

Es vergehen zähe schweigsame Minuten, ehe das Knarzen der Treppe verrät, dass der Sohn wieder da ist. Als er den Raum betritt, hält er in der Hand einen Gegenstand, der alle Fragen Mels auf furchtbare Weise beantwortet.

10.35 Uhr

SABINE

Ihr Versteck erweist sich als ideal. Der Raum liegt an der Außenwand schräg über dem Tor zum Burghof. Und nicht nur das. Durch zwei Schießscharten gewährt er ihr einen tadellosen Blick auf die Brücke. Die Zeit, bis der junge Rumäne zurückkommt, erscheint ihr endlos.

Was trägt er denn da?, wundert sie sich, als er endlich langsam auf sie zugeht. Obwohl einige Leute unterwegs sind, scheint niemand ihn zu beachten. Selbst der Benzinkanister, den Sabine nun erkennt, erregt keine Aufmerksamkeit. Sie wartet einige Atemzüge, dann schleicht sie zum Ausgang. Als sie die Tür zum Pfarrzentrum zufallen hört, wagt sie einen Blick hinaus. Noch mal zehn Atemzüge, bevor sie langsam wieder in Richtung Hungerturm schleicht. Sie erreicht dessen Tür ungesehen. Der junge Mann ist bereits im Turm verschwunden. Sabine weiß, in den nächsten Sekunden wird etwas geschehen. Etwas, das sie vor eine Entscheidung stellen wird. Die Entscheidung, auf einen Menschen zu schießen.

Ohne darüber nachzudenken, liegt die Walther PPK plötzlich in ihrer Hand. Sie zieht den Schlitten nach hinten, um die Feder der Pistole zu spannen. Ihr rechter Daumen entsichert die Waffe. Ich bin bereit!, denkt Sabine Behring.

MEL

Es ist der Augenblick, da Gerda Buschek erfasst, auf welche Weise sie sterben soll. Als der Sohn den Benzinkanister auf den Boden stellt, nickt der Vater zufrieden. Es ist ein großer Reservekanister, mindestens zehn Liter, erkennt Mel. Für Gerda ist er groß genug, um jede Angst vor den Pistolen der beiden Männer zu verlieren.

»Sie wollen uns verbrennen? Wie Hexen im Mittelalter? Warum? Was habe ich mit euren Machenschaften zu tun?«

Weil sie keine Zeugen gebrauchen können, beantwortet Mel stumm ihre Fragen. Sie zünden den Turm an und lassen es so aussehen, als hätte Nadim diese grausame Art des Todes gewählt. Wenn sein Körper nur vollständig genug verbrennt, kann niemand mehr feststellen, dass ihm die Kehle durchgeschnitten wurde. Die Bilder in der Akte Silvian Lazar blitzen in ihrem Kopf auf. Und uns, liebe Gerda, uns verbrennen sie auch. Der ganze Turm wird brennen. Papier und Holz. Na wunderbar! Ein schönes Feuer wird das. Und sie werden uns nicht vorher erschießen. Nein!

Einschüsse lassen sich auch im Skelett feststellen. Das passt nicht. Wir sollen Opfer Nadims sein. Wir sind eben zufällig hier, als er sich und den Turm anzündet. Kollateralschäden eben. Ein dummer Zufall, keine Absicht.

Mel spürt, dass sie beginnt, die Kontrolle über ihre Gefühle und Gedanken zu verlieren. Und über ihren Körper auch. Ihre Hände zittern und ihr Magen rebelliert.

Wurde sie nicht in zahllosen Trainingsstunden auf solche Situationen vorbereitet?

Nein! Auf das kann niemand vorbereitet werden. Nicht darauf, lebendig verbrannt zu werden!

Die Pfarrsekretärin fühlt das Gleiche wie die Polizistin.

»Das … das könnt ihr doch nicht tun! Ich bin doch nur eine Sekretärin. Die Sekretärin des Pfarrers. War ich schon immer.«

Der Vater verliert die Geduld. Er packt Gerda beim Arm und stößt sie in Richtung der Leiter.

Richtig, denkt Mel. Wir müssen da hinauf. Falls das Feuer sich nicht schnell genug hier unten ausbreitet. Da oben, unter dem Dach, da brennt es bestimmt. Da oben, da gibt es kein Entkommen.

Ihre Gedanken sind einfach und klar. Schlicht und mit bestechender Logik zeichnen sie das kommende Geschehen. Ihre Handlungen laufen ohne ihr Zutun ab. Wie eine Marionette folgt sie dem Sohn, der sich daranmacht, die Leiter hinaufzusteigen, um oben die beiden Frauen in Empfang zu nehmen.

Es ist der Augenblick, da Gerda Buscheks Überlebenswille explodiert.

»Nein!« Ihr Schrei, voller Verzweiflung und Todesangst, lässt die Zeit für einen Herzschlag innehalten. Gerda wirft sich auf den Vater. »Ich bin nur die Sekretärin! Keine Hexe! Mich muss man nicht verbrennen!«

Die Überraschung des Mannes dauert nur eine Sekunde. Dann schlägt er der Angreiferin mit der flachen Hand ins Gesicht. Mit einem Ächzen wirbelt sie herum und stolpert gegen Mel. Die spürt, wie sich die Arme der anderen um sie schlingen. Für einen Moment kann sie Gerdas Gewicht halten, dann stürzen die beiden Frauen zu Boden.

SABINE

Von oben, irgendwo aus den Fenstern über ihr, dringt ein markerschütternder Schrei. Dann noch einer. Sabine reißt die Tür auf und stürmt in den Raum.

Niemand!

Nach oben, die Treppe hoch! Trotz der Eile bemüht sie sich, leise zu sein. Sie erreicht den oberen Treppenabsatz und erfasst mit einem Blick die Situation. Zwei Frauen am Boden. Ein Mann auf der Leiter, den Kanister hochschleppend. Ein zweiter steht vor den Frauen, die Pistole auf sie gerichtet.

Der Mann auf der Leiter sieht sie, schreit überrascht auf. Der andere wirbelt herum, richtet die Waffe auf sie.

Die Schussbahn ist nicht optimal. Der ältere der beiden Männer steht nur wenige Meter vor ihr. Sollte die Kugel seinen Körper durchschlagen, könnte sie auch die Frauen dahinter treffen. Sabine verlagert ihr Gewicht auf ihr rechtes Bein und neigt sich schräg in diese Richtung. Dann bleibt keine Zeit für weitere Überlegungen. Sie schießt schnell und präzise. Auf diese Distanz ist es für die beste Schützin ihres Jahrgangs unmöglich, ihre Ziele zu verfehlen. Der Mann auf der Leiter stürzt von dieser, der Kanister poltert schwer auf den Boden. Der andere mit der Waffe sackt zusammen, ohne Chance, den Abzug seiner Pistole zu bedienen.

Sabine hat auf ihre Schultern gezielt, dorthin, wo die Nervenstränge des rechten Armes zusammenlaufen. Die beiden Männer werden ihre Arme lange nicht mehr bewegen können.

Vielleicht nie mehr!

MEL

Zwei Schüsse. Du bist tot, denkt Mel. Aber nein, die beiden Rumänen haben ja Schalldämpfer! Das bedeutet, jemand anders hat geschossen.

Mach die Augen auf und dreh dich um!

Vater und Sohn liegen am Boden. Der eine krümmt sich mit schmerzverzerrtem Gesicht auf dem Holzboden, von dem Mel noch vor wenigen Sekunden annahm, sie würde mit ihm in Flammen aufgehen. Der andere versucht fluchend, seine Pistole zu erreichen. Ein aussichtsloses Unterfangen, da der Fuß einer Frau auf der Waffe steht. Die Pistole in ihrer Hand lässt keine Zweifel zu.

»Wer …?« Aus Mels Mund dringt nicht mehr als ein Krächzen. Sie räuspert sich. Ein zweiter Versuch: »Wer …?«

Weiter kommt sie nicht.

»Sabine Behring, BKA! Frau Güßbacher?«

Mel nickt, bückt sich und nimmt die Pistole des Sohnes an sich. Der jugendlich wirkende Killer zerquetscht einen Fluch zwischen den Lippen. Mel dreht sich zu der anderen Frau, die soeben dem Tod von der Schippe gesprungen ist. »Frau Buschek? Alles in Ordnung?«

Die Pfarrsekretärin scheint sie nicht zu hören. Die Schüsse, denkt Mel. Die massiven, meterdicken Steinwände verstärkten sie zu Kanonendonner. Ein Wunder, dass ich und diese BKA-Polizistin kein Knalltrauma haben. Sie packt die ältere Frau an der Schulter. Deren Kopf ruckt zur Seite, dann dreht sie sich um, blickt auf die beiden Männer am Boden und auf Sabine Behring. Sie nickt abwesend und deutet auf ihre Ohren. »Kann nichts hören! Nur Klingeln!«

Das wird schon wieder, möchte Mel sagen, belässt es aber bei einem aufmunternden Lächeln. Ich muss Moritz anrufen!, denkt sie. Zuerst aber müssen die beiden Rumänen außer Gefecht gesetzt werden. Das weiß auch die BKA-Polizistin. »Können Sie die beiden kurz in Schach halten? Unsere Leute sind schon unterwegs. Ich rufe schnell die Chefin an und sage ihr, wo genau wir sind. Ich muss hinaus. Kein Empfang hier drinnen.«

Mel nickt. Sie versucht zu verbergen, dass ihre Hand zittert, als sie die Pistole auf die Männer richtet.

10.45 Uhr

ICH

Karl schleudert mit Blaulicht und Martinshorn um die Ecke. Der Audi der PI Bad Kötzting steht kaum, als ich auch schon die Tür aufreiße und hineinspringe.

»Weißenregen!«, keuche ich. Karl drückt aufs Gaspedal. »Ich weiß, wofür das Chlorgas gedacht ist«, beginne ich die nötige Erklärung. »Nadim will den Tod aller Flüchtlinge in diesem Kühlwagen rächen!«

»Die Hochzeit?«

»Ja, die Hochzeit. Lauter Mitglieder der Familie Lazar. Schuldige und unschuldige, aber Grigores und Ludovics Verwandtschaft. Und sie sollen so sterben, wie die Flüchtlinge starben.«

»Chlorgas bedeutet Erstickungstod«, überlegt Karl, während er den Wagen durch Kirchbach und Kreuzbach jagt.

»An der Seitentür der Kirche ist ein Gebläse installiert. Eigentlich ein Baustellentrockner. Für Nadim dürfte es kein Problem sein, das Gerät so zu präparieren, dass er damit das Chlorgas in die Kirche blasen kann.«

»Dann ging es von Anfang an um die Hochzeit.«

»Ja, deshalb geschahen die Morde in dieser Woche. Der ganze Ablauf ist genau koordiniert. Nichts passierte aus Zufall. Die drei Begleitpersonen des Lkws starben in der Reihenfolge von Nadims Brüdern. Die übrigen Lazars sollen so sterben wie seine Landsleute. Und vergiss nicht: Auch Samiras Zustand hängt mit Sauerstoffmangel zusammen.«

Wir erreichen die Abfahrt von der Staatsstraße hinauf nach Weißenregen. Karl schaltet das Martinshorn aus, um unser Kommen nicht zu verraten.

»Wie gehen wir vor?«

»Du musst versuchen, das Gebläse zu sabotieren. Egal wie, aber es darf sich nicht einschalten. Ich kümmere mich um die Leute in der Kirche. Ich muss sie da rausbringen, ohne eine Panik auszulösen.«

Eine Minute später erreichen wir die Wallfahrtskirche von Weißenregen.

10.50 Uhr

MEL

Sabine Behring ist wieder da.

»Ich muss Moritz anrufen!«, bekräftigt Mel ihren Gedanken von vorhin.

»Verstehe«, sagt die Kollegin, und an die Pfarrsekretärin gewandt: »Frau Buschek? Keine Sorge. Gleich kommt Hilfe.« Die ältere Frau schüttelt verständnislos den Kopf.

Mel torkelt hinaus ins Freie. Wenn auch mit ein paar Minuten Verzögerung, dafür nun umso heftiger wird ihr das Geschehen bewusst. Die frische Luft durchströmt ihre Lungen wie das Leben ihren Körper. Ihr Blick schweift ziellos über Blumen und Sträucher. Noch nie stand sie so nahe am Abgrund.

Hoffentlich nie wieder!, denkt sie, während sie Moritz' Nummer wählt. Sie gibt ihm zehnmal die Chance, ans Telefon zu gehen, doch er nutzt sie nicht.

ICH

»Der Apparat steht auf der anderen Seite. Vielleicht kannst du ihn ausschalten.«

»Ausschalten? Wie soll das gehen?«

»Keine Ahnung. Zieh den Stecker oder was weiß ich! Notfalls spreng das Ding!«

Karl brummt irgendetwas Unverständliches. Dann nimmt er den Weg durch den Friedhof hinter der Kirche vorbei, während ich zum Hauptportal an der Straße eile. Im Biergarten nebenan schauen einige Leute neugierig herüber. Die fantastische Aussicht ignorierend taste ich nach meiner Waffe. Werde ich sie heute brauchen? Ich hoffe nicht!

Besucher und Gläubige erreichen die Wallfahrtskirche Weißenregen über einen Vorraum, der wie eine Schleuse das Kircheninnere von der Straße trennt. Die äußere Tür steht offen. Zögernd trete ich ein, während drinnen die Orgel den Höhepunkt der Hochzeit eröffnet. In wenigen Augenblicken werden sich Dr. Carsten Wanninger und Amira Ciobanu ewige Liebe und Treue schwören und die Ringe tauschen. In guten wie in schlechten Zeiten. Wie sollen sie ahnen, dass ihnen die schlechteste Zeit, die man sich vorstellen kann, unmittelbar bevorsteht?

Ich muss in die Kirche. Langsam drücke ich die Klinke der inneren Tür, als sich eine Hand auf meine Schulter legt.

»Herr Kaplan Wiesenreiter. Was tun Sie denn noch hier draußen?« Ich bemühe mich um eine leise Stimme. In meiner Tasche summt mein Handy. Ein hartnäckiger Anrufer, aber der Zeitpunkt ist denkbar ungünstig.

»Herr Kommissar. Sind Sie auch zur Hochzeit geladen?«

»Ich fürchte, ich bin nicht passend gekleidet«, meine ich schulterzuckend. »Ich suche Nadim Hemedi. Er muss hier sein. Haben Sie ihn gesehen?«

»Tut mir leid, aber ich muss Sie enttäuschen. Ich habe mich aber die meiste Zeit der Trauung in der Sakristei aufgehalten. Vielleicht ja auf der Chorempore. Da muss ich ohnehin hinauf. Ich bin deshalb außenrum gegangen, um nicht zu stören.«

»Gut, ich komme mit.«

Diesmal öffnet er die Tür. Leise treten wir in die Kirche und ebenso leise schließt er die Tür hinter uns. Niemand bemerkt uns. Die Augen aller sind zum Altar gerichtet, wo Pfarrer Spitzenberger die magischen Worte spricht. Nicht einmal das Knarzen der hölzernen Wendeltreppe hinauf zur Empore kann die Aufmerksamkeit der Leute ablenken.

Oben angekommen, sehe ich sofort, dass Nadim nicht hier ist. Der Organist sieht kurz fragend zu mir, dann widmet er sich wieder seinen Noten für das nächste Stück. Ich lasse meinen Blick über die Köpfe der Gäste in den Bänken unter mir schweifen. Vorn, in den ersten Reihen, sitzt der Clan der Lazars. Verbrecher allesamt. Einige von ihnen sogar Mörder. Ich kriege euch!, denke ich.

Zuerst aber muss ich Nadim finden. Ich war mir sicher, dass er hier oben ist. Er muss doch oben sein, hoch über dem Boden, über den sich in wenigen Minuten der tödliche Nebel ausbreiten wird. Wo bist du?

Und dann sehe ich es. Die Kanzel! Die berühmte Fischerkanzel der Wallfahrtskirche Weißenregen. In früheren Zeiten prasselten von ihr die mahnenden Worte des Priesters auf sein Volk hernieder. Heute soll es der Tod sein.

»Ich muss dort hinauf«, sage ich leise. Niemand hört mich. Erst jetzt bemerke ich, dass Kaplan Wiesenreiter verschwunden ist.

PETER UND DANIELA

»Glauben S' wirklich, wir suchn den gleichn Täter?« Sepp Bichler zündet sich mit dankbarem Gesichtsausdruck eine Zigarette an. Sein erster Zug gleicht dem Ringen eines Ertrinkenden nach Luft. »Drinnen lassn einen diese Ärzte und Techniker ja ned«, meint er, den beiden Regensburger Kollegen erklären zu müssen.

Es war die Gerichtsmedizin, die sie schließlich vom Tatort hinaus auf die Straße vertrieb. Das winzige Büro bot einfach nicht genug Platz für einen Zinksarg und eine Handvoll Menschen.

»Auf jeden Fall müssen wir Nadim finden. Sollte er auch noch seine Schwester getötet haben, ist er noch gefährlicher, als wir angenommen haben.«

»Wir dürfn uns ned nur auf den Hemedi konzentriern.« Der Nikotinschub regt offensichtlich den Verstand des Niederbayern an. Mit zitterndem Schnurrbart und Denkermiene fährt er fort: »Die Finke hat in erster Linie Asylbewerber vertretn. Des hod scho so einige rechte Spinner auf sie aufmerksam gmacht. Es gab schon amoi a Anzeige wegn Schmierereien an der Hauswand von ihrer Kanzlei. Hakenkreuz und so was. Und die Autoreifn ham s' ihr auch schon zerstochn.«

»Sie denken, rechtsradikale …?« Daniela wagt es nicht, den Satz zu vollenden. »Das wäre … das wäre …«

»Unvorstellbar, wolln's sagn? Wissen S', ich hab die Monate der Flüchtlingswelle 2015 hautnah erlebt. Die Willkommenskultur. Dann des Kippn der Stimmung. Und jetzt den rechten Pöbel. Des gab's scho immer. Für mich is nix unvorstellbar.«

In diesem Augenblick kommt eine Kollegin der KTU aus dem Haus. »Wir haben Frau Finkes Telefonate der letzten zwei Tage verfolgt.« Sie hält ihnen ein Tablet entgegen.

»Und wen hod s' zuletzt angrufn?«

»Einen Pizzaservice, das Verwaltungsgericht, andere Anwälte, eine Asylunterkunft. Nichts Verdächtiges.«

»Und am Mittwoch? So zwischen 16 Uhr und 16.30 Uhr?«

»Mittwoch?« Sie sieht Peter fragend an.

»Nur so eine Idee«, winkt dieser ab.

»Da haben wir nur die Nummern. So weit zurück haben wir die Namen noch nicht zugeordnet.«

»Macht nichts. Darf ich mal sehen?« Sie reicht ihm das Tablet, auf dem die einzelnen Tage der Woche aufgeführt sind. Peter scrollt zum Mittwoch und studiert aufmerksam die Aufzählung. Bis 16 Uhr wählte Alana nur einige ihm unbekannte Nummern, doch dann, um 16.46, findet er, wonach er sucht. Mit einem Blick zu Daniela nimmt er sein Handy und beginnt zu tippen. Während die Verbindung aufgebaut wird, erklärt er: »Mal sehen, wen Alana angerufen hat, nachdem Melanie und Moritz sie verlassen haben.« Jetzt nickt auch seine Kollegin anerkennend.

»Es läutet«, sagt Peter. Er will schon wieder auflegen, als sein Anruf endlich entgegengenommen wird. Es ist eine Frauenstimme, die er sofort erkennt. Peter sieht die anderen erstaunt an. Mit allem hat er gerechnet, nur damit nicht.

MEL

Alles in ihr verlangt danach, sich hinzulegen, darüber zu schlafen und zu genießen, noch am Leben zu sein. Doch sie weiß, dass sie dagegen ankämpfen muss.

Nadim Hemedi ist tot! Im Hungerturm wurde Chlorgas hergestellt!

Wofür?

Ohne die Antwort auf diese Frage zu wissen, erahnt sie die Katastrophe, die sich unaufhaltsam nähert.

Ich muss wieder hinein, denkt sie. Mit zitternden Knien und Händen öffnet sie die Holztür und wankt in den Archivraum. Sabine Behring war nicht untätig. Vater und Sohn sitzen mit Handschellen an eines der Regale gekettet auf dem Boden. Aus dem oberen Stock dringen Geräusche und Wortfetzen durch die Luke herab. Mit einem eisigen Blick auf die beiden Männer steigt sie zum zweiten Mal die Leiter hinauf. Die junge Frau aus Jutta Bachs Team untersucht gerade Nadims Leiche. Unglaublich, aber Gerda Buschek scheint ihr dabei zu helfen.

»Ah, Frau Güßbacher! Haben Sie Ihren Chef erreicht?« Noch bevor Mel erklären kann, dass Moritz nicht ans Handy gehe und überhaupt, dass dieser nicht ihr Chef sei, winkt sie die Kollegin heran. »Sehen Sie sich das mal an! Können Sie damit etwas anfangen?« Sie hält Mel den letzten Schnipsel der Aufnahme von Nadims Geschwistern hin. Das Mädchen auf dem Bild ist nur schwer als Samira Hemedi zu erkennen. Ein fröhliches Gesicht, eingerahmt von tiefschwarzem langem Haar. Ihr zartes, fast schüchternes Lächeln wird verhöhnt von der Erinnerung an die verzerrte Maske der Anstrengung, die Mel nicht vergessen kann.

Was haben sie aus dir gemacht? Ein fast körperlicher Schmerz durchfährt sie. Fast vergisst sie, dass Sabine Behring auf eine Antwort wartet. »Samira, Nadims Schwester«, flüstert sie mühsam.

»Drehen Sie es um!«

Mel befolgt den Rat. »Maschiach«, liest sie, jeden Buchstaben betonend. Das Wort ist mit Bleistift geschrieben und ihr völlig fremd. »Was bedeutet das?«

Sabine zuckt mit den Schultern.

»Und das?« Mel deutet auf die Buchstaben und Zahlen, die unter dem unbekannten Wort stehen. Gerda Buschek kann sie zwar noch immer nicht hören, sieht aber die Frage in Mels Gesicht. »Hiob, Kapitel 19, Vers 25. Eine Bibelstelle. Das Buch Hiob«, erklärt sie zur Überraschung der beiden Polizistinnen.

»Wir brauchen eine Bibel«, erklärt Sabine Behring.

Mel sieht Frau Buschek an und diese nickt. Im Augenblick, da die beiden die Leiter hinuntersteigen, stürzen Jutta Bach und eine Handvoll schwerbewaffneter SEK-Beamte in den Turm.

*

»Wie geht es Ihren Ohren?« Mel deutet auf Frau Buscheks Kopf.

»Läuten noch immer wie alle Glocken von Sankt Peter, aber ich kann Sie schon ein wenig hören.«

Die Frau, die soeben fast an ihrer Seite gestorben wäre, führt sie in den Wohntrakt der Burganlage. Dort öffnet sie für Mel eine Tür. »Kaplan Wiesenreiters Wohnung«, sagt sie, während sie den Schlüssel dreht.

Sabine Behring ist noch bei ihrer Chefin hinten im Turm und erklärt ihr die letzten Minuten. Jutta Bach muss sich wohl gerade vom Szenario eines von der Familie Lazar unterstützten terroristischen Anschlags verabschieden.

Mel erfasst das Zimmer mit einem Blick. Auf dem Schreibtisch liegt ein aufgeschlagenes Buch neben einem altmodischen Telefon. Die Bibel Stefan Wiesenreiters ist eine ledergebundene Ausgabe älteren Datums. Abnutzungsspuren an den Rändern und helle Stellen auf dem dunklen Leder zeugen von häufigem Gebrauch. Sie setzt sich und will ihre Suche beginnen, wird aber vom Klingeln eines Telefons aufgehalten. Mel hört es, Gerda Buschek nicht. Nach einem ersten Schreck hebt sie ab.

»Güßbacher, Kripo Regensburg.«

Einige Sekunden überraschten Schweigens vergehen.

»Melanie?«

Es ist Peter Teichert.

MASCHIACH

Die Kinder des Chores stehen auf. Stühle knirschen leise über die Fliesen des Altarraumes. Stefan Bielmeier gibt das Zeichen und Sekunden später erfüllt die getragene Melodie des rumänischen Liedes den Kirchenbau.

Was für ein würdiger Rahmen, denkt er ergriffen.

Die Trauung nähert sich ihrem Höhepunkt.

Sein Leben auch!

Tief im Innern fühlt er, dass alles Leid, alle Angst und all die Toten, die ihn auf dem Weg hierher begleitet haben, nur die Vorbereitung auf diesen einen Moment waren. Seit er in seinen frühesten Jugendtagen den wahren Sinn seines Lebens begriff, seit ihm offenbar wurde, dass er Maschiach, der Erlöser, ist, trieb sein ganzes Dasein auf diesen einen Augenblick hin. Selbst Silvian, Petre und Miroslav, deren Tod so unvergleichlich mit dem Sterben von Khasib, Alim und Bassam verbunden ist, erscheinen in dieser letzten Stunde nur als Abglanz der Vollkommenheit, die die Vollendung seines Werkes darstellen würde. Was macht es da schon, dass neben Grigores Familie auch die des Bräutigams, Pfarrer Spitzenberger und die Kinder des Chores, deren Stimmen die letzten Strophen anstimmen, sterben würden? Ihr Tod ist nur ein unscheinbarer Schatten im Glanz der Gerechtigkeit, die den Tod der 70 sühnen würde.

Die letzten Takte des Liedes verklingen. Gleich würde der Pfarrer die berühmten Fragen stellen und das Paar vermählen.

Es ist an der Zeit zu sterben, denkt er.

Sein eigener Tod soll das Werk vollenden. Das stand nie infrage. Was macht es auch für einen Sinn, ohne die Aufgabe weiterzuleben?

Er spürt die Erregung. Langsam greift sie nach seinem Körper. Bald wird sie ihn überwältigen. Seine Hand tastet in seine Tasche, fühlt das Metall darin. Es ist an der Zeit, die Kirchentür zu verschließen. Unauffällig sieht er sich um und geht hinaus. Niemand beachtet ihn. Auch Buchmann scheint ihn für einen Augenblick vergessen zu haben. Seine Aufmerksamkeit gilt der Suche nach Nadim. Die Augen der anderen sind auf das Brautpaar gerichtet. Leise fällt die Tür zu. Das Schloss ist aus Eisen und stabil. Die Fenster der Tür werden durch ein massives, kunstvoll geschmiedetes Gitter gesichert. Niemand wird die Tür aufbrechen können, denkt er. Niemand wird entkommen!

Ein Blick auf die Uhr. In wenigen Minuten wird das Gebläse anfangen, das Chlorgas zwischen die ahnungslosen Hochzeitsgäste zu blasen. Noch bevor die ersten von ihnen die Kirche betraten, hatte er die Zeitschaltuhr aktiviert und das Schutzgitter wieder verschlossen.

Genau so, wie Nadim es ihm gezeigt hat. Nadim, der tot im Dachgeschoss des Hungerturms sitzt.

Er muss sich beeilen, um durch die Sakristei zurück in die Kirche und hinauf auf die Fischerkanzel zu kommen. Dort kann ihn das Gas nicht erreichen. Außerdem kann er von da oben das Sterben der Menschen am besten verfolgen.

Danke, denkt er.

Danke!

ICH

So schnell es die Treppe zulässt, ohne die Blicke aller auf mich zu ziehen, eile ich hinunter in den Kirchenraum. Ein Mann im dunklen Anzug steht mit verschränkten Armen vor der Tür. Seine ganze Haltung verrät Gefahr. Einer der Kerle, vor denen Jutta Bach gewarnt hat.

In meiner Tasche summt mein Handy. Es ist Karl. »Moritz, ich habe keine Ahnung, wie man das Teil lahmlegt. Die Anlage ist auf einem Gerüst montiert und durch eine Gitterbox geschützt, die sich nicht öffnen lässt. Da drinnen läuft eine Uhr.«

»Wie lange noch?«

»Vier Minuten! Du hast noch vier Minuten!«

Mein Atem stockt beim Anblick der Menschen. Vorne am Altar hebt Pfarrer Spitzenberger die Hände zum Segen für das Brautpaar und alle anderen. Das Ende der Trauungszeremonie steht bevor. Gleich werden die Kinder des Chores ihre Stimmen zum Schlusslied erheben, und dann wird die Todesfalle über der Familie Lazar mitsamt ihren Freunden und Bekannten zuschnappen.

Ich sehe Grigore Lazar aufstehen und bedächtigen Schrittes den Seitengang herabkommen. Die Augen des fremden Mannes folgen jedem seiner Schritte und verraten ihn endgültig als Mitglied des bewaffneten Armes des Clans.

Ich muss die Leute hier rausbringen. Sofort!

Grigore kommt näher, dann sieht er mich. »Herr Buchmann, Sie hier?«, meint er leise.

Ich packe ihn beim Arm, was sofort hektische Aktivität bei dem anderen auslöst. Eine Hand legt sich schwer auf meine Schulter, eine andere packt meinen Arm. Grigore blickt in mein Gesicht und versteht, dass etwas nicht in Ordnung ist. Ein kurzer Blick zu dem anderen, dann bin ich wieder frei. Unter dem anschwellenden Gesang des Kinderchores führe ich sie hinaus in den Vorraum der Kirche.

10.55 Uhr

MEL

»Wie kommst du auf diese Nummer?« Mel hat sich als Erste gefangen.

»Alana Finke hat sie angerufen. Kurz nachdem du und Moritz sie besucht habt. Aber sag, warum gehst du da dran?«

»Ich bin hier in der Wohnung von Stefan Wiesenreiter. Nadim Hemedi ist tot!«

»Nadim ist tot?« Klang Peters Stimme schon überrascht, so verrät sie jetzt blanke Verblüffung. »Seine Schwester auch.«

Jetzt ist es an Melanie, überrascht zu sein. »In Ordnung, du zuerst!«

Ihr Mitarbeiter fasst das Geschehen in Passau in knappen Sätzen zusammen. »Schnitt durch die Kehle«, wiederholt Mel.

»Wie bei Nadim. Sonst noch etwas?«

»Ja, etwas Seltsames: ein hebräisches Wort.«

»Wie bitte?«

»Maschiach! Die letzte Nachricht Alanas.«

»Maschiach! Das gleiche Wort wie auf Samiras Foto.« Mels Herzschlag setzt für eine Sekunde aus. »Maschiach! Wenn ich nur wüsste, was es bedeutet.«

»Oh, das wissen wir. Wie gesagt, es ist hebräisch. Auf Jüdisch bedeutet es: Messias.«

»Und auf Deutsch?«

»Erlöser!«

ICH

»Also, was ist los?« Grigore wirkt verärgert.

»Keine Zeit für Erklärungen!« Meine Stimme wirkt so gehetzt, wie ich mich fühle. »Auf Sie alle hier ist ein Attentat geplant. In weniger als vier Minuten sollen Sie vergiftet werden. Gas! Sie müssen hier raus! Alle! Sofort!«

»Wer?«

»Keine Zeit!«, unterbreche ich ihn. »Wie sehr haben Sie Ihre Leute im Griff?«

Sein Gesichtsausdruck spricht Bände. Ich befehle, sie gehorchen, sagt er.

»Schicken Sie Ihren Mann hinein! Die Leute müssen so schnell und geordnet wie möglich die Kirche verlassen. Kein Geschrei, kein Chaos. Nichts, was den Täter in Panik versetzen könnte.«

Der Mann im dunklen Anzug sieht seinen Boss erwartungsvoll an. Einige erklärende Worte später öffnet er die Tür und eilt in die Kirche.

»Sie werden mir das erklären müssen!«, presst Grigore Lazar zwischen den Lippen hervor.

»Das werde ich. Und noch viel mehr.«

Ich gehe zur äußeren Tür, um sie für die Flüchtenden aufzumachen, doch sie klemmt. Ich drücke fester. Nein, sie klemmt nicht, sie ist verschlossen! Die dicke Eichentür mit den schweren Eisenbeschlägen und dem Stahlgitter vor den Fenstern steht unverrückbar zwischen uns und dem Leben.

Das Handy!

»Karl!«

»Ja?«

»Wir sind eingesperrt! Die Kirchentür ist abgeschlossen!« Karl antwortet nicht. Er schaltet nicht einmal sein Handy aus. Er handelt!

Ab dieser Sekunde entzieht sich das Geschehen meinem Einfluss. Ich kann nur abwarten. Am Handy höre ich Karl schwer atmen. Dann ein tuckerndes Motorengeräusch. Die innere Tür zum Kirchenraum öffnet sich.

Grigore hatte recht. Er befiehlt und sie gehorchen. Ohne nach dem Grund zu fragen, verlassen sie die Kirchenbänke. Ich weiche vor der Menge zurück. Mein Blick fällt auf Frauen, Kinder und Männer, dann auf die Votivbilder an den Wänden. Danksagungen an die Kirchenheilige für erwiesene Hilfe in Not. Dargebracht in Bildern und Versen. Wir brauchen diese Hilfe jetzt auch, denke ich.

Die Menschen bleiben stehen. Grigores Autorität hält sie von der Tür fern. Ich reiße das Handy an mein Ohr und höre Karl fluchen: »Mach schon!«, schreit er.

»Mach, Karl!«, rufe ich.

Und dann kracht die Tür splitternd auseinander. Schloss und Riegel bersten unter der Kraft eines Traktors, auf dem Karl noch immer wüste Worte von sich gebend am Gangknüppel herumreißt. Mit einem Satz springt das Gefährt vorwärts und schleift die Tür an einer Kette hinter sich her hinaus auf die Straße.

»Los!«, schreit Grigore nur.

Im selben Augenblick läuft der Ventilator des Gebläses an.

Die folgenden Minuten heften sich unauslöschlich in mein Gedächtnis. Grigore Lazar mag ja das ungekrönte Oberhaupt seiner Familie sein, dem sich alle unterordnen. In dem Augenblick aber, da das Gas in die Kirche strömt, ist jede Hierarchie vergessen. Nadims Maschine funktioniert perfekt. Wieder einmal. Unfassbar schnell bläst sie ihre tödliche Fracht unter die Menschen. In gleichem Maße, in dem sich der grüne Nebel ausbreitet und lautlos zwischen Stühle und Bänke kriecht, löst sich jede Ordnung auf. In diesen Augenblicken der Geburt einer verheerenden Panik ist es dann doch Grigore, der das Schlimmste verhindert. Seine Stimme peitscht herrisch über die Köpfe seiner Familie. Er weist jene zurecht, die ohne Rücksicht auf die anderen zum Ausgang drängeln. Er spricht denen Mut zu, die angstvoll jammernd zurückbleiben. Und er packt mit an, als ein Kind droht, in den schnell höher steigenden Nebel zu stolpern.

Die Menge drückt mich an die Wand. Ein Sturz wäre tödlich. Ich sehe Frauen, die sich Tücher gegen den fauligen Gestank des Chlors vor den Mund halten, und ich höre Kinder schreien. Zusammen mit fluchenden Männern drängen alle zur Tür.

Pfarrer Spitzenberger und die Jungen und Mädchen des Chores stehen zusammen mit den Ministranten vor dem Altar. Der wabernde Nebel hat sie noch nicht erreicht. Mit schreckgeweiteten Augen verfolgen sie gleich mir das Geschehen in der Kirche.

Warum fliehen sie nicht durch die Sakristei? Womöglich ist auch diese verschlossen. Trotz der außergewöhnlichen Situation sind es Pfarrer Spitzenberger und Stefan Bielmeier, die sich dem Schlimmsten entgegenstellen. Mit weitausholenden Armen weisen sie den ihrer Obhut anvertrauten Kindern den Weg und dieser führt durch den Mittelgang ins Freie.

Aus dem Augenwinkel sehe ich noch, dass eines der Mädchen stolpert. Ein breitschultriger Mann rempelt mich an. Ich verliere das Gleichgewicht und stürze.

11.00 Uhr

TANJA

Tanja ist stolz. Sie weiß, dass sie ihre Sache gut gemacht hat. Die letzten Klänge des Schlussliedes verklingen im Raum der festlichen Kirche. Sie beobachtet, wie sich das Paar vor dem Altar glücklich in die Augen sieht. Was für eine schöne Braut, was für ein schönes Kleid, denkt sie. So will ich auch einmal aussehen in vielen Jahren.

Dann passiert etwas, das sie nicht versteht. Weit hinten in der Kirche, nahe am Ausgang, erfasst Unruhe die Menschen. Erst leise, dann entsetzte Schreie dringen zu ihr. Und dann erkennt sie den Grund dafür. Grüner, unheimlicher Nebel strömt aus einer Öffnung in der Tür und breitet sich schnell aus. Noch überwiegt die Neugier, doch als Herr Bielmeier mit strenger Stimme die Kinder des Chores auffordert, die Kirche durch die Sakristei zu verlassen, spürt sie zum ersten Mal die Angst nach ihr greifen. Die 20 Jungen und Mädchen, die noch vor wenigen Minuten die Hochzeitsgäste mit ihrem Gesang zu Freudentränen rührten, handeln schnell und diszipliniert. Ganz im Gegensatz zu den anderen Menschen, die in diesem Augenblick Gefahr laufen, in wilde Panik zu verfallen. Aus der Ferne hört sie eine wütende Stimme Befehle und Anweisungen erteilen.

Tanja folgt Kai, der neben ihr gesungen hat und jetzt vor ihr in die Sakristei geht. Sie kommen nicht weit. Die ersten stürzen in die Kirche zurück. Die Tür nach draußen sei verschlossen, sagen sie. Tanja schaut zu Pfarrer Spitzenberger und sieht die Angst in seinen Augen.

Einen Atemzug später nimmt sein Gesicht einen anderen Ausdruck an. Es ist wilde Entschlossenheit, die ihm anvertrauten Kinder zu retten, die ihn ab jetzt handeln lässt. Er ruft sie alle und sammelt Jungen und Mädchen um sich. Vor ihnen kämpfen sich die letzten Hochzeitsgäste zum Ausgang. Die wütende Stimme von vorhin hat sie wohl ins Freie getrieben, denkt sie.

»Wir gehen jetzt hinaus«, hört sie den Herrn Pfarrer sagen. »Wir laufen nicht und wir drängeln nicht. Herr Bielmeier und die Ministranten gehen voran und ihr folgt ihnen.«

Der Zug der Kinder nähert sich in vollkommener Disziplin dem Ausgang. Der Gestank ist unerträglich. Tanja spürt, dass ihr schlecht wird. Die ersten erreichen die innere Kirchentür. Patrick und Laura sind schon draußen, als es passiert. Tanja stolpert über etwas, das unter dem Nebel verborgen liegt. Wie in Zeitlupe sieht sie das faulige Grün näher kommen. Sie öffnet den Mund zum Schrei, nicht ahnend, dass sie so dem Gift den Weg zu ihren Lungen ebnet. Als sie schon glaubt, auf dem Boden aufzuschlagen, fühlt sie sich plötzlich gepackt. Starke Hände heben sie hoch, fort von dem Nebel, und tragen sie ins Freie.

Tanja und Pfarrer Spitzenberger sind die Letzten, die die Kirche verlassen.

ICH

Instinktiv halte ich die Luft an. Worte, die ich im Internet gelesen habe, tauchen vor meinen Augen auf: Beklemmungsgefühle, Kopfschmerzen, Lungenödem, Sauerstoffarmut, Fieber, Tod!

Nicht mit mir!, entscheide ich. Hustend und nach Luft schnappend fahre ich hoch. Nicht nur wegen des Gestanks ist mir übel. Ich stütze mich auf das granitgefasste Taufbecken. Es ist halb gefüllt mit Weihwasser. Das hindert mich nicht, mein Gesicht in das kühle Nass zu tauchen. Prustend richte ich mich wieder auf. Ich fühle mich besser und lasse meinen Blick durch die Kirche schweifen. Ich bin tatsächlich allein. Die innere Tür steht offen. Dennoch steigt der Spiegel des Nebelmeeres beständig an. Im Augenblick reicht er bis knapp unter meine Knie. Und hinter mir zischt das Gas unvermindert aus der Öffnung der rechten Seitentür.

Haben es alle geschafft?, frage ich mich. Oder stoßen meine Füße gleich an die Leichen von Frauen und Kindern? Vorsichtig schlurfe ich zum Mittelgang. Ein Hustenanfall stoppt mich. Ein wenig von dem Gas habe ich wohl bereits abbekommen. Ich stütze mich auf eine der Kirchenbänke, bis sich meine Lunge wieder beruhigt.

Dann sehe ich ihn! Es ist nicht Nadim Hemedi. Es ist Kaplan Wiesenreiter, der auf der Fischerkanzel steht und auf mich herabstarrt. Entsetzen steht in Großbuchstaben in seinen Augen geschrieben. Kein Wunder, denke ich, angesichts der Ereignisse, die auch ihn bestürzen müssen. Noch wissen weder er noch ich, ob alle Hochzeitsgäste draußen und am Leben sind.

Und dann passieren mehrere Dinge zur gleichen Zeit. Hinter mir nehme ich eine Bewegung wahr. Würde mein Körper nicht schon im Überlebensmodus laufen, der Schreck könnte mein Herz zum Stehen bringen. Erst auf den zweiten Blick erkenne ich einen Feuerwehrmann unter seinem Vollatemschutz, der an einen Außerirdischen erinnert. Ihm folgt ein zweiter, als mein Handy summt. Ohne nachzudenken, nehme ich den Anruf entgegen.

MEL

Melanies Blick hastet zu Gerda Buschek und zurück zu dem Buch vor ihr. Wie hieß die Bibelstelle doch gleich? Ach ja, Hiob, 19, 25. Sie will zu blättern beginnen, als sie erkennt, dass das nicht nötig ist. Kaplan Wiesenreiter hat genau diese Seite aufgeschlagen. Und er hat Vers 25 mit gelber Farbe markiert.

»Aber ich weiß, dass mein Erlöser lebt; und als der letzte wird er über dem Staube sich erheben«, flüstert sie.

Oh mein Gott! Mel dreht sich zu Gerda um. Erst jetzt bemerkt sie, dass auch Sabine Behring hinter ihr steht.

»Was geht hier vor?« Der Gesichtsausdruck ihrer Kollegin ist hart und konzentriert.

Ich muss Moritz warnen, ist Mels einziger Gedanke.

»Kaplan Wiesenreiter ist der Mörder. Ich denke, er ist oben in Weißenregen. Die Trauung! Und er hat das Gas und die Handgranaten.«

Ohne ein weiteres Wort dreht sich die BKA-Beamtin um und läuft davon.

Zehn Minuten nach dem ersten Versuch wählt Mel erneut Moritz' Nummer. Nach dreimaligem Klingeln wird abgehoben.

»Buchmann!«

Gott sei Dank!, denkt sie.

ICH

»Moritz!« Noch nie klang Mels Stimme so aufgeregt und erleichtert zugleich. Und dennoch: Präzise, knapp und genau schildert sie die Situation: »Ich bin hier im Pfarrarchiv in der Kirchenburg. Hier gibt es so etwas wie ein Labor. Außerdem Behälter mit der Aufschrift ›Kaliumpermanganat‹ und mehrere Flaschen mit dem Zeichen für Salzsäure.«

Mel ist noch nicht fertig: »Ich habe noch etwas gefunden.« Nun zögert sie doch kurz. »Nadims Leiche! Alana ist ebenfalls tot. Beiden wurde die Kehle durchgeschnitten.«

Ihre nächsten Worte werfen das Getriebe in meinem Kopf an.

»Alana nutzte die letzten Sekunden ihres Lebens, um uns auf jemanden hinzuweisen: Maschiach! Erlöser! Und Kaplan Wiesenreiter hat in seiner Bibel eine Stelle aus dem Buch Hiob markiert, in der es um den Erlöser geht. Laut Frau Buschek hatte er ein sehr freundschaftliches Verhältnis zu Nadim. Sie hat die beiden des Öfteren spätabends in die Kirche gehen sehen. Der Kaplan war auch Nadims Beichtvater. Und die beiden verbrachten viel Zeit in diesem Turm.«

»Danke, Mel!«

»Es ist der Kaplan! Moritz! Stefan Wiesenreiter ist der Mörder!«

Ohne meinen Blick von den beiden Feuerwehrmännern zu nehmen, stecke ich das Handy weg. Gleichzeitig taste ich nach meiner Dienstpistole. Mit dem Daumen entsichere ich die Waffe.

»Verschwinden Sie von hier!«, sage ich ihnen. Die beiden sehen mich verständnislos an. »Raus hier! Und lassen Sie niemanden herein!« Zur Bekräftigung meiner Worte deute ich mit dem Finger in Richtung Tür. Mein Gesichtsausdruck tut wohl ein Übriges. Mit einem kaum merklichen Nicken verlassen sie rückwärts die Kirche.

Ich hole tief Luft. Diese riecht nun auch in Kopfhöhe penetrant nach faulen Eiern. Langsam drehe ich mich um und wate durch den Nebel nach vorn zum Altarraum. Kaplan Wiesenreiter wartet auf mich.

*

Ich bemühe mich, ruhig und gefasst zu wirken. Den grünen Tod unter mir ignorierend, lasse ich Stefan Wiesenreiter nicht aus den Augen. Das Chlor beginnt, in meinen Augen zu beißen. Durch einen Schleier aus Tränen sehe ich ihn regungslos und mit versteinertem Gesicht auf der Kanzel stehen.

Am linken Seitenaltar erreiche ich die Treppe, die hinauf zu ihm führt. Ein kleiner Engel weist mir mit einer Gesetzestafel den Weg. Die Zehn Gebote. Wie unpassend, denke ich. Menschlichkeit und Moral sind in diesem Augenblick weiter von hier entfernt denn je.

Langsam steige ich hoch. Mit jedem Schritt werde ich mir der kommenden Gefahr mehr bewusst. Ich bleibe einige Stufen unter ihm stehen. Kaplan Wiesenreiter wendet mir den Rücken zu. Er ist keine zwei Meter von mir entfernt. Seine Augen sind weiter hinunter in das Kirchenschiff gerichtet.

Sein Plan ist nicht aufgegangen und er weiß es. Seine Hände sind zu Fäusten geballt.

Sorgsam wäge ich meine Worte ab. An ihnen hängt jetzt mein Leben. »Es ist vorbei! Sie sind alle draußen!«

Wie in Zeitlupe dreht er sich zu mir um. Seine Lippen sind schmale Linien in einem maskenhaften Gesicht. Nur seine Augen scheinen zu leben. Es ist eine Mischung aus Verzweiflung und Hass, die aus ihnen spricht.

»Ihr geplanter Massenmord an der Familie Lazar ist gescheitert«, versuche ich, ihn zu einer Reaktion zu bewegen.

Ein Zucken huscht über sein Gesicht. Dann ein verständnisloses Grinsen. »Massenmord? Herr Buchmann, Sie enttäuschen mich. Gerade von Ihnen hätte ich mehr Verständnis erwartet.«

»Verständnis wofür? Dass Sie 100 Menschen töten wollen? Dass Sie Silvian, Petre und Miroslav getötet haben?«

Vorsicht, Moritz!, ermahne ich mich. Du hast es mit einem … ja, mit was habe ich es eigentlich zu tun?

»Silvian, Petre und Miroslav«, spuckt er die Namen aus.

»Die drei haben so viele Menschen auf dem Gewissen. Mehr, als ich bisher erlösen konnte. Und Sie haben das verhindert!«

Bisher? Erlösen? Oh Gott!

Mir wird bewusst, dass dies hier nicht der Anfang ist. Die Fischerkanzel zu Weißenregen markiert nur das Ende des langen Weges von Stefan Wiesenreiter. Ein Weg, gepflastert mit Leichen. Und er selbst ist es, der Ort und Zeitpunkt dieses Endes bestimmt hat. Die Situation ist noch gefährlicher, als ich es befürchtet habe.

»Doch, ich weiß von dem Kühltransporter. Ich weiß von den 71 Menschen, die von Silvian und seinen Freunden im Stich gelassen wurden und die jämmerlich erstickten. Was ich nicht weiß, ist, was Sie damit zu tun haben?«

Sein Körper entspannt sich. Seine Fäuste werden zu Händen, die seine Worte gestenreich begleiten. »Ich gebe zu, auf den ersten Blick nichts. Es war Alana, die mich zu ihnen geführt hat.«

»Alana. Sie hat Ihnen von dem Unglück erzählt. Von ihrem Unglück. Und Sie haben den Tod der Flüchtlinge für sich genutzt. Brauchten Sie das, um Ihre Taten vor sich selbst zu rechtfertigen?«

»Rechtfertigen? Vor wem sollte ich mein Werk rechtfertigen? Alles, was geschieht, ist vorherbestimmt. Ich bin vorherbestimmt. Haben Sie das noch nicht verstanden?«

»Sie erfüllen also eine Aufgabe. Was aber hat Alana zu Ihnen geführt? Wie haben Sie sie kennengelernt?«

Er zuckt mit den Schultern. »Sie würden es Zufall nennen. Ich nenne es Bestimmung. Gleicher Studienort, gleiche Zeit. Sie ist mir sofort aufgefallen. Und ich ihr wohl auch. Sie müssen wissen, ich kann sehr überzeugend sein. Zuerst war es nur eine Begegnung zwischen Mann und Frau. Ich weiß, ich weiß. Sie werden jetzt sagen, wie kann ein angehender Priester mit einer Frau zusammen sein. Nun, das ist gar nicht so selten, wie man glauben mag. Außerdem hatte ich zu der Zeit die Weihen noch vor mir.«

»Das heißt, Sie hatten ein Verhältnis mit Alana?«

»Wenn Sie es so nennen wollen.« Er lächelt hintergründig.

»Eines Tages kam sie völlig aufgelöst zu mir. Sie machte damals ein Praktikum bei der Polizei. Und wieder war die Vorhersehung auf meiner Seite. Sie erfuhr die Namen der Männer, die ihre Geschwister auf dem Gewissen hatten. Es ist seltsam, aber bis dahin hatte ich meine Bestimmung völlig vergessen. Die Jahre des Studiums der Theologie, die Jahre mit Gott, haben mich schwach gemacht. Erst Alana Hemedi führte mich auf den rechten Weg zurück.«

Sein Blick durchdringt mich, führt in die Ferne und in die Vergangenheit.

»Sie hat meinem Werk die Idee der Vollkommenheit gebracht. Nur der Tod kann Gerechtigkeit bringen.«

Mir wird schwindlig. In meinem Kopf drehen sich alle Räder. Das ganze schreckliche Bild aus Zufällen, Trauer, Hass und Wahnsinn nimmt Farbe an. Und in seinem Zentrum Stefan Wiesenreiter, der den Pinsel schwingt und die Farben verteilt.

»Alana hat Sie auch mit ihrem Bruder bekannt gemacht. Sie brauchten einen Helfer, nicht wahr? Einen, der Ihnen bedingungslos ergeben war.«

»Ich wäre meiner Bestimmung auch ohne Nadim gefolgt. Aber ich gebe zu, er hat alles leichter gemacht. Als ich erfuhr, dass er mit einer Flüchtlingsgruppe in Deutschland angekommen war, sorgte ich dafür, dass sich unsere Wege kreuzten. Ich kannte damals jemanden, der die nötigen Kontakte hatte. Die Arme der Kirche reichen weit. Natürlich können Sie es auch göttliche Vorsehung nennen, wenn Sie an so etwas glauben. So wie es wohl auch Gottes Fügung war, mich dem Schutz seiner heiligen Kirche anzuvertrauen, als Menschen wie Sie die Vollendung meines Werkes verhindern wollten. In meiner Erinnerung scheint ein ganzes Menschenleben seither vergangen und doch sind es kaum sieben Jahre. Es war zu der Zeit, als ich bemerkte, dass die Polizei mir immer näher kam. Sie zwangen mich, meine Heimat zu verlassen. Wie dumm! Dachten sie wirklich, ich würde mich dadurch davon abhalten lassen?« Seine Stimme wird leiser. »Ich gebe zu, ich habe mein Werk für viele Jahre aus den Augen verloren. Das war dumm von mir! Ein Mann kann seiner Bestimmung nicht entkommen! Spätestens als Alana in mein Leben trat, wurde mir das bewusst.«

Seine Hand fährt über seine Augen und wischt den flüchtigen Schatten der Vergangenheit weg.

»Nadim war gläubiger Christ. Er konvertierte schon in Syrien zum Christentum. Ein Grund, warum er fliehen musste. Und er war ein Mensch, dessen Seele zerrissen war von Schuldgefühlen. Er und auch seine Schwester konnten es nicht ertragen, dass ihre Brüder tot waren, während sie noch leben durften. Nadim gab sich die Schuld und er gab Gott die Schuld. Dabei war er nur im richtigen Transport, während seine Brüder und Samira im falschen Wagen waren. Eigentlich ist es ganz einfach, aber Nadim hat dies nie für sich akzeptiert.« Er lächelt. »Natürlich habe ich ihm das nicht mit diesen Worten erklärt, als er zum ersten Mal in meinem Beichtstuhl saß.«

»Die Geschichte der Geschwister Hemedi brachte Sie dazu, der Familie Lazar den Krieg zu erklären? Warum?«

Die Frage ist ein Fehler. Seine rechte Hand knetet nervös die linke und seine Augen werden zu Schlitzen. »Kann es für euch gewöhnliche Menschen immer nur diese Frage geben? Warum sind wir hier? Warum leben wir? Warum sterben wir? Warum, warum! Es gibt kein Warum, weil es keine Antwort auf diese Frage gibt.« Er stößt die Worte atemlos hervor. Seine Augen nehmen einen gefährlichen Glanz an. »Sie können das nicht verstehen«, erklärt er mit schulmeisterlichem Ton. »Nur wenige sind dazu auserwählt, und Sie, Herr Buchmann, gehören nicht dazu!«

»Aber Sie haben Ihr Werk nicht selbst ausgeführt«, gehe ich auf das Spiel ein. »Wie ich schon sagte, Sie brauchten Nadims Hilfe. Und Alanas Hilfe auch.«

Seine Lippen gefrieren zu einem höhnischen Lächeln. »Oh, Sie haben ja keine Ahnung, wie sehr mir die beiden geholfen haben. Alana hat mir gezeigt, dass all meine bisherigen Taten nicht vollkommen waren. Es genügt nicht, Menschen zu erlösen und mit ihnen die Grenze zu überschreiten. Der Tod soll nicht nur gut sein. Nein, er soll auch gerecht sein. Erst die Gerechtigkeit macht das Werk vollkommen.«

»Und die Morde an den drei Fahrern des Flüchtlingswagens waren gerecht?«, unterbreche ich ihn.

»Das denken Sie doch auch. Geben Sie es zu! In Ihrem tiefsten Inneren wissen Sie es. Ich habe das getan, was Sie sich nur wünschen!«

Glaubt er das wirklich? Ja, entscheide ich. Stefan Wiesenreiter ist gefangen in einer Welt, die ihn als Erlöser der Menschen sieht. Eine Welt des Wahnsinns, die im Aufeinandertreffen mit einer ausgeprägten sadistischen Veranlagung ein Monster schuf. »Sie haben also drei Mörder ermordet. Ich frage mich, ob dabei Nadim Ihr Helfer war oder Sie seiner?«

»Ah, Nadim. Was für eine Aufgabe. Was für eine Herausforderung. Sie können nicht ermessen, welcher Leidenschaft und Hingabe es bedurfte, ihn zu bekehren. Und wie berauschend zugleich es war, seine Verzweiflung in Hass zu verwandeln, seine Angst in Wut und seine Schuldgefühle in Rachegedanken. Aus Nadim Hemedi, diesem leidgeprüften und sanftmütigen Christen, einen Mordhelfer zu formen, war ein befriedigenderes Erlebnis, als ich es mir hätte je vorstellen können. Seine Schwester hat mir dabei geholfen, ohne es zu ahnen. Was waren die beiden doch für perfekte Werkzeuge der Vorsehung.« Seine Stimme klingt nach Ehrfurcht und Dankbarkeit.

Spätestens jetzt ist mir bewusst, wen ich vor mir habe. Oder sollte ich sagen *was*? Hinter der Maske des Kaplans verbirgt sich eine unbegreifbare Psyche, ein Mensch, dessen Gedankenwelt mir für immer verborgen bleiben wird. Alles, was ich sehe, ist unerklärlicher Wahnsinn.

Und dass dieser Mann gefährlicher ist als jeder, dem ich bisher gegenüberstand. Der Schrecken, der von ihm ausgeht, wird durch seine nächsten Worte noch unerträglicher: »Es gelang mir, Nadims Schuldgefühle sich selbst gegenüber in Hass auf die Familie Lazar zu verwandeln. Es war nicht leicht, und ohne seine Schwestern hätte der Mensch in ihm wohl über den Erlöser triumphiert. Er hätte meine Taten nicht vorbereitet.«

»Seine Schwestern? Alana und … Samira?«

»Wieder so eine Fügung. Als Kaplan besuche ich auch die Alten und Kranken. So auch Samira Hemedi, obwohl sie ja wenig davon mitbekommt.« Er lächelt, und ich weiß nicht, ob ich hören will, was er zu sagen hat. Ich habe keine Wahl. »Aber auch Menschen, denen das nichts bringt, haben ein Anrecht auf den Segen und das Gebet der Kirche. Selbst wenn sie keine Christen sind. Hätte Samira Eltern, sie hätten es nie erlaubt, dass ich sie besuche. Nadim bat mich darum. Ich fürchte, Sie sind mit den Riten der Kirche nicht vertraut, oder, Herr Buchmann?«

Kaum merklich schüttle ich den Kopf.

»Ich tat Nadim den Gefallen. Schließlich wollte ich sein Vertrauen gewinnen. Am Ende jedes Besuches salbte ich sie mit Rosenöl. Nur ein kleines Kreuzzeichen auf ihre Stirn.

Ein Segen? Nicht für die kleine Samira. Sie reagierte allergisch auf das Öl. Nicht sofort, aber ich bemerkte, dass ihre Anfälle sich ab da häuften. Nadim erzählte mir davon. Sie kommen unregelmäßig, sagte er. Manchmal alle zwei Wochen, manchmal blieb das Mädchen mehrere Monate davon verschont. Nach meinen Besuchen kamen sie wöchentlich.« Er lächelt. »Die Ärzte sind ratlos. Sie führen diese Krampfattacken auf die allgemeine Verschlechterung ihres Zustandes zurück. Wissen Sie, was ich denke, Herr Buchmann? Ich denke, alle warten auf Samiras Tod. Und so hat niemand etwas bemerkt. Außer mir. Ich erkannte den Zusammenhang zwischen dem Öl und dem Leid des kleinen Mädchens. Also habe ich dafür gesorgt, dass die Qualen seiner Schwester Nadims Hass schürten. Nach ihren Anfällen war er meinen Worten weitaus zugänglicher, das können Sie mir glauben!«

Die Worte des Kaplans hallen kalt und gnadenlos in meinem Kopf wider. Unerbittlich und unerträglich verlangen sie nach einem Ende dieses Schreckens.

Ich trete einen Schritt zurück und eine Stufe tiefer. Damit gestatte ich ihm zwar, noch weiter auf mich herabzublicken, aber ich brauche Distanz zu dem Wahnsinn vor mir.

Meine Hand tastet nach meiner Pistole. Ich muss dem jetzt ein Ende bereiten. Noch aber stehen ein paar Antworten aus.

»Und doch haben Sie Nadim und Alana getötet. Haben sie sich geweigert, hierbei mitzumachen?« Ich deute mit der Hand auf das Kirchenschiff unter mir.

»Ah, war es das, was Ihnen Ihr Handy vorhin verraten hat? Ihre Kollegin, vermute ich. Melanie, nicht wahr? Hat sie Nadim also gefunden!«

»Und Alana. Warum mussten die beiden sterben?«

»Es stand für mich von Anfang an fest, dass sie berufen

waren, sich der Schar meiner Auserwählten anzuschließen. Sagen Sie mir, warum sollte ich meinen treuesten Helfern nicht die Gnade der Erlösung anheim kommen lassen? Ich muss aber gestehen, dass mich die Umstände ihres Todes schmerzen. Nadims Wille erwies sich als zu schwach für das große Werk. Auch an Alanas Entschlossenheit zweifelte ich zuletzt. Also entschloss ich mich, ihnen das Privileg zukommen zu lassen, mir und den anderen vorauszugehen. Sie haben es sich verdient. Alana war von einer seltenen Ergebenheit und Nadim erwies sich bis dahin als außerordentlich nützlich. Er verschaffte mir nicht nur Zugang zu Frau Schneiders Computer. Durch ihn erfuhr ich auch alles über Silvian, Petre und Miroslav. Auch sein handwerkliches Geschick war wirklich bemerkenswert. Er war gewissermaßen der Chirurg, der die von Krankheit befallenen Stellen für mich freilegte. Ich musste nur noch die letzten, entscheidenden Schnitte führen.«

Die letzten Schnitte, denke ich. Feuer, Fleisch und Blut.

»Also haben Sie Alana letzte Nacht einen Besuch abgestattet!«

»Wie fleißig sie doch war. Zu so später Stunde noch im Büro. Es war nicht einfach, unbemerkt zu ihr zu gelangen. Glücklicherweise haben ihre Passauer Kollegen nur den Haupteingang des Gebäudes in der Höllgasse überwacht und übersehen, dass es auch von der Donauseite einen kleinen Zugang gibt. Sie hat mich nicht erwartet und doch konnte sie ihre Freude, mich zu sehen, nicht mehr genießen. Ich glaube, sie hat die Notwendigkeit ihres Todes verstanden. Ja, das glaube ich wirklich.«

Die kalte Sachlichkeit in seiner Stimme jagt mir Schauer über den Rücken. »Und Silvian hat für Sie die Bestandteile des Chlorgases besorgt.«

»Ohne dass er etwas davon ahnte, natürlich. Ich habe

Ihnen doch gesagt, dass er sich in meiner Schuld wähnte. Was gab es also gegen einen kleinen Gefallen einzuwenden? Ich sagte ihm, wir bräuchten die Chemikalien zur Bekämpfung eines Schädlings im Dachstuhl der Kirche in Steinbühl. Und dass diese in Tschechien zwar nicht offiziell, aber billiger zu haben sind. Warum nicht der Kirche Geld sparen helfen und damit eine alte Rechnung begleichen?« Sein Grinsen wird diabolisch. »Silvian Lazar besorgte das Gift, das seine Familie töten sollte. Erkennen Sie die Ironie des Ganzen?«

»Ja, die Lazars haben für Sie gearbeitet, ohne es zu wissen.«

»Nicht nur die Lazars, Herr Kommissar!«

»Was wollen Sie damit sagen?«

»Mir war klar, dass ein Mann vom Schlage eines Grigore Lazar den Tod eines Familienmitgliedes nicht tatenlos hinnehmen würde. Und auch dass die Polizei mit großem Aufgebot antritt. Dass es am Ende nur Sie und Ihre Kollegin waren, müsste ich eigentlich als Beleidigung auffassen.«

»Tut mir leid, dass wir Sie enttäuscht haben.«

»Haben Sie nicht. Sie haben bessere Arbeit geleistet als diese Frau vom BKA. Sie hat nicht bemerkt, dass auch sie meine Gehilfin war.«

»Das BKA hat für Sie gearbeitet?«

»Indem es mir Grigores Killer vom Leib hielt.«

»Also haben Sie Frau Bach einen Tipp gegeben und das BKA hat sich um die Rumänen gekümmert. Aber woher wussten Sie von ihnen?«

»Grigore selbst hat sie verraten. Nun gut, nicht absichtlich. Aber als ihm Pfarrer Spitzenberger in meiner Anwesenheit riet, die Hochzeit zu verschieben, meinte er nur, es bestünde kein Grund zur Sorge. Er habe die nötigen Vorkehrungen bereits getroffen. Was er sich darunter vorstellte, erfuhr ich noch am gleichen Tag. Als ich die drei auf seinem

Anwesen sah, wusste ich, dass sie gefährlich sind. Sie hätten mein Werk zunichtemachen können. Aber sie waren zu sehr auf Nadim fixiert. Grigore wollte ihn unbedingt beseitigen. Ein Anruf bei ihm reichte, um seine Leute in den Hungerturm der Kirchenburg zu locken. Leider war Grigore klug genug, nur zwei von ihnen loszuschicken, um Nadim zu töten. Ich denke, die beiden haben inzwischen die Bekanntschaft von Frau Bach und ihren Leuten gemacht.«

»Und Sie waren es auch, der Wolfgang anrief und ihm von dem Schuppen bei Domažlice erzählte.«

»Silvian zeigte mir das Natriumkarbonat und die Salzsäure. Er war richtig stolz darauf, es für mich besorgt zu haben. Es war ein Leichtes, ihn davon zu überzeugen, dass ich nicht alles brauche und ein paar der Behälter dort bleiben konnten.« Er lehnt sich entspannt an die Brüstung der Kanzel zurück. »Und noch leichter, die Polizei abzulenken. In diesen Tagen reicht es, irgendeine Form von Terrorismus ins Spiel zu bringen, schon stürzen sich alle darauf wie die Bienen auf den Honig. Frau Bach und ihre Kollegen schienen nur auf meine Hinweise zu warten. Ich habe eine falsche Spur gelegt und die Polizei ist ihr gefolgt. Alle, außer Ihnen. Sie sind hier und durchkreuzen meine Pläne!«

Von einer Sekunde auf die andere nimmt seine Stimme einen gefährlichen Ton an.

Ich atme tief durch. Kaplan Wiesenreiter ist ein Monster. Ein geniales Monster, zugegeben.

Nein, eine Spinne, korrigiere ich mich. Im Zentrum ihres Netzes spinnt sie ihre Fäden, in denen wir alle zappeln.

»Ich könnte jetzt sagen, das ist mein Job, aber das wäre nur die halbe Wahrheit. Sie mögen ja tatsächlich davon überzeugt sein, dass Silvian und die beiden anderen nur erhalten haben, was ihnen zustand. Aber es will mir nicht in den Kopf, wie Sie den Mord an Frauen und Kindern, die zufällig nun mal mit den Verbrechern verwandt sind, rechtfertigen. Vor sich und vor der Welt.«

»Mord? Sie haben es noch immer nicht verstanden. All diese Menschen leiden in dieser Welt. Und ich bin hier, um sie zu erlösen!«

Er glaubt es wirklich, denke ich. Er lebt in diesem Wahn, ohne es zu bemerken.

»Jetzt aber sind alle draußen in Sicherheit und Sie sind hier. Sie wollten sie ersticken lassen, genau so, wie die Flüchtlinge im letzten August erstickt sind. Deshalb verhafte ich Sie hiermit wegen fünffachen Mordes und 100-fachen versuchten Mordes.«

Ungeschickt ziehe ich meine Pistole aus dem Holster und richte sie auf ihn.

Mit einem mitleidigen Lächeln hebt er die Hände. »Sie verstehen noch immer nicht, Herr Kommissar. Ich muss mein Werk vollenden! So oder so. Meine Erlösten warten auf mich. Die Auserwählten meiner ersten Jahre durften die Grenze überschreiten, ohne Schuld auf sich geladen zu haben. Silvian, Petre und Miroslav büßten ihre durch die Art ihres Todes. Ich wollte diese Gnade auch all diesen Menschen dort unten erweisen, aber Sie haben ihnen dieses Geschenk verwehrt. Dennoch ist mein Weg hier zu Ende. Ich habe meinen Erlösten ein Wiedersehen versprochen. Und Sie, Herr Buchmann, werden mich begleiten!«

Mit einer fließenden Bewegung fährt seine Hand in die Tasche seines Talars. Als sie wieder erscheint, umschließt sie eine Handgranate. Chinesische Produktion. Eine sinnlose Erinnerung in diesem Augenblick.

Mehrere Gedanken zucken gleichzeitig durch meinen Kopf:

Handgranate – schieß, Moritz!

Zünder – schieß endlich!

Drei Sekunden – schieß!

Detonation!

Ich schieße nicht. Tatenlos sehe ich zu, wie er den Sicherungsstift der Granate zieht.

11.10 Uhr

SABINE

Sabine ist den Weg hinauf nach Weißenregen noch nie gefahren, doch die Kirche oben auf dem Hügel ist nicht zu übersehen. Ohne Rücksicht auf ihr Auto und die anderen Verkehrsteilnehmer jagt sie den Audi durch die Kurven, bis ein quergestelltes Feuerwehrauto ihrer Fahrt ein Ende setzt. Sie springt aus dem Wagen, stößt einen verblüfften Feuerwehrmann zur Seite und sprintet die letzten 100 Meter den Berg hinauf. Oben herrscht das Chaos. Einsatzfahrzeuge der Polizei, des Roten Kreuzes, ein Traktor, an dessen Kette eine massive Tür hängt. Und über allem gespannte Ratlosigkeit. Sabine hält sich nicht damit auf. Sie eilt zum Zugang der Kirche, wo sie von Männern der Feuerwehr aufgehalten wird.

»Gehen Sie zur Seite!« Ihre Stimme duldet keinen Widerspruch. Und dennoch zögern die Uniformierten. »Der Kommissar hat gesagt, niemand darf hinein!«, wagt es einer zu sagen.

Noch bevor sie ihren Dienstausweis zücken kann, tritt ein Polizist an sie heran. »Frau Behring! Moritz ist da drinnen. Mit dem Kaplan«, erklärt Karl die Situation in gewohnt knappen Worten.

»Nadim und Alana Hemedi sind tot«, antwortet Sabine. »Wiesenreiter ist der Mörder, den Sie suchen. Und er ist bewaffnet!« Mit diesen Worten zieht sie ihre Pistole und entsichert sie.

»Lasst sie durch!«, befiehlt Karl den beiden Männern. Und an Sabine gewandt: »Seien Sie vorsichtig! Er wollte alle hier töten!«

Sabine nickt und geht zur inneren Tür. Mit der linken Hand drückt sie den Türgriff nach unten und betritt die Kirche.

Fauliger Gestank schlägt ihr entgegen und raubt ihr den Atem. Die Luft anhaltend geht sie vorsichtig weiter. Jeder Schritt erzeugt wirbelnde Wolken grünen Nebels. Mit stetigem Summen bläst der unsichtbare Ventilator weiter Gas ins Gotteshaus.

Sie sieht die beiden Männer sofort. Buchmann steht auf der Treppe, die zur Kanzel führt. Nur sein Kopf ragt über die Brüstung. Hoch über ihm, wie ein drohender Schatten, die schwarze Gestalt des Kaplans. Sie versteht nicht, was er sagt, aber sie sieht, was er tut. Die Hand des Mannes greift unter seinen Umhang.

Eine Waffe, durchzuckt es sie. Sie weiß nicht, ob Buchmann bewaffnet ist. Wiesenreiter ist es bestimmt. Mit einer tausendfach geübten Bewegung nimmt sie ihn ins Visier. Ihre Augen tränen vom Gas. Ihr Ziel versteckt sich hinter einem milchigen Schleier.

Jetzt streckt der Mann ihrem Kollegen die Hand entgegen. Eine Pistole, zuckt der Gedanke durch ihren Kopf. Er wird Buchmann erschießen!

Drück ab!, schreit ihr Instinkt.

Und ihr Zeigefinger gehorcht.

ICH

Kaplan Wiesenreiter lächelt nicht mehr. Mit geschlossenen Augen hält er die Granate in der ausgestreckten Hand, keine zwei Meter von mir entfernt.

Instinktiv weiche ich einen Schritt zurück. Im gleichen Augenblick hallt ein Schuss durch das Kirchenschiff. Wiesenreiters Gesicht erstarrt zur Maske. Ein kurzes Aufflackern des Erstaunens in seinen Augen, dann dreht er sich um und sackt in sich zusammen. Die Handgranate fällt unter ihm zu Boden. Er bedeckt sie mit seinem Körper.

All das geschieht innerhalb eines Herzschlages. Und dann falle ich! Mein Fuß verfehlt die Stufe. Ich rolle die Treppe hinunter. Mein Kopf schlägt hart an den Seitenaltar und mein Blick trübt sich.

Über mir explodiert die Fischerkanzel in einem Inferno aus Holz, Kalk und Putz.

Und mit ihr Stefan Wiesenreiter.

Ich lehne mich an die Wand. Mein Körper steckt bis zur Brust in grünem Nebel. Mühsam halte ich meine Augen offen. Über mir schwebt der Engel mit der Gesetzestafel.

Dann nichts mehr.

*

Eine gefühlte Sekunde später blinzle ich in die Nachmittagssonne über Weißenregen. Ein mir unbekanntes weibliches Gesicht blickt auf mich herab. »Herr Buchmann? Können Sie mich verstehen?«

Stöhnend versuche ich, mich aufzurichten. »Langsam,

langsam!«, mahnt die Frau. »Ihr Kopf hat ganz schön was abbekommen. Und Ihr Körper auch.«

Meine Hand tastet zu meiner Stirn und fühlt einen dicken Verband. Das ist wohl mehr als eine Beule, denke ich. Mein nächster Versuch, mich zu bewegen, wird von Schmerzen in der Brust und am Rücken bestraft.

Ein weiteres Gesicht schiebt sich in mein Blickfeld. »Vorsichtig, Herr Buchmann!« Die Stimme klingt bekannt und besorgt. »Frau Dr. Haberl hat zwar Ihre Platzwunden versorgt, wie es aber um Ihren Rücken bestellt ist, kann sie erst nach einer CT sagen. Stimmt's, Frau Doktor?«

»Ah, Frau Behring«, erinnere ich mich an Jutta Bachs Mitarbeiterin.

»Ich bin wirklich froh, Herrn Wiesenreiter getroffen zu haben und nicht Sie. War gar nicht so einfach.«

Soll das heißen, sie hat geschossen? Eine Frage, auf deren Antwort ich noch eine Weile warten muss.

»Du lebst ja immer noch!«, bekräftigt Karls Stimme aus dem Hintergrund meine Glückssträhne.

»Als bayerischer Beamter ist man hart im Nehmen«, ächze ich. »Ach ja, was ist mit dem Kaplan?«

»Hat sich aufgelöst«, antwortet Karl.

Aufgelöst, denke ich. Erlöst!

»Zusammen mit der Fischerkanzel«, fährt Karl fort. »Von der ist auch nicht mehr viel übrig. Nur der Boden der Kanzel, der ist aus Stein. War dein Glück. Das hat die Splitter der Granate von dir ferngehalten. Frau Behring hat dich vor dem Gas gerettet. Und vor dem Kaplan wohl auch«, fügt er noch hinzu.

»Sie haben unwahrscheinliches Glück.« Wieder die Ärztin. Dr. Haberl, wenn ich mich recht erinnere. »Soweit auf den ersten Blick ersichtlich, könnten Sie mit einer Gehirnerschütterung und diversen Prellungen davonkommen.

Wenn es aber einen Ihrer Wirbel erwischt hat, könnten Sie uns noch in die Querschnittslähmung rutschen. Also halten Sie sich ruhig, falls Sie Ihre Beine noch benutzen wollen.«

Will ich! Also gib Ruhe, Moritz!

»Eventuell finden wir ja auch noch andere Brüche oder Schäden«, schränkt sie ihre Kurzdiagnose weiter ein.

Na prima! Ich fühle mich schon so schlecht genug. Erst langsam wird mir bewusst, dass ich eigentlich tot sein müsste. Die Explosion und das Gas. Ich habe beides überlebt. Unfassbar!

»Die Spusi kann erst morgen in die Kirche. Zuerst muss das Zeug abgesaugt werden.« Sabine Behring lächelt auf mich herab.

»Macht der Kampfmittelräumdienst der Bundeswehr«, fügt Karl hinzu. »Man kann die Kirche nicht einfach durchlüften und das Gas ins Freie lassen. Zu gefährlich.«

»Tödlich gefährlich«, sagt die Frau vom BKA zu mir gewandt. »Als ich Sie am Fuß der Treppe fand, stand Ihnen das Chlorgas buchstäblich bis zum Hals. Ein paar Zentimeter höher und …«

Sie muss den Satz nicht vollenden. Ich weiß, was mich in diesem Fall erwartet hätte.

»Jetzt ist's aber gut! Es wird Zeit fürs Krankenhaus«, unterbricht Frau Dr. Haberl alle Gespräche.

Ich fühle, wie die Trage, auf der ich liege, hochgehoben wird. Vorbei am Traktor, mit dem Karl die Tür aus den Angeln zog, geht es zum Parkplatz. Das alte Vehikel, das so viele Menschen rettete, steht gleich einem Kunstgegenstand mitten im Gelb des Rapsfeldes.

Die Hilfskräfte haben den Platz um die Kirche in eine mobile Erstaufnahmestation verwandelt. Erstaunlich, wie schnell sie hier waren.

Ich drehe meinen Kopf zur Seite und sehe die Menschen. Überlebende, aus deren Gesichtern der Schrecken spricht. Verstörte Kinder, weinende Frauen, die Braut, eng umschlungen von ihrem Bräutigam, diskutierende Männer.

Alle am Leben!

Als ich in den Krankenwagen geschoben werde, trifft sich mein Blick mit dem Grigore Lazars. Er trägt Milan auf den Armen. Er weiß, dass ich ihn, seinen Enkel und seine ganze Familie gerettet habe. Er weiß aber auch, dass ich nicht sein Freund bin. Ich werde alles tun, um ihn und seinen Bruder für ihre Taten zur Rechenschaft zu ziehen.

DREI UNERWARTETE BESUCHE

Dienstag, 11.10.2016

JUTTA BACH

Mit leisem Summen fährt die Rückenlehne meines Bettes nach oben. Meine Lunge schmerzt und mein Magen protestiert. Drei Tage sind vergangen, seit mich Sabine Behring davor bewahrt hat, von einer Handgranate in Stücke gerissen zu werden. Und hätte das nicht funktioniert, wäre ich ohne sie im grünen Nebel erstickt.

Sabine ist meine Heldin des Tages!

Gerade noch rechtzeitig, so sagte man mir, hat sie mich gefunden und meinen Kopf so lange über dem Chlorgas gehalten, bis die Atemschutzträger der Feuerwehr mich aus der Kirche trugen.

Früh genug, um keine irreparablen Schäden davonzutragen, aber zu spät, um ganz ungeschoren davonzukommen. Sieht man von der Platzwunde ab, die meinen Kopf aus dem Zweikampf mit dem Seitenaltar als Verlierer hervorgehen ließ, könnte ein außenstehender Betrachter denken, ich sei wohlauf. Ein Eindruck, der täuscht. Ein oder zwei Atemzüge des Gases gelangten in meine Lunge. Genug, um dort ein wenig für Chaos zu sorgen. Die Ärzte versprechen eine vollständige Heilung und vor allem noch einige

Jahre Leben, sollte ich meine Alkoholprobleme in den Griff bekommen. Ein kurzer Blick auf meine Blutwerte reichte, und sie wussten Bescheid. Ich kann sie jedoch beruhigen. Dieses Kapitel ist endgültig zu den Akten gelegt. Nicht nur weil ich es Claudia versprochen habe. Ich habe es auch mir versprochen.

Meine Situation ist mir außerordentlich unangenehm. Ich blicke in die Gesichter der Menschen um mich und ringe mir ein Lächeln ab. Nicht, dass mir danach wäre. Es ist ein Versuch, meine Freunde zu beruhigen. Wenn ich so darüber nachdenke, kann ich behaupten, dass diese Bezeichnung tatsächlich auf die Menschen, die mich heute besuchen, zutrifft.

Marcel, den Claudia von den Ereignissen der letzten Tage unterrichtete, stand als Freund ohnehin nie infrage.

Doch da ist jetzt auch noch Karl, der sich wie gewohnt im Hintergrund hält. Irgendwie schwimmen der Landpolizist und ich auf der gleichen Welle, ohne dass es dazu vieler Erklärungen und Worte bedarf. Mel hat sich von meiner Lieblingskollegin zu einem Kumpel entwickelt, den ich nicht mehr missen möchte.

Jetzt sitzt sie neben mir auf dem Stuhl, auf dem vor einer Stunde noch Jutta Bach saß. Die kühle BKA-Agentin ließ es sich nicht nehmen, den Provinzpolizisten zu besuchen, auch wenn dessen Ermittlungen das von ihr aufgebaute Terrorszenario wie eine Seifenblase zerplatzen ließen. Ich dachte, dieser Fehlschlag hätte ihren Stolz verletzt und sie würde versuchen, sich mit wehenden Fahnen zurückzuziehen.

Eigentlich erwartete ich erklärende Worte, als sie überraschend mein Krankenzimmer betrat. Prävention hinsichtlich der latenten Gefahr von Anschlägen, zwingende Notwendigkeit der Ermittlungen angesichts der vorliegenden Hinweise und so weiter. Ich werde nie erfahren, ob es das war, das sie zu mir geführt hat. Als sie mich mit verkniffenem Lächeln begrüßte, nahm ich die Last des ersten Wortes von ihr.

»Frau Bach, guten Tag. Es freut mich, Sie zu sehen. Danke Ihnen und Ihren beiden Kollegen dafür, dass Sie Melanie gerettet haben.«

Ein kurzer Augenblick der Überraschung huschte über ihr Gesicht. Hat sie Vorwürfe erwartet? Warum?

»W… Was? Das war doch Hauptkommissarin Behring. Sabine hat fantastisch reagiert. Auch als sie Sie rettete.«

»Es waren Sie und Ihr Team«, verbesserte ich sie. »Nehmen Sie doch Platz«.

Vermutlich rechnete sie damit, nicht lange zu bleiben, aber sie nahm mein Angebot an. Ganz sicher aber kam Frau Bach nicht vorbei, um ausführlicher mit mir zu plaudern. Ein Höflichkeitsbesuch, mehr nicht.

Als sie sich eine halbe Stunde später mit einem verlegenen Blick auf die Uhr aufmachte, zurück nach Wiesbaden zu fahren, waren viele Vorurteile und Missverständnisse ausgeräumt.

»Wir sollten froh sein, dass die Waffen nicht in die Hände Ihrer Kundschaft gerieten«, sagte ich.

»In diesem Fall spielte das wohl keine Rolle. Stefan Wiesenreiter hatte Ähnliches vor, wenn auch aus völlig anderen Motiven. Nicht auszudenken, was passiert wäre, wenn Sie nicht gewesen wären.«

»Ich und Melanie und Karl und noch so manch andere. Wir können beide dankbar für unsere Kollegen und Mitarbeiter sein.«

»Ja, Sie haben recht. Ich hoffe, wir können auch in Zukunft das Schlimmste verhindern. Sie an Ihrem Platz und ich auf meinem.«

»Ja, nur kommen auch wir leider für manche Opfer zu spät.«

»Niemand ist vollkommen, Herr Buchmann. Niemand!«

Mit diesen Worten reichte sie mir die Hand. »Viel Glück weiterhin und gute Genesung.«

»Auch Ihnen viel Glück. Hat mich gefreut, Sie kennenzulernen! Hm, etwas besser kennenzulernen, meine ich. Und grüßen Sie Herrn Hanauer und Frau Behring von mir. Ich hoffe, ich kann mich bei Ihrer Kollegin eines Tages persönlich bedanken. Ohne sie wäre ich jetzt nicht hier. Sie können stolz auf Ihr Team sein.«

»Das bin ich!«

Und dann, am Ende unseres Gesprächs, stellte ich ihr noch eine Frage, so belanglos und trivial, und doch aus der Neugier eines Polizisten geboren: »Was hat es mit dieser Blechdose auf sich? Sie wissen schon, die Zigaretten.«

Nach einer Sekunde des Erstaunens lächelte sie: »Ach das. Ein Versuch, aufzuhören. Ein Bekannter gab mir den Tipp. Wenn die Dose voll ist, soll ich sie wegwerfen und das war's dann.«

»Und?«

»Bisher wurde sie nie voll.«

*

»Warum nur treffe ich dich immer im Krankenhaus?«

Jutta Bachs Gesicht weicht Marcels besorgter Stimme.

»Weil du immer dann kommst, wenn etwas passiert ist«, kontere ich.

»Was in letzter Zeit ja häufiger vorkommt«, meint Mel.

Karl wendet sich grinsend ab.

»Ich gebe ja zu, ich könnte öfter mal vorbeischauen«, gibt Marcel zu. »Und du besser auf dich aufpassen.«

»Aber warum denn? Mir geht es doch prächtig.« Ein Hustenanfall entlarvt meine Lüge.

»Tatsächlich?« Mit dem tadelnden Blick eines Oberlehrers sieht er mich an.

»Berufsrisiko«, ist alles, was mir als Rechtfertigung einfällt.

»Na, ich hoffe, es geht nicht in diesem Tempo weiter«, meint Mel. »Für meinen ersten eigenen Fall war das schon ganz schön heftig.«

»Umso besser hast du deine Sache gemacht. War eine prima Leistung. Auch von Peter und Daniela. Ich bin froh, zu deinem Team gehört zu haben.«

Sie spürt den Ernst meiner Worte. »Danke, Moritz! Ganz meinerseits.«

»Ach, wie rührend.« Marcel verdreht die Augen. »Ich denke, ich gehe jetzt, bevor ich noch in euren Sentimentalitätsstrudel gerissen werde. Aber vergiss nicht, wir haben mit Claudia vereinbart, uns bald wieder zu treffen. Und diesmal klappt das auch, verstanden!«

Karl, Mel und ich wagen es nicht, ihm zu widersprechen. Aber er hat ja auch recht. Es wird endlich Zeit, unsere Freundschaft nicht nur auf die gelegentlichen Besuche nach Katastrophen, wie sie diese Tage gebracht haben, zu beschränken.

»Du wirst ja hoffentlich bald entlassen, oder? Ich schau dann mal in Kirchbach bei euch vorbei. Claudia sagte, sie ist in den nächsten Wochen im Lande. Und Karl kommt auch, stimmt's?«

»Selbstredend. Ich halte dich auf dem Laufenden, wenn sich etwas Neues ergibt.«

»Danke, Karl. Auch dafür, dass du die Idee mit dem Traktor hattest. Eigentlich warst du es, der all die Leute in der Kirche gerettet hat.«

»Ach was. Der stand da eben so rum. War pures Glück.«

Typisch Karl.

»Peter sagte, er hat mit einem Kollegen bei der Polizeidirektion Sachsen-Anhalt Kontakt aufgenommen. Scheint, als würden wir noch einiges aus Wiesenreiters Vergangenheit erfahren. Vielleicht sehen wir dann etwas klarer.«

Ich kann Mels Zuversicht nicht teilen. »Ich glaube nicht, dass wir ihn je verstehen werden. Dazu bedürfte es vieler Gespräche mit einem Psychiater. Die wird es nun nicht mehr geben.«

»Es ändert ohnehin nichts mehr. Was er getan hat, ist vorüber. Wichtig ist allein, dass er nicht noch mehr Unheil anrichten kann.« Aus Karl spricht die kühle Logik des Pragmatikers.

»Du hast wohl recht, Karl. Und jetzt verschwindet! Ihr habt sicher Wichtigeres zu tun, als hier bei einem alten Mann rumzusitzen.«

Ich weiß nicht, ob sie meiner Anweisung aus Höflichkeit folgen, oder ob sie einfach nur froh sind, gehen zu dürfen.

Mittwoch, 12.10.2016

GRIGORE LAZAR

Diesen Besuch habe ich am wenigsten von allen erwartet. Es kostet Grigore Lazar sichtlich einige Überwindung, mich am Krankenbett aufzusuchen.

»Herr Lazar. Guten Tag! Mit Ihnen habe ich nun wirklich nicht gerechnet.«

Er wirkt selten unsicher. »Guten Tag, Herr Buchmann. Ich … ich komme, um mich bei Ihnen zu bedanken. Dafür, dass Sie das Leben meiner Familie gerettet haben. Einschließlich meinem und dem Milans.«

»Sie wissen, dass das nichts zwischen uns ändert.«

»Ja, ich weiß. Sie denken, Sie müssen eine alte Geschichte wieder aufrollen.«

»Eine alte Geschichte? Sie sind verantwortlich für den Tod von 70 Menschen. Und das sind nur die, von denen ich weiß. Wer kann schon erahnen, was auf Ihren Flüchtlingsbooten passiert ist. Sie waren ein Schleuser und haben sich an der Not dieser Menschen bereichert!«

»Wenn Sie das so sehen. Ohne uns wären viele von ihnen noch nicht in Sicherheit.«

»Das glauben Sie doch nicht wirklich. Sie können sich

vielleicht einreden, ein Wohltäter zu sein, aber mir machen Sie nichts vor. Ihnen ging es nur um Geld!« Seine Selbstgefälligkeit macht mich wütend.

»Die ganze Welt dreht sich nur um Geld. Das Unglück im letzten August hätte nicht passieren dürfen! Es war die Schuld Silvians und der anderen beiden. Sie haben dafür bezahlt.«

»Und Sie werden auch bezahlen! Sie und Ludovic. BKA und Europol sind Ihnen auf den Fersen. Wir werden nicht ruhen, bis Sie vor Gericht stehen.«

»Sie täuschen sich.« Seine Selbstsicherheit kehrt zurück. »Ja, wir haben diese Menschen hierhergebracht. Und ja, wir haben Geld damit verdient. Aber glauben Sie mir, Sie werden das nie beweisen können.«

»Wir werden sehen.«

Ein kaum merkliches Lächeln huscht über seine Lippen.

»Alles, was ich Ihnen wünschen kann, ist eine schnelle Genesung. Hier sind Sie der Mann, der mein Leben gerettet hat. Wenn ich durch diese Tür gehe, sind Sie der Mann, der auf der Jagd nach mir und meinem Bruder ist. Ich werde dann Ihr Feind sein und das, was Sie getan haben, hat keine Bedeutung mehr.«

»Machen Sie sich darüber keine Gedanken. Und glauben Sie nicht, ich würde Sie unterschätzen. Ich weiß, was Sie bereit sind zu tun. Aber ich weiß auch, was ich bereit bin zu tun, um Sie Ihrer gerechten Strafe zuzuführen.«

Das Lächeln in seinem Gesicht gefriert zu Eis. Grigore presst die Lippen zu schmalen Strichen zusammen. »Sie kennen nicht einmal die Oberfläche von dem, was Sie zu wissen glauben. Die letzten Tage mögen für Sie ein Drama in Blut und Tränen gewesen sein. Für mich sind sie eine Episode in meinem Leben. Eine von vielen und wahrlich nicht die schlimmste. Nehmen Sie sich in Acht! Sie legen sich mit Kräften an, die Sie nicht im Entferntesten erahnen können!«

Damit dreht er sich um und geht, ohne sich noch einmal umzusehen. Seine Warnung schwebt noch im Raum und lässt mich erschauern.

Donnerstag, 13.10.2016

THORSTEN GOLINSKI

Krankenhausaufenthalte zeichnen sich durch die immer gleichen Abläufe jeden Tag aus. Sofern man nicht ernsthaft krank ist und das Warten auf eine Operation, eine Diagnose oder den Tod die Nerven vibrieren lässt. All das trifft auf mich nicht zu. Ich danke der Pharmaindustrie für den erholsamen Schlaf der letzten Nächte und so nebenbei für die Tatsache, dass ich noch am Leben bin. Ich weiß nicht, was die Ärzte mit mir anstellen, aber es hält meine Lunge davon ab, Wasser anzusammeln und mich ersticken zu lassen. Das und wohl auch das Glück, nur wenig von diesem Teufelszeug eingeatmet zu haben.

Eine Infusion unbekannten Inhalts und ein letzter Anruf Claudias katapultierten mich gestern ins Land der Träume. Nur dass die Träume ausblieben. Ich kann auf sie verzichten.

Heute Vormittag: einige Untersuchungen, neue Blutwerte, einige Anrufe von Kollegen und Freunden und die Hoffnung auf die Entlassung morgen.

Bis um 14 Uhr. Es klopft an der Tür.

»Herein!«, krächze ich. Meine Stimmbänder lassen noch zu wünschen übrig. Mein Gedächtnis offensichtlich auch.

Zumindest kennt es den Mann nicht, der die Tür öffnet und neben mein Bett tritt.

»Entschuldigung. Sie haben sich vielleicht im Zimmer geirrt.«

»Herr Buchmann?«

Ich nicke. Seine Stimme straft sein Äußeres Lügen. Der Mann, der sich mit »Hauptkommissar Golinski« vorstellt, ist klein und unscheinbar. Das von einem Dreitagebart eingerahmte kantige Gesicht verrät jedoch ein entschlossenes Wesen, wären da nicht die Augen. Müde und von Enttäuschungen gezeichnete Augen. Sein Name versetzt ein Zahnrad in meinem Kopf in Bewegung. Der Polizist, mit dem Peter Teichert Kontakt aufnahm.

»Thorsten Golinski, nicht wahr? Von der Kripo Magdeburg.«

»Polizeirevier Bernburg, Salzlandkreis«, berichtigt er mich. Ohne auf meinen ahnungslosen Gesichtsausdruck einzugehen, fährt er fort: »Ich sehe, Ihr Kollege Teichert hat Ihnen von mir erzählt. Ein sehr hartnäckiger Bursche, muss ich schon sagen.«

»Ja, das ist er. Ich nehme an, er hat Sie über alles informiert?«

»Ob es alles war, weiß ich nicht. Auf jeden Fall genug, um mir bewusst zu machen, dass ich mit Ihnen reden muss. Nicht am Telefon, sondern von Angesicht zu Angesicht.«

»Ich verstehe. Aber nicht im Liegen.« Mit etwas Mühe angle ich meinen Bademantel von der Stuhllehne. »Kommen Sie! Es gibt da einen Aufenthaltsraum. Wenn wir Glück haben, sind wir dort allein. Außerdem steht da ein Automat.«

Schweigend gehen wir nebeneinander den Flur hinunter bis zu dem kleinen Wintergarten. Ein paar Plastikstühle, jede Menge Grünzeug, ein Getränkeautomat und vor allem: außer uns niemand.

»Kaffee?«

»Ohne Zucker bitte!«

Ich drücke die Knöpfe, werfe die Münzen ein und eröffne das für uns beide schmerzhafte Gespräch, während die gewählten Flüssigkeiten in die Becher laufen.

»Es ist Stefan Wiesenreiter, der Sie zu mir führt!«

»Stefan Wiesenreiter«, wiederholt er. Der Name scheint ihm fast körperliche Qualen zu bereiten. »Ich kenne diesen Namen erst seit drei Tagen. Der Mann dahinter steckt seit zwölf Jahren in meinem Kopf, wie ein Tumor. Ein Tumor, der wächst, je länger er da ist. Können Sie das verstehen? Er ist nicht zu greifen, nicht zu besiegen. Sie können ihn ignorieren und verschweigen und dennoch spüren Sie, dass er da ist.«

»Sie haben ihn nicht erwischt, damals.« Ich reiche ihm den Becher und setze mich zu ihm an den kleinen runden Tisch. Die halboffene Jalousie vor dem Fenster zeichnet ein Gitter aus Licht und Schatten auf sein Gesicht. Er sieht müde aus, denke ich und sage es ihm auch.

»Ich bin müde«, gesteht er. »Nicht, weil ich seit dem Anruf Ihres Mitarbeiters nicht mehr geschlafen habe.« Er sieht, dass ich auf eine Erklärung warte, und fährt fort: »Ich bin müde, weil ich seit Jahren wach war. Oh, keine Angst, ich habe geschlafen. Zumindest mein Körper. Mein Gewissen jedoch lag wach. Das Wissen, ihn nicht gefasst zu haben, es war stärker als die Selbsttäuschung und die Lügen.

Stefan Wiesenreiter – Maschiach.

Ich habe ihn bis zuletzt nicht gefunden und doch war er immer da. Sie können das nicht verstehen, ich weiß. Und ich kann es nicht erklären.«

»Ich verstehe Sie besser, als Sie denken.« Ich riskiere einen Schluck des Automatenkaffees und blicke an Golinski vorbei hinaus auf die Farben des Herbstes. »Für Leute wie uns geht es nicht nur darum, Verbrecher ihrer gerechten Strafe zuzuführen. Manchmal müssen wir unsere Mitmenschen vor dem Bösen beschützen. So pathetisch sich das auch anhören mag, aber sie wissen es nicht. Sie leben ihr Leben und sie erwarten, dass es ein sicheres Leben ist. Doch das Böse ist unter ihnen. Es gibt sie, die Ungeheuer, von denen man manchmal liest und über die die Medien berichten. Wir sind die Wand zwischen ihnen und den *normalen* Menschen. Und wenn diese Wand Risse bekommt, dann fühlen wir uns schuldig. Stefan Wiesenreiter war das Böse, doch niemand konnte das damals wissen.«

Der Sekundenzeiger der Uhr an der Wand schafft eine Umdrehung, ehe er antwortet: »Es gab Hinweise, aber wir haben sie falsch gedeutet. Ich will es verstehen, wissen Sie? Sie haben mit ihm gesprochen. Sie sind der Einzige, der mit ihm gesprochen hat. Können Sie es erklären?«

Ich zögere, dann: »Ich glaube, es gibt kein Wort für das, was Stefan Wiesenreiter war.« Ich sehe ihn an, sehe die Hoffnung auf Absolution in seinen Augen. »Was ist damals geschehen?«

Ein Ruck geht durch den Mann. Es ist, als habe er seit Jahren auf diese Frage gewartet. »Was ist damals geschehen? Warum haben wir, habe ich versagt?«

Seine Erzählung beginnt: »Jonas Kilger war der Erste. Es mag sein, dass es andere gab, aber nach meinen Erkenntnissen nahm es mit Jonas seinen Anfang. Der Junge war zwölf Jahre alt, als er verschwand. Er stammte aus schwierigen sozialen Verhältnissen. Seine Mutter meldete ihn erst drei Tage später als vermisst. Sie sagte, sie dachte, er sei bei seinem Vater. Ich glaube, sie hat sein Fehlen erst gar nicht bemerkt. Nach ihrer Aussage verschwand ihr Sohn immer wieder mal, um kurz darauf wieder aufzutauchen. Dann war er bei seinem Vater, den ein paar Flaschen Schnaps mehr interessierten als sein Junge. Es ist fraglich, ob der sich bei dem Trunkenbold wohlfühlte oder ob er nur vor den Verhältnissen bei seiner Mutter floh. Dort gingen die Männer ein und aus. Jonas war ihr im Wege. Die Suche nach dem Jungen dauerte nicht viel länger als die Trauer der Mutter. Ich war zu diesem Zeitpunkt noch nicht mit der Sache betraut und hörte erstmals durch die Presse davon. Erst ein halbes Jahr später befasste ich mich intensiver mit seinem Schicksal, ohne zu ahnen, dass er nur die erste Perle auf der Kette verschwundener Kinder sein sollte. Das war, als das Ehepaar Baumgartner ihre Tochter vermisste. Diesmal lagen die Verhältnisse völlig anders. Er ist Zahnarzt und saß damals im Stadtrat. Seine Frau war Ärztin am örtlichen Krankenhaus. Als Jasmin auch nach Wochen nicht mehr auftauchte, quittierte sie ihren Dienst. Sie hat die Sache bis heute nicht verwunden und sich aus der Öffentlichkeit zurückgezogen. Jasmin verschwand auf dem Weg von der Bushaltestelle nach Hause. Die Kripo setzte sofort eine Sonderkommission ein, der auch ich angehörte. Unser Teamleiter war Kriminalrat Robert Achleitner.«

»Was ist aus ihm geworden?« Es ist das erste Mal, dass ich ihn unterbreche.

»Achleitner starb letztes Jahr an Lungenkrebs. Er war Kettenraucher, solange ich ihn kannte. Wir haben damals jeden Stein umgedreht und sind jeder noch so unwahrscheinlichen Spur nachgegangen. Auch eine Entführung wurde nicht ausgeschlossen. Es gab damals interne Meldungen über solche Fälle. Mädchen, die nicht mehr nach Hause kamen, um in östlichen und fernöstlichen Bordellen zu verschwinden.«

»Interne Meldungen?«

»Die Zahl ist höher, als man denkt. Mit so etwas verunsichert man die Bevölkerung nur«, meint er verbittert. »Am

Ende verlief auch die Suche nach Jasmin ergebnislos. Ein Jahr lang passierte nichts, dann kam Daniel Berger. Und nach ihm Neila Wieczorek. Längst war uns allen klar, dass wir es mit einem Serientäter zu tun hatten. Auffällig war, dass das Alter der Vermissten stieg. War Jonas noch ein Kind gewesen, war sein achtes und letztes Opfer 17. Lana Schuhmann wurde auf einen Feldweg gelockt und nie wieder gesehen. Wir haben Abdrücke ihrer Schuhe im Staub gefunden. Das ist alles, was von ihr blieb.«

»Und die Leichen? Es ist doch unmöglich, so viele Leichen verschwinden zu lassen, ohne dass jemand etwas davon mitbekommt.« Der Gedanke, dass wir von acht jungen Menschen – Kindern – sprechen, frisst sich in meinen Kopf.

Er hebt entschuldigend die Hände. »Keine Leichen, keine Zeugen. Bis heute nicht.«

»Hm. Wieso Stefan Wiesenreiter? Wo liegt die Verbindung zu Ihrer damaligen Verbrechensserie? Woher wissen Sie, dass es Morde waren, ganz ohne Leichen? Viele Jugendliche verschwinden von selbst von zu Hause.«

»Das waren auch unsere Gedankenspiele. Bis vor vier Tagen habe ich gehofft, es sei so gewesen. Doch nach dem Anruf Ihres Kollegen weiß ich, dass Stefan Wiesenreiter diese Kinder ermordet hat.«

»Sie haben sein Leben umgekrempelt, richtig?« Ich stehe auf, nehme seinen leeren Becher und fülle ihn am Automaten wieder auf. Damit gebe ich ihm eine Minute, seine Gedanken zu ordnen. Noch immer sind wir allein. Dampfend und zischend läuft das heiße Getränk in den Becher.

Die Zahl lässt mich nicht los. Acht! Und das sind nur die, von denen wir wissen, denke ich. Dann noch Silvian, Petre, Miro, Alana und Nadim. Hätte die Sache in der Weißenregener Kirche geklappt, wäre Kaplan Wiesenreiter als größter Massenmörder in die deutsche Nachkriegsgeschichte eingegangen. Ich setze mich wieder zu Golinski und schiebe ihm aufmunternd den Becher hin.

»Stefan Wiesenreiter wurde am 17.04.1990 als einziges Kind von Frank und Ingeborg Wiesenreiter geboren. Er wuchs in einer, wie wir es nennen, behüteten Familie auf. Keine Auffälligkeiten, sollte man meinen. Sein Vater ist tot. Seine Mutter beschreibt ihn als schüchtern und zurückhaltend; ein Einzelgänger ohne echte Freunde.«

»Sie haben mit seiner Mutter gesprochen?«

»Seit ihr Mann verstorben ist, wohnt Ingeborg Wiesenreiter allein in Borne. Ein kleines Dorf, südlich von Magdeburg. Sie wollte erst nicht mit mir reden, und ich musste ihr versichern, dass ich weder von der Presse oder vom Fernsehen bin, noch dass es um die aktuellen Morde und den vereitelten Anschlag geht. Die Journalisten haben sich natürlich auf sie gestürzt. Die Mutter des *Hochzeitsattentäters*. So was muss man natürlich ausschlachten.«

Hochzeitsattentäter! Ach ja! Ich habe die Schlagzeile natürlich gelesen, diese aber gleich wieder verdrängt. Kennt man erst einmal die Wahrheit, wird die angebliche Sensation schnell zu einer vermeintlichen.

»Frau Wiesenreiter war nicht sonderlich gesprächig. Sie ist eine gebrochene Frau. Als wir jedoch auf die Frage kamen, wann ihr Sohn sie verlassen hat, sprudelten die Worte geradezu aus ihr heraus. Ich glaube, sie hat es nie verwunden, dass er von ihr weggegangen ist.«

»Lassen Sie mich raten. Nachdem er Borne verließ, endete auch die Serie verschwundener Kinder. Das wäre ein Hinweis auf Stefan Wiesenreiter als Ihren Serientäter.«

»Wir sprechen von der Gegend zwischen Quedlinburg, Halle und Magdeburg.«

»Kein allzu großer Radius, falls mich meine geografischen Kenntnisse nicht täuschen.«

»Ich weiß, was Sie denken. Ein so eng eingegrenztes Gebiet und dennoch haben wir den Täter nicht gefasst. Sie haben recht. Wir haben uns damals zu sehr auf einen Erwachsenen konzentriert. Keiner von uns kam auch nur annähernd auf die Idee, dass es ein Jugendlicher, anfangs selbst noch ein Kind, gewesen sein könnte, der diese schrecklichen Taten beging. Auch war kein System dahinter erkennbar. Die Opfer stammten aus unterschiedlichen sozialen Schichten, waren unterschiedlichen Geschlechts und hatten auch äußerlich keine Ähnlichkeiten. Die Zeiträume zwischen ihrem Verschwinden schwankten zwischen wenigen Monaten bis zu zwei Jahren. Und dennoch: Sie wurden immer älter. Jonas war bei seinem Verschwinden zwölf Jahre alt, Jasmin 13, Daniel und Neila waren 14 und so weiter.«

»Seine Opfer sind mit ihm gealtert.«

»Ja! Dieses Detail haben wir nicht beachtet. Ein unverzeihlicher Fehler.«

Ich kann ihm nicht widersprechen, so gerne ich es auch täte. Aber wer bin ich, dass ich über die Ermittlungsfehler anderer richten dürfte?

»Wohin ist er gegangen?«, treibe ich seine Erzählung voran. »Sie sagten, er verließ seine Mutter.«

»Nicht unvorhersehbar. Ingeborg Wiesenreiter ist nicht gut auf den Klerus zu sprechen.«

»Was hat der denn damit zu tun?«

»Nun, eines Tages beschloss die Kirche, die gottlose Gegend um Magdeburg zu missionieren. Sachsen-Anhalt ist das Bundesland mit dem höchsten Anteil an Atheisten, müssen Sie wissen.«

Weiß ich, denke ich. Und zwar ausgerechnet von Kaplan Wiesenreiter.

»Jedenfalls kam ein Priester in den Ort, um dort eine katholische Gemeinde zu gründen, nachdem die Protestanten an diesem Unterfangen gescheitert waren. Frau Wiesenreiter behauptet, ihr Sohn habe sich von Anfang an zu ihm hingezogen gefühlt. Er habe sich stundenlang allein oder mit einigen anderen die Thesen des Priesters angehört, dessen Bücher gelesen und geholfen, ein altes Haus zum Pfarrhaus umzubauen.«

»Konnten Sie diesen Priester ausfindig machen? Er könnte so manche Tür zu Stefan Wiesenreiters Psyche öffnen.«

»Leider nein! Ich habe natürlich nachgeforscht, doch Pfarrer Köhler, wie er hieß, blieb nur zwei Jahre in Borne. Er war mit der Erfüllung seines Auftrags genauso erfolglos wie sein evangelischer Vorgänger. Ich sprach mit der Diözese. Die zuständigen Leute meinten, es sei Köhler nicht gelungen, Schafe um sich zu scharen. Also ging er nach Südamerika, um sein Glück dort zu versuchen. Die Kirche ist bemüht, ihren Anteil zur Aufklärung der Affäre Wiesenreiter beizutragen. Man sicherte mir zu, dass er uns zur Verfügung stehen wird, sollten wir eine Aussage von ihm benötigen.«

»Das wird später sicher noch der Fall sein. Und Sie denken, er hat Stefan Wiesenreiter in den Schoß der Kirche geführt.«

»Er war damals 17 Jahre alt. Ein Jahr nach der Ankunft von Pfarrer Köhler in Borne ließ sich Stefan von ihm taufen. Und wieder ein Jahr später entschloss er sich, selbst Priester zu werden.«

»Aus Überzeugung?«

»Oder um im Schutz der Kirche unterzutauchen. 2008 wurde das Verschwinden der Kinder zum Politikum. Wahlen standen an und die innere Sicherheit wurde zum Wahlkampfthema. Die Einsatzkräfte der Kripo wurden nochmals aufgestockt, zusätzliche Ermittlungskräfte nach

Bernburg beordert. Unser Polizeirevier stand plötzlich in der Dringlichkeitsstufe ganz oben. Ich denke, Stefan Wiesenreiter wusste, dass es nur noch eine Frage der Zeit war, bis wir ihn gefasst hätten.«

»Das heißt, er ging ins Priesterseminar und tauchte dort unter. Halten Sie ihn für so …?« Mir will in diesem Augenblick kein Wort für sein Verhalten einfallen. Abgebrüht, eiskalt, berechnend, fanatisch … Er war wohl alles zusammen.

Golinski steht auf und blickt auf den Garten hinaus. Auch ihm fällt es schwer, diese kranke Seele zu begreifen. »Er verließ Deutschland und ging nach Österreich. Im Priesterseminar der Diözese Graz bereitete er sich darauf vor, Kaplan und später Pfarrer einer Gemeinde zu werden. So sah er wohl seine Zukunft. Vielleicht hatte er zu diesem Zeitpunkt seine Neigungen unter Kontrolle. Vielleicht hat der Wahn von ihm gelassen. Vielleicht war die Zeit der Morde vorbei. Doch das Böse in ihm war noch da. Es schlief nur. Und dann passierte etwas Unvorhergesehenes; etwas, das den Schlaf störte.«

Er dreht sich wieder zu mir um.

»Peter Teichert hat mir alle Protokolle Ihres Falles zukommen lassen. Ich habe alle Namen überprüft, alle möglichen und unmöglichen Verbindungen untersucht. Zu der Zeit, als sich Wiesenreiter in Graz auf sein Amt vorbereitete, studierte Alana Finke dort an der Karl-Franzens-Universität Jura.«

Leise pfeifend lasse ich die Luft aus meiner Lunge entweichen.

Das ist es!

Hier fand die schicksalhafte Begegnung statt. Ich sehe es bildhaft vor mir: Stefan Wiesenreiter und Alana Finke, geborene Hemedi. Sie lernen sich kennen und lieben.

Ich weiß nicht, wie lange Thorsten Golinski versuchte, das Verhältnis zwischen den beiden zu verstehen. Er fährt fort, mir seine Schlussfolgerungen darzulegen: »Alana hat ihm vom Tod ihrer Brüder erzählt. Es muss sie unvorstellbar tief getroffen haben. Nie war sie verletzlicher als im Sommer 2015. Ihre Erzählung hat das Böse, das er schon besiegt glaubte, wieder geweckt. Er erkennt die Möglichkeiten, um seinen wiedererwachten Neigungen erneut nachzugehen. Alana berichtet ihm auch von Nadim und Samira. Stefan Wiesenreiter tröstet sie. Er kann das, schließlich wird er genau dazu ausgebildet. Wahrscheinlich verfällt sie ihm. Sicher benutzt er sie. Sie und Nadim. Ich kann mir nicht vorstellen, wie lange er die Morde und den Anschlag plante, aber ich bin mir sicher, alles, was geschah, folgte seiner Regie. Bis Sie ihm in die Quere kamen und den Anschlag in der Kirche verhindert haben.«

»Nicht allein«, korrigiere ich ihn leise. Ich denke an Karl, Mel, Peter und Daniela. Und auch an Jutta Bach, Thomas Hanauer und Sabine Behring. Vor allem Sabine Behring.

Thorsten Golinski holt mich zurück. »Was ich nicht verstehe, ist das Warum. Warum dieser Aufwand? Warum so ein ausgeklügelter und komplizierter Plan? Falls es ihm nur ums Töten ging, hätte er das viel einfacher bewerkstelligen können.«

»Maschiach!« Ich sage das Wort langsam und betont. Er sieht mich fragend an. »Maschiach, der Erlöser«, wiederhole ich.

Er ist mit seinem Teil der Geschichte am Ende. Jetzt ist es an mir, seine Wissenslücken zu füllen. Deshalb ist er hier. Er will verstehen, was nicht zu verstehen ist.

»Ich habe mit ihm gesprochen. Bevor er sich in die Luft sprengte und mich mitnehmen wollte.« Ich schließe die

Augen und konzentriere mich. Und dann nehme ich ihn mit in diese Minuten vor dem Tod.

Zehn Minuten später glaube ich behaupten zu können, ihm Stefan Wiesenreiters letzte Worte vollständig wiedergegeben zu haben. Nach bestem Wissen und Gewissen, wie man so sagt.

Es folgt ein Augenblick des Schweigens und Nachdenkens, den Golinski schließlich bricht: »Er dachte, er würde diese Menschen erlösen? In welcher Welt des Wahnsinns hat er nur gelebt?«

»Eine, der er nicht entrinnen konnte. Er hat sie für ein paar Jahre verlassen. Vielleicht sogar Pfarrer Köhlers Werk. Auf jeden Fall hatte er seine krankhaften Neigungen und Wahnvorstellungen in den Jahren seines Theologiestudiums unter Kontrolle. Bis Alana Finke und die Tragödie von der A 4 kamen. Irgendetwas hat diese Geschichte bei ihm ausgelöst.«

»Das herauszufinden, wäre die Aufgabe eines Psychiaters gewesen.«

»Ja«, bestätige ich ihm. »Leider wird sich nie mehr einer mit ihm unterhalten können. Wir werden nie erfahren, wann aus Stefan Maschiach, der Erlöser, wurde.«

»Es ist so, wie Sie sagten.« Er starrt auf seine Hände und sagt leise: »Es gibt kein Wort für das, was er war.«

Er räuspert sich, seine Stimme gewinnt wieder an Kraft. »Da ist noch etwas. Seine Mutter erzählte von einer alten Frau. Amalie Günzbauer. Stefan hat in der Zeit seiner Kindheit und Jugend für sie Besorgungen gemacht. Eingekauft, das Haus in Schuss gehalten und so weiter. Er hat damit sein Taschengeld aufgebessert, sagte sie. Frau Günzbauer wohnte in einem alten, verfallenden Haus am Rande von Borne. Sie wurde von der Caritas mit Essen versorgt. Ein

Mitarbeiter dort erinnert sich gut an die alte Dame. Er sagte, sie sei fast taub gewesen und hätte nicht mehr richtig laufen können. Die meiste Zeit sei sie im Rollstuhl gesessen. Bis auf wenige Minuten, in denen sie an der Hand dieses blassen Jungen im Garten herumgegangen sei.«

»Ich verstehe nicht ganz. Denken Sie, er hat diese alte Frau ebenfalls getötet?«

»Nein, gewiss nicht. Frau Günzbauer starb, nachdem er Borne verlassen hat. Sie stolperte und brach sich den Oberschenkel. Drei Wochen später verstarb sie im Krankenhaus. Nein, aber vielleicht liegt in ihrem Haus verborgen, wonach wir seit Jahren vergeblich suchen.«

»Die toten Kinder?« Der Gedanke lässt mein Herz für einen Schlag aussetzen. War der Kaplan schon in jungen Jahren so intelligent? Psychopathische und wahnsinnige Kriminelle zeichnen sich oft durch einen überdurchschnittlich analytischen Verstand aus. »Wenn er die Leichen seiner Opfer im Haus dieser Frau versteckt hat, konnten Sie sie damals gar nicht finden. Wieso auch hätten Sie in einem bewohnten Gebäude suchen sollen?«

»Es ist nur eine Vermutung. Und es wird schwierig, sie zu überprüfen.«

»Was ist passiert?«

»Frau Günzbauers Haus wurde nach ihrem Tod abgerissen, das Gelände eingeebnet und darauf ein Supermarkt gebaut. Der Keller und die Grundfeste ihres Hauses liegen jetzt unter dem Parkplatz.«

»Das kann ja Monate dauern, bis Sie hier die Genehmigung erhalten, Ausgrabungen durchzuführen. Wenn überhaupt.«

»Dachte ich auch«, bestätigt er meine Befürchtung, nur um sie gleich zu widerlegen. »Dr. Fuchsgruber, der leitende Staatsanwalt von damals, hat es inzwischen zum Staatssekretär gebracht. Ich habe gestern mit ihm telefoniert. Er meinte, wenn ich die Sache auf meine Kappe nehme, sorgt er dafür, dass die Reste von Amalie Günzbauers Haus binnen zwei Tagen freigelegt werden.«

»Na, das wär ja was«, meine ich anerkennend.

»Ich denke, dass der Staatssekretär endlich Gewissheit haben will. Wie wir alle.«

Dem habe ich nichts hinzuzufügen. »Und was gedenken Sie jetzt zu tun?«, will ich von ihm wissen.

»Bis heute war ich mir noch nicht sicher. Jetzt denke ich, wir sollten diese Kinder endlich finden. Dr. Fuchsgruber kann seine Beziehungen spielen lassen.«

Wir stehen auf und er reicht mir die Hand. »Ich danke Ihnen für dieses Gespräch und Ihre Offenheit. Vielleicht können nun wir alle, die wir Stefan Wiesenreiter vergeblich gejagt haben, einen Schlussstrich unter die Sache ziehen.«

Wir gehen langsam zurück zu meinem Zimmer. Dort verabschiedet er sich von mir. Bevor ich die Tür hinter mir schließe, drehe ich mich noch einmal zu ihm um. »Herr Golinski? Was hoffen Sie, dort unten zu finden?«

Er überlegt kurz. »Es geht nicht um das, was ich hoffe zu finden, sondern um das, was ich fürchte.«

EPILOG

»Also Moritz, mach's gut und lass es die nächsten Tage etwas ruhiger angehen!« Mel und Karl machen ihr Versprechen wahr und besuchen mich, kaum dass ich wieder zu Hause bin. Eine Stunde belangloser Unterhaltung zwischen meiner Lieblingskollegin und meiner Lebenspartnerin liegen hinter uns. Und, nicht zu verschweigen, genauso belangloses Zeug zwischen mir und Karl auch.

Aber es gibt auch Neuigkeiten, die diesem Nachmittag unter Freunden das Licht stehlen. Schließlich konnte ich ihnen Thorsten Golinskis Besuch nicht vorenthalten. Die Reise in die Vergangenheit und die Abgründe der Seele Stefan Wiesenreiters verlangten Minuten des Schweigens und des Entsetzens. Und nicht nur das.

Der Kollege mit dem polnisch klingenden Nachnamen machte seine Ankündigung wahr. Als er mich heute Morgen anrief, war ich mir nicht sicher, ob ich alles hören wollte, was er mir zu sagen hatte.

Unter dem Vorwand einer zu reparierenden Telefonleitung rollten auf dem Gelände des einzigen Supermarkts im beschaulichen Borne die Baumaschinen an und sie fanden, wonach Golinski seit Jahren gesucht hat. In den Grundfesten des abgebrochenen Hauses legten sie einen alten Brunnen frei. Die Forensiker sind sich noch nicht sicher, aber alles deutet darauf hin, dass es sich um die sterblichen Überreste von acht Menschen handelt, die die Spurensicherung aus dem Schlamm des Brunnens barg. Sobald das genaue Ergebnis ihrer Untersuchungen vorliegt, will das Landeskriminalamt Magdeburg an die Öffentlichkeit gehen.

»Ob es ein Trost für die Eltern der toten Kinder ist, endlich zu wissen, was mit ihnen geschah?«, meinte Claudia betroffen, nachdem ich meinen Freunden alles erzählt hatte.

»Ich glaube, niemand kann ermessen, was in einem Menschen vorgeht, dessen Kind getötet wurde. Vielleicht ist ja das Ende der Ungewissheit eine Möglichkeit für sie, die Vergangenheit loszulassen.«

Ob dies Dr. Susanne Baumgartner gelingen wird? Laut Thorsten hat sie das Verschwinden ihrer Tochter nie verwunden. Wie soll sie da ihren Tod begreifen? Gedanken, die ich für mich behalte.

Am Ende dieses Nachmittags umarmt mich Mel und ich sie.

»Wir sehen uns!« Mehr fällt mir nicht ein.

»Hoffentlich bald!« Ihr Blick geht zu Claudia.

»Ich schreibe dir!«, verspricht meine Partnerin. »Ich organisiere ein Treffen bei uns. Dann auch mit den anderen.«

Also auch mit Sven, Jana und Marcel, denke ich.

Dann ist Mel fort.

»Ich mach mich dann auch auf den Weg«, meint Karl.

In diesem Augenblick läutet mein Handy. Ich höre nur zu. Mein Beitrag zum Gespräch beschränkt sich auf zwei Worte: »Ich komme!«

»Die Klinik«, erkläre ich Claudia und Karl. »Martina Bauer. Es geht um Samira!«

*

Zehn Minuten später steige ich aus Claudias Auto. Da die Ärzte überzeugt davon sind, dass ich noch nicht geeignet bin, auf den Straßenverkehr losgelassen zu werden, fährt sie mich. Sie wäre wohl auch so mitgekommen. Genau wie

Karl, der mich auch in dieser Stunde nicht im Stich lässt. Er weiß, was uns erwartet, Claudia nicht.

Karl kommt zu mir. »Schaffst du das?«, meint er besorgt.

»Meine Knie sind noch weich und meine Lunge brennt ein bisschen, aber es geht schon.« Claudia und er sehen sich an, dann helfen sie mir die Treppen zum Klinikeingang hinauf, so schnell es mein Zustand zulässt. Schwester Bauer wartet schon auf uns.

»Samira?«, sage ich.

»Kommen Sie!« Sie drückt Karl ein blütenweißes Tuch in die Hand. Mehr ist nicht nötig. Karl und ich wissen, was passiert ist.

Wie vor elf Tagen betreten wir zaghaft das Zimmer.

Wie vor elf Tagen ist dieses hell und freundlich, wäre da nicht das Mädchen.

Wie vor elf Tagen leidet sie in ihrem Stuhl, krampfen sich ihre Hände in die Lehnen, röchelt sie nach Luft, quellen ihre blinden Augen hervor, glänzt ihr Gesicht vor Schweiß, zittert ihr Körper vor Schmerz.

Doch etwas ist anders: Nadim ist nicht da!

Nie mehr wird er vor ihr knien, nie mehr ihre Arme streicheln, nie mehr diese Melodie summen, nie mehr bei ihr sein.

Nie mehr!

Karl und ich kennen die Szene, Claudia nicht. Entsetzt prallt sie zurück. Sie schlägt ihre Hände vors Gesicht und hält die Luft an.

In dieser Sekunde begreife ich, warum ich hier bin. Es ist dieser Augenblick, der mein Leben verändert. Ich hole tief Luft, nehme Karl das Tuch aus der Hand und gehe zu Samira, um mich vor ihr hinzuknien. Vorsichtig nehme ich ihre Hände in meine. Ich spüre die Hitze, die ihren Körper verbrennt. Ich muss nicht darüber nachdenken, was jetzt zu tun ist. Nadim kniet neben mir. Jede seiner Bewegungen ist in mein Gedächtnis eingebrannt. Meine Hände lassen ihre los, streichen über ihre Arme hinauf zu ihrem Gesicht, umfassen dieses, kehren zu ihren Händen zurück, beginnen von vorn. Wieder und immer wieder. Ich nehme das weiße Tuch, streiche das nasse Haar zurück, wische den Schweiß von ihrem Gesicht, tupfe den Speichel von ihrem Kinn.

Minuten vergehen. Minuten, in denen die Zeit stillsteht. Karl und Claudia sind vergessen. Es geht um mich und Samira. Wir bewegen uns in einem Vakuum, losgelöst vom Rest des Zimmers.

Irgendwann, ich glaube schon, es passiert nicht mehr, beginnen ihre Lungen, gleichmäßiger zu atmen. Ich fühle, es ist an der Zeit für den nächsten Schritt. Ich richte mich ein wenig auf, nehme ihren Kopf in beide Hände und lege meine Stirn an ihre. Wirkt die Szene peinlich? Sollte ich verlegen sein? Nie war mir ein Gedanke fremder. Ich beginne zu summen. Die Melodie ist einfach da. Nadims Melodie. Er liebte seine Schwester mehr als alles andere. Und doch vergaß er, dass Vergeltung ihr nicht helfen würde. Er vergaß, dass sie nicht Rache brauchte, sondern seine bedingungslose Hingabe.

Wie nur ist es Stefan Wiesenreiter gelungen, das Feuer der Liebe, das in Nadim brannte, in eine Flamme des Hasses zu verwandeln?

Hat ihn dieses Feuer verbrannt, als er erkannte, wie nahe er den Tätern von damals war und wie unbehelligt diese neben ihm lebten? Vielleicht bedurfte es nur eines kleinen Funkens, um den Brand zu entfachen. Ein Brand, den auch Alana schürte und der sie am Ende beide verzehrte.

Ich werde die Antworten auf diese Fragen nie erfahren. Nadim ist tot und ich bin am Leben. Ich bin es, der für Samira da sein muss. Und während sich ihr Atem beruhigt, während mein Kopf das Summen auf ihren überträgt, während sich die Verkrampfung ihrer Muskeln löst, spüre ich es. Es kommt von dem Mädchen, das mich weder sehen noch hören kann. Weder weiß ich, was es ist, noch kann ich es beschreiben. Ist es Dankbarkeit, ist es das Wissen, für jemanden existenziell wichtig zu sein? Ist es eine Floskel, die für so vieles herhalten muss, die Floskel vom Sinn des Lebens? Gibt sie meinem Leben einen Sinn? Stehen wir von nun an in einer Symbiose zueinander?

Plötzlich reißt die Verbindung ab. Mit einem letzten Seufzer sinkt Samira in sich zusammen. Sie sackt nach vorn in meine Arme. Ich fange sie auf, als hätte ich das schon tausendmal getan. Vorsichtig trage ich sie zu ihrem Bett, überrascht, wie leicht ihr Körper ist. Als ich die Decke über sie breite, dreht sie sich erschöpft zur Seite. Ich streiche ihr verschwitztes Haar aus ihrem nun entspannten Gesicht. Die Stille ist plötzlich und vollkommen.

Eine Minute des Ausharrens vergeht, dann stehe ich auf und drehe mich zu Karl und Claudia um. Beide sehen mir in die Augen und ich weiß, beide verstehen, was soeben passiert ist. Stumm verlassen wir das Zimmer und Samira.

Martina Bauer erwartet uns auf dem Flur. Sie wird zu dem Mädchen gehen, sie waschen, ihre nassen Sachen gegen frische tauschen und wenn es wieder so weit ist, wird sie mich rufen.

Draußen steigt Karl in sein Auto. »Wir sehen uns«, verabschiedet er sich. Ich sitze neben Claudia, die ihren Wagen aus der Parklücke steuert. Mein Blick geht noch einmal hinauf zur Klinik. Hinter einem dieser Fenster liegt Samira.

Ich werde wiederkommen!

Sie braucht mich

und

ich brauche sie!

MANFRED FASCHINGBAUER
Osserblut

978-3-8392-2111-2 (Paperback)
978-3-8392-5465-3 (pdf)
978-3-8392-5464-6 (epub)

MÖRDERSUCHE IM BAYERISCHEN WALD Kriminaloberkommissar Moritz Buchmann wird während einer Wanderung im Bayerischen Wald nach Sankt Ulrich gerufen. Dort wurde die grauenvoll entstellte Leiche von Alois Huber gefunden. Der Waldbauer aus Engelsgrub wollte einige seiner Grundstücke verkaufen, damit am Osser ein Pumpspeicherwerk gebaut werden kann. Sind die Gegner des umstrittenen Baus bis zum Äußersten gegangen? War der Tote anderen Profiteuren des Projekts im Wege? Buchmann bleibt wenig Zeit, diese Fragen zu beantworten, denn der Täter hat weitere Morde angekündigt.